GOLDMANN

Die erste Todsünde,
die zweite Todsünde:
Das sechste Gebot

Bestsellerautor Lawrence Sanders reißt mit dieser Geschichte um Verführung, Verrat, Gewalttätigkeit und Mord, den Leser mit in die abgrundtiefe Einsamkeit und Verlorenheit eines gejagten Menschen.

Harry Dancer, ein ganz gewöhnlicher Mensch, ist die Zielscheibe aller Angriffe und Verführungskünste in einem unerbittlichen Untergrundkampf zweier Organisationen, die ihn jeweils auf ihre Seite ziehen wollen.

Sally, eine verführerische Frau, setzt skrupellos alle Waffen einer Frau ein, um Dancer für ihre Organisation zu gewinnen.

Evelyn, Sallys Gegenspielerin der anderen Seite, steht ihr in nichts nach. Ihr Repertoire an Tricks und Verführungskünsten scheint schier unerschöpflich.

Doch beide Seiten müssen erkennen, daß alle ihre Waffen stumpf sind, wenn der Mann, gegen den sie eingesetzt werden, sich auf seine Weise allen Angriffen entzieht.

LAWRENCE SANDERS

Harry, Goodbye

Roman

Deutsche
Erstveröffentlichung

GOLDMANN VERLAG

Aus dem Amerikanischen übertragen
von Friedrich A. Hofschuster
Titel der Originalausgabe: The Loves of Harry Dancer
Originalverlag: New English Library

Made in Germany · 9/86 · 1. Auflage

Umschlagentwurf: Design Team, München
Umschlagfoto: The Image Bank, Hamburg
Satz: Fotosatz Glücker, Würzburg
Druck: Elsnerdruck, Berlin
Verlagsnummer: 8535
Lektorat: Werner Morawetz/ST
Herstellung: Sebastian Strohmaier
ISBN 3-442-08535-7

EIN NEUES BÜROHAUS, zehnstöckig, am Federal Highway südlich des Commercial Boulevards in Fort Lauderdale. Verglast mit so dunkelgrün getönten Scheiben, daß man von drinnen hinausschaut wie in eine Unterwasserwelt oder sich vorkommt wie ein Fisch in einem Aquarium.

Zwei Stockwerke sind an die Narak Export Co. vermietet, die sich auf scheußlichen nutzlosen Kitsch spezialisiert hat: Miniatur-Freiheitsstatuen mit kleinen Glühbirnen in der Fakkel, Venus von Milo-Kopien mit elektrischen Uhren im Bauch oder kleine verchromte Segelboote, die auf blauen Spiegeln dahingleiten.

In den Vorzimmern herrschen eine schlanke Blondine mit sonnengebleichtem offenem Haar, das ihr bis über die Schultern reicht, und eine kleine pausbäckige Libanesin mit einer Haut, die an den Filz auf einem Billardtisch erinnert. Die Firma exportiert tatsächlich das abscheuliche Zeug, das hier ausgestellt ist – und sie schlägt auch noch einen hübschen Gewinn daraus.

Im inneren Trakt der Büros von Narak: eine stets verschlossene Tür aus zentimeterdickem, kugelsicherem Stahl, verkleidet mit geflammtem Kiefernfurnier. In Augenhöhe ein Guckloch. Eine Fernsehkamera richtet sich automatisch auf die Besucher. Drinnen, auf dem Schreibtisch eines bewaffneten Wachmanns, der Monitor.

Wenn Einlaß gewährt wurde durch diese gepanzerte Tür – ein elektrisches Türschloß: *bzzz* –, betritt man ein weiträumiges Großraumbüro mit Schreibtischen, sirrenden Computerspulen, klingelnden Telefonanlagen, stotternden Fernschreibern, flakkernden Bildschirmen. An der Innenwand eine riesige Landkarte mit der Aufschrift REGION SÜDOST, auf der Florida, Georgia,

South und North Carolina, Tennessee, Mississippi und Alabama zu erkennen sind.

Stecknadeln mit verschiedenfarbigen Köpfen deuten auf die Unterabteilungen des Departments hin: Weiß für die Hauptstellen der einzelnen Staaten, Blau für Zweigstellen in den großen Städten, Grün für kleinere Nebenbüros in den Außenbezirken. Rote Stecknadelköpfe bezeichnen die Einsatzorte der derzeitigen Unternehmungen.

Die Temperatur in diesem Raum, der weder durch Zwischenwände noch durch Raumteiler unterbrochen wird, beträgt konstante 22 Grad Celsius. Die Luft riecht stets nach dem Wildkirschenaroma eines Desinfektionsmittels. An den Schreibtischen und Geräten sitzen Männer und Frauen zwischen zwanzig und vierzig. Das Aufsichtspersonal ist älter. Drei Schichten halten den Betrieb vierundzwanzig Stunden am Tag und sieben Tage in der Woche aufrecht.

Die breite, teppichbespannte Treppe auf der Rückseite des Großraumbüros führt in die obere Etage, wo sich die regionale Leitung des Departments befindet. Dort gibt es voneinander abgetrennte Büros mit Wänden, die bis zur Decke reichen, und verschließbare Türen. Nie hört man laute Stimmen; die einzigen Geräusche sind das Klappern von Schreibmaschinen und das einlullende leise Brummen der Klimaanlage auf dem Dach.

Das Büro des Regionaldirektors gleicht einer Suite, bestehend aus drei Zimmern: dem Raum der Sekretärin, groß genug, um einer Ledercouch, einem Computertisch und einem L-förmigen Schreibtisch Platz zu bieten; von diesem Raum führt eine Tür in das Privatbüro des Direktors, und daneben, erreichbar durch eine Doppeltür, befindet sich der Konferenzraum mit einem Tisch, an dem bequem zwanzig Personen Platz finden.

Am Nachmittag des 17. April 1985, einem Mittwoch, sitzt Norma Gravesend, die Sekretärin des Regionaldirektors, vor ihrer IBM Selectric und bearbeitet einen Stapel persönlicher Korrespondenz ihres Chefs. Sie tippt sauber und präzise. Der einzige Fehler, der ihr gelegentlich unterläuft, besteht darin, daß sie in dem Wort ›Arbeit‹ die Buchstaben e und i vertauscht.

Norma Gravesend ist eine Frau von vierundvierzig Jahren, so schlank, daß man sie fast schon als magersüchtig ansehen könnte. Sie scheint nur aus Knochen, Sehnen und Muskeln zu bestehen. Die pergamentdünne Haut ihres Gesichts ist straff. Das etwas schüttere, graue und leicht strähnige Haar steckt sie am Hinterkopf zu einem Knoten zusammen, der von Haarnadeln gehalten wird.

Dennoch entbehrt sie keineswegs eines gewissen Reizes. Ihre Augen sind von einem bemerkenswert warmen Braun und blikken ihr Gegenüber direkt und verständnisvoll an. Ihr Lachen kann gelegentlich ein wenig boshaft sein. Es kursieren Gerüchte über sie und den Direktor – Gerüchte, wie sie in der Vorstandsetage einer jeden größeren Gesellschaft die Runde machen –, aber nichts daran ist erwiesen, nichts wird sich jemals nachweisen lassen.

Gerade jetzt wird sie bei ihrer Arbeit von einer jungen Frau, gekleidet in ein maßgeschneidertes, graues Leinenkostüm, unterbrochen. Die junge Frau hat einen Aktenkoffer aus braunem Kalbsleder bei sich. Norma Gravesend blickt von ihrer Schreibmaschine auf.

»Ja? Kann ich Ihnen behilflich sein?«

»Ich bin Sally Abaddon vom Büro in Atlanta.« Ein zurückhaltendes, prüfendes Lächeln. »Ich habe für drei Uhr einen Termin beim Direktor. Ich bin ein paar Minuten zu früh dran.«

»Selbstverständlich, Miß Abaddon. Bitte, nehmen Sie Platz. Ich werde sehen, ob er schon bereit ist, mit Ihnen zu sprechen.«

Die Sekretärin klopft einmal an die Tür, dann tritt sie ein. Sekunden später kommt sie zurück.

»Der Direktor möchte Sie jetzt gleich sprechen.« Nun tritt sie näher an die Besucherin heran. »Sie benützen doch kein aufdringliches Parfüm, oder?«

»Nur das allgemein anerkannte, und auch davon sehr wenig.«

»Gut. Der Direktor ist nämlich allergisch gegen andere Gerüche. Hier hinein, bitte.«

Ein großer Mann mit breiten Schultern und breitem Nacken. Das schneeweiße Haar gut geschnitten und frisiert. Rötlicher Teint. Zähne wie kleine Grabsteine. Er trägt einen Westenanzug aus schwarzer Seide. In die Krawatte eingewebt das Zeichen des Departments: ein blutrotes Sporenrad.

Er steht auf, stützt sich mit den Knöcheln am Schreibtisch auf, beugt sich vor. Sally Abaddon tritt näher – für den Fall, daß er ihr die Hand schütteln möchte. Er unterläßt es. Sie lächeln und begrüßen sich. Er deutet auf den Sessel vor dem Schreibtisch.

»Dieser Fall Miller ...« sagt er unvermittelt. »War dabei wirklich Gewalt nötig?«

»Ja, Herr Direktor.«

»Wir haben ein ungeschriebenes Abkommen mit der Gegenseite. Wir eliminieren keinen von den ihren, sie eliminieren keinen von den unseren.«

»Abgesehen von besonderen Fällen«, erinnert ihn Sally Abaddon. »Wir haben uns durchaus innerhalb unserer Grenzen gehalten. Millers Leben war bedroht. Sie hätten ihn sich geschnappt, ohne daß wir auch nur eine Chance gehabt hätten. Ihr Agent kannte keine Skrupel. Wir taten, was getan werden mußte.«

»Haben Sie es erledigt?«

»Nein. Mein damaliger Beauftragter, Briscoe.«

»Sehr gut. Ich akzeptiere Ihre Darstellung. Miller war immerhin ein Verräter. Also Ende gut, alles gut. Sie waren noch nie in Florida?«

»Nein, Sir.«

»Gut. Wir brauchen Ortsfremde für diesen Fall. Ein hiesiger Agent könnte enttarnt werden. Das Objekt ist ein erst seit kurzem verwitweter Mann – Harry Dancer. Der Vorname ist keine Abkürzung von Henry oder Harold – er heißt einfach Harry. Unser Informant ist ein Freund und Nachbar. Nach dem, was er uns berichtet, haben wir eine gute Chance, Harry Dancer

›umzudrehen‹. Ihr Beauftragter wird Shelby Yama sein. Kennen Sie ihn?«

»Nein, Sir.«

»Ich werde Sie gleich mit ihm bekanntmachen. Er kann Ihnen dann die Einzelheiten schildern. Und bis dahin – sollten wir uns besser kennenlernen.«

»Ja, Herr Direktor.«

Er nimmt den Hörer ab. »Miß Gravesend, bitte stellen Sie vorläufig keine Gespräche durch.«

AN DIESEM ABEND verläßt Norma Gravesend ihre Wohnung am Pompano Beach. Sie hat eine weiße Einkaufstüte bei sich. In der Tüte befinden sich zwei Bücher.

In der Bibliothek am Atlantic Boulevard schaut sie sich beiläufig um. Erblickt ihren Kontaktmann, von dem sie nur weiß, daß er Leonard heißt. Die beiden treten hinter die Bücherregale.

»Haben Sie das da schon gelesen?« fragte sie und nimmt ein Buch aus ihrer Einkaufstüte. *Schwere Zeiten* von Charles Dikkens.

»Interessant?« fragte Leonard.

»Sehr«, antwortet sie.

Eine Stunde später ist Leonard zu Hause und hat *Schwere Zeiten* vor sich. Er verwendet einen einfachen Buch-Code. Überträgt die Nachricht von Norma Gravesend. Das heißt, er wandelt sie in eine Serie von fünfstelligen Zahlen um.

Dann schaltet er sein Funkgerät ein und beginnt zu senden. Er achtet sehr auf den Namen ›Dancer‹. Wenn man einen Fehler macht, könnte daraus leicht ›Danger‹ werden. ›Danger‹ – ›Gefahr‹.

DAS HAUPTQUARTIER der Corporation befindet sich in einem unauffälligen Bau an der Northwest H Street in Washington, D.C. Eine Messingtafel verkündet: *Gesellschaft für universale Zusammenarbeit.*

Im Funkraum, der im obersten Stockwerk untergebracht ist, wird Leonards Durchsage für den 18. April 1985, 01.24 Uhr in das Tagesjournal eingetragen. Die Bandaufzeichnung wird dem die Nacht über diensthabenden Code-Entzifferer eigenhändig überbracht, und zwar um 01.43 Uhr. Die Transkription geht an den Chef der Einsatzleitung, als dieser um 08.00 Uhr morgens sein Büro betritt.

Ein kleiner, geschrumpft wirkender Mann. Das Gesicht übersät mit Sorgenfalten. Das dünne Haar seitwärts über den kahl werdenden Schädel gekämmt. Nervös, umständlich, magenkrank. Trägt einen Tweedanzug, der zu schwer ist für seinen schwächlichen Körper.

Der Chef der Einsatzleitung liest die dechiffrierte Meldung von Leonard in Florida. Er kann den Direktor der Region Südwest des Departments nicht ausstehen. Der Mann hat zu oft gesiegt. Der Einsatz von Sally Abaddon im Fall Harry Dancer ist eine Herausforderung.

Er geht zu seiner Computerbank, stellt die Verbindung mit dem Personalarchiv der aktiven Agenten her. Tippt körperliche, geistige, seelische Anforderungen ein. Der Drucker beginnt zu rattern. Drei Namen. Um zwei Uhr nachmittags steht Evelyn Heimdall im Büro des Einsatzleiters.

Er gibt sich kurz angebunden, vergeudet keine Zeit.

»Haben sie schon mal in Florida gearbeitet?«

»Nein, Chef.«

»Gut. Das Objekt hält sich dort auf. Ein erst kürzlich verwitweter Mann namens Harry Dancer. Ihr Beauftragter ist Anthony Glitner. Er wird Sie über alles weitere informieren. Sehen Sie zu, daß Sie so schnell wie möglich hinunter nach Florida kommen.«

»Chef«, wendet Evelyn ein, »ich habe für August meinen Urlaub eingetragen.«

»Kein Problem. Bis dahin haben wir Harry Dancer entweder gewonnen oder verloren.«

HARRY DANCER. Die Trauer nagt an ihm wie eine Ratte. Alle Freuden sind dahin. Er kann nicht mehr schlafen.

Ungerechtigkeit! Ein *Ding*, so klein, daß man es nur durchs Mikroskop sehen kann. Und doch mächtig genug, um diese wunderbare Frau zu töten.

Schlimmer noch: Sein Kummer schwindet dahin. Franst irgendwie aus. Die Schmerzen bleiben, aber sie lösen sich in Erinnerungen auf. Wie lange kann ein Mensch ausbluten? Er erinnert sich an ihre Schönheit, muß dazu aber bereits die alten Photos betrachten. Die guten Tage. Das Lachen. Doch die Erinnerung verwässert. Er versucht, sich an seine Trauer zu klammern, sie zu hätscheln und zu pflegen. Es gelingt ihm nicht.

»Das Leben geht weiter«, sagt ihm Jeremy Blaine, ernst und vorwurfsvoll.

Ein Schlag. Die Welt hätte aufhören müssen sich zu drehen. Aber sie drehte sich weiter.

Er funktioniert. Achtzehn Stunden nach dem Begräbnis sitzt er wieder an seinem Schreibtisch. Dancer Investment-Verwaltung Inc. Er hört sich die Beileidsbekundungen seiner Mitarbeiter an. Nickt. Dann nimmt er, aschfahl, den Hörer ab. Fährt fort zu leben.

Freunde versuchen alles mögliche. Einladungen. Abendessen. Cocktailpartys. Grillfeste. Bemühen sich, ihn mit anderen Frauen bekanntzumachen. Er lehnt alles ab. Hängt herum in seiner Strandwohnung südlich von Boca Raton, die nicht groß genug war für zwei und nun viel zu groß ist für einen.

Alkohol hilft nicht. Tabletten auch nicht. Ebensowenig Hasch. Der Ozean hilft. Der Schimmer auf den Wellen. Dem Licht des Mondes nachschwimmen, ohne Ende. Sich einfach sinken lassen. Mit offenem Mund. Blasen, die nach oben steigen. Aber immer kehrt er ans Ufer zurück. Stemmt sich gegen die Strömung. Patscht durch das seichte Wasser, durch den Sand zurück in sein leeres Haus. In seine leere Welt.

Ein drahtiger, muskulöser Mann. Dunkle Augen, bronzefarbene Haut. Ernste Züge, von Tragik umwittert. Bewegungen mit der Geschmeidigkeit des Tennisspielers. Ihre Bestimmung gedämpft, aber vorhanden, bereit. Alles jederzeit zur Verfügung.

»Ich will alles!« hatte er zu seiner Frau gesagt.

Aber es ist vergeudet. Kein Bedarf. Jetzt bewegt er sich schwerfällig durch ein Leben ohne Sinn und Reiz. Das Gift ist in ihm. Er verfault von innen heraus.

»He, alter Kumpel«, sagt Jeremy Blaine, »wir müssen dich da rausholen. Stellen wir doch eine Nacht lang die Stadt auf den Kopf, du und ich.«

»Nein«, widerspricht Harry Dancer.

»Hör doch auf, dich selbst zu bemitleiden.«

»Meinst du, daß ich das tue?«

»Natürlich. Es ist nichts als Selbstmitleid.«

»Na schön«, meint Dancer. »Gehen wir.«

Sie trinken. Fahren nach West Palm Beach, um gegrillten Pompano zu essen. Trinken. Fahren heim. Halten unterwegs bei altbekannten und neuen Kneipen an, um noch mehr zu trinken. Brüllen. Singen. Und Dancer haßt sich dafür. Selbstbetrug.

Nach Mitternacht. Irgendwo beim Lighthouse Point. Jeremy Blaine, das Großmaul, sagt: »Whoop-de-doo! He, alter Kumpel, wir haben ein neues Oben-und-unten-ohne-Lokal im Bezirk. Wie wär's, wenn wir das mal einer Prüfung unterziehen würden?«

»Wozu denn, zum Teufel?« brummt Dancer. »Ich hab' schon mal nackte Haut gesehen.«

»Komm doch! Mach mir bloß nicht weis, er geht dir nicht hoch, wenn dir ein hübsches junges Ding den nackten Hintern entgegenstreckt! Wir trinken noch ein Glas oder zwei, bleiben noch eine halbe Stunde oder höchstens eine und amüsieren uns noch ein bißchen.«

»Höchstens eine Stunde«, willigt Dancer ein. »Morgen früh muß ich nach Miami zu einem Seminar.«

Das Lokal heißt ›Tipple Inn‹. Eine Art Scheune mit Tischen, die kaum größer als ein Handtuch sind. Eine Stehbar. Drei Bühnen, übereinander angeordnet. Auf jeder gleichzeitig zwei Mädchen. Sei tanzen eine Viertelstunde lang zur Musik einer Vier-Mann-Combo. Dann kommt die nächste Schicht Tänzerinnen.

Formell gekleidete Serviermädchen. Als Kontrast. Die beiden bestellen.

»O Mann!« sagt Blaine und streicht sich mit den Knöcheln über den rostroten Schnauzbart. »Schau dir die mit den Riesentitten an, dort drüben. Ein Wunder, daß sie nicht vornüberkippt.«

Die Viertelstunde ist zu Ende. Die Tänzerinnen verlassen die Bühnen, während neue hereinkommen. Gäste winken. Mädchen, die eben noch auf der Bühne tanzten, kommen herüber, steigen auf Tische und geben Privatvorstellungen. Tragen nur ein Strumpfband, damit sie die Trinkgelder wegstecken können.

»Die sind gut für drei- oder vierhundert die Nacht«, meint Blaine. »Steuerfrei. Wie findest du das?«

Dancer antwortet nicht.

Er riecht billiges Parfüm. Schweiß. Abgestandenes Bier. Urin. Deodorants, die einem das Wasser in die Augen treiben.

»He, alter Kumpel, gönnen wir uns doch eine. Unsere ganz private, nackte Lady. Wir wär's mit der Blondine auf der mittleren Bühne? Mir gefällt die rasierte Muschi.«

»Ganz wie du meinst«, sagt Dancer.

Die Musik verstummt. Blaine steht auf. Er winkt der Blondine.

Sie bahnt sich einen Weg zwischen den Tischen. Atmet schwer. Glitzert von Schweiß.

»Hallo, Gents«, lockt sie, lächelt dazu. »Privatvorstellung? Kostet zwanzig, Minimum.«

»Kann ich mir denken«, erwidert Blaine. Nimmt seine Brieftasche heraus. Steckt ihr einen Zwanziger unters Strumpfband. »Du bist aber viel Mädchen für's Geld.«

»Je größer sie sind«, antwortet sie, »desto schwerer fallen sie.«

Die beiden helfen ihr auf den Tisch. Die Kellnerin bringt ungefragt eine weitere Runde. Dann setzt die Musik wieder ein. ›Ihre‹ Nackttänzerin beginnt mit den Fingern zu schnippen. Wiegt sich in den Hüften. Windet sich. Läßt ihre Brüste wippen.

Sie sitzen da und trinken. Schauen zu ihr auf, mit blödem Lächeln. Sie hängt drohend über ihnen, eine Amazone. Spreizt obszön die Beine. Hält die rasierte Scham Harry Dancer vors Gesicht. Ein seltsamer, aufregender Geruch. Fast wie Asche. Totes Feuer. Verbrannter Duft.

Tanzt dann frenetisch. Wirft ihren Körper in wilde Verrenkungen. Losgelassen. Blaine streckt die Hand aus.

»Schauen Ja, anfassen Nein«, protestiert sie und atmet schwer.

Die Musik verstummt.

»Noch eine Runde, Gents?« fragt sie. Die Hände auf den Hüften, die Beine gespreizt, starrt sie Harry Dancer an.

»Klar«, sagt er. Langt nach seiner Brieftasche. »Wie heißt du?«

»Sally.«

DIE AGENTEN der Corporation treffen am 20. April in Fort Lauderdale ein. Geführt von dem Beauftragten Anthony Glitner. Er organisiert. Ein Apartment und den Identifikationsnachweis für Evelyn Heimdall. Eine Motel-Suite für den Sicherungs- und Kommunikationsmann. Sicherheitsgebäude nicht notwendig. Noch nicht.

Glitner fliegt zurück nach Washington. Erstattet dem Einsatzchef Bericht. Sie gehen Harry Dancers biographische Daten durch. Ihren Schlachtplan. Sieht gut aus. Für sie. Aber dem Chef ist nicht wohl bei der Sache. Er kaut Magentabletten.

»Tony, es ist ein Wahnsinns-Job«, sagt er. Zurückhaltend, fast scheu.

»Aber er muß erledigt werden«, erwidert Glitner. Dann kehrt er nach Fort Lauderdale zurück.

Am 25. April ruft Evelyn Heimdall bei der Firma Dancer Investment-Verwaltung an. Fragt nach Mr. Harry Dancer.

»Darf ich fragen, wer ihn sprechen möchte?« entgegnet die Empfangsdame.

»Mein Name ist Mrs. Evelyn Heimdall. Mr. Dancer kennt mich nicht, aber Sie können ihm sagen, daß mir Reverend Perry Stone den Vorschlag gemacht hat, ihn anzurufen.«

– Reverend Stone ist davon in Kenntnis gesetzt worden, daß Dancer möglicherweise mit ihm Kontakt aufnehmen wird. Der Beauftragte Glitner kennt seine Regeln. –

»Einen Augenblick, bitte.«

Klick.

»Harry Dancer. Was kann ich für Sie tun?«

»Mr. Dancer, mein Name ist Evelyn Heimdall. Reverend Perry Stone meinte, ich sollte Sie anrufen.«

»O ja. Wie geht es dem Reverend?«

Lachen. »Er raucht noch immer seine stinkenden Zigarren. Und er sagt, ich soll Ihnen seine besten Wünsche bestellen. Mr. Dancer, mein Mann ist vor sechs Monaten gestorben, und ich bin gerade aus New Jersey hierher nach Fort Lauderdale gezogen. Ich bin im Begriff, mein Vermögen hierher zu transferieren, sowie das, was mir mein Mann hinterlassen hat. Ich versuche, all diese finanziellen Dinge zu begreifen, aber ich muß gestehen, daß es mich ziemlich verwirrt. Was, um alles in der Welt, ist zum Beispiel ein Ginnie Mae? Sehen Sie, deshalb fragte ich mich, ob wir uns kennenlernen und die Möglichkeit besprechen sollten, daß Sie mir bei der Anlage meines Kapitals behilflich sind.«

»Selbstverständlich, Mrs. Heimholtz. Sie könnten –«

»Heimdall.«

»Heimdall – bitte verzeihen Sie mir. Sie könnten in unser Büro kommen, Mrs. Heimdall, aber mir wäre zunächst ein weniger förmliches Treffen lieber, wenn Ihnen das recht ist. Ich meine, um erst einmal miteinander bekanntzuwerden. Haben Sie etwas dagegen, wenn ich Sie zum Lunch einlade?«

»Das ist sehr nett von Ihnen, aber ich bin noch fremd hier, Mr. Dancer. Können Sie ein Restaurant vorschlagen?«

»Haben Sie einen Wagen?«

»O ja.«

»Ich kenne ein hübsches Strandrestaurant an der A Eins A in Pompano Beach. Es heißt *Sea Watch*. Können Sie morgen um zwölf Uhr dreißig dort sein?«

»Sea Watch. A Eins A. Pompano Beach. Morgen, zwölf Uhr dreißig. Ich bin da. Vielen Dank, Mr. Dancer.«

»Ich danke Ihnen, Mrs. Heimdall.«

Der Nachrichtendienst hat seine Arbeit wie immer gut erledigt. Mit Hilfe der ihm übergebenen Dossiers unterrichtet Glitner Evelyn Heimdall ausführlich. Dabei konzentriert er sich auf Dancers vor kurzem verstorbene Frau Sylvia.

»Eine reizvolle Lady, dunkler Typ«, sagt er, und liest dabei von einem Dokument ab, das den Stempel TOP SECRET trägt. »Gesunde, gebräunte Haut. Das braune Haar kurzgeschnitten. Braune Augen. Leidenschaftliche Tennisspielerin.«

»Genau wie ich«, wirft Evelyn Heimdall ein.

»Warum, glauben Sie, haben wir Sie ausgewählt? Hier, das ist das einzige Foto, das wir auftreiben konnten. Es ist entstanden, als sie in ihrem Klub das Damen-Einzel gewonnen hat. Das Foto erschien mit einem Bericht in der *Sun-Sentinel.*«

»Gute Beine«, stellt sie fest und betrachtet die Vergrößerung.

»Wie Sie. Auch das ist mir aufgefallen. Sie sind etwa gleich groß und haben ungefähr das gleiche Gewicht. Vielleicht haben Sie oben rum ein bißchen mehr dran, aber um so besser. Ihr Haar ist länger. Können Sie es schneiden lassen?«

»Natürlich. Und wie das ihre frisieren. Ein Pagenkopf.«

»Gut. Sie trank gern Wodka-Gimlets. Hatte eine Vorliebe für Caesars-Salat und Liebesromane. Trug nur wenig Make-up. Immer nackte Beine. Rauchte die langen Mentholzigaretten von Benson and Hedges. Können Sie das alles behalten?«

»Ich werde mich bemühen. Wie hat sie sich gekleidet?«

»Meistens exklusive Sachen. Auf fast allem, was sie trug, waren Namensetiketten.«

»Igitt. Na ja, ich nehme an, ich werde auch das über mich bringen. War sie Rechts- oder Linkshänderin?«

»Rechts. Heißt das, Sie können beides?«

»Tony, ich verfüge über Talente, von denen Sie keine Ahnung haben.«

»Das glaube ich Ihnen aufs Wort. Und vielleicht bietet sich eine Gelegenheit, sie einzusetzen. Es heißt, diese Sylvia Dancer sei im Bett wie eine leidenschaftliche Tigerin gewesen.«

»Und wie, um alles in der Welt, hat der Nachrichtendienst das herausgefunden?«

»Das war nicht schwer. Harry Dancers Hausarzt ist einer von unseren Leuten. Er berichtet, daß Harry manchmal Probleme hatte, mit seiner Frau Schritt zu halten. Er ließ sich B-zwölf-Spritzen geben.«

»Auch noch in jüngerer Zeit?«

»Nein. Diese Probleme liegen ein paar Jahre zurück. Ach, noch etwas: Sylvia Dancer hatte eine Vorliebe für Pferderennen. Sie war nicht gerade eine fanatische Wetterin, hat nur Zwei-Dollar-Wetten abgeschlossen. Aber es machte ihr Spaß, bei den Rennen zuzusehen, in Calder, Hialeah, Gulf Stream – wo auch immer. Als Kind besaß sie ein Pony; vielleicht hat es damit angefangen.«

»Sonst noch was?«

»Hintergrundmaterial. Eltern, Ausbildung und so weiter. Aber vorerst sollten Sie sich auf Ihre erste Begegnung mit Harry Dancer konzentrieren. Gehen wir die Sache noch einmal durch.«

Evelyn Heimdall zieht sich mit Bedacht zum Lunch im Sea Watch an. Ein Halston-Hosenanzug aus Naturleinen. Das Haar kurzgeschnitten und leicht aufgehellt. Nackte Beine. Ein dezentes Make-up. Benson und Hedges in ihrer Mark Cross-Handtasche. Am Vormittag lag sie zwei Stunden in der Sonne, hat jetzt einen bronzefarbenen Teint.

Es funktionert vorzüglich. Als sie von der Hosteß an Dancers Tisch geführt wird, sieht sie den schockierten Ausdruck auf seinem Gesicht, während er sich linkisch erhebt.

Ein kleiner Tisch. Ein paar belanglose Worte. Beide blicken hinaus über den Ozean.

»Was liegt da drüben?« fragt sie und deutet auf den Schimmer. »Wenn man direkt nach Westen fährt, wohin kommt man dann?«

»Nach Portugal«, sagt er. »Glaube ich.«

Sie meint, es müsse eher Westafrika sein, behält es aber für sich. Nimmt eine der langen Mentholzigaretten aus ihrer Handtasche. Er gibt ihr mit seinem Feuerzeug Feuer. Seine Hand zittert dabei.

Die Kellnerin steht an ihrem Tisch. »Cocktails?«

»Einen Wodka-Gimlet«, bestellt Evelyn Heimdall. »Mit einer Zitronenscheibe, bitte.«

Er nimmt einen Gin-Martini ohne Eis. Als er serviert wird, kippt er die Hälfte in einem Schluck. Sie empfindet Mitleid mit ihm. Schweigend.

»Was möchten Sie essen?« fragt er, studiert die Speisekarte, ohne sie anzusehen. »Fisch ist sehr gut hier. Und es gibt wirklich riesige Hamburger.«

»Vielleicht kann ich einen Caesars-Salat bekommen.«

»Natürlich«, sagt er mit gepreßter Stimme. Dann bestellt er sich einen Martini.

Sie will ihn nicht zu direkt überrumpeln. Lenkt das Gespräch auf ihre Finanzprobleme. Sie habe ungefähr achthunderttausend Dollar zur Verfügung. Wie sie die anlegen solle?

»Ich würde mich auf kein Risiko einlassen«, rät er ihr. »Mindestens vierzig, besser noch fünfzig Prozent sollten in festverzinslichen Wertpapieren angelegt werden. Ich muß dazu allerdings mit Ihrer Steuerveranlagung vertraut sein, mit Ihren Ausgaben, und so weiter. Ich gestehe, ich neige zu konservativen Ratschlägen. Ich würde Sie nicht zu riskanten Unternehmungen überreden.«

Sie lächelt.

Dann sprechen sie über sein Honorar, die Probleme bei der

Übertragung des Besitzes, Steuervergünstigungen und Null-Kupon-Bonds, Versicherungen. Er ist sehr erfahren auf diesem Gebiet, genau wie sie. Aber sie läßt es sich nicht anmerken.

Eine angenehme Atmosphäre. Geeister Kaffee und anschließend Baileys Irish Cream. Ein seichtes Gespräch über Südflorida. Wohin man gehen, was man sehen sollte.

»Ich muß auch mal wieder auf einen Rennplatz gehen«, sagt sie. »Ich liebe Pferderennen. Nicht, daß ich hohe Wetten abschließen würde. Mir gefällt das Drum und Dran so gut.«

Er hält den Blick gesenkt. »Sie sind meiner Frau sehr ähnlich«, sagt er so leise, daß sie es kaum verstehen kann.

»Ach, wirklich? Ich würde sie gern kennenlernen.«

»Sie ist gestorben.« Er hebt den Kopf und starrt sie an. »Vor ungefähr einem Monat.«

»O mein Gott«, sagt sie. Tief ergriffen. Streckt den Arm aus und legt ihre Hand auf die seine. »Es tut mir so leid. Das habe ich nicht gewußt. Ich selbst habe das vor einem halben Jahr durchgemacht. Es ist schwer, nicht wahr?«

»Ja. Sehr schwer.«

»Das schlimmste dabei«, fährt sie fort, »das absolut schlimmste ist es, daß der Kummer nach und nach vergeht. Man ist davon überzeugt, daß man den Rest seines Lebens leiden wird – doch der Kummer läßt nach. Selbst die Erinnerungen schwinden. Und das kommt einem so verachtenswert vor, daß man kaum damit leben kann.«

»Ja«, stimmt er zu und schaut sie verwundert an. »Genau so ist es.«

Er unterzeichnet die Rechnung. Bezahlt mit Kreditkarte. Während sie auf die Quittung warten, entschließt sie sich, ihm noch einen Ball zuzuwerfen.

»Übrigens«, sagt sie ganz leichthin, »ich bin eine begeisterte Tennisspielerin. Können Sie mir einen Klub empfehlen? Mit einem Platz in der Nähe?«

Bevor sie sich trennen, haben sie vereinbart, in seinem Klub in Boca Raton miteinander Tennis zu spielen. Morgen. Sonnabend. Evelyn Heimdall gibt ihm ihre Adresse und die Telefonnummer.

»Ich reserviere den Platz, sobald ich wieder im Büro bin«, verspricht er. »Und dann rufe ich Sie an. Ich könnte mir vorstellen, daß das mit morgen klappt. Wenn wir am Spätnachmittag spielen, können wir vielleicht danach miteinander zum Abendessen gehen.«

»Das wäre wunderbar«, sagt sie. »Wie soll ich mich anziehen?«

»Für ein gepflegtes Dinner«, antwortet er. Es klingt glücklich. »Bringen Sie die Tennissachen einfach in einer Tasche mit. Sie können sich im Klub umziehen. Ich hole Sie ab.«

»Das klingt nach einem vergnüglichen Abend.«

Er drückt ihre Hand.

Zurück in der Motel-Suite, läßt sich Anthony Glitner von ihr die Begegnung in allen Einzelheiten schildern. Was hat er gesagt? Was hat sie geantwortet? Welchen Cocktail hat sie bestellt? Was hat er getrunken? Was hat sie gegessen, was er? Wie hat er ausgesehen? Wie stellt sie sich zu ihm?

»Ich mag ihn«, berichtet Evelyn Heimdall. Sie sagt es sehr langsam. »Ich mag ihn wirklich. Momentan ist er sehr verletzlich. So etwas wirkt auch in der Gegenrichtung.«

DAS DEPARTMENT hat zwei »Maulwürfe« im Hauptquartier der Corporation in Washington sitzen. Der eine ist der Nachtdienst-Dechiffrierer. Das Department hat ihn umgedreht, indem es ihn kokainsüchtig machte. Jetzt erhält er seine täglichen Rationen. Genug, um ihn an der Leine zu halten, aber nicht so viel, daß er seine Funktionen nicht mehr ausüben könnte.

Als der Bericht von Leonard über Harry Dancer eingeht, fertigt der Nacht-Dechiffrierer eine Kopie der Übertragung an. Die gibt er seinem Kokain-Kontaktmann. Und dieser reicht sie seinerseits an den Mann des Departments in Washington weiter. Dieser Agent schickt sie in Form eines Mikrofilms an das Hauptquartier des Departments in Cleveland.

Dort wird die Information ausgedruckt, ausgewertet und in die Computerdatei eingegeben. Zugleich wird der Regionaldirektor Südost in Fort Lauderdale gewarnt.

Dieser Prozeß dauert etwa eine Woche. Als der Regionaldirektor die Nachricht erhält, weiß er, daß das Agententeam der Corporation bereits an Ort und Stelle ist und sich Harry Dancer nähert.

Das stört ihn nicht halb so sehr wie die Frage, auf welche Weise die Corporation von dem Interesse des Departments für Harry Dancer Wind bekommen haben kann. Die einzige Antwort darauf ist ein Leck, und zwar ein sehr ernst zu nehmendes Leck innerhalb des Regionalbüros. Der Direktor ruft den Leiter der inneren Sicherheit, Ted Charon, zu sich.

Sie konferieren im Büro des Direktors und fertigen eine Liste aller Mitarbeiter an, die über die Operation Dancer Bescheid wissen: Der Direktor selbst. Die Sekretärin Norma Gravesend. Die Agentin Sally Abaddon. Der Beauftragte Shelby Yama. Und ein Dutzend andere: Computerleute, Archivbedienstete, Helfer, die Sally das Engagement bei der Tipple Inn besorgten.

»Und Jeremy Blaine«, fügt der Direktor hinzu. »Den dürft ihr nicht vergessen. Er hat uns den Tip mit Dancer gegeben, aber vielleicht spielt er eine doppelte Partie. Überprüft ihn genau.«

»Ja, Sir«, sagt Charon. »Ich habe das Gefühl, als ob das Leck auf einer der unteren Stufen zu suchen ist, aber wir lassen niemanden aus, der dafür in Frage kommt. Haben Sie eine Ahnung, wie groß das Team ist, das die Corporation hierhergeschickt hat?«

»Ich habe Cleveland gebeten, unsere Maulwürfe im Hauptquartier der Corporation danach zu fragen. Bis jetzt ist noch keine Antwort eingegangen, aber wir werden in Kürze über die Zahl und die Namen Bescheid wissen. Der Mann in Washington ist auf Draht. Und während wir auf Näheres warten, hole ich Briscoe aus Atlanta hierher.«

»Briscoe? Ist das nicht der Mann, der den Agenten der Corporation im Fall Miller eliminiert hat?«

»Genau der.«

»Ich weiß nicht, Herr Direktor«, gibt der Leiter der inneren Sicherheit zu bedenken und zieht die Stirn in Falten. »Der Bursche ist ein Schlägertyp. Eine lebende Waffe.«

»Vielleicht brauchen wir eine Waffe, bevor wir die Sache erledigt haben«, mutmaßt der Regionaldirektor, und dabei zeigt er seine Grabstein-Zähne. »Wenn man in dem Geschäft arbeitet, ist alles denkbar.«

DIE SONNTAGABENDE sind schlimm. Als Sylvia noch lebte, waren sie die besten Tage. Man hatte sich einfach amüsiert, müßig. Lachen und Neckereien. Ein kaltes Abendessen. Shrimps, Florida-Hummern oder Krebsfleischsalat. Eine gute Flasche. Scherze. Erotische Spielchen.

Meistens aßen sie draußen in dem Patio. Und manchmal nahmen sie das, das vom Wein noch übrig war, in zwei Plastikbechern hinunter an den Strand. Dann setzten sie sich in den von der Sonne noch warmen Sand und beobachteten, wie der Mond aufging. Der Geruch nach salzigem Tang. Lauschten dem leisen Plätschern der Wellen. Waren zufrieden.

Dann, später, gingen sie, einander umschlungen haltend, zurück ins Haus. Langsam nach oben ins Schlafzimmer. Behutsames, zärtliches Lieben. Alles ein bißchen benommen, alles irgendwie aufregend. Gespräche. Schließlich süßer, tiefer Schlaf.

Alles dahin.

Harry Dancer versucht etwas. An diesem Sonntagabend bereitet er sich einen Chef-Salat zu. Mit Scheiben knoblauchduftender Salami. Öffnet eine Flasche kalifornischen Chablis. Stellt dann den Salat in den Kühlschrank. Und trinkt statt Wein einen doppelten Gin auf Eis. Setzt sich mit dem Plastikbecher voll Gin an den Strand. Schaut hinauf zum wolkenverhangenen Himmel. Und läßt den Kopf hängen.

Er denkt an den vergangenen Tag. An Mrs. Evelyn Heimdall. Wunderbare Frau. Klug. Und Sylvia so ähnlich, daß er sie immer anschauen muß. Gute Tennisspielerin. Gute Beine, großartige Figur.

Ihr Mann ist tot; sie hat das gleiche durchgemacht. Beim Dinner sprechen sie über die Trauer, und was sie bewirkt.

»Sie werden feststellen«, prophezeit sie, »daß all die alten Klischees wahr sind. ›Das Leben geht weiter.‹ – ›Die Zeit heilt alle Wunden.‹ Und so weiter. Aber selbst wenn man das weiß, bleibt dennoch eine große Leere. Ein weißer Fleck im Leben. Und man weiß nicht, wie man diese Leere ausfüllen soll. Dennoch, man versucht es.«

»Was haben Sie unternommen?« fragt er. Hoffnungsvoll.

»Religion hilft. Der Glaube. Sind Sie ein religiöser Mensch?«

»Nicht unbedingt.«

»Nun, was mir geholfen hat, muß nicht bei jedem helfen. Aber es ist etwas, was man bedenken sollte. Ich meine, wenn man nach einer Erklärung sucht. Nicht nach Vernunft und Logik, aber nach einer Erklärung. Überlegen Sie sich das einmal.«

»Das werde ich tun.«

»Versprechen Sie es?«

»Natürlich. Möchten Sie einen Brandy?«

Jetzt, auf dem dunklen Strand, den Plastikbecher mit geeistem Gin in der Hand, versucht er, darüber nachzudenken. Aber er kann nicht. Er findet keine Erklärung, geschweige einen vernünftigen Grund. Das alles kann nur Zufall gewesen sein. Unglücklicher Zufall. Grausamkeit des Schicksals.

Wenn das Leben keinen Sinn und keinen Zweck hat ... Was dann? Ja, was dann? Der Kluge pflückt die Knospe, eh' sie erblüht. Gibt es eine andere Wahl?

Den Gin ausgetrunken, erhebt er sich mühsam. Trottet zurück zu seinem öden Heim. Als er das Haus betritt, beginnt das Telefon zu klingeln.

»He, alter Kumpel«, meldet sich Blaine. »Blanche hat wieder

mal einen ihrer berüchtigten Anfälle von Migräne. Wie wär's, wenn die beiden Trapper zur Tipple Inn fahren und die Biberfallen inspizieren?«

»Meinetwegen«, sagt Harry Dancer.

Sie sitzen wieder am selben, winzigen Tisch. Bestellen Bier. Dancer betrachtet die sich im Tanz windenden Mädchen auf den drei Bühnenebenen.

»Suchst du jemanden?« fragt Blainc. Grinst dazu.

»Ich werf' nur mal 'nen prüfenden Blick in die Runde.«

»Aha. Wie wär's mit der Brünetten ganz rechts? Sie hat eine Tätowierung auf den Schamlippen, ob du's glaubst oder nicht.«

Sie trinken Flaschenbier, fast eine Stunde lang. Die Schicht der tanzenden nackten Frauen wechselt mehrmals. Eigentlich eher Mädchen: alle jung, mit festen Körpern. Braungebrannt, mit Bikinistreifen. Darin liegt ein besonderer Reiz, findet Dancer. Hell und dunkel. Wie Marmorkuchen.

Schließlich kommt Sally. Das Golden Girl. Keine Bikinistreifen. Überall schimmernde, gebräunte Haut. Und langes, weizenblondes Haar, das eine Perücke sein kann, aber natürlich wirkt. Ihre völlig rasierte, haarlose Nacktheit provoziert. Sally verbreitet Erregung. Wahnwitzige, wilde Bewegungen. Aber geschmeidig für eine so große Frau. Choreographiert.

»Holen wir sie doch noch mal her«, sagt Dancer.

»Klar«, erwidert Blaine. »Nur zu. Ich muß mal n' Moment raus.« Er geht.

Die Musik verstummt. Dancer erhebt sich, winkt. Sally sieht ihn. Lächelt. Kommt herüber.

»Wieder eine Privatvorstellung?« fragt sie.

Er steckt ihr einen Zwanziger unter das Strumpfband. Hilft ihr hinauf auf den Tisch. Ihr Körper ist erotisierend.

»Können wir uns sehen?« fragt er unvermittelt.

»Klar«, antwortet sie. »Hast du Räder?«

»Heute abend nicht. Ich bin mit dem Wagen eines Freundes hier.«

»Ich mag keine Dreier«, sagt sie. »Soll ich ein Mädchen für deinen Freund besorgen?«

»Nein.«

»Dann ruf mich morgen an. Frag nach Sol. Er gibt dir meine Nummer.«

»Wird gemacht. Danke, Sally.«

»Gern geschehen«, flötet sie. Und beginnt zu tanzen.

Er setzt sich und blickt hinauf zu ihrem in der Perspektive verkürzten Körper. Die Hüfte und Brüste scheinen unermeßlich zu sein. Sie streichelt ihren Bauch und die Schenkel. Mit geheimem Entzücken.

»Magst du das?« fragt sie.

»Ja. Sehr.«

Wieder nimmt er diesen seltsamen Brandgeruch wahr. Erregend.

»Meldest du dich?« fragt sie und starrt ihn an.

»O ja.«

»Ich werde gut sein für dich.«

Davon ist er überzeugt. Und möchte es ihr sagen. Doch dann kommt Jeremy Blaine zurück an den Tisch.

»He, he«, ruft er.

NORMA GRAVESEND schickt wieder über Leonhard eine Mitteilung an das Hauptquartier der Corporation. Der Chef der Einsatzleitung studiert die Übertragung. Ruft Anthony Glitner zurück nach Washington. Sie sprechen miteinander, in einem abhörsicheren Raum mit Drähten in den Wänden, die elektronische Überwachungen aller Art abschirmen.

»Tony, wir bekommen Schwierigkeiten«, sagt der Chef. Dazu schiebt er sich eine Magentablette in den Mund. »Außer Sally Abaddon, der Einsatz-Agentin, und Shelby Yama, dem Beauftragten, schalten die anderen nun auch noch Briscoe aus Atlanta ein. Das ist der Killer, der unseren Mann im Fall Miller umgelegt hat.«

»Verdammt!« flucht Glitner.

»Lassen Sie das Fluchen sein«, tadelt ihn der Chef in scharfem Ton. »Das zeigt immerhin, wieviel Bedeutung sie dieser Aktion Dancer beimessen. Ich meine, wir sollten mit einem ähnlichen Killer wie diesem Briscoe kontern.«

»Chef, wir haben keinen Killer wie Briscoe«, wendet der Beauftragte ein.

»Das weiß ich. Deshalb schlage ich vor, Sie engagieren einen von dort. Einen bezahlten Schläger.«

»Glauben Sie, daß das klug ist?«

»Ich halte es für notwendig. Sicher, er wird automatisch einer von den anderen sein, aber es wäre eine Art von höherer Gerechtigkeit, wenn wir sie mit ihren eigenen Waffen schlagen. Sagen Sie dem Mann so wenig wie möglich über den Einsatz. Es soll sich nach Rauschgifthandel, einem Scheidungsfall oder so ähnlich anhören. Ich bin sicher, es gelingt Ihnen, einen geeigneten Mann zu finden.«

»Ich mache mich daran, sobald ich zurück bin.«

»Gut. Und nun zu unserem zweiten Problem. Das Department weiß, daß wir durch ein Leck in ihrer Organisation Wind von der Sache Dancer bekommen haben. Unser dortiger Maulwurf berichtet, daß eine Überprüfung durch die Abteilung Innere Sicherheit begonnen hat.«

»Das klingt nicht gut. Werden Sie den Maulwurf zurückziehen?«

»Nein. Sie ist zu wichtig für uns, wir brauchen sie dort. Sie wußte von der Gefahr, als wir sie umgedreht haben. Aber das macht mir bei weitem nicht so viel Kopfzerbrechen wie folgendes: Wenn das Department weiß, daß wir uns für Dancer interessieren, muß es auch ein Leck auf unserer Seite geben, und zwar hier, in diesem Haus. Ich habe die Spionageabwehr verständigt, und sie hat eine Untersuchung in Gang gesetzt. Tony, seien Sie sehr, sehr vorsichtig. Die anderen wissen inzwischen vermutlich von Ihrer Anwesenheit in Fort Lauderdale – und von der Ihres

Teams. Sie schrecken vor nichts zurück – das hat uns der Fall Miller bewiesen. Also passen Sie auf. Und warnen Sie Ihre Leute. Beschränken Sie den Kontakt untereinander auf ein Minimum.«

»In Ordnung, Chef. Jetzt ist mir klar, warum Sie es für gut halten, einen Schläger zu engagieren.«

Sie sitzen eine Minute lang schweigend da. Nachdenklich. Der Chef hält sich die Hand vor den Mund, um ein leichtes Rülpsen zu unterdrücken.

»Tony, glauben Sie, Evelyn Heimdall ist diesem Fall gewachsen? Sie scheint mir nur sehr langsam weiterzukommen.«

»Sie folgt genau dem Plan«, erwidert Glitner. »Und sie hält sich an die Termine. Sie hat den Kontakt aufgenommen. Hat bereits einen Tag mit Dancer verbracht. Heute ist sie in seinem Büro und bespricht mit ihm die Planung für ihre Investitionen. Ich nehme an, sie treffen sich morgen bereits wieder zum Lunch, zum Dinner oder was auch immer. Chef, sie ist eine sehr talentierte, ehrliche und überzeugende Frau. Sie glaubt an das, was sie tut. Ich setze großes Vertrauen in sie.«

»Ich hoffe, Sie täuschen sich nicht. Was für ein Mann ist dieser Harry Dancer?«

»Groß. Gutaussehend, wenn auch etwas ungeschliffen. Er ist noch immer erschüttert vom Tod seiner Frau. Verwirrt. Unsicher. Und er leidet unter Depressionen – verständlicherweise. Er war neun Jahre verheiratet, und nun ist er allein. Evelyn bietet ihm Verständnis und Kameradschaft. Sie ist eine sehr *solide* Frau, und es besteht kein Zweifel darüber, daß er sich von ihr angezogen fühlt. Er ist am Ertrinken, sozusagen, und sie wirft ihm den Rettungsring zu. Ich bin überzeugt, daß das Ergebnis ganz in unserem Sinn sein wird.«

Aber auf dem Rückflug nach Fort Lauderdale gesteht sich Anthony Glitner insgeheim ein, daß er keineswegs so sehr davon überzeugt ist.

Er ist ein großer, schlanker Mann mit den riesigen Händen eines Basketballspielers. Auf charmante Weise häßlich. Die Nase krumm wie ein Türkensäbel. Ein breiter Mund. Große Schlappohren. Aber wenn er lächelt, wirkt alles zusammen – ein Lächeln, das froh macht.

Er weiß, daß Menschen, die sich im Kummer verzehren, manchmal exzentrisch und unberechenbar reagieren. Der abrupte Wechsel in den Lebensgewohnheiten, das Loslassen von lieben Gewohnheiten: eine ganz andere Persönlichkeit, die daraus entsteht. Nicht selten werden aus Schwächlingen wilde Bullen. Starke Bullen, die weinen. Und alle suchen den Exzeß als Schutz und Bollwerk gegen ihre Verzagtheit.

Glitner fürchtet, Dancer könnte in diese Falle tappen: Vergessen durch Maßlosigkeit. Wenn das geschieht, ist der Beauftragte nicht mehr so hundertprozentig davon überzeugt, daß Dancer den Rettungsring der Heimdall ergreifen wird – ja, daß er ihm auch nur willkommen erscheint.

Er trifft sich noch an diesem Abend mit ihr in Fort Lauderdale. Sie berichtet ihm von ihrer Verabredung mit Harry Dancer. Nichts von Bedeutung. Dancer ist freundschaftlich, er spricht vage über ein weiteres Tennisspiel, ein weiteres gemeinsames Dinner, den gelegentlichen Besuch einer Pferderennbahn. Aber er trifft keine konkreten Vereinbarungen.

Glitner berichtet Evelyn von den Befürchtungen des Chefs. Er weist sie darauf hin, daß ihre persönliche Sicherheit in Gefahr sein könnte. Dann spricht er von seinen Besorgnissen im Hinblick auf Dancers emotionalen Zustand.

»Es könnte sein, daß er auf der tiefen Seite des Pools untergeht«, sagt er. »Eine gar nicht so seltene Reaktion bei großem Kummer. Ich finde, Sie sollten mit etwas mehr Nachdruck vorgehen. Das Department ist dabei, ein hartes, erfahrenes Team einzusetzen. Wir müssen uns Luft verschaffen. Können Sie nicht mit Dancer in einer, sagen wir, einer intimen Begegnung zusammenkommen?«

»Wenn ich zu sehr dränge«, erwidert Evelyn Heimdall, »kann es sein, daß ihn das abstößt. Ich bin überzeugt, daß so manche

Witwe oder geschiedene Frau hinter ihm her ist, sei es direkt oder über Freunde. Na schön, Tony, ich lade ihn zu einem Dinner in meine Wohnung ein. Er kann es mir praktisch nicht ausschlagen; schließlich bin ich eine seiner neuen Klientinnen. Ich werde ein bißchen Druck machen, dann sehen wir, was geschieht.«

»Es könnte nicht schaden«, hofft Glitner.

DER BEAUFTRAGTE SHELBY YAMA war einmal Theaterproduzent gewesen, bevor ihn das Department für sich gewann. Rekrutieren wäre nicht das richtige Wort: Yama ist freiwillig zum Department gestoßen.

Er ist ein ›Etwas‹-Mensch: Etwas klein, etwas untersetzt, etwas jung wirkend. Und er ist hyperaktiv. Seine Kollegen glauben, er müsse *high* sein von irgendwas, aber davon kann keine Rede sein. Es ist sein Adrenalin. Er kann nicht stillsitzen. Ist nicht in der Lage, Nabelschau zu betreiben. Kein Mantra für ihn – er muß etwas tun, etwas unternehmen.

Die Kampagne Harry Dancer ist sein erster bedeutender Auftrag. Er hat nicht die Absicht, ihn zu verpatzen, kennt die Strafe für verpatzte Aufträge. Das Department verzeiht nicht. Die Strafe währt ewig.

Wegen seines Hintergrunds und seiner Ausbildung sieht er die Jagd auf Harry Dancer als Theaterinszenierung. Da muß es ein Drehbuch geben, Kulissen, Kostüme, Requisiten. Und, natürlich, tiefgreifende Analysen der Motivationen für die Darsteller. Shelby Yama kennt bereits die Handlung. Mit etwas Glück endet das Stück nach seinen Vorstellungen.

Er nimmt eine Suite in einem Motel in Pompano Beach in Anspruch, die vom Department gemietet ist, dekoriert sie als Boudoir in drei Räumen um. Spiegel an der Decke über dem Wasserbett. Gewichtige, schwere Seidenvorhänge. Überall dicke Kissen. An den Wänden Frauenakte in Öl und Pastell. Pornokassetten für den Videorekorder.

»Hier bringst du ihn her«, sagt er zu Sally Abaddon, führt sie herum, erklärt ihr die kleinen Kniffe und die Spezialausstattung des Badezimmers.

»Er wird sich totlachen«, meint sie.

»Natürlich wird er das«, stimmt Yama zu. »Er ist ein intelligenter Mann. Er wird lachen, um seine Überlegenheit zu zeigen angesichts des ganzen erotischen Kitschs. Aber es wird durchdringen, Mädchen. Glaub mir, es wird auf ihn wirken. Er wird sich sagen: Zum Teufel, warum eigentlich nicht? Und er wird sich hingeben. Der Umgebung – und dir. Es wird ihn vergessen lassen. Das ist es, was er momentan will: Er will vergessen.«

»Ich finde ihn nett«, sagt Sally ein wenig traurig.

»Na und? Ändert das irgend etwas an der Sache?«

»Ich glaube nicht.«

»Du tust deinen Job, und wir gewinnen diesen Kerl für uns. Hier drinnen gibt es so viele Mikrophone, daß man damit ein ganzes Konzert aus der Radio City Music Hall übertragen könnte. Die Fernsehkameras laufen, wenn er hereinkommt und du mit diesem Schalter hier die Deckenbeleuchtung anknipst. Hast du das kapiert?«

»Ja.«

»In der Nachttischschublade ist Marihuana und Koks, falls ihm danach sein sollte. Aber ich bezweifle es. Wetten, daß er mehr für Alkohol ist? Davon steht genug im Sideboard, und der Weißwein ist im Kühlschrank.«

»Du hast an alles gedacht.«

»Hoffentlich«, sagt Shelby Yama. »Wenn nicht, dann ist diese Show schon mit der Premiere vorbei. Ich werde mit Briscoe draußen auf dem Parkplatz warten. Ein schwarzer Mercedes. Wenn etwas schiefläuft, weißt du, wo du uns finden kannst.«

»Was könnte schieflaufen?«

»Nichts. Hoffe ich. Sei bloß nicht zu aufdringlich. Ich meine, du mußt ganz cool bleiben, darfst ihn nicht drängen. Er kann bleiben, so lange er will. Er kann selbst entscheiden. Du machst alles, was er von dir verlangt.«

»Willst du mir sagen, wie ich arbeiten soll?« fährt Sally Abaddon auf.

»Nein, Mädchen. Ich kenne deinen Ruf. Ich möchte nur, daß alles richtig läuft.«

»Das wird es«, verspricht sie.

Harry Dancer kommt pünktlich um neun Uhr. Er hat eine Flasche Champagner bei sich.

»Fürchte die Griechen, auch wenn sie Geschenke bringen«, tönt er und grinst albern.

»Sind Sie Grieche?« fragt sie, während sie die Deckenbeleuchtung einschaltet.

»Nein. War nur so eine Redensart. Darf ich reinkommen?«

Sie trägt ein langes, schwarzes Samtkleid, das ihren Körper vom Hals bis zu den Fußknöcheln umschmeichelt. Vorne ein breiter Reißverschluß. Lange Ärmel. Shelby Yama hat darauf bestanden.

»Weißt du, Mädchen«, hatte er gesagt, »der Kerl hat dich bereits nackt gesehen. Jetzt sieht er dich angezogen. Das wirft ihn um. Seine Phantasie arbeitet, und die erotische Spannung wächst. Je länger du das Kleid anbehältst, desto verrückter wird er nach dir.«

»Soll das eine Art Hinhalten sein?« hatte Sally gefragt.

»Genau. Du mußt ihn hinhalten, bis ihm der Dampf aus den Ohren kommt. Er kann nur noch eines denken: Wie er diesen Reißverschluß aufmacht. Spiel mit ihm. Cool wie ein Fisch.«

»Du meine Güte!« staunt Harry Dancer, während er sich umschaut. Dann lacht er. »Das ist vielleicht ein Liebesnest!«

»Gefällt es dir?!«

»Nun ja, es ist ... Irgendwie anders. Wer hat dem Maler für die Bilder Modell gesessen? Doch nicht du?«

»Freundinnen. Und Freundinnen von Freundinnen. Wie wär's mit einem Drink?«

»Fabelhafte Idee.«

»Den Champagner?«

»Nein, der ist noch zu warm. Hast du Gin? Oder Wodka?«

»Beides. Was soll es sein?«

»Ein Gin auf Eis wäre fein. Gibt es Eis?«

»Natürlich.«

Sie geht in die kleine Küche. Er schaut sich wieder um. Fühlt sich beengt, findet die Atmosphäre dumpf und erstickend. Die Klimaanlage läuft, aber die Luft ist zu warm und feucht. Die viele Seide. Die Rüschen. Frauenakte an den Wänden. Alles zu sehr ausstaffiert. Unsäglicher Kitsch.

Was habe ich hier zu suchen? fragt er sich. Was mache ich hier?

Er setzt sich und wird von dem weichen, tiefen Sessel verschlungen. So tief unten sitzend kommt er sich vor, als ob er auf dem Rücken läge. Sie bringt seinen Drink. Kuschelt sich zu seinen Füßen am Boden. Anmutig. Hat sich Weißwein eingeschenkt. Hebt das Glas. Legt eine warme Hand auf sein Knie.

»Ich trinke auf nichts«, sagt sie.

»Darauf trinke ich auch«, antwortet er und lächelt mutig.

Dann nippt er. Greift in ihr langes, flachsblondes Haar.

»Dein eigenes?« fragt er.

»Jedes einzelne. Willst du daran zupfen?«

»Nein. Ich glaube dir auch so.«

»Und naturfarben. Das andere ist ganz genauso.«

»Aber du bist rasiert. Juckt das nicht fürchterlich, wenn es wieder nachwächst?«

»Klar juckt es«, sagt sie und lacht. »Willst du kratzen?«

Das intime Gespräch erregt ihn.

»Wieviel Zeit habe ich?« fragt er sie.

»Soviel du willst. Bei mir gibt es keine Parkuhr.«

»Und was muß ich einwerfen?«

»Soviel, wie du geben willst.«

»Das ist nicht fair«, protestiert er. »Nicht fair für dich und nicht fair für mich.«

»Wir entscheiden später darüber«, schlägt sie vor. Ihre Hand gleitet auf seinem Schenkel nach oben. »Ich vertraue dir.«

Er hatte sie von unten betrachtet, als sie in der Tipple Inn auf seinem Tisch tanzte. Jetzt blickt er auf sie hinunter. Bemerkt ihren durchscheinenden Teint. Die klaren Züge. Die weiten, blauen Augen. Unschuld. Jugend.

»Wie alt bist du?« fragt er.

»Zweihundertsechsundvierzig«, antwortet sie.

»Nein, im Ernst, wie alt bist du?«

»Ich bin nicht mehr weit von der großen Drei mit der großen Null entfernt.«

»Das glaube ich nicht. Du siehst wie neunzehn aus.«

»Danke, Sir«, erwidert sie. »Aber das kommt daher, daß mein Herz rein ist.«

»Das glaube ich.« Läßt sie entscheiden, ob er es ernst oder ironisch gemeint hat. »Sally, ich fühle mich nicht wohl in dem Ding. Macht es dir etwas aus, wenn ich mich auf einen härteren Stuhl setze?«

»Das Wasserbett ist hart genug«, meint sie. »Bediene dich. Und zieh dein Jackett aus, und die Schuhe. Fühl dich wie zu Hause. Wie wär's mit etwas Musik?«

»Wie du willst.«

Sie legt eine Kassette auf. Ella Fitzgerald singt Cole Porter. Dancer schaut sie überrascht an.

»Woher weißt du ...? Das ist meine Lieblingsplatte.«

»Die meine auch.«

»Unsinn – du bist zu jung für Fitzgerald und Porter.«

Sie lächelt.

Draußen auf dem Parkplatz, im schwarzen Mercedes, folgen Shelby Yama und Briscoe dem Gespräch auf ihrem Empfänger.

»Ich glaube, es geht gut«, sagt Yama. »Finden Sie nicht auch?«

»Bis jetzt«, antwortet Briscoe.

»Ich habe ein paar wilde Videokassetten«, sagt Sally Abaddon zu Harry Dancer. »Möchtest du sie sehen? Das bringt einen in Stimmung.«

»Nein. Danke. Die brauche ich nicht. Ich bin in Stimmung.«

»Dachte ich mir doch«, raunt sie und knöpft ihm das Hemd auf.

»He«, protestiert er, »laß mich das tun.«

»Wie es dir am liebsten ist«, sagt sie und fährt leicht mit dem Handrücken über seine Wange.

Er öffnet ihren Reißverschluß. Ganz langsam.

»Oh!« stöhnt er. »Mein Gott!«

»Gefällt dir, was du dir da eingehandelt hast?«

»Ich *liebe* es.«

Er stellt das Glas mit dem Drink weg. Beugt den Kopf. Berührt ihre Brüste mit den Lippen.

»Mann«, sagt er.

»Hab keine Angst, mir weh zu tun«, flüstert sie. »Ich bin nicht zerbrechlich.«

»Warum sollte ich dir weh tun?«

Er steht auf, schwankt. Zieht sich aus. Sie windet sich aus ihrem geöffneten Kleid. Läßt sich rückwärts auf das leicht schwankende Bett fallen. Breitet ihr langes Haar über die Kissen aus. Betrachtet ihn.

»Sieh mal, was mit dir alles passiert«, sagt sie.

»Entschuldige.«

Sie lächelt faul. »*Dafür* brauchst du dich nun wirklich nicht zu entschuldigen. Bist du sicher, daß du die Arbeit selbst tun willst?«

»Ich bin ganz sicher.«

»Komme ich dann wenigstens später noch dran?«

»Wenn du willst. Wir werden sehen.«

Er findet in ihrem Körper, was er sucht. Der Kummer ist gebannt. Die Erinnerungen verblassen. Ihr Körper narkotisiert ihn. Eine aufgerichtete Brustwarze wird zum Universum. Sally – er möchte in ihr sein.

»Was für ein Parfüm benutzt du?« fragt er.

»Etwas Besonderes. Magst du es?«

»Es ist anders. Sehr aufregend.«

»Riech mal hier«, sagt sie und bewegt seinen Kopf mit den Handflächen nach unten. »Da. Ich hab' auch da was hingetupft. Gut?«

»O ja.« Ist nicht sicher. Ein beunruhigender Geruch.

Er ist ein gefühlvoller Liebhaber. Möchte, daß sie etwas davon hat. Sie bewegt sich sanft und lustvoll.

»Süß«, stöhnt sie. »So süß. Ich liebe dich.«

»Steht das im Manuskript?« fragt Briscoe draußen auf dem Parkplatz.

»Eigentlich nicht«, meint der Beauftragte Yama. »Nicht ganz. Aber sie hat das Recht, zu improvisieren. Sie ist erfahren darin und weiß ganz genau, was sie tut.«

Briscoe gibt keine Antwort.

»Dreh dich um«, bittet Harry Dancer. »Laß mich deinen schönen Rücken küssen.«

Er setzt sich auf sie. Massiert sanft ihren Hals, die Schultern.

»Magische Hände«, murmelt sie mit geschlossenen Augen.

Er beugt sich hinunter und fährt mit den Lippen an ihrem Rückgrat entlang, weicht nach den Seiten zu den Rippen aus.

»Du bist unglaublich«, flüstert sie.

Er hat gelernt – von Sylvia. Sylvia – seine tote Frau. Er kennt die empfindsamen Stellen. Kennt die Berührungen. Er küßt. Küßt und liebkost.

»Oh ...« sie atmet schwer. »Wo bist du nur all die Jahre zuvor gewesen?«

»Du meinst, die zweihundertsechsundvierzig Jahre?« fragt er und glaubt, daß ihre Reaktionen nur gespielt sind. Hurengespräch.

»Genau. Ich habe auf dich gewartet.«

»Das gefällt mir nicht«, sagt Briscoe, während er im schwarzen Mercedes zuhört. »Sie weicht mir zu sehr vom Drehbuch ab.«

»Lassen Sie ihr doch Zeit«, sagt Shelby Yama. »Sie macht ihn doch nur heiß damit.«

»Mir gefällt das nicht«, wiederholt Briscoe. »Ich glaube, sie verliert die Kontrolle.«

»Ich finde, jetzt ...« drängt Harry Dancer. »Meinst du nicht auch?«

»O ja«, haucht sie, dreht sich herum und schaut ihn an. »Bitte.«

Ihre Arme, die sich um seinen Rücken klammern, sind kräftig. Ihre muskulösen Schenkel haben sich um die seinen geschlungen, halten ihn fest. Nun sehen sie sich aus der Nähe in die Augen.

Die erlernte Technik läßt ihn im Stich. Er ist frei und lustbetont. Findet das Vergessen, das er nötig hat.

Sie hält sein Gesicht zwischen ihren Handflächen. Macht sich nicht die Mühe, seine Lippen zu küssen. Ihr Körper ist entflammt. Der Duft hat sich verstärkt. Sie bewegt sich, drängt in rhythmischen Stößen gegen ihn. Mit geschlossenen Augen.

Er fühlt mit halbem Bewußtsein die Hitze, die von ihr ausgeht. Ein verzehrendes Feuer. Schaut nach unten, sieht, wie ihr Körper sich strafft. Sie verwandelt sich vor seinen Augen. Inbegriff der Leidenschaft. Lippen geöffnet vor den funkelnden Zähnen. Brüste hart und aufgerichtet. Muskeln kontraktieren sich, greifen nach ihm.

Er hat plötzlich Angst. Das ist der Tod, der vor ihm liegt. Er gibt seufzend nach. Sie hebt den Unterleib, um sich ihm entgegenzustrecken. Ihre scharfen Schreie ...

»Jetzt hat sie ihn«, sagt Shelby Yama mit Befriedigung. Er wirft einen Blick auf seine Armbanduhr. »Etwas mehr als eine halbe Stunde. Von nun an wird er nicht mehr so sein wie zuvor. Habe ich recht, Briscoe?«

»Wir werden sehen«, sagt der andere. »Das ist erst der Anfang.«

Dancer verharrt, wo er ist. Er liegt auf ihr. Streicht mit der Hand über ihr Haar. Ihr Gesicht. Liebkost ihren Hals mit den Lippen.

»Sally, Sally.«

Sie schlägt die Augen auf. Gesicht und Körper haben sich entspannt. Der Totenkopf ist verschwunden. Sie schaut ihn voller Überraschung an.

»Bist du wirklich *du*?« fragt sie.

Er lacht. »Nein, ich bin Jack-the-Ripper. Natürlich bin ich ich. Was ist das für eine Frage?«

Sie gibt keine Antwort.

»Bist du okay?« fragt er. Besorgt.

»Wenn es noch besser wäre, würde ich ohnmächtig werden.«

»Kann ich jetzt unter die Dusche gehen?«

»Nein«, sagt sie. »Ich werde dich mit der Zunge baden.«

Die beiden Männer auf dem Parkplatz hören noch eine Stunde lang ihren Gesprächen und Geräuschen zu. Dann, als Dancer geht, schaltet Shelby Yama den Empfänger aus.

»Gut, gut, gut«, sagt er und reibt sich die Hände. »Der hängt an der Angel. Er wird wiederkommen.«

»Ich weiß nicht ...«, meint Briscoe. »Der Ton war komisch. Als ob da etwas nicht in Ordnung wäre.«

»Nicht in Ordnung? Was könnte nicht in Ordnung sein? Sie hat sich an die Anweisungen gehalten, oder?«

»O ja. Sie hat alles gut gemacht. Aber einige ihrer Antworten machen mir Sorgen. Was wollte sie sagen mit ›Bist du wirklich du‹?«

»Ich weiß es nicht«, antwortet Yama. Verblüfft. »Das habe ich allerdings auch ein bißchen seltsam gefunden. Ich werde sie danach fragen.«

»Tun sie das«, meint Briscoe barsch. »Ich würde diese Lady nur sehr ungern verlieren.«

DER BEAUFTRAGTE ANTHONY GLITNER findet seinen Mann durch das vergleichsweise einfache Hilfsmittel des Branchenregisters von Pompano Beach, ›Detektivbüros‹. Die ersten drei, die er besucht, sind unergiebig; zu große Unternehmen, zu einwandfrei. Dort ist man mehr daran interessiert, Schutzdienste zu leisten als persönliche Nachforschungen zu betreiben. Außerdem sind sie nicht hungrig genug.

Beim vierten Versuch stößt er auf den Mann, den er braucht. Herman K. Tischman, ein ehemaliger Polizeibeamter aus New Jersey. Aber jung genug, daß Glitner annehmen kann, er ist mit der Pensionierung nicht zufrieden. Vermutlich zwangsweise pensioniert, aus welchen Gründen auch immer. Vierschrötig, ein untersetzter Mann mit Augenbrauen wie Raupen. Die Lippen braungefärbt von den Zigarren, die er kaut. Und – hungrig.

Er betreibt ein Einmannbüro am Federal Highway.

»Unsere Spezialität sind Ermittlungen aus dem Privatbereich ...« Sein Honorar beträgt hundert Dollar pro Tag, zuzüglich Spesen.

»Besitzen Sie die Konzession, Handfeuerwaffen zu tragen?« fragt ihn Glitner.

»Mhm. Aber warum fragen Sie? Sie sagen, es ist eine Sache mit einem fremdgehenden Ehemann. Wieso brauch' ich da eine Knarre?«

»Man kann nie wissen«, erwidert der Beauftragte. »Der Mann heißt Harry Dancer. Ich gebe Ihnen seine private Adresse, die Büroadresse und ein Foto. Stellen Sie fest, was er so treibt. Wir treffen uns in ein paar Tagen wieder und entscheiden dann, wie es weitergeht.«

»Mhm.« Tischman kaut an seiner kalten Zigarre herum. »Drei Scheine im voraus wären nicht schlecht.«

Sie treffen sich vier Tage später.

»Ja«, sagt der Detektiv. Er blättert in einem Notizbuch. »Der Bursche treibt sich herum. In einem Motel. Die Puppe heißt Sally Abaddon. Ein Nackt-Go-go aus der Tipple Inn. Käufliche Haut.«

»Das ist gut«, lobt Tony Glitner. »Genau das wollten wir wissen.«

»Soll ich weitermachen?«

»O ja, natürlich. Wir wollen nicht, daß Sie jetzt schon aufhören.«

»Mhm«, brummelt Herman K. Tischman. Dabei betrachtet er prüfend den nassen Stummel seiner gekauten Zigarre. »Sie haben mir gesagt, das ist möglicherweise eine Scheidungssache. Mrs. Dancer vermutet, daß ihr Mann nebenraus geht. Und Sie sind ihr Anwalt.«

»Stimmt.«

»Komisch«, sagt Tischman. »Die Frau ist seit fast zwei Monaten tot. Und wenn Sie Anwalt sind, dann haben Sie zumindest keine Zulassung hier im Staate Florida. Übrigens, als ich mich auf dem Parkplatz des Motels herumgetrieben habe, waren da noch zwei andere Typen, die ebenfalls spioniert haben. In einem schwarzen Mercedes. Was geht da vor?«

»Wollen Sie das wirklich wissen?« fragt Glitner.

»Klar, wenn es um meinen Arsch geht, weiß ich gern, warum. Eine Rauschgiftsache?«

»Nein. Kein Rauschgift. Dieser Dancer ist der Treuhänder eines Familienvermögens. Ich vertrete die Kinder des Verstorbenen. Sie versuchen zu beweisen, daß Dancer für die Verwaltung des Vermögens nicht genügend moralisch gefestigt ist. Wir bereiten eine entsprechende Klage vor.«

»Und wer sind die Kerle in dem Mercedes?«

»Ich habe keine Ahnung. Vielleicht haben sie auf eine Freundin gewartet.«

Der Detektiv starrt ihn lange an.

»Zweihundert pro Tag«, sagt er. »Zuzüglich Spesen.«

»In Ordnung«, antwortet Glitner.

Der Beauftragte trifft sich mit Evelyn Heimdall. Wiederholt, was Tischman ihm berichtet hat.

»Damit geht die erste Runde an die anderen«, sagt er bitter. »Ev, wir müssen allmählich in Bewegung kommen.«

»Keine Sorge«, entgegnet sie. »Dancer ist heute abend zum Dinner bei mir.«

»Gut. Es wird nämlich langsam heiß. Ich habe mir von der Zentrale Informationen über diese Sally Abaddon geben lassen. Der Detektiv versucht, ein Foto von ihr zu bekommen.«

Evelyn Heimdall lehnt sich vor und streichelt seine Wange.

»Immer mit der Ruhe, Tony«, beruhigt sie. »Das ist erst der Anfang.«

»Sie ist Nackttänzerin«, erklärt er betrübt.

Die Agentin muß lachen. »Wir haben schließlich auch unsere Waffen, meinen Sie nicht?«

Harry Dancer kommt pünktlich in die Wohnung von Evelyn Heimdall, mit einer Flasche Frangelico.

»Fürchte die Griechen, auch wenn sie Geschenke bringen«, sagt er.

»Warum sollte ich Sie fürchten?« fragt sie. Lächelt. »Sie machen mir keine Angst.«

»Nicht? Gut. Was für eine fabelhafte Wohnung!«

Sie ist wirklich sehr schön. Fünfzig Meter vom Strand entfernt, mit Blick auf den Ozean. Wohnzimmer, Schlafzimmer, Bad, Küche. Und eine schöne Terrasse auf der Ostseite, breit genug für Sessel, bequeme Liegestühle, einen Cocktailtisch. Im sechsten Stock.

»Ein wunderbarer Blick«, ruft er begeistert aus, während er an der Brüstung der Terrasse steht. »Sieht so aus, als könnte man von hier aus direkt ins Wasser springen.«

»Nein, danke«, anwortet sie. »Aber Sie werden feststellen, daß niemand Einsicht hat auf meine Terrasse. Ich kann mich also hier draußen ungeniert nackt bräunen.«

»Passen Sie auf die Hubschrauberpiloten auf«, warnt er sie.

Er findet ihre Wohnung charmant. Sauber, klar. Luftig. Viktorianische Korbmöbel. Ein Ventilator an der Decke. Alles offen und hell. Dünne Vorhänge, die sich im Wind bauschen. Ein Korb mit frischen Früchten. Überall Blumen. Der Boden schwarzweiß gefliest, Schachbrettmuster. Darüber ein paar abgetretene Orientteppiche.

Sie serviert Gin-Martinis und kleine, eisgekühlte Krebsscheren. Draußen auf der Terrasse.

»Hier würde ich am liebsten auf der Stelle einziehen«, sagt er.

»Dann tun Sie es doch bitte«, erwidert sie. »Aber ich warne Sie: Heute abend sind Sie mein Versuchskaninchen. Ich habe uns etwas gekocht – ja, was eigentlich? Eine Art Eintopf. Mein eigenes Rezept. Stücke von Hühnerbrust, stark gewürzte Würstchen, kleine Shrimps. Das Ganze gedünstet mit Knoblauch, Lauchzwiebeln, Paprikaschoten, dazu ein bißchen von diesem und ein bißchen von jenem. Mit viel Weißwein, so daß wir das Ganze auf Reis löffeln können.«

»Ich habe schon beim Zuhören fünf Pfund zugenommen«, lacht er. »Wollen Sie heute abend noch über die Anlage Ihres Vermögens sprechen?«

»Eigentlich nicht. Und Sie?«

»Keinesfalls. Davon habe ich im Büro mehr als genug. Sind Sie in New Jersey geboren?«

»In Maine. Mein Vater war Geistlicher. Und fragen Sie mich nicht, wie lange das her ist. Ich will gar nicht daran denken.«

»Darf ich schätzen, wie alt Sie sind?«

»Meinetwegen.«

»Achtunddreißig.«

Sie lächelt. »Nahe dran, aber nein, keine Zigarre. Danke für Ihre großzügige Güte.«

»Älter?«

»Ein bißchen.«

»Sie sehen wundervoll aus, Mrs. Heimdall.«

»Können wir nicht Ev und Harry zueinander sagen?«

»Großartige Idee. Wo haben Sie gelernt, Martinis zu mixen?«

»Nicht trocken genug?«

»Soll das ein Witz sein? Nein, genau richtig. Hatten Sie viele Gäste, als Ihr Mann noch ...«

»Ja, ziemlich. Ich koche gern. Wie kommen Sie mit Ihren Mahlzeiten zurecht, seit Ihre Frau ...«

»Es geht. Einfache Sachen. Steaks und Folienkartoffeln. Salat. Solches Zeug.«

»Einsam, Harry?« fragt sie. Und schaut ihn dabei neugierig an.

»O ja. Und Sie?«

Sie nickt. »Das ist nun mal die Folge.«

»Wahrscheinlich. Haben Sie die Absicht, oder hoffen Sie, noch einmal zu heiraten?«

»Jetzt auf jeden Fall nicht. Nicht, bis ich mein Leben wieder einigermaßen im Griff habe.«

»Sie scherzen, Ev. Sie sind die selbstsicherste Frau, die ich seit langer, langer Zeit kennengelernt habe. Kann ich noch einen Martini bekommen?«

»Natürlich. Trinken wir den Krug aus. Mehr Eis?«

»Ich nehme es mir – wenn ich darf. Lassen Sie mich bedienen.«

»Mit Vergnügen.«

Er holt den Glaskrug aus der Küche. »Ich hab' den Deckel hochgehoben und gerochen. Köst-lich!«

»Im Kühlschrank ist eine Flasche Chablis – und ein grüner Salat.«

»Hab' ich gesehen – und ein Blatt vom Endivien gestohlen.«

Er schwenkt die Flüssigkeit im Glaskrug, füllt ihr Glas, dann sein eigenes. Danach verzehren sie die Krebsscheren.

»Schöner Abend«, schwärmt sie und schaut nach oben. »Wie viele Sterne kann man sehen?«

»Sechshundert Millionen, vierhunderteinunddreißigtausend, achthundertvierzehn. Ich hab' sie gezählt.«

»Ich dachte, achthundertfünfzehn.«

»Dann muß einer dazu gekommen sein.«

»Ihre Frau«, sagt sie.

Er nimmt ihre Hand. Küßt ihre Fingerspitzen. »Danke, das war hübsch gesagt.«

Ein Dinner bei Kerzenlicht. Weiße Wachskerzen in Windlichtern. Sie sitzen nahe beisammen. Essen, Reden. Fühlen sich wohl. Angenehm.

»Wollen Sie wieder heiraten?« fragt sie. »Sie haben mich gefragt, jetzt frage ich Sie.«

»Vielleicht. Aber vorläufig nicht.«

»Das ist klug. Man soll nichts übereilen. Schon gar nicht, wenn man einsam und verletzlich ist. Ich meine, man darf nicht versuchen, das wiederzugewinnen, was man einmal hatte. Besser, man wartet eine Weile.«

»Guter Rat. Und gutes Essen. Ich esse wirklich wie ein Scheunendrescher.«

»Bitte, lassen Sie nichts übrig – wäre schade darum. Es gibt kein Dessert, aber wir können Kaffee und Ihren Frangelico auf der Terrasse trinken.«

»Perfekt«, lobt er. »Ein gelungener Abend. Und – Sie sind auch perfekt.«

»Niemand ist perfekt, Harry.«

»Aber Sie kommen der Perfektion näher als jeder andere.«

Draußen sitzen sie in bequemen Armsesseln mit weißer Plastikbespannung. Trinken ihren Kaffee und dazu den Haselnußlikör.

»Haben Sie sie sehr geliebt?« fragt sie.

»Sehr. Erinnern Sie sich an Carole Lombard? Eine Fee aus dem Geisterreich. So war Sylvia. Immer ganz hoch oben. Sie war so gut für mich. Wissen Sie, ich neige zum Meckern. Sie hat mich oft ›Knurri‹ genannt. Es stimmt: Manchmal bin ich launisch. Aber sie konnte mich da immer herausholen. Sie war das Licht meines Lebens. Das hört sich an wie ein Schlagertext, nicht wahr? Aber es stimmt. Ich habe sie nie jammern gehört, und sie hat sich nie über irgend etwas beklagt. Selbst als sie im Sterben lag und es wußte. Eine sehr starke Frau. Ich weiß nicht, ob ich so tapfer sein könnte. Aber ich langweile Sie zu Tode . . .«

»Natürlich nicht, Harry.«

»Gehen wir zum Pferderennen«, lenkt er ab. »Wie wär's am Samstag? Machen wir doch einen ganzen Tag daraus. Dinner in

Miami. Es wird nicht so gut wie das, was Sie mir serviert haben, aber wir werden schon zurechtkommen.«

»Mit Vergnügen. Sagen Sie mir nur noch, wann.«

»Ich rufe Sie an.«

Dann sitzen sie schweigend da. Zufrieden. Er nimmt ihre Hand. Hält sie fest. Sie schauen verzückt in den sternklaren Himmel. Werden von der sanften Brise geküßt. Die Luft duftet. Die Brandung rollt. Das Dröhnen eines Düsenflugzeugs, Licht, das zwischen den Sternen aufblitzt.

»Danke, Ev«, sagt er leise.

»Wofür?«

»Für alles.«

Es ist Zeit für ihn, zu gehen. Sie stehen zögernd auf. Gehen langsam durch die halbdunkle Wohnung zur Tür. Drehen sich einander zu. Er starrt sie an.

»Bin ich ihr so ähnlich?« fragt sie. »Sie sagten es.«

»Das war am Anfang. Jetzt sehe ich nicht mehr Sylvia in Ihnen. Ich sehe *Sie.*«

»Das ist mir lieber.«

»Mir auch!«

Er küßt sie. Einmal. Auf die Lippen. Warmer Gegendruck. Ihre Körper pressen sich aneinander. Er berührt ihre Wange.

»Süß«, sagt er. »So süß.«

»Sehen wir uns am Samstag?«

»Natürlich.«

»Gehen Sie nicht fort von mir, Harry«, bittet sie ihn. »Lassen Sie mich nicht fallen.«

»Das könnte ich gar nicht«, beteuert er.

Sie schaut ihm in die Augen. »Versprechen Sie es?«

Er hebt die Hand. »Ich schwöre es beim Allmächtigen Gott.«

»Das ist gut«, antwortet sie.

ER GEHT heim in sein leeres Haus. Starrt sein Bild im Dielenspiegel an. Keine Veränderung. Seltsam: Er hatte damit gerechnet, völlig verändert zu sein. Er ist es nicht, aber seine Haut ist blaß. Die Sonnenbräune schwindet.

»Muß mal wieder in die Sonne«, sagt er laut zu sich.

Das ist auch so etwas: Er redet mit sich selbst. Es beunruhigt ihn; er versucht, es unter Kontrolle zu bringen. Vielleicht sollte er sich einen Hund oder eine Katze anschaffen, als täglichen Kameraden. Aber wenn er damit anfinge, auch noch mit dem Tier zu reden?

›He, Rover, heute abend gibt's Hamburger.‹

›Wie gefällt dir mein neues Hemd, Mieze?‹

Das ist es, was mit Menschen geschieht, die einsam sind: Sie fangen an, Selbstgespräche zu führen, reden mit Haustieren, mit Goldfischen, mit Vögeln und sogar mit den Pflanzen. Damit die Stimme nicht einrostet. Und das Gehirn.

Er schenkt sich einen kleinen Cognac ein. Geht damit hinaus auf den Patio. Läßt sich auf einer gepolsterten Liege nieder und wartet darauf, daß ihn die Verzweiflung übermannt. Aber es geschieht nicht. Er ist entsetzt darüber, daß er so zufrieden ist. Kann es kaum glauben.

Denkt noch einmal über den Abend nach. Was er sagte. Was Ev sagte. Fragt sich, ob er mit ihr ins Bett gehen könnte. Ob er es will. Ob sie es will. Seltsamerweise kommt es ihm gar nicht so wichtig vor. Wichtig ist es, mit ihr beisammen zu sein. Ihre Hand zu halten. Küssen – oder auch nicht küssen. Einfach bei ihr zu sein ...

Wegen Sally, denkt er. Sie erfüllt alle seine sexuellen Befürfnisse – und mehr. Er hat ihr einen Hunderter gegeben, und sie schien damit aufrichtig zufrieden zu sein. Also bezahlt er für ihre Dienste – oder etwa nicht? Aber dann ...

Was denn? Ihre körperliche Schönheit, natürlich. Unglaublich. Unirdisch. Und ihre hemmungslose Hingabe. Fieber im Blut. Mit ihr hat er Dinge gemacht wie nie zuvor. Nicht einmal mit Sylvia. Und Sally hat ihm noch mehr versprochen. Hat Andeutungen gemacht auf geheimnisvolle Tricks, die ihn völlig hinschwinden lassen würden.

Er sagt sich, daß er zu eingebildet ist. Der Gockel vom Dienst. Zwei schöne Frauen. Und er: der Sultan eines exklusiven Harems.

Dann stellt er fest, daß es um mehr als nur ums Bumsen geht. Wirklichkeit oder Versprechen: Er hat Kontakte geschlossen. Zwei Frauen, mit denen er reden kann. Auch lachen. Necken und geneckt werden. Intimität. Ja, das ist es. Das, was er seit Sylvias Tod vermißt hat.

Was wäre sein Leben ohne das? Ohne die Spannung, die Elektrizität? Den Konflikt, der dem Leben erst den Geschmack verleiht?

Er kommt mit sich selbst nicht ganz klar. Körperliche oder gefühlsmäßige Intimität? Oder beides? Er kann seine eigenen Befürfnisse nicht definieren. Beide Frauen scheinen zu wissen, was sie wollen. Sicher und entschieden. Während er hin und her gerissen wird und sich selbst erkennen möchte.

Er stöhnt. Eine komische Verzweiflung. Sagt sich, daß er schließlich alles hat, was er braucht. Und daß er nicht weiß, was er will. Sich nicht entscheiden kann. Seine Gedanken sind so überladen wie Sallys Motelsuite.

Aber trotz seiner Unentschlossenheit fühlt er Befriedigung. Das Leben ist mehr als Tausenddollarnoten, Zukunftssicherungen und Finanzierungspläne. Es ist ein verschlungener Kreislauf menschlicher Beziehungen. Und er hat das Gefühl, daß er wieder in diesen Kreislauf eingeschaltet ist. Auf Gedeih und Verderb.

IM KONFERENZRAUM des Regionaldirektors findet eine Besprechung statt. Anwesend sind der Direktor, der Beauftragte Shelby Yama, Briscoe, die Agentin Sally Abaddon, der Leiter der Inneren Sicherheit Ted Charon. Und die Sekretärin Norma Gravesend, die in Kurzschrift das Protokoll aufnimmt.

»Ted?« fragt der Direktor.

»Noch nichts Bestimmtes, Sir. Wir haben sämtliche Angestellten des Departments überprüft, die über die Operation Dancer informiert sind. Sie scheinen alle sauber zu sein. Natürlich bohren wir noch tiefer, aber momentan scheint Jeremy Blaine, unser Informant, am ehesten in Frage zu kommen. Er weiß über die Aktion Bescheid. Er weiß, daß Sally Abaddon beteiligt ist. Und er ist ein äußerst unstabiler Charakter. Es ist durchaus möglich, daß man ihn umgedreht hat. Ich bitte um die Erlaubnis, ihn rund um die Uhr überwachen zu dürfen.«

»Warum stellen Sie ihm statt dessen nicht einfach eine Falle«, schlägt Briscoe vor, »und sehen zu, ob er hineintritt? Füttern Sie ihn mit falschen Informationen. Wenn die Corporation reagiert, wissen wir, daß Blaine einer ihrer Leute ist.«

»Gute Idee«, stimmt der Regionaldirektor zu. »Aber was für Informationen? Ich bitte um Vorschläge. Von jedermann.«

Schweigen.

»Wie wäre das«, sagt Yama. »Wir sagen Blaine, daß Sally Herpes hat oder AIDS. Wenn er beiden Seiten dient, wird er es der Corporation flüstern, und die wird Dancer bestimmt warnen.«

»Danke für die Blumen«, wirft Sally Abaddon ein.

»Das ist Mist, Yama«, erklärt Briscoe unfreundlich. »Ihr Unsinn beweist uns vielleicht, daß Blaine ein Doppelagent ist, aber zugleich fällt Sally für die Kampagne aus. Und genau das können wir nicht brauchen.«

»Oh ... Ja, natürlich«, sagt Yama verwirrt. »Daran habe ich nicht gedacht.«

»Wie wär's damit«, schlägt Ted Charon vor: »Wir wissen, daß die Corporation über Sally Bescheid weiß. Sie weiß auch, wo Sally wohnt. Wir sagen Jeremy Blaine, daß Sally massenhaft Rauschgift in ihrer Motelsuite hat. Wenn die Polizei zu einer Durchsuchung erscheint, wissen wir, daß Blaine entweder selbst die Polizei verständigt oder der Corporation Bericht erstattet hat, die ihrerseits die Polizei in Kenntnis setzte.«

»An der Sache ist nur etwas faul«, wendet Sally ein.

»Es gibt tatsächlich Rauschgift in der Wohnung.«

»Kein Problem«, wehrt Briscoe ab. »Das räumen wir weg, bevor wir es Blaine stecken. Der Vorschlag gefällt mir. Er ist einfach und sauber. Wenn die Bullen auftauchen, Sally, dann laß ihnen das Vergnügen. Sollen Sie ruhig alles von unten nach oben kehren. Sie werden kein Rauschgift finden, aber wir wissen dann, daß Blaine von den anderen umgedreht worden ist.«

»Und was ist mit diesen ausgeflippten Videokassetten?« fragt Sally. »Und mit dem anderen verrückten Zeug?«

»Das nehmen wir alles raus«, sagt Briscoe. »Vorübergehend. Wenn die Polizei sich nicht zeigt, kommt es wieder zurück. Und wenn sie auftaucht, die Wohnung durchsucht und nichts findet, bringen wir das Zeug danach wieder. Wir haben nichts dabei zu verlieren.«

»Fein«, sagt der Direktor. »Dann fangen wir damit an. Sally, können wir von Ihnen einen Bericht über Ihre Fortschritte haben?«

»Ich glaube, Dancer hat den Haken geschluckt«, beginnt sie. »Ich treffe ihn morgen nachmittag. Seine Mittagszeit! Inzwischen fange ich an, mich bei ihm über meine Arbeit in der Tipple Inn zu beklagen. Ich will, daß er was rausrückt, um mich auszuhalten. Aber ich gehe behutsam vor, möchte ihn nicht abschrekken. Wenn er anbeißt und sich bereiterklärt, meine Rechnungen zu bezahlen, wird er mich viel öfter sehen wollen – damit er entsprechende Gegenleistungen für sein Geld bekommt. Und dann, glaube ich, daß wir ihn kassieren können. Das ist das Drehbuch.«

»Es wird klappen«, bekräftigt Shelby Yama. »Es wäre nicht das erstemal. *Der blaue Engel.* Emil Jannings, der wie ein Gockel kräht und Marlene Dietrich die Zehennägel lackiert.«

Sie sitzen schweigend da. Warten auf die Reaktion des Direktors. Der starrt ins Leere. Ohne sie zu sehen. Das schneeweiße Haar in kunstvolle Wellen gelegt. Schwarzer Anzug mit messerscharfen Bügelfalten. Wässrige Augen, die keine Regung verraten.

»Also schön«, sagt er schließlich. »Macht mal in diesem Sinne weiter. Aber denkt daran: Wir haben es nicht mit einem Trottel zu tun. Dancer ist ein intelligenter, komplizierter Mann. Als seine Frau noch lebte, glaubte er an einen Sinn des Daseins. Jetzt fühlt er, daß sein Leben kein Fundament mehr hat. Er ist verwirrt und ohne Glauben und Zuversicht. Wir müssen ihm einen neuen Glauben bieten – oder einen Unglauben. Und ich will euch klarmachen, wogegen wir kämpfen. Die Corporation hat ein außerordentlich starkes Team eingesetzt: den Beauftragten Anthony Glitner, einen sehr erfahrenen Mann. Die Agentin Evelyn Heimdall – äußerst brauchbar. Einen raffinierten Nachrichtenmann. Und jetzt hat sich Glitner auch noch Verstärkung von außen angeheuert, einen Privatdetektiv namens Herman K. Tischman. Das gefällt mir nicht. Ich will, daß er entweder umgedreht oder eliminiert wird. Briscoe, Sie sollten das übernehmen. Er ist ein Ex-Polizist, der ein windiges Büro in Pompano unterhält.«

»Das hört sich nicht nach einem ernsthaften Problem an, Direktor. Ich kümmere mich gleich darum.«

»Gut. Sonst noch was? Nein? Dann gehen wir an die Arbeit. Norma, meine Liebe, tippen Sie uns schnell einen Bericht, damit man ihn verschlüsselt und nach Cleveland schickt? Noch heute, wenn möglich. Dort ist man sehr an dieser Aktion interessiert. Briscoe, bitte bleiben Sie noch einen Moment hier.«

Die anderen gehen hinaus. Der Direktor schließt die Doppeltür hinter ihnen. Kommt dann an den langen Konferenztisch zurück. Nimmt den Stuhl neben Briscoe, setzt sich und starrt den bulligen Mann an.

»Was ist Ihr persönlicher Eindruck von Shelby Yama?« fragt er.

»Ein Leichtgewicht«, antwortet Briscoe. »Er behandelt diese Sache wie eine Fernsehprobe oder einen Taschenroman. Ich glaube, er ist sich nicht bewußt, wie wichtig sie für uns ist.«

»Es ist der erste große Fall, den er leitet.«

»Ich fürchte, er wird ihn verpatzen.«

Der Regionaldirektor überlegt.

»Sie haben möglicherweise recht«, nickt er. »Ich will aber nicht, daß diese Sache schiefläuft. Yama soll meinetwegen offiziell die Leitung behalten, aber ich erteile Ihnen die Befugnis, jederzeit einzuschreiten und andere Entscheidungen zu treffen, falls Sie das für notwendig halten. Er behält, wie gesagt, nach außen die Leitung, aber die letzte Verantwortung liegt in Ihren Händen. Wenn wir gewinnen, werden Sie dafür angemessen entschädigt. Haben Sie verstanden?«

»Ja, Direktor. Aber es könnte notwendig werden, Yama zu – äh – zu entfernen. Zugunsten des Departments.«

Der Direktor nickt. »In diesem Fall bitte ich Sie, sich zuvor mit mir in Verbindung zu setzen.«

DER CHEF der Einsatzleitung bei der Corporation in Washington hat von seinen Vorgesetzten weitgehende Vollmachten erhalten; sie gewähren ihm freie Hand, interessieren sich nur für die Ergebnisse. Eine Fazit-Mentalität. Sie erhalten wöchentliche Computerausdrucke: Erfolge und Mißerfolge. Sie interessieren sich nicht für die Methoden, nicht für Rechtfertigungen. Nur für die Zahlen, die unterm Strich stehen.

Also trifft der Chef eigenmächtig Tag für Tag Entscheidungen über Leben und Tod. Er kaut Talcid, lutscht andere Magentabletten, betet und bittet um Vergebung für Hybris und für Irrtümer. Er weiß um die Bedeutung seiner Aufträge. Seine Magenverstimmung ist noch der geringste Preis, der dafür entrichtet werden muß.

Ein derzeit entscheidender Punkt ist die neueste Mitteilung von Norma Gravesend. Wegen des Lecks im Hauptquartier der Corporation hat der Chef die Sicherheitsmaßnahmen verstärkt. Leonard fliegt selbst nach Washington. Er händigt die Nachricht der Gravesend persönlich dem Chef aus. So umgehen sie den Funk – und die Dechiffrierer der Corporation.

Der Chef liest den Bericht dreimal. Es stehen einige beunruhigende Dinge darin. Erstens, daß das Department genau über das Personal der Corporation im Fall Dancer Bescheid weiß. Zweitens, daß es bereits Kenntnis hat von dem Auftrag an diesen Herman K. Tischman. Und versuchen wird, ihn zu neutralisieren.

Aber das wichtigste ist nach Meinung des Chefs die Suche des Departments nach dem Leck in seiner Organisation. Dabei ist der Verdacht ausgerechnet auf Jeremy Blaine, den Informanten, gefallen. Man stellt ihm eine Falle. Wenn Blaine dabei entlastet wird, setzt man die Suche nach der Schwachstelle fort. Und früher oder später kommt man dann auf Norma Gravesend. Das kann der Chef nicht zulassen.

Er überlegt, was getan werden muß. Eine moralische Entscheidung. Soll man einen von den anderen oder einen von den eigenen Leuten opfern? Hat er überhaupt das Recht dazu? Es ist eine ethische Entscheidung. Wie alle seine Entscheidungen.

Er braucht nicht lange, um zu einem Entschluß zu kommen. Weiß, daß die Corporation Tatenlosigkeit nicht duldet. Erfolg oder Mißerfolg – auf alle Fälle muß etwas unternommen werden.

Er schickt eine verschlüsselte Nachricht an Anthony Glitner: Sally Abaddon hat größere Mengen von Rauschgift in ihrer Wohnung. Glitner soll anonym die dortige Polizei informieren.

BRISCOE. Niemand kennt seinen Vornamen. Wenn er überhaupt einen hat. Ein mürrischer Mann. Geduckt, stiernackig. Harte Augen. Das Haar getrimmt wie ein Marinerekrut. Absolute Loyalität gegenüber dem Department. Er hat es noch nie im Stich gelassen. Wird dafür entschädigt. Aber darauf kommt es ihm nicht an. Sein Job ist sein Leben.

Er sagt Shelby Yama, wie er Jeremy Blaine behandeln soll. Yama trifft sich zum Lunch mit Blaine. Reicht ihm eine kleine Belohnung für seine ›bemerkenswerte Arbeit‹, dafür, daß er Harry Dancer und Sally Abaddon zusammengebracht hat. Deutet beiläufig an, daß Sally eine Menge Rauschgift in ihrer Motelsuite hat. Daß sie hofft, Dancer damit rumzukriegen. Jeremy nickt fröhlich.

Inzwischen räumt Briscoe alles Belastende aus Sallys Liebesnest beiseite. Zwei Tage später tauchen die Polizisten auf. Sie sind höflich, aber bestimmt. Haben keinen Durchsuchungsbefehl, doch Sally läßt sie ein. Eine halbe Stunde später sind sie unter Entschuldigungen wieder gegangen.

»Na schön«, sagt Briscoe. »Also muß es Blaine sein. Er ist von der anderen Seite bestochen worden. Rufen Sie ihn an, Yama, und sagen Sie ihm, er soll auf einen Anruf von mir warten. Ein neuer Auftrag. Der mehr Geld bringt. Alles weitere übernehme ich.«

Jeremy Blaine ist mit Eifer bei der Sache. Ein neuer Auftrag? Mehr Geld? Klingt gut. Briscoe ruft an, dann holt er ihn zu Hause ab. Um Mitternacht. Fährt auf der Interstate 95 nach Norden. In einem drei Jahre alten Honda.

»Hier kann man am besten reden«, meint Briscoe. »Ich meine, in einem Wagen. Wenn man ihn klaut, besteht nicht die Gefahr, daß er abgehört wird.«

»Yama hat von einem neuen Auftrag gesprochen.«

»Das stimmt. Eine große Sache. Wir glauben, daß Sie der richtige Mann dafür sind.«

»He«, sagt Blaine, »das wissen Sie doch. Ich hab' euch schließlich Dancer geliefert, nicht wahr? Das Ganze war immerhin meine Idee.«

»Das ist richtig«, gibt Briscoe zu. »Das Department schätzt Ihre Arbeit sehr hoch ein.«

Er jagt den Honda auf hundertzwanzig hoch. Wartet auf seine Chance. Sieht sie kommen. Ein schwerer Sattelschlepper Richtung Süden, auf der linken Spur, ziemlich schnell. Briscoe reißt das Lenkrad herum. Rast über den Mittelstreifen. Jeremy Blaine hat gerade noch Zeit, »He!« zu schreien.

Briscoe stößt frontal mit dem Sattelschlepper zusammen. Der Honda ist Totalschaden, dann geht er in Flammen auf. Blaine ist augenblicklich tot. In dem enstehenden Durcheinander geht Briscoe in der Dunkelheit davon. Unversehrt.

Das Department kümmert sich um die seinen.

»DU ERINNERST DICH bestimmt an ihn«, sagt Harry Dancer zu Sally Abaddon. »Der Mann, der bei mir war, als ich dich zum erstenmal in der Tipple Inn sah.«

»Kann sein. Vage. Ein bißchen rundlich? Mit so einer verrückten Krawatte?«

»Ja, genau der. Kein Mensch weiß, was er vorhatte, als er nach Mitternacht über die Interstate fünfundneunzig in Richtung Norden fuhr. In einem Honda. Es war gar nicht sein Wagen. Er fuhr normalerweise einen Cadillac.«

»Vielleicht war er betrunken?«

»Vielleicht. Aber was hat er dort gewollt? In einem Honda? Heute früh war die Beerdigung. Der Tag hat ja großartig angefangen.«

»Trink erst mal einen Schluck.«

»Danke. Einen doppelten Gin auf Eis, bitte. Und wie geht es dir?«

Sie antwortet erst, als sie ihm den Gin bringt. Sie sind wieder in ihrer Motelsuite. Um zwei Uhr nachmittags. Sie ist eben erst vom Swimming-pool hereingekommen. Trägt einen gehäkelten Bikini. Ein heißes Pink.

»Mir geht's – naja«, sagt sie. »Glaube ich wenigstens.«

»Und wieso die Einschränkung?«

»Ach, mein Arbeitsplatz. Es ist wirklich ein lästiger Job. Das Geld ist ja okay, aber ich kann diese geifernden Kerle nicht mehr ausstehen. Vielleicht sollte ich etwas anderes suchen, die Stadt wechseln.«

»Nein. Tu das nicht.«

Dabei ist er sich eines seltsamen Phänomens bewußt. Wenn er bei ihr ist – nur bei ihr –, scheinen sich die chemischen Vorgänge in seinem Körper zu verändern. Sein Körpergeruch ist anders als sonst. Er fühlt, wie ihm der Schweiß über die Rippen läuft, und stellt fest, daß er einen fremden Geruch ausströmt. Verändert sich sein Pherogramm? Reagiert er so auf ihre herausfordernde Sexualität?

»Wieviel verdienst du denn in dem Tipple Inn?«

»In einer guten Woche einen Tausender.«

Er schweigt.

»Aber ich kann mit viel weniger auskommen«, fährt sie fort. »Das wäre es mir wert, wenn ich nichts mehr mit diesen Kerlen zu tun hätte.«

»Laß mir Zeit, darüber nachzudenken«, bittet er. »Vielleicht gelingt es uns, eine andere Lösung zu finden.«

»Das wäre wunderbar. Dann könnten wir viel mehr Zeit miteinander verbringen.«

»Und ich würde früher oder später auf der Intensivstation landen.«

»Nein«, sagt sie und lacht. »Das würde ich dir nicht antun. Nur so viel, wie du ertragen kannst. Und vielleicht ein kleines bißchen mehr. Wie wär's mit einer Matinee? Gleich jetzt?«

»Danke, Sally, aber ich glaube, mir ist nicht danach zumute. Ich bin noch ganz durcheinander von der Beerdigung. Gott, seine Frau – seine Witwe hat am Grab einen Weinkrampf erlitten... Und außerdem sollte ich mich wirklich mal eine Weile im Büro sehen lassen.«

»Aber ein paar Minuten hast du doch noch Zeit, oder? Komm rein, und wir reden miteinander, während ich dusche.«

Er setzt sich auf den Badewannenrand. Betrachtet ihren nackten Körper hinter Milchglas. Wasser läuft. Haut leuchtet auf. Er sieht, wie sie sich bückt. Sieht den glänzenden, schimmernden Rücken. Es ist ein vernebelter Traum.

»Morgen abend habe ich frei«, ruft sie. »Können wir was unternehmen?«

»Klar. Am Federal gibt's ein neues italienisches Restaurant. Es soll gut sein. Wollen wir es ausprobieren?«

»Gern. Ganz wie du meinst. Dann habe ich wenigstens einen Anlaß, mich mal richtig anzuziehen. Du hast mich noch nie zurechtgemacht gesehen. Ich verspreche dir, du bist bestimmt nicht enttäuscht.«

Sie dreht das Wasser ab, schiebt die Tür zur Seite, tritt heraus auf die Strohmatte. Tropfend. Reicht ihm ein Handtuch.

»Trockne mich ab«, sagt sie. »Bitte.«

Es ist, als ob man eine Statue poliert. Er streicht mit den Händen, die das Handtuch halten, langsam und zart über ihren Körper. Als er sich bückt, um ihre Beine abzutrocknen, legt sie eine Hand auf seine Schulter.

»Überall«, provoziert sie.

Er ist nahe bei ihr. Ganz nahe. Fühlt ihre Sonnenwärme. Ihre Handflächen umschließen sanft sein Gesicht.

»Harry«, flüstert sie, »ich ...«

»Was?«

»Nichts.«

»Ich kann ja im Büro anrufen«, erklärt er. »Und sagen, daß ich aufgehalten worden bin.«

»Ja, tu das.«

HERMAN K. TISCHMAN sitzt in seinem klapprigen, sechs Jahre alten Plymouth, den er auf dem Parkplatz des Motels abgestellt hat. Er hat die Fenster heruntergekurbelt, trotzdem schwitzt er. Nimmt an, daß Dancer wohl noch eine Stunde bleiben wird. Mindestens. Was für ein Tag! Erst die Beerdigung, jetzt dies!

Ein Kerl kommt an die Beifahrerseite. Untersetzt, stämmig. Das Haar kurzgeschnitten, Bürstenfasson. Hält eine unangezündete Zigarette in der Hand.

»Haben Sie Feuer, Kollege?« fragt er. Eine rauhe Stimme.

Tischman sucht in seiner Jackentasche. Während er das tut, öffnet der Fremde die Beifahrertür. Setzt sich neben ihn.

»Hallo«, sagt er.

Der Privatdetektiv kaut auf dem Stummel seiner kalten Zigarre.

»Was, zum Teufel, soll das bedeuten?« fährt er den anderen an. »Mach, daß du –«

»Sie sind Herman K. Tischman«, erklärt der andere. »Und Sie beobachten Harry Dancer. Der jetzt gerade da drin ist und ein geiles Biest namens Sally Abaddon bumst.«

Tischman nimmt die Zigarre aus seinem Mund. »Sag mir mehr. Und vor allem, wer du bist.«

»Mein Name ist Briscoe.«

»Ach? Warst du nicht neulich abends in einem schwarzen Mercedes hier?«

»Stimmt.«

»Privatdetektiv?«

»So ähnlich.«

»Auch an dieser Dancer-Sache dran?«

»Klar. Ich dachte, wir könnten vielleicht zusammenarbeiten.«

Tischman wird in die äußere Ecke des Vordersitzes gedrängt. Dieser stämmige, unverschämte Kerl bedrängt ihn. Der ehemalige Polizist glaubt, daß er es mit ihm aufnehmen kann. Aber er ist nicht ganz sicher.

»Ich höre«, sagt er.

»Du arbeitest für einen Burschen namens Glitner«, beginnt Briscoe. »Nehme an, du bekommst einen Lappen pro Tag dafür. Vielleicht zwei. Egal. Geht mich nix an. Arbeite ruhig weiter für Glitner, genau wie bisher. Aber von mir kriegst du einen Hunderter pro Tag extra, wenn du alles erst mir berichtest.«

»Das ist gegen die Berufsehre«, wendet Tischman ein.

Briscoe lacht. Es klingt unangenehm. »Ja, das ist es. Wer hätte das gedacht? Wenn du erst mir berichtest, könnte es sein, daß du nicht alles an Glitner weitergeben darfst.«

»Das ist mehr als einen Hunderter wert.«

»Sicher. Aber mehr bekommst du nicht.«

»Dann kommen wir nicht ins Geschäft«, sagt Tischman.

»Du hast ein hübsches Kind«, erklärt Briscoe. »Wie heißt die Kleine? Mary Jane? Blonde Locken. Wartet jeden Morgen an der Ecke in eurer Straße auf den Schulbus. Hübsch. Und so gesund.«

»Du gemeine Sau«, knurrt Tischman. In ihm brodelt die Angst.

»Also, abgemacht?«

Der Detektiv zögert nicht länger. »Wie erreiche ich dich?«

»Ich melde mich«, sagt Briscoe und klettert aus dem Wagen. »Ta – ta.«

Briscoe findet eine Telefonzelle. Ruft das Büro an. Nennt seine Kennummer und das Codewort des Tages. Endlich wird er mit dem Regionaldirektor verbunden.

»Ich habe Tischman geködert, Sir«, berichtet er. »Er ist auf unserer Seite.«

»Gute Arbeit«, lobt der Direktor. »Außerdem gefällt mir die Art und Weise, wie Sie das Problem Blaine aus der Welt geschafft haben. Wo ist Dancer jetzt?«

»In Sallys Motel.«

»Dann läuft alles nach Plan.«

»Bis jetzt ja«, bestätigt Briscoe.

»Das klingt so, als wären Sie unsicher. Ist etwas nicht in Ordnung?«

»Nichts Bestimmtes, Direktor. Nur so ein vages Gefühl, wenn ich an Sally Abaddon denke. Es könnte sein, daß sie schwach wird.«

»Ach? Das wäre eine bedauerliche Entwicklung. Es täte mir leid, sie nach all den Jahren zu verlieren.«

»Genauso geht es mir auch, Sir.«

»Nun gut, behalten Sie sie im Auge und informieren Sie mich über Ihre Beobachtungen.«

»Wird gemacht.«

Der Regionaldirektor legt auf. Dreht sich dann langsam in seinem Sessel herum. Starrt durch das dunkelgrüne Glas des

Panoramafensters hinaus auf die Dächer und Hochhäuser von Fort Lauderdale. Eine trübe Welt. Selbst die Sonne ist gedämpft.

Er steht auf. Geht in seinem ›Aufsichtsratsvorsitzendenanzug‹ auf und ab. Er weiß. Im Stockwerk unter ihm summen Computer, rattern Fernschreiber, blinken Monitoren. Die Maschinerie einer gut funktionierenden Organisation. Information, Kommunikation, Nachrichtendienste, Planungen, Kostenvoranschläge – alles steht für ihn bereit.

Doch das alles besagt gar nichts. Das Department hängt, wenn es erfolgreich sein will, von Menschen ab, Menschen mit der Leidenschaft und dem Willen, seine Politik und seine Philosophie durchzusetzen. Und Menschen sind keine Maschinen. Sie sind schwach, unvollkommen, unberechenbar. Sie sind nur so lange loyal, als es in ihrem eigenen Interesse liegt.

Zum Beispiel Sally Abaddon. Treu. Erfahren. Vernünftig. Dennoch allen Launen der Menschheit unterworfen. Sie kann jeden Augenblick Verrat begehen. Sich umdrehen lassen. Ihre Fähigkeiten in den Dienst der Corporation stellen. Es ist immerhin denkbar.

Es ist sogar möglich, sinnt der Direktor, daß ich selbst überlaufe. Er kann sich zwar nicht vorstellen, unter welchen Umständen. Aber er ist sicher, seine Vorgesetzten in Cleveland rechnen durchaus mit dieser Möglichkeit und haben für diesen Fall bereits einen Abwehrplan ausgearbeitet.

Und inzwischen bearbeitet der Regionaldirektor ungefähr zwanzig Fälle mit mindestens hundert der erfahrensten Außendienstleute des Departments. Hundert Menschen mit all ihrem Ehrgeiz, ihren Wünschen und Befürfnissen, ihrer Gier. Ihrem Verlangen. Ihren Lastern ... Er muß sich all dessen bewußt sein, muß die Starken belohnen und die Schwachen bestrafen und immer auf die Möglichkeit eines Betrugs gefaßt sein. Selbst bei den Stärksten.

Er zieht seine Weste straff, glättet sein Jackett. Rückt die Krawatte mit dem eingewebten Sporenrad zurecht. Beugt sich über seinen Schreibtisch. Drückt auf die Taste der Sprechanlage.

»Norma«, sagt er, »können Sie bitte einen Augenblick hereinkommen?«

Seine Sekretärin tritt ein, den Notizblock in der Hand.

»Schließen Sie die Tür«, bittet er.

Sie schaut ihn an. Versteht. »Soll ich abschließen, Direktor?« fragt sie.

»Ja. Schließen Sie ab.«

ANTHONY GLITNER weiß, daß in seinem Beruf Ehrgeiz allein nicht genügt. Nach vielen Jahren als Agent im Außendienst und einem Jahrzehnt als Beauftragter ist sein Eifer gedämpft durch die Erkenntnis, daß sich einem die Objekte in der Regel mit sturer Tücke widersetzen. Begeisterung für die Sache der Corporation ist nötig, aber das allein reicht nicht aus, um die Arbeit zu bewältigen.

Es ist eine Aufgabe, die Geduld, Fingerspitzengefühl und Verständnis für die Zwangslage der Objekte erfordert. Und manchmal auch macchiavellische Taktiken. Nicht umsonst widmet man bei den Trainingskursen der Corporation viele Stunden der Frage, ob der Ausgang einer Sache den Einsatz gewisser Mittel rechtfertigt oder nicht – und wenn ja, unter welchen Bedingungen.

Glitners Haltung gegenüber solchen Problemen ist absolut pragmatisch. Obwohl er niemals die Methoden der Gegenseite gutheißen würde, die auf die niedrigen Instinkte der betreffenden Objekte abzielen, ist er bereit, aus den Schwächen des Objekts, aus seinen Fehlern und Unvollkommenheiten Vorteile zu ziehen, um den Zweck zu erreichen, der zuletzt alle Mittel heiligt.

Er ist sich der Einsamkeit von Harry Dancer durchaus bewußt. Eine Periode der Anomalie und Verzweiflung. Glitner glaubt, daß Evelyn Heimdall diese schmerzliche Bedrückung lindern kann. Zugleich aber ist sich der Beauftragte voll bewußt, daß auch das Department hart an der Sache arbeitet. Nicht, um seinerseits ein Linderungsmittel zu liefern, sondern um Dancers Elend durch gefühllose Ausschweifungen zu überwinden – verkörpert in der Person von Sally Abaddon.

Es geht hier nicht nur um ein Aufeinanderprallen von Leidenschaften und Glaubensartikeln; das ist bei allen Auseinandersetzungen zwischen der Corporation und dem Department der Fall. Aber im Fall Dancer geht es auch um eine Entscheidungsschlacht zwischen verschiedenen Techniken: die Frage, ob der Appell an die jeweils besten oder niedrigsten Impulse des Objekts das bessere Ergebnis bringt.

Bei der Aktion Harry Dancer, denkt Glitner, haben wir es im Grunde mit einer Erprobung der uralten Frage zu tun, ob der Mensch bereitwilliger auf die Angst vor Strafe oder auf das Versprechen einer Belohnung reagiert.

Während der Beauftragte über den tieferen philosophischen Sinn seiner derzeitigen Aufgabe nachdenkt, macht das Objekt selbst eine weitere Periode der seelischen Qual durch.

Es stimmt, daß Harry Dancers Kummer mit der Zeit nachgelassen hat. Nun spürt er ihn nicht mehr als ständigen Schmerz, der ihn jederzeit plagt, im Wachen und im Schlaf. Aber aus seinen kurzen Anfällen von Glück und Vergessen mit Evelyn Heimdall und Sally Abaddon sind neue Belastungen entstanden: ein gewisses Schuldgefühl.

Reue und Gewissensbisse gehen Hand in Hand. Hat er seiner Frau oft genug ›Ich liebe dich‹ gesagt? Hat er Sylvia oft genug zärtlich umarmt? Sie oft genug geküßt? Hat er irgend etwas oft genug getan?

Nein.

Aber jetzt, kaum zwei Monate nach ihrem Tod, hält er zwei fremden Frauen die Hände. Küßt sie. Wälzt sich auf schweißnassen Laken. Er hat noch nicht gesagt ›Ich liebe dich‹. Aber er denkt es.

»Was bist du bloß für ein Mensch?« sagt er laut zu sich. Wütend.

Ein steifer Gin-Tonic hilft. Plasma. Dann bereitet er sich auf sein Treffen mit Evelyn Heimdall vor. Mit ebensoviel Sorgfalt wie ein indisches Liebesmädchen. Badet, rasiert sich, benutzt Toilettenwasser, zieht sich an. Noch einen Gin, diesmal pur. Und dann los, ein fröhliches Lied summend.

Sie wartet auf ihn. Hinreißend! Ganz in weißes Leinen gehüllt. Der lange Rock mit einer blauen Schärpe. Großer, breitrandiger Hut. Kein Make-up, aber das Gesicht strahlt dennoch. Sie sieht glücklich aus.

»Umwerfend«, sagt er und küßt ihre Wange.

»Auf zum Rennen!« antwortet sie. »Wie gut Sie aussehen.«

Während der Fahrt nach Süden auf der Interstate 95 berichtet er ihr von Jeremy Blaine.

»Oh, Harry«, seufzt sie, »wie furchtbar. War er ein guter Freund von Ihnen?«

»Nein. Um ehrlich zu sein: Er war kein guter Freund. Aber er war mein nächster Nachbar, und man versucht, mit den Nachbarn gut auszukommen. Ich weiß nicht einmal, ob ich ihn mochte, aber ich habe ihn ertragen. Manchmal konnte er ziemlich ordinär sein. Und er sagte immer ›alter Kumpel‹ zu mir. Doch ich gebe zu, er war sehr freundlich und verständnisvoll nach dem Tod von Sylvia. Aber ... Sprechen wir von etwas Fröhlicherem. Was haben Sie mit sich gemacht?«

Ein leichtes Gespräch. Lachen. Musik vom Kassettenrekorder. Die Texte alter Songs. Sie kann den ganzen Text von ›With a Song in My Heart‹. Dann versuchen Sie ein Duett, geben auf. Lachend.

Ein Tag wie ein Soufflé. Weich und kremig. Perlmuttschimmernder Himmel. Sie fahren bei offenen Wagenfenstern. Riechen den süßen Duft blühender Pflanzen. Der Verkehr ist unerwartet ruhig. Sie kommen vor dem ersten Rennen auf dem Parkplatz der Rennbahn an.

»Im vierten Rennen läuft ein Fohlen namens ›Harrys Chance‹«, sagt sie. »Ich wette meistens nicht mehr als zwei

Dollar, aber auf Harrys Chance muß ich mehr setzen. Zehn Dollar.«

»Sie werden verlieren«, erklärt er.

»Das glaube ich nicht«, widerspricht sie und lächelt.

Sie verliert nicht. Das Pferd bringt etwas mehr als Hundert.

»Ich lade Sie zum Abendessen ein«, erklärt sie.

»Nein, kommt nicht in Frage. Welcher gefällt Ihnen im sechsten? Sallys Narretei?«

»O nein. Der war beim letztenmal unter ferner liefen.«

»Ich versuche es mit fünf Dollar.«

»Das wird Ihnen leid tun.«

Er verliert.

Den Lunch nehmen sie im Klubhaus. Caesars Salat für beide, und eine Flasche Chablis. Bei den drei letzten Rennen setzen sie nicht mehr, sehen nur zu und genießen die Szenerie.

»Sie sind die schönste Frau hier«, sagt er. »Jeder Mann, der uns ansieht, beneidet mich.«

Sie legt eine Hand auf die seine. »Sagen Sie mir mehr davon«, fordert sie ihn auf und lacht dazu. »Hören Sie nicht schon auf.«

Sie erheben sich nach dem letzten Rennen.

»Ich bin noch nicht hungrig«, meint er. »Und Sie?«

»Nach diesem Lunch? Ich würde sagen, nein.«

»Wie wär's, wenn wir zurückfahren nach Boca Raton und dort zu Abend essen? Ich kenne ein Lokal mit großartigen Steaks und einer üppigen Salatbar.«

»Ganz, wie Sie meinen.«

Das ist ziemlich das gleiche, was Sally Abaddon zu ihm sagte, als sie zuletzt beisammen waren, fällt ihm ein.

Das Kansas City Steak House liegt an der A 1A. Nördlich des Lighthouse Point. Harry steckt Sol, dem Oberkellner, einen Schein zu. Sie bekommen einen Ecktisch. Schummrig, außer Hörweite der anderen Tische.

»Sehr hübsch«, begutachtet Evelyn und schaut sich um. »Nicht zu hell. Nicht zu laut. Ist das Knoblauch, was ich rieche?«

»Hoffentlich ist es nicht der Kellner. Mögen Sie Daiquiris?«

»Ich liebe sie.«

»Hier gibt es einen wunderbaren, geeisten Erdbeer-Daiquiri. In einem Glas, so groß wie ein mittleres Aquarium. Sind Sie mit dabei?«

»Mit Freuden.« Sie schaut ihn an.

Ein ruhiges, gemütliches Dinner. Krebsfleisch-Cocktails. Dann Filets medium, dazu gebackene Kartoffeln in der Schale mit Sauerrahm und Schnittlauch. Frischer Spinat mit Schinkenbrötchen von der Salatbar. Eine Flasche Saint Emilion. Und zu den Filets, im Stil von Florida, eine dünne Scheibe gekühlte Wassermelone.

Harry Dancer stellt fest, daß er drauf und dran ist, die Geschichte seines Lebens zu erzählen. Der Farmerjunge in Indiana. Dann Purdue. Und Harvard, wo er sein Diplom erwirbt. Danach bei Merrill Lynch in New York. Anschließend bei der Chemical Bank. Versetzt zur Zweigstelle Florida. Der Entschluß, eine eigene Firma zu gründen. Dancer Investment-Beratung. Ein Erfolg.

»Sylvia habe ich im Tennisclub von Boca kennengelernt«, erzählt er. Trinkt aus, tupft sich die Lippen mit der Serviette ab. Lehnt sich zurück. »Wo wir beide auch gespielt haben. Sechs Monate später haben wir geheiratet. O Gott, das muß totlangweilig sein für Sie. Entschuldigen Sie.«

»Seien Sie nicht albern.« Behält es für sich, daß sie das alles längst weiß. Und noch mehr. »Ich höre gern die Geschichte eines Menschen. Jede ist anders.«

»Und die Ihre?«

»O nein, die lassen wir lieber«, wehrt sie lachend ab. »Ich bin nicht in Stimmung für eine Beichte. Noch nicht. Außerdem ist meine Geschichte nun wirklich langweilig, langweilig, langweilig. Wissen Sie, was ich jetzt möchte?«

»Was?«

»Einen Kaffee, und danach an die Bar. Ich möchte Sie zu

einem Cognac einladen. Schließlich habe ich doch auf Harrys Chance gewonnen.«

»Einverstanden.«

Der Barkeeper, ein Kubaner, ist versiert: Eiswasser für jeden, saubere Aschenbecher. Kleine Untersetzer für die Cognacschwenker. Er schenkt Remy Martin ein, mit elegantem Schwung. Wartet.

»Okay?« fragt er.

»Wunderbar«, sagt Evelyn Heimdall.

Sie sitzen eng nebeneinander auf den Hockern. Ihre Knie berühren sich. Sie schauen einander in die Augen durch den versilberten Spiegel hinter der Bar.

»Wollen Sie gehen?« fragt Dancer. »Musik, ein bißchen tanzen?«

»Nein. Fahren wir zu mir. Dort können wir die Schuhe ausziehen und uns entspannen. Vielleicht noch einen Cognac auf der Terrasse. Und zuhören, was uns die Wellen erzählen.«

»Hört sich gut an für mich.«

In ihrem Apartment bringt sie kleine Gläser mit Cognac hinaus auf die Terrasse. Entschuldigt sich dann.

»Ich muß wirklich erst mal die Schuhe ausziehen«, sagt sie.

Während sie weg ist, zieht er sein Jackett aus. Die Krawatte. Legt sich dann zufrieden auf eine Liege. Den Drink hält er auf der Brust. Er schaut hinauf in den Himmel; die Sterne scheinen zu tanzen. Er sagt sich zufrieden, daß er keine Schmerzen mehr hat. Keine Schmerzen! Wunderbar.

Sie kommt zurück in einem weiten, weißen Bademantel. Vorn geknöpft. Sie ist barfuß. Stupst ihn mit einem Knie.

»Rutschen Sie ein bißchen.«

Er rutscht zur Seite. Sie legt sich neben ihn, dicht neben ihn.

»Wir werden runterfallen«, warnt er sie.

»Na und? Wen kümmert's?«

Er lacht. Stellt sein Glas auf die Bodenfliesen. Zieht sie näher zu sich her.

»Wir fallen nicht, wenn wir uns aneinanderkuscheln«, sagt er. »Mögen Sie es, wenn ich mich an Sie kuschle?«

»Ich liebe es. Das Kuscheln ist mein Lieblingssport.«

»Nach dem Tennis?«

»Vor dem Tennis.«

Er küßt ihre Nasenspitze. Denkt, daß es manchmal großartig ist, albern zu sein.

»Vollmond«, sagt er. »Oder beinahe.«

»Wachsen Ihnen, wenn es soweit ist, Fangzähne? Und bekommen Sie dichtes Haar auf den Handrücken? Fangen Sie zu heulen an?«

»Woher wußten Sie das?«

Sie drückt sich enger an ihn. Beide liegen auf der Seite, umschlingen sich. Plötzlich, ohne Ankündigung, fängt er zu weinen an. Leise. Tränen rinnen aus seinen Augen. Er versucht, sich freizumachen. Sie läßt ihn nicht los.

»Entschuldigung«, schluchzt er mit erstickter Stimme.

»Ist doch gut, Harry«, beruhigt sie ihn.

Er greift hinunter zu seinem Cognacglas. Trinkt einen großen Schluck. Saugt dann die Luft ein.

»Wie kommt das?« fragt er. »Ich weiß es nicht.«

Sie streichelt sein Gesicht. Wischt die Tränen weg.

»Mir ist es lange Zeit so gegangen«, sagt sie. »Anfangs. Aber nach einer Weile hört es auf.«

»Ich komme mir vor wie ein Idiot.«

»O nein. Nur menschlich. Sie sind eben doch kein Werwolf.«

Er lächelt. Hält ihr Gesicht in beiden Händen. Küßt ihre Stirn, die Wangen. Die Nase, die geschlossenen Augen. Ihre Lippen.

»Oh ...« keucht er, »du bist so gut zu mir, Ev.«

»Ja, und du zu mir.«

»Partner im Kummer.«

»Partner in der Hoffnung auf bessere Tage.«

Er knöpft ihren Bademantel auf. Fühlt ihre vollen Brüste.

Sonnengebräunt. Knospige, steife Brustwarzen. Er neigt den Kopf. Seine Zunge liebkost sie.

»Und die andere magst du nicht?« fragt sie.

Er lacht. »Du bist wirklich unglaublich. Ich liebe die andere.«

Er beweist es.

»Harry«, fragt sie, »warum bist du eigentlich noch angezogen?«

»Hier draußen?«

»Warum nicht? Niemand kann uns sehen.«

»Außer dem Lieben Gott«, sagt er und zieht sich aus.

»Und dem ist es recht«, antwortet sie.

IN CLEVELAND sieht der Rechnungsprüfer des Departments, ein Mann, der an eine Viper erinnert, die Abrechnungen der Regionalbüros durch. Er bemerkt sofort, daß die Region Südosten weit über ihrem Budget liegt. Prüft noch einmal die Ausgaben und stellt fest, daß die Operation Harry Dancer für den größten Teil der Überziehungen verantwortlich ist.

Nach längerer Suche findet er den Vorsitzenden im Strategieraum. Vor einer Karte der Vereinigten Staaten sitzend, die an einer Plexiglaswand angebracht ist. Lichtpunkte deuten die Stellen an, wo das Department Aktionen unterhält. Telefonisten sitzen vor Batterien von Apparaten und füttern den Nachrichtendienst mit den neuesten Meldungen. Auf einem übergroßen Digitalrechner kann man die Zahl der derzeitigen Unternehmungen ablesen, die täglichen, wöchentlichen, monatlichen und jährlichen Erfolge und Fehlschläge.

»Ein paar Sekunden Ihrer Zeit, Sir«, sagt der Rechnungsprüfer, beugt sich herunter und flüstert.

»Was?« sagt der Vorsitzende. Und wendet ihm sein Löwenhaupt zu. »O ja, sehr gut. Was gibt's, Acheron?«

»Die Region Südost hat ihr Budget beträchtlich überzogen, Sir. Und das meiste aufgrund einer einzigen Operation. Harry Dancer.«

Der Vorsitzende schnippt mit den Fingern in Richtung auf den Raumwart.

»Nick«, ruft er, »bringen Sie mir das neueste Dossier in Sachen Harry Dancer. Region Südost.«

Sekunden später kommt der Raumwart angelaufen, ein langer Computerausdruck flattert in seiner Hand. Der Vorsitzende sieht das Material rasch durch.

»Es gibt Fortschritte«, sagt er. »Wir lassen die Sache laufen.«

»Dann genehmigen Sie die Überziehungen, Sir?« fragt der Rechnungsprüfer nervös.

Der Vorsitzende schaut ihn an. »Ja, ich genehmige sie. Brauchen Sie es auch noch Schwarz auf Weiß, mit meiner Unterschrift?«

»O nein, Sir, das ist nicht nötig. Aber ich möchte die Aufmerksamkeit des Vorstands auf unser gegenwärtiges Problem mit dem Bargeldfluß lenken.«

»Sagen Sie bloß nicht, daß wir pleite gehen.«

»Ha-ha«, versucht der Rechnungsprüfer zu lachen. Dabei verzieht er das Gesicht zu einem düsteren Grinsen. »Davon kann nicht die Rede sein. Unsere Mittel sind mehr als angemessen. Und die derzeitigen Beträge sind pünktlich eingegangen. Wir sind momentan nur ein wenig knapp an Bargeld.«

»Aber das ist Ihr Problem, oder nicht, Acheron?« sagt der Vorsitzende. »Ich weiß, ich kann mich darauf verlassen, daß Sie es lösen, tüchtig wie immer. Ich *kann* mich doch darauf verlassen, oder?«

»O ja, Sir. Absolut, Sir. Ich kümmere mich gleich anschließend darum.«

Der Rechnungsprüfer schleicht sich davon. Der Vorsitzende liest noch einmal den Ausdruck über Harry Dancer. Interessanter Fall. Erinnert ihn an seine Karriere als Außendienst-Agent, Beauftragter und Leiter des Außendienstes beim Department. Bevor er zu seiner derzeitigen, alles überragenden Position befördert wurde.

Es gibt einiges, was er anders machen würde. Aber seinem Gefühl nach hat der Regionaldirektor die Sache im großen und ganzen gut im Griff. Durch die Eliminierung von Jeremy Blaine wurde offensichtlich das Leck gestopft. Daß es gelungen ist, Herman K. Tischman umzudrehen, war wirklich ein gelungener Coup. Und Sally Abaddon hat noch nie versagt. Ganz zu schweigen von Briscoe.

Dennoch macht sich der Vorsitzende Gedanken darüber. Irgend etwas an der Sache ist nicht ganz geheuer. Er kennt diesen pingeligen, körperlich kleinen, nervösen Chef der Einsatzleitung im Hauptquartier der Corporation. Hat ihn schon früher bekämpft. Weiß, wie gefährlich es wäre, wenn man ihn unterschätzte.

Wendet sich wieder dem Ausdruck zu. Studiert die Aktionen, die Gegenaktionen.

Der Vorsitzende des Departments ist ein überaus beleibter Mann. Er sitzt auf einem thronartigen Sessel, den man mit Stahlfedern verstärken mußte. Und er bewegt sich so wenig wie möglich. Braucht Hilfe, wenn er aufstehen will. Doch sein Gehirn ist keineswegs verfettet. Das ist exakt und reagiert hart und genau.

Wieder winkt er dem Raumwart.

»Nick, ich möchte den Direktor der Region Südost sprechen. Verbinden Sie mich.«

Fünf Minuten später bringt man ihm den Apparat.

»Der Regionaldirektor ist am Telefon, Sir«, meldet Nick.

»Mit Verzerrer?«

»Selbstverständlich, Sir.«

Der Vorsitzende wartet, bis Nick außer Hörweite ist. Er traut niemandem.

»Direktor?«

»Am Apparat, Sir«, antwortet eine Stimme, die sowohl frequenzverzerrt als auch entzerrt blechern klingt.

»Was haben wir gegessen, als wir uns das letztemal trafen?«

»Gedünstete Wachteln, Sir.«

»Gut«, sagt der Vorsitzende. Sein feistes Gesicht verzieht sich beim Vergnügen der Erinnerung. »Ich wollte nur sichergehen, daß ich nicht mit einem Schwindler spreche.«

»Sehr weise, Sir.«

»Direktor, Sie überziehen Ihr Budget.«

»Das ist mir bewußt, Sir. Ich glaube aber, die Bedeutung des Falles Dancer rechtfertigt das.«

»Da stimme ich Ihnen zu. Versuchen Sie dennoch, die Ausgaben so zurückhaltend wie möglich zu behandeln. Sind Sie sicher, daß die Eliminierung von Jeremy Blaine Ihr Leck gestopft hat?«

»Das bin ich, Sir.«

»Ich nicht. Mag sein, daß das die Launen eines alten Mannes sind, Direktor, aber ich habe eben schon alles mögliche erlebt. Und ich habe das Gefühl, daß wir in diesem Punkt an der Nase herumgeführt werden. Ich möchte, daß Sie es noch einmal mit einer Falle versuchen. Wer weiß alles, daß dieser Privatdetektiv der Corporation umgedreht worden ist?«

»Tischman? Nur Briscoe und ich wissen das, Sir.«

»Gut. Informieren Sie sämtliche Personen, die Kenntnis von der Operation Dancer haben, daß Tischman umgedreht worden ist. Mal sehen, was dann geschieht.«

Schweigen.

»Direktor? Sind Sie noch da?«

»Ich bin hier, Sir. Meinen Sie, wir haben noch immer eine undichte Stelle?«

»Ich halte es für möglich.«

»Sehr gut, Sir. Ich werde Ihren Vorschlag befolgen.«

»Es ist kein Vorschlag, Direktor, sondern ein Befehl.«

»Jawohl, Sir.«

»Und behalten Sie die Ausgaben im Auge«, ermahnt ihn der Vorsitzende. »Nur der Erfolg kann sie rechtfertigen.«

Der Regionaldirektor erkennt eine Drohung, wenn er sie hört.

»Ich verstehe, Sir.«

»ICH KANN diesen Briscoe nicht ausstehen«, sagt Sally Abaddon. »Er ist ein Schurke.«

»Nun ... ja«, beschwichtigt Shelby Yama. »Er ist ein harter, skrupelloser Mann. Aber das ist sein Job. Und er ist gut darin.«

»Ich mag es nicht, wie er mich anschaut. Sieh zu, daß er mir nicht allzu oft in die Nähe kommt, Shel.«

»Ich werde sehen, was sich tun läßt, Baby. Aber der Kerl hat eine Menge Einfluß. Er und der Direktor sind ganz dick miteinander. Um die Wahrheit zu sagen: Ich mag noch viel weniger, wie er *mich* anschaut. Doch das ist vermutlich seine Art: Er ist argwöhnisch und verdächtigt jeden.«

»Glaubst du, er arbeitet für die Innere Sicherheit?«

»Schon möglich. Wir brauchen uns doch keine Sorgen zu machen, oder?«

Sally Abaddon hat durchaus etwas, worüber sie sich Sorgen machen muß. Aber wenn Briscoe kein Gedankenleser ist, wird er nicht dahinterkommen.

Sie befinden sich in Sallys Motelsuite. Yama hilft ihr beim Anziehen für einen Abend mit Harry Dancer.

Ihre erste Verabredung war eine Katastrophe gewesen. Sie hatte ein blaugrünes, sehr kurzes und tief ausgeschnittenes Hemdkleid getragen. Dazu Pumps mit nuttenhaft hohen Absätzen. Das lange Haar offen über die Schultern fallend. Dickes Make-up. Sie hatte es seinen Augen angesehen, daß es ein Fehler war. Nach dem Dinner fuhr er sie gleich nach Hause und ließ sie dort aussteigen. Gab vor, am Morgen eine wichtige Besprechung zu haben.

»Du hast zu sehr auf die Tube gedrückt«, sagt ihr Yama bei der Besprechung. »Er sieht dann in dir nur die Nackttänzerin aus der Tipple Inn. Eine Hure. Das ist gut und schön, und so soll es auch sein – solange ihr allein beisammen seid. Aber in der Öffentlichkeit verlangt er als Begleiterin eine Lady. Der Kerl ist hier in der Gegend bekannt, hat einen Ruf zu wahren. Stell dir vor, er trifft zufällig beim Essen einen seiner hochnäsigen

Klienten und der beobachtet, wie Dancer zwei Monate nach dem Tod seiner Frau mit einer offensichtlichen Nutte diniert! Wette, der Kerl zieht am nächsten Morgen seinen Auftrag zurück. Wir müssen dich wie ein gutes Kind anziehen. Erstens soll es ihm nicht peinlich sein, in deiner Gesellschaft gesehen zu werden. Und zweitens wird er genau wissen, was da unter dem hochgeschlossenen Kleid auf ihn wartet – das wird ihn erst recht heiß machen.«

»Du bist gar nicht schlecht, Shel«, lobt sie.

Es dauert zwei Stunden, bis sie entsprechend präpariert ist. Das lange Haar in Zöpfe geflochten. Dezentes Make-up. Ein weites Chiffonkleid. Hochgeschlossen. Loser, fließender Rock. Weiße Strumpfhose. Unauffällige Schuhe mit flachen Absätzen.

Yama mustert sie abschätzend. »Phan-tas-tisch. Du siehst aus, als würdest du auf den Abiturball gehen. Baby, du bist fabelhaft. Ich bin sicher, das wirft ihn um.«

»Ich werde versuchen, ihn hierherzubringen«, verspricht sie. Dann, beiläufig: »Nehmt ihr das heute abend wieder alles auf Band auf?«

»Ich sehe keinen Sinn darin. Aber Briscoe besteht darauf. Wir warten draußen auf dem Parkplatz.«

»Na, dann viel Vergnügen.«

Nachdem Dancer in seinem silbernen BMW angekommen ist, beobachtet sie ihn im Hinblick auf seine Reaktion. Stellt fest, daß Yama in allen Punkten recht gehabt hat.

»Du bist wunderschön!« platzt es aus Dancer heraus. »Ich wollte schon einen Schnellimbiß vorschlagen – aber nicht so, wie du angezogen bist. Gehen wir in den Club – ich möchte dich herumzeigen.«

Auf der Fahrt nach Boca Raton redet er immer noch davon, wie großartig sie aussieht. Wie glücklich er ist, mit ihr beisammenzusein. Wie beeindruckt seine Freunde sein werden.

»Die werden denken, ich mache meine Raubzüge jetzt schon in den Kinderkrippen«, sagt er und lacht.

Sie lächelt. Legt eine Hand auf sein Knie.

Der Speisesaal des Klubs ist in schummriges Licht getaucht. Dunkle Täfelung, viel roter Samt. Brennende Kerzen und frische Blumen auf den Tischen. Gedämpfte Musik und Kellner, die auf Zehenspitzen gehen; leise, flüsternde Stimmen. »Guten Abend, Mr. Dancer. Schön, Sie wiederzusehen, Sir. Ja, Mr. Dancer. Selbstverständlich, Sir. Hier entlang, wenn ich bitten darf. Ist Ihnen dieser Tisch recht, Mr. Dancer?«

Er winkt mehreren Bekannten zu. Sally fühlt den Aufruhr, den sie verursacht. Die Leute drehen sich nach ihr um und starren sie an. Frauen stellen die Gläser ab, um besser sehen zu können.

»Wir liefern Gesprächsstoff«, meint Dancer.

»Das merke ich. Ist es dir unangenehm, Harry?«

»Unangenehm? Mir? Soll das ein Scherz sein? Ich bin stolz auf dich.«

Sie bestellen Gin-Martini ohne Eis. Stoßen an.

»Ein Toast auf – ja, worauf?« fragt er.

»Auf uns.«

»Darauf trinke ich gern.«

Dann studieren sie die Speisenkarten. In Plüsch gebunden, mit goldenen Kordeln.

»Es gibt Maine-Hummer«, sagt Dancer. »Gekocht, wenn du magst. Interessiert?«

»Warum bestellst du nicht für uns beide, Harry? Ich mag alles.«

»Was würdest du sagen zu einem Steak-Salat? Das ist kalte, im Ofen gegrillte Lende in dünnen Scheiben. Dazu hartgekochte Eier, Tomaten, Gurken, Radieschen, Champignons, Kapern, Croutons und was weiß ich noch alles. Ich glaube, auch ein paar Salatblätter. Möchtest du es versuchen?«

»Es klingt teuflisch gut«, entgegnet sie in einer Imitation von englischem Akzent, ganz Alexis Colby.

Er lacht. »Dann werden wir das bestellen. Und eine Flasche Beaujolais.«

Sie geben die Bestellung auf. Und trinken noch einen Martini. Ein Freund tritt an ihren Tisch. Dancer macht ihn mit Sally Abaddon bekannt. Dann zwei Männer. Ein Paar. Zwei Frauen. Alle werden Sally vorgestellt. Man behandelt sie freundlich.

»Sie sind ja zauberhaft, Kind«, sagt eine ältere Lady.

»Danke«, antwortet Sally und senkt den Blick.

»Du bist ein großer Erfolg«, erklärt Dancer danach.

»Soll ich mir die Kleider vom Leib reißen und nackt auf unserem Tisch tanzen?«

Er verdreht die Augen. »Das wäre tatsächlich fabelhaft unerhört! Was für eine Szene! Hast du Lust?«

»Später«, sagt sie. Stößt ihn dabei mit dem Fuß unter dem Tisch an. Faßt mit der Hand nach ihm. »Eine Privatvorstellung, nur für dich.«

Sie bleiben fast zwei Stunden an ihrem Tisch sitzen. Trinken Kaffee. Gehen dann in die Bar. Dancer bestellt grünen Chartreuse.

»Versuch doch mal«, schlägt er ihr vor.

Sie nippt. »Was ist *das*?«

»Es ist gut gegen alle Gebrechen. Wird von Mönchen gebraut.«

»Von Mönchen? Ich glaube, das lasse ich lieber aus. Trinkst du das meine?«

»Klar. Was willst du statt dessen?«

»Ich möchte einen Teufelsschwanz. Wenn der Barkeeper nicht weiß, was das ist, verrate ich ihm das Rezept.«

Sie tut es. Rum, Wodka, Zitronensaft, Grenadine und Apricot Brandy. Gerührt mit gehacktem Eis. Serviert in einem Champagnerglas, mit einer Limonenscheibe.

»Das muß ich probieren«, sagt Dancer eifrig. Dann: »Du liebe Zeit! Wenn ich zwei Glas davon trinke, mußt du die Sanitäter rufen. Wo hast du das Rezept her?«

»Ach ... Ich habe vergessen, woher ich es kenne.«

Sie verlassen den Klub, Hand in Hand. Der Parkplatzwächter

bringt den BMW an die Tür. Eine bedeckte Nacht. Im Süden Donnergrollen. Wetterleuchten in der Ferne.

»Ich glaube, diesmal sind wir dran«, sagt Harry. »Aber es dauert sicher nicht lang. Höchstens ein paar Sturmböen und Blitze.«

»Ich liebe Gewitter. Du nicht? Dieses wilde Krachen! Als ob die ganze Welt auseinanderbricht.«

»Du bist eine sonderbare Frau. Ich dachte, du magst lieber heiße Sonne und weiße Strände.«

»Mag ich auch. Aber Gewitterstürme sind genauso schön. Ich träume davon, einmal nackt durch einen Sturm zu gehen. Den Wind auf der Haut zu fühlen. Ganz naß werden.«

»Und vom Blitz getroffen«, sagt er.

»O nein, ich nicht. Ich bin unzerstörbar.«

Sie fahren schweigend hinaus auf die Straße. Der Regen setzt ein.

»Wohin?« fragt Dancer.

Sie überlegt einen Moment. Muß an Yama und Briscoe auf dem Parkplatz denken.

»Nicht zu mir«, sagt sie. »Wie wär's mit deiner Wohnung? Ich kenne sie noch gar nicht. Okay?«

»Klar«, sagt er. Aber er ist nicht sicher. In seinem Bett? Sylvias Bett? »Fahren wir.«

Als sie sein Strandhaus erreichen, sind die Straßen überflutet. Blitze zucken über ihnen, der Donner rollt. Er fährt auf den Abstellplatz.

Gegenüber an der A 1A fährt Herman K. Tischman seinen klapprigen Wagen auf den vom Regen aufgeweichten Randstreifen. Schaltet Scheinwerfer und Motor ab. Öffnet das Fenster einen Spalt. Streift das Papier von einer billigen Zigarre. Beginnt zu kauen. Beobachtet das Haus.

»Geschafft«, seufzt Harry Dancer erleichtert. »Gerade noch. In fünf Minuten wären wir steckengeblieben. Hoffentlich ist der Strom nicht ausgefallen.«

»Ist er nicht.«

Er schaltet die Lampe im Wohnzimmer ein. Sally schaut sich um.

»Schön«, sagt sie. »Am liebsten würde ich gleich hier einziehen.«

»Dann tu es doch«, antwortet er so beiläufig wie möglich. »Meine Frau hat das Haus eingerichtet. Sie hatte einen guten Geschmack.«

»Das kann man sehen. Wohin gehen diese Glastüren? Zu einem Swimming-pool?«

»Nein, ich habe keinen Pool. Das wäre ein bißchen lächerlich, wo doch der Atlantische Ozean keine hundert Meter entfernt ist vom Haus. Da draußen ist der Patio – und der Garten.«

Sie drückt die Nase gegen das Glas. Starrt in die vom Sturm gepeitschte Dunkelheit. Regen klatscht gegen die Türen.

»Sind die Nachbarn nah?« fragt sie.

»Nicht zu nah. Wir haben viel Privatsphäre hier. Büsche und Zwergpalmen auf beiden Seiten.«

»Dann sehen sie mich nicht.«

»Sie sehen dich nicht?«

»Wenn ich nackt durch deinen Garten laufe.«

»O mein Gott«, stöhnt er. »Du hast es also vorhin ernst gemeint.«

»Ich möchte es so gerne, Harry. Bitte, laß mich.«

»Klar«, sagt er, ist aber nicht glücklich darüber. »Geh schon zu. Aber glaube nicht, daß ich dich begleite.«

»Ich muß mich erst ausziehen. Und außerdem habe ich ein Korsett an. Kannst du dir das vorstellen? Mein Hüfthalter bringt mich um!«

Sie beginnt damit, ihr Haar zu lösen. Er geht in die Küche. Nimmt die Tanqueray-Flasche aus dem Tiefkühlschrank. Schenkt sich ein großes Glas von dem Gin ein. Trinkt einen Schluck, während er an der Spüle steht. Fragt sich, was mit ihm geschieht. Bezweifelt, ob es richtig ist, was er tut.

Er nimmt den Rest seines Drinks mit ins Wohnzimmer. Sie steht an der Glastür und hantiert am Schloß herum. Das blonde Haar fällt ihr in Kaskaden über den sanft geschwungenen Rükken. Nackt wirkt sie doppelt so groß. Alles an ihr ist vital, scheint vor Leben zu bersten.

Er öffnet das Schloß. Schiebt die Tür zur Seite. Sie wirft sich hinaus in den Gewittersturm. Er schließt die Tür. Schaut hinaus. Alles, was er sehen kann, ist eine hin und her schwankende, gespenstische Erscheinung. Ihr Haar flattert im Wind. Ein heller Fleck in der Schwärze. Sie ist mal hier, mal dort, überall. Dann ist sie verschwunden.

Ein Donnerschlag wie die Explosion einer Haubitze läßt ihn zusammenzucken. Der Blitz muß ganz in der Nähe seines Hauses eingeschlagen haben. Vermutlich in einem Baum in seinem Garten. Beim nächsten Blitz sieht er sie, wie sie dasteht, die Arme weit nach oben gestreckt, das Gesicht gegen den Sturm und die Regenböen gerichtet.

»Verrückt«, sagt er laut.

Geht nach unten ins Bad. Holt Handtücher und Sylvias schweren Frotteebademantel. Mit dem Monogramm SD auf der Brusttasche. Dann tritt er wieder an die Glastür und wartet.

Endlich läuft sie über den Patio auf die Tür zu. Kommt herein. Quiekt vor Vergnügen. Das Haar durchnäßt. Der Körper von Wasser triefend. Er hüllt sie in Badetücher, beginnt sie trocken zu frottieren. Dann hilft er ihr in den Bademantel. Sie schlingt sich ein Handtuch ums Haar.

»Kalt?« fragt er sie.

»Es war super«, antwortet sie. »Einfach super. Der Regen hat sich angefühlt wie Nadeln.«

»Du brauchst jetzt was zu trinken. Einen Cognac?«

»Was du meinst.«

Er schenkt ihr einen kleinen Courvoisier ein. Und für sich noch einen Gin. Als er die Drinks ins Wohnzimmer bringt, sitzt sie auf dem Boden. Die nackten Beine gespreizt. Noch immer damit beschäftigt, ihr Haar zu trocknen. Er setzt sich in ihrer Nähe auf eine Couch. Hält die Drinks in beiden Händen.

»Du bist wie eine Wilde«, sagt er.

»Vor einer Stunde hast du mich sonderbar genannt.«

»Das bist du auch. Wild und sonderbar.«

»Ich war es vielleicht«, sagt sie und lächelt zu ihm hinauf. »Als ich noch jung war.«

»Als du jung warst? Ha-ha. Und was bist du jetzt – alt?«

»Wenn du wüßtest.«

Sie steht auf. Wirft die Handtücher beiseite. Kuschelt sich neben ihn auf die Couch. Nimmt ihr Glas mit dem Drink. Ihr Bademantel öffnet sich. Er schaut an ihr hinunter.

»Hübsch?« fragt sie.

»Sehr hübsch«, sagt er und legt einen Arm um ihre Schultern.

»Harry, hast du inzwischen darüber nachgedacht?«

»Worüber denn?« erwidert er, obwohl er genau weiß, was sie meint.

»Ob du mich aus dem Tipple Inn rausholen kannst.«

»Ich kann dir nicht tausend Dollar die Woche bieten, Sally.«

»Das habe ich auch gar nicht erwartet. Fünfhundert?«

Sein Blick ruht auf ihrem nackten Körper ...

»Na schön«, sagt er. »Probieren wir es. Jeder von uns kann die Abmachung jederzeit aufheben, ohne Angabe von Gründen. Okay?«

»Klar«, antwortet sie. »Einverstanden. Willst du, daß ich hier einziehe?«

»Nein«, erwidert er. »Es würde nicht gut aussehen. So kurz nach dem Tod von Sylvia. Bleib vorerst, wo du bist.«

»Aber ich kann doch hierherkommen, oder? Ich meine, gelegentlich?«

»Selbstverständlich.«

»Wie heute abend?«

Ihr Aschegeruch verstärkt sich. Süßlich verbrannt.

»Ja«, sagt er. »Wie heute abend.«

»Guter Cognac.« Sie nippt. »Willst du versuchen?«

Sie streckt einen Zeigefinger in ihr Glas. Betupft mit der Flüssigkeit ihre Brustwarzen. Zieht seinen Kopf nach unten.

»Probieren«, befiehlt sie.

Er gehorcht.

»Was ist oben?« fragt sie.

»Die Schlafzimmer.«

»Na und?«

Sie gehen langsam die Treppen hinauf. Hand in Hand. Er nimmt das obere Laken und die Decke von seinem Bett. Sylvias Bett. Dann schließt er die Jalousien.

»Laß das Licht an«, bittet sie. »Ich sehe dabei gern zu.« Dann: »Laß mich heute abend arbeiten – in Ordnung?«

»Nein, ich will es selbst tun.«

»Dann teilen wir uns die Arbeit.«

»Erst komme ich dran«, sagt er und lacht.

»Nein, erst ich«, protestiert sie.

Sie schiebt sich auf ihn. Läßt ihr feuchtes Haar über seinen Körper streichen. Beobachtet ihn dabei. Er streckt die Arme aus, zieht sie zu sich herunter. Überraschenderweise küßt sie ihn auf die Lippen. Sanft. Zart. Dann macht sie sich frei.

»Harry«, flüstert sie, »ich glaube, ich habe ein Problem.«

»Was denn?«

»Ich liebe dich.«

DER CHEF der Einsatzleitung bei der Corporation hat ein Privatzimmer neben seinem Büro. Es ist nicht viel größer als eine Garderobe. Nüchtern. Möbliert nur mit einem antiken Prie-dieu, einer Betbank. Man munkelt, daß er da drin gelegentlich ein Nickerchen hält.

Das entspricht nicht der Wahrheit. Aber dort, in seinem schalldichten Schlupfloch, kann er meditieren. Er spielt in Gedanken Schach. Plant Schritte, die ihm seinen Vorsprung vor den anderen sichern. Gesteht sich manchmal, wenn er mattgesetzt wurde, seine Niederlage ein. Und macht sich zu einem neuen, besonders raffinierten Zug bereit.

Doch nicht im Fall Harry Dancer. Noch nicht.

Die neuesten Berichte sind verwirrend. Norma Gravesend teilt mit, alle Personen, die mit der Operation Dancer zu tun haben, seien darüber informiert worden, daß Herman K. Tischman, der von der Corporation angeheuerte Privatdetektiv, umgedreht worden ist.

Der Chef kniet mit Schmerzen in seiner Höhle und denkt über die Bedeutung dieser Meldung nach. Er versteht, daß man Tischman umgedreht hat. Es ist sinnvoll, einen der Gegenspieler zum Doppelagenten umzufunktionieren. Aber warum verkünden sie es auch noch öffentlich? Solche Siege werden normalerweise nur in vertrautem Kreis bekanntgemacht.

Der Chef versucht, sich selbt in die raffinierte, abwegige Denkart des feisten Vorsitzenden des Departments zu versetzen. Worauf will dieser gefährliche Elefant hinaus? Was hofft er dadurch zu gewinnen, daß er so viele Leute vom Verrat Tischmans in Kenntnis setzt?

Natürlich! Der Vorsitzende ist nicht sicher, daß das Leck in seiner Region Südost durch die Eliminierung von Jeremy Blaine gestopft wurde. Er stellt eine Falle. Wenn Tischman jetzt erledigt wird, weiß der Vorsitzende, daß sich im Regionalbüro des Departments immer noch ein Verräter befindet. Und die Abteilung Innere Sicherheit wird erneut die Suche aufnehmen.

Also ist es, um Norma Gravesend zu schützen, dringend notwendig, dafür zu sorgen, daß Herman K. Tischman weiter funktioniert. Doch wie soll das bewerkstelligt werden? Die Antwort scheint auf der Hand zu liegen: Wenn Tischman einmal umgedreht wurde, kann er auch ein zweites Mal umgedreht werden. Ein Mann, der einmal seinen Auftraggeber verraten hat, ist leichter umzudrehen als eine Windmühle. Er gibt dann immer dem stärkeren Druck nach.

Der Chef der Einsatzleitung bei der Corporation ruft Anthony Glitner nach Washington. Der Beauftragte ist schockiert, als er von Tischmans Betrug hört. Die beiden Männer diskutieren, wie man den Privatdetektiv behandeln muß.

»Lassen wir ihn fallen«, schlägt Glitner vor. »Seine Berichte über Dancers Unternehmungen sind zwar wertvoll für uns, aber wenn er von der anderen Seite gekauft ist, können wir ihm nicht mehr trauen. Es ist ja auch möglich, daß er uns mit Fehlinformationen füttert.«

»Zweifellos«, stimmt der Chef zu. »Aber wenn wir ihn eliminieren, gefährden wir damit unseren Maulwurf im Department. Wie, glauben Sie, hat man diesen Tischman umgedreht?«

»Mit Geld«, antwortet der Beauftragte. »Der Mann ist gierig.«

»Ich nehme an, Sie haben recht. Unser Budget ist allerdings ein wenig knapp; wir können es uns praktisch nicht leisten, die Zahlungen des Departments zu übertrumpfen.«

»Aber dann ...«

»Hat dieser Tischman Familie?«

»Ja, Sir. Eine Frau und ein kleines Mädchen. Ungefähr zwölf. Mary Jane.«

Der Chef müht sich mit einer Rolle Magentabletten ab. Versucht, die Packung aufzureißen. »Es gibt da ein Verfahren, das wir in früheren, ähnlichen Fällen angewandt haben. Es hat eine hohe Erfolgsquote. Es heißt ›Gefährliche Krankheit‹. Haben Sie schon mal damit gearbeitet?«

»Nein, Chef. Ich kenne das Verfahren nicht.«

»Ich werde es Ihnen erklären. Sie halten es vermutlich für grausam und vielleicht auch für unmoralisch. Aber niemand erleidet letztlich Schaden dabei. Obwohl eine Menge, sagen wir, Unannehmlichkeiten damit verbunden sind. Ich glaube aber, damit kann man Tischman zurückholen in unsere Reihen.«

Er skizziert Glitner genau, wie die Aktion ›Gefährliche Krankheit‹ durchgespielt wird. Der Beauftragte macht sich Notizen.

Als der Chef geendet hat, klappt Glitner sein Notizbuch zu.

»Wie Sie sagten, Sir, es ist ein bißchen anrüchig. Aber ich bin bereit, es auf einen Versuch ankommen zu lassen.«

»Kann einer Ihrer Leute als großer Wunderheiler auftreten?«

»Willoughby, unser Nachrichtenmann, könnte das übernehmen. Er hat mich ohnehin um eine aktive Rolle gebeten. Ich glaube, der würde es schaffen.«

»Fein. Sagen Sie ihm, wenn er diese Sache gut erledigt, wird das in seinen Akten vermerkt. Möchte er Agent im Außendienst werden?«

»Ja, das ist sein ganzer Ehrgeiz.«

»Dann bekommt er eine Chance. Bringen Sie das Szenario ins Rollen, sobald Sie wieder in Florida sind. Tony, sind Sie eigentlich mit Evelyn Heimdalls Leistungen zufrieden?«

»Absolut, Chef.«

»Gut. Halten Sie mich auf dem laufenden. Diesen Fall möchte ich gewinnen.«

»Ich auch, Sir.«

SYLVIAS TOD hat ihn betäubt, hat seine Gefühle verwirrt. Die Gedanken jagen: Er hält sich für einen vernünftigen Mann und entschließt sich, keine Entscheidungen über sein Privatleben zu treffen, solange es vom Schmerz und von Emotionen bestimmt wird. Er weiß, daß er vorübergehend nicht in der Lage ist, geradeaus zu denken, sich nicht vorstellen kann, wie seine Zukunft aussehen wird.

Aber nun sind Sally Abaddon und Evelyn Heimdall aufgetaucht. Er glaubt nicht, daß es nur ihre Schönheit ist, die ihn dazu treibt, diese beiden Frauen in die Arme zu nehmen. Es stimmt natürlich, daß sie für ihn eine Art Zuflucht sind. Aber auch eine Flucht vor der Realität. Und eine Herausforderung, darüber nachzudenken, wie er die ihm noch verbleibenden Jahre seines Lebens ordnen will.

Es ist keine Entscheidung, meint er, die in Eile getroffen werden müßte. Er ermahnt sich, daß es besser ist zu warten, zu überlegen, nachzudenken, zu beurteilen. Einfach zu *denken*.

Zugleich nagt der Wurm des Zweifels an ihm. Verschiebt er seine Entscheidung vielleicht aus Angst? Aus Angst davor, daß eine weitere enge, persönliche und dauernde Beziehung so tragisch enden könnte wie seine Liebe zu Sylvia? Um drei Uhr morgens liegt er hellwach im Bett, lauscht dem Rauschen der Wellen, die unten gegen den Strand rollen, und fragt sich, ob er ausgebrannt ist. Es scheint, als ob die Fähigkeit des Empfindens erschöpft sei. Daß er unfähig ist, jemals wieder tiefere Gefühle zu empfinden.

Er versucht, Sally Abaddon Andeutungen darüber zu machen.

Sie schaut ihn an. »Du hast deinen Moralischen«, sagt sie. »Du bist zu lange allein gewesen. Hast vor dich hingebrütet. Harry, du mußt wieder anfangen zu leben, zu genießen, Spaß zu haben. Ich weiß genau, was dir fehlt.«

Sie ist erfahren in allen Künsten der sinnlichen Lust. Weiß, welche Knöpfe man drücken, welchen Abzug man bewegen muß. Langsam und geduldig führt sie ihn in ein Niemandsland des Entzückens. Er folgt ihr willig. Denn dort gibt es keine Zweifel, keine Fragen. Nur körperliche Erschöpfung und segensreiches Vergessen.

Er weiß nicht, ob es Vergnügen oder Schmerz ist. Manchmal scheint ihre Leidenschaft exzessiv zu sein, an der Grenze zur Hysterie. Er kann nicht glauben, daß sie das alles nur spielt, daß das die Tricks einer erfahrenen Hure sind. Huren sind in der Regel nicht in Tränen aufgelöst, halten den Partner nicht verzweifelt umschlungen. Er versucht, sie zu verstehen, aber er kann es nicht.

Wenn er seine innere Verwirrung gegenüber Evelyn Heimdall erwähnt, hört sie ihm aufmerksam zu. Aber sie kann ihm kein rasches Heilmittel bieten.

»Du darfst nicht so hart mit dir ins Gericht gehen«, rät sie ihm. »Du machst derzeit eine äußerst schwierige Periode der Wiederanpassung durch. Momentan weißt du nicht genau, was du willst. Oder wer du bist, wenn man es so betrachten will.«

»Es sieht nicht so aus, als ob ich in nächster Zeit klarkommen würde«, bekennt er. »Ich will ja nicht jammern, aber ich bin total durcheinander. Nichts ist endgültig; es gibt keine Basis.«

»Du kommst darüber hinweg«, tröstet sie. »Davon bin ich überzeugt. Erinnerst du dich, was ich über den Glauben sagte? Das hilft, Harry.«

»Und wie fange ich an?« fragt er mit unsicherem Lachen.

»Gehen wir am Strand entlang. Es ist ein schöner Abend. Und – reden wir einfach darüber.«

»Gut«, stimmt er ihr zu. »Vielleicht hilft mir das, ein bißchen Abstand zu gewinnen.«

Sie ist vertrauenswürdig, überlegt, bedächtig. Was sie sagt, ergibt einen Sinn. Er hatte immer gedacht, Glauben sei blindes Akzeptieren.

»Es ist ein Spiel, Harry«, erklärt sie. »Oder, wenn du so willst, ein Theater. Der Teil eines Stückes. Mit dem Glauben ist es ein bißchen so wie mit der Höflichkeit. Man läßt die anderen glauben ... Es ist sehr schwer, gegenüber Fremden höflich und zuvorkommend zu sein. Oder gegenüber Leuten, die man nicht mag und nicht respektiert. Aber ohne Höflichkeit wird das Leben gemein und brutal. Und ohne Glauben wird es zum Nichts. Bedeutungslos. Als müßte man nur seine Zeit auf dieser Erde absitzen wie eine Gefängnisstrafe.«

»Ich glaube nicht, daß ich so tun könnte, als ob. Und zwar in allen Bereichen des Lebens.«

Sie lächelt. »Du würdest dich wundern ... Es wird zur Gewohnheit. Wie das Atmen. Unbewußt. Automatisch. Nach einer Weile, wenn man aufgehört hat, Fragen zu stellen, akzeptiert man. Und dann ist es so, als ob es immer dagewesen wäre.«

»Willst du mich bekehren?«

»Ja, so könnte man es vielleicht nennen. Du bist offensichtlich unglücklich. Ich möchte, daß du glücklich bist. Ist das so schlimm?«

»Natürlich ist es nicht schlimm«, sagt er und nimmt ihre Hand in die seine. »Ich bin dankbar für das, was du mir geben möchtest, aber ich fürchte, ich bin noch nicht dazu bereit.«

»Ich werde dich immer wieder damit plagen«, warnt sie ihn.

»Tu das. Du bist der reizendste Plagegeist, der mich jemals erwischt hat. Bist du müde? Sollen wir umkehren?«

»Ich glaube, ja.«

»Wir können einen kalten Drink draußen auf dem Patio nehmen«, bietet er ihr an.

»Und dann?«

»Dann lassen wir der Natur ihren Lauf.«

»Großartige Idee. Möchtest du, daß ich bei dir bleibe?«

»Bitte. Ich will heute nacht nicht allein sein.«

»Das wirst du auch nicht. Nie mehr, wenn du es so willst.«

DIE BEFRAGUNG nimmt einen unangenehmen Lauf. Briscoe ist wie ein gereizter Bulle; er stößt nach allen Seiten zu.

»Warum sind Sie in sein Haus gefahren?« fragt er Sally Abaddon. Zum drittenmal. »Warum nicht in Ihr Motel? Sie wußten, daß Yama und ich auf dem Parkplatz gewartet haben. Wir wollten alles, was gesprochen wird, auf Band aufnehmen.«

»Ich sage Ihnen doch«, erwidert sie. »Er hat darauf bestanden, daß wir zu ihm fahren. Wenn ich dagegen gewesen wäre, hätte der Abend vermutlich ein abruptes Ende gefunden.«

»Das leuchtet ein«, wirft Shelby Yama ein.

»Finde ich gar nicht«, entgegnet Briscoe. »Sally, Sie behaupten, Sie haben Dancer an der Angel und er läßt sich von Ihnen um den Finger wickeln. Also?«

»Was hat das damit zu tun?« erwidert Sally. »Er wollte nun mal in sein Haus fahren. Wir sind gefahren. Ich hab' mit ihm gebumst, bis er nicht mehr wußte, was oben und was unten ist. Und er hat mir versprochen, mich aus dem Tipple Inn zu holen. Für fünfhundert die Woche. Das ist es doch, was Sie wollten, oder?«

Briscoe starrt sie an. »Wenn uns Tischman keinen Bericht erstattet hätte, wüßten wir nicht einmal, wo Sie waren. Dann hätten wir den ganzen Abend auf diesem verdammten Parkplatz gesessen. Von nun an führen Sie Ihre Befehle aus – und zwar genau.«

Sie legt spöttisch grüßend die Hand an die Stirn. »Jawohl, *Sir!*« Dann: »Ich treffe ihn heute abend, und ich muß mich umziehen. Kann ich jetzt gehen?«

Briscoe läßt sie gehen. Er sitzt da und kratzt sich mit den Knöcheln am Kopf. »Das gefällt mir nicht«, sagt er zu Yama. »Sie lügt. Ich fürchte, sie hat sich da persönlich engagiert.«

»Sally?« entgegnet der Beauftragte. »Niemals. Sie kennen Ihre Akte. Wissen, wie lange sie schon als Außendienstagentin arbeitet. Sie hat noch nie versagt.«

»Es gibt immer ein erstes Mal«, hält Briscoe dagegen. »Sie wissen, für uns steht viel auf dem Spiel, Yama; wir können nicht vorsichtig genug sein. Ich möchte –« Er bricht plötzlich ab. »Nein. Schon gut. Ich kümmere mich selbst darum.«

Er trifft Herman K. Tischman in seinem Büro an. Der Privatdetektiv telefoniert. Er legt auf. Wendet sich Briscoe zu. Das Gesicht totenblaß.

»Mein kleines Mädchen ist krank«, sagt er. »Sehr hohes Fieber. Das war meine Frau am Telefon. Der Arzt will Mary Jane in ein Krankenhaus stecken.«

»Hart für Sie«, sagt Briscoe. »Wo ist Dancer?«

»In seinem Büro. Er fährt nie vor sechs weg.«

»Und Sie übernehmen ihn dort?«

»Ja, das heißt, erst muß ich ins Krankenhaus, und ich fürchte, das dauert eine Weile. Aber – ja, ich übernehme ihn um sechs.«

»Okay. Zwei Dinge ... Erstens: Wenn Sie Glitner Bericht erstatten, will ich nicht, daß Sie ihm etwas von Sally Abaddon sagen. Soweit Sie es beurteilen können, trifft Dancer sich nicht mehr mit ihr, klar?«

Der Privatdetektiv zieht das Zellophan von einer neuen Zigarre. Kaut auf dem Mundstück. »Wird das Glitner nicht komisch vorkommen?«

»Wieso komisch? Was soll daran komisch sein? Er wird sich denken, daß diese Abaddon eine Nutte ist. Dancer hat ein paar Nächte mit ihr gebumst und sie dann zum Teufel gejagt. Das klingt durchaus plausibel.«

»Was, zum Teufel, geht hier vor?« schreit Tischman.

Briscoe funkelt ihn an. »Sie nehmen doch das Geld, oder? Sie werden es brauchen – das kleine Mädchen, das Krankenhaus und so weiter. Also stellen Sie keine Fragen. Und nun zum Zweiten. Ich will, daß man das Haus von Dancer abhören kann. Wanzen in den Telefonhörern, die alle Anrufe und alle Gespräche in den Zimmern übertragen. Vor allem im Schlafzimmer. Kennen Sie Techniker, die das installieren können?«

»Ja, ich kenne zwei. Aber das kostet.«

»Ich habe nicht damit gerechnet, es umsonst zu bekommen. Aber ich will, daß es so bald wie möglich installiert wird. Zum Beispiel morgen.«

»Ich werde es versuchen«, sagt Tischman.

»Sie werden es nicht versuchen, sondern erledigen«, droht Briscoe. »Das rate ich Ihnen jedenfalls.«

Zwei Tage später hat sich der Zustand von Mary Jane Tischman noch verschlechtert. Sie reagiert nicht auf Antibiotika und glüht vor Fieber. Sie wird in Eis gepackt, aber die Ärzte können das Feuer in ihrem kleinen Körper nicht kontrollieren. Sie sagen nicht mehr ›ernst‹ sondern ›kritisch‹.

Anthony Glitner erreicht Tischmans Büro, gerade als der Privatdetektiv weggehen will.

»Ich kann jetzt nicht mit Ihnen sprechen«, sagt Tischman. »Ich muß ins Krankenhaus.«

»Ins Krankenhaus? Was ist denn passiert?«

»Meine kleine Tochter. Sie ist sehr krank.«

»Tut mir leid, das zu hören. Was fehlt ihr?«

»Glauben Sie, das kann mir ein Mensch sagen?« entgegnet

Tischman. »Diese klugen, teuren Ärzte können gar nichts tun. Sie stirbt, und das einzige, was sie sagen, ist: Versuchen wir dies und versuchen wir das. Aber nichts hilft. Jesus! Mary Jane ist zwölf Jahre alt. Wenn sie stirbt, zerbricht meine Frau daran. Und ich auch.«

»Wie schrecklich«, sagt Glitner. »Hören Sie, wenn die Ärzte Ihre Tochter aufgeben, rufen Sie mich an. Ich kenne einen Mann, der in solchen Fällen oft erstaunlichen Erfolg hat.«

»Im Ernst? Ein Doktor?«

»Nicht ganz. Er hat keinen Titel. Darf nicht praktizieren. Er nennt sich einen Heiler. Einen Glaubensheiler. Aber es klappt wirklich.«

»Was tut er denn?«

»Er legt Mary Jane nur eine Hand auf die Stirn und spricht ein Gebet. Ich weiß, das hört sich nicht besonders toll an, aber es klappt. Außerdem – was haben Sie dann noch zu verlieren?«

»Ja, Sie haben recht. Ich rede mit meiner Frau darüber. Was verlangt der Kerl?«

»Nicht viel. Das schaffen Sie schon. Spielend.«

Am nächsten Morgen erhält Glitner den Anruf des entsetzten, verzweifelten Herman K. Tischman. Der Privatdetektiv weint am Telefon.

»Sie stirbt«, schluchzt er. »Sie liegt im Koma. Meine Mary Jane. Die Ärzte können nichts tun. Können Sie diesen Mann herbringen? Den Heiler?«

»Wir sind gleich da«, verspricht Glitner.

Willoughby ist ein großer Mann. Mager. Knochig. Mit hüpfendem Adamsapfel. Er trägt einen schwarzen Anzug, ein weißes Hemd, eine schwarze Schnürsenkelkrawatte. Unter dem Arm die Bibel. Er riecht nach Weihrauch.

»Lassen Sie ihn rein«, sagt der behandelnde Arzt. »Lassen Sie meinetwegen alle rein. Alles, was ihnen Trost gibt.«

Tischman, seine Frau, Glitner, Willoughby – sie alle scharen sich um Mary Janes Bett. Starren hinunter auf den still daliegenden Körper. Der Heiler legt seine Hand auf die Stirn des Mädchens.

»Mein Herr und Gott«, intoniert er, »erhöre gnädig mein Gebet.«

Seine Lippen bewegen sich. Die anderen stehen unbewegt da, mit gesenkten Köpfen. Nach ein paar Sekunden nimmt Willoughby die Hand weg. Er bückt sich, die Bibel in der Hand, drückt sie gegen die blassen Lippen von Mary Jane.

»Es ist gelungen«, verkündet er.

Glitner und Willoughby sitzen geduldig im Warteraum. Eine Stunde. Fast zwei. Dann kommt Herman K. Tischman hereingestürmt. Sein Gesicht strahlt.

»Das Fieber ist gesunken«, brüllt er. »Sie schafft es.« Er hält ihre Hände, läßt sie nicht mehr los. Dann umarmt er Willoughby. Beginnt zu weinen. »Sie wird wieder gesund. Die Ärzte sagen, sie wird wieder gesund. Das Fieber ist gebrochen. Ich danke Ihnen, danke Ihnen so sehr. Wie kann ich es Ihnen jemals vergelten?«

»Das kann ich Ihnen sagen«, antwortet Anthony Glitner.

DER VORSITZENDE des Departments in Cleveland folgt den Entwicklungen im Fall Harry Dancer mit großer Aufmerksamkeit. Tischman ist noch im Einsatz – also nimmt der Vorsitzende an, daß das Leck beim Regionalbüro Südost durch die Eliminierung von Jeremy Blaine doch gestopft worden ist.

Das ist gut. Schlecht dagegen ist, daß Briscoe im Hinblick auf Sally Abaddon unsicher zu sein scheint. Der Vorsitzende ist sich sehr wohl der Bedeutung von Außendienst-Agenten bewußt. Er oder sie ist der entscheidende Angelpunkt, um den sich die ganze Operation dreht. Wenn Sally schwach geworden ist – sei es durch Machenschaften der Corporation oder durch ihre eigene Schwäche –, dann ist die Kampagne um Dancer verloren.

Der Vorsitzende billigt die zusätzliche Ausgabe für die Abhöranlagen in Dancers Büro. Ein kluger Schachzug. Er kann Briscoes Zweifel bestätigen oder widerlegen. Offensichtlich läuft alles wie am Schnürchen. Doch dem feisten Mann gelingt es nicht, sich von der höchst ärgerlichen Befürchtung zu befreien, er könnte von diesem rülpsenden Schweinehund im Hauptquartier der Corporation doch noch ausmanövriert werden.

Was ihn zudem ärgert, ist seine Distanz zu der Szene der Aktion. Nachdem er selbst so viele Jahre im Außendienst gearbeitet hat, weiß er, wie häufig Operationsberichte verfälscht, übertrieben oder unvollständig sind. Der Agent weiß als einziger ganz genau, was geschieht. Der Beauftragte erfährt davon nur einen Teil. Und das Hauptquartier bekommt davon wiederum einen Bruchteil übermittelt. Die Nachrichten werden um so kümmerlicher, je weiter sie nach oben an die Kommandospitze dringen.

Der Vorsitzende, der wieder auf seinem stahlfedernverstärkten Thron vor der Wand mit der Einsatzkarte sitzt, zupft an seinen wulstigen Lippen und denkt über den Fall Harry Dancer nach. Dann schnippt er mit den Fingern nach dem Raumwart.

Er schickt eine verschlüsselte Nachricht an den Direktor der Region Südost. Verlangt einen Bericht über alles, was ungewöhnlich, verwirrend oder unerwartet ist im Privatleben der Leute, die mit der Aktion Dancer zu tun haben.

Es ist nicht viel, erkennt der Vorsitzende. Aber es ist alles, was er momentan tun kann, um seine Besorgnis zu zerstreuen. Er will alle Grundlagen kennen und mit einberechnen. Wenn er schon verlieren soll, dann nicht, weil etwas übersehen wurde. Er kann es sich nicht leisten, seinen Vorgesetzten ein Versagen mangelnder Pflichterfüllung zu melden. Er kennt die Konsequenzen.

WENN HARRY DANCER Sally Abaddon nicht versteht, dann ist er nicht der einzige: Sie selbst versteht sich auch nicht.

Es ist ihr durchaus bewußt, was sie aufs Spiel setzt. Ewige Jugend. Schönheit. Den erregenden Reiz des Bösen. Aber etwas regt sich in ihr. Ein Bedürfnis, das sie nicht beschreiben kann. Eine unbestimmte Sehnsucht, ein Verlangen. Ein Wunsch – wonach?

Sie betrachtet Dancers Gesicht, versucht, dort eine Antwort zu finden. Er sieht gut aus. Aber sie hat schon Männer gekannt, die besser aussahen als er. Er ist ein guter Liebhaber, doch sie kannte bessere. Er ist freundlich, zuvorkommend, rücksichtsvoll. Sie hat hundert Männer mit denselben Qualitäten verraten und fallengelassen. Was ist es also? Sie weiß es nicht. Kann es nicht in Worte fassen. Gibt den Versuch auf. Aber die innere Chemie läßt sich nicht so leicht verleugnen. Irgend etwas ist dabei, sie zu verführen: ein warmes Gefühl, eine ungekannte Weichheit. Die Ahnung von etwas Besserem. Nicht aufregend, aber sehr befriedigend. Und – gefährlich.

Sie fragt sich, ob es nicht vielleicht nur Langeweile ist. Der Überdruß an einem Leben, das immer gleich verläuft. Vielleicht sollte sie, bevor sie sich wirklich gefährdet, um Versetzung bitten. Oder um einen Urlaub. Könnte das ihre Verwandlung rückgängig machen? Sie bezweifelt es. Und ist sich einer langsamen Bewegung tief in ihrem Inneren bewußt. Ein verbotenes, schuldhaftes Dahingleiten. Und dann das Erdbeben ... Ein paar Urlaubswochen könnten es nicht aufhalten.

Sie weiß auch, daß Briscoe es ahnt, daß er an ihr zweifelt. Dieser kaltblütige Mann vermutet, daß mit ihr etwas geschieht. Im Bett in ihrer Motelsuite nähert sie ihren Mund dem Ohr von Harry Dancer, wenn sie ihm ›Ich liebe dich‹ zuflüstert. So leise, daß es nicht gehört und aufgezeichnet werden kann von diesen Spannern draußen auf dem Parkplatz.

»Ich liebe dich«, flüstert sie. Und als er antworten will, legt sie ihm sachte einen Finger auf die Lippen.

Im Drehbuch ist vorgesehen, daß sie ihn sexuell zu ihrem Sklaven macht. Der alte Trick, mit hoher Erfolgsziffer. Aber diesmal findet sie das Drehbuch empörend, schandbar. Dabei geht es nicht so sehr um das, was seine totale Unterwerfung für ihn bedeuten würde, sondern was das für sie bedeutet. Es würde alles, was sie wachsen fühlt, zerstören.

Doch dann erwacht die Angst. Kann sie ihn überhaupt halten, wenn sie ihre Leidenschaft zügelt? Kann sie ihn behalten? Nicht für das Department, für sich selbst. Zum erstenmal in ihrem Leben ist sie unsicher. Gespalten. Sex war bisher immer ihre Waffe gewesen. Jetzt ist er eine Falle.

»Ich liebe dich«, flüstert sie. Streicht mit einer Hand über seinen nackten Körper. Fühlt sein Herz klopfen. Das Blut pulsieren. Berührt einen Muskel, tastet in geheimen, dunklen Ecken seines Körpers. Sie möchte in ihm sein. Ganz. Umschlungen von ihm, verschwunden. Aufgegangen in seinem Körpergewebe. Ein Teil von ihm.

Sie setzt sich rittlings auf ihn. Beugt sich hinunter, um ihm in die Augen zu sehen. Ihr Haar fällt um ihren Oberkörper. Ein Zelt. Sie hält sein Gesicht zwischen ihren Händen.

»Darling«, flüstert sie. »Ich liebe dich.«

Verrat. Sie ist sich dessen genau bewußt.

DIE SACHE mit der ›Gefährlichen Krankheit‹ ist ein vollkommener Erfolg. Herman K. Tischman ist erneut umgedreht. Anthony Glitner berichtet, daß der Privatdetektiv aus Dankbarkeit für die Rettung seiner Tochter bereit ist, die Corporation über Harry Dancers Aktionen zu unterrichten, bevor er sich mit Briscoe in Verbindung setzt. Und daß die Nachrichten, die er an das Department weitergibt, nach dem Diktat von Glitner zensiert werden.

Tischmans erster Bericht besagt, daß Dancer jetzt Sally Abaddon aushält. Und das Department hat in Dancers Haus eine Abhöranlage installiert, mit deren Hilfe man Telefongespräche sowie Gespräche im Haus abhören und aufzeichnen kann.

Der Chef der Einsatzleitung ist sehr erfreut darüber, daß man Tischman erneut umgedreht hat. Weniger freut es ihn, zu erfahren, daß Dancer jetzt eine engere Beziehung zu Sally Abaddon eingegangen ist. Und er fragt sich, warum man Dancers Haus abhört. Nachdem es dem Department doch ganz offensichtlich gelungen ist, Dancer mit Hilfe dieser Frau herumzukriegen – wozu sich auch noch die Mühe machen, ihn abzuhören? Der Chef kann es sich nicht erklären.

Er ordnet an, daß der Bearbeiter Glitner seine Agentin von dieser neuen Entwicklung in Kenntnis setzt. Sie soll wissen, daß alles, was sie in Dancers Haus sagt oder tut, vom Department mitgehört werden kann. Dann zieht sich der Chef in seine Höhle zurück. Kniet sich auf seinen antiken Betschemel und betet um Erleuchtung.

Evelyn Heimdall drängt Harry Dancer, nachdem sie über die Abhöranlage informiert wurde, in ihr Apartment zu fahren – nach einem geradezu sündhaft kalorienreichen Dinner mit gegrilltem Kalbsbries, Bratwurst und Schinken.

»Wir können auch zu mir fahren«, bietet er an.

»Nicht nach diesem Dinner. Ich bin sicher, ich habe fünf Pfund zugenommen. Ich möchte mir was Loses anziehen, bevor mir die Knöpfe vom Kleid springen.«

»Es war doch gut, oder? Vielleicht hätten wir den Key-Limonenkuchen weglassen sollen, aber ich habe einfach nicht widerstehen können.«

Sie sitzen auf der Terrasse. Stöhnen vor Zufriedenheit. Schauen der schimmernden Spur des Mondes zu. Und den hüpfenden Lichtern eines Fischerboots, weit draußen auf dem Ozean.

»Das ist hier wie auf einem Reiseplakat«, schwärmt sie. »Und ich sitze mittendrin.«

»Bist du froh, daß du hierhergezogen bist, Ev?«

»Ich möchte nie mehr irgendwo anders leben.«

»Freut mich zu hören. Weißt du, es gibt Leute, die sich nicht eingewöhnen können. Die tropische Hitze. Die Faulheit. Die Manana-Philosophie. Sie finden, daß Florida die Menschen verdirbt.«

»Findest du das auch?«

»Mein Gott, nein! Ich muß hier genauso hart arbeiten wie

oben in Manhattan. Aber ich entspanne mich auch besser – wenn ich Gelegenheit dazu habe.«

Sie haben sich nebeneinander auf zwei Liegen ausgestreckt. Sie greift mit ihrer Hand nach der seinen.

»Vielleicht spüre ich in mir ein ganz kleines bißchen Verderbtheit«, sagt sie. »Aber ich sehe das als einen Prozeß des Auftauens. Es ist, als würde ich erst jetzt lernen, was Vergnügen und Freude sein kann – nach all diesen Jahren.«

»Hast du denn nie zuvor Vergnügen und Freude empfunden?«

»O doch, natürlich. Aber es war immer geplant, irgendwie. Am Donnerstagabend gehen wir in eine Broadway-Show. Am Samstag veranstalten wir ein Picknick. Am Sonntag fahren wir an den Strand. Das waren das Vergnügen und die Freude – normalerweise. Es waren nur kurze Zwischenspiele. Hier ist es das ganze Leben. Man begreift allmählich, daß man ununterbrochen glücklich sein kann. Ich will damit nicht sagen, daß es hier keine Enttäuschungen und keinen Kummer gibt. Aber sie kommen einem so unwichtig vor, fast bedeutungslos, verglichen mit der Sonne, Sand und der Weite des Ozeans. Oder einer Nacht wie dieser. Ist das wenigstens noch ein bißchen vernünftig, Harry?«

»O doch, natürlich. Du bist auf direktem Weg, eine Lotusanbeterin zu werden.«

»Oh, Harry!«

»Ich kenne diese Symptome«, behauptet er. »Ich lebe praktisch am Strand; ich sehe, was mit den Leuten geschieht. Die Frauen kommen aus dem Norden hierher, und in den ersten sechs Monaten tragen sie einen einteiligen Badeanzug mit Rüschen und darüber auch noch ein Röckchen. Dann wechseln sie zu einem Zweiteiler. Natürlich noch mit bedecktem Nabel. Und nach einem Jahr tragen sie den winzigsten Bikini, den sie finden können.«

Sie lacht. »Ich habe mir heute einen gekauft, geniere mich aber noch, ihn in der Öffentlichkeit zu tragen.«

»Du wirst ihn tragen«, versichert er ihr. »Mein Freund Jeremy Blaine ist erst vor kurzem gestorben. Seit damals trägt seine Witwe nichts anderes als schwarze Bikinis. Trauer in Florida. Die Größe deines Badeanzugs ist nur ein äußerer Hinweis für das, was in deinem Inneren vor sich geht. Wie du selbst sagst, es ist ein Auftauen. Ein animalischerer Lebensanspruch. Du lernst, dich zu lockern. Schmeckst die Nahrung, genießt die Getränke. Und erfährst, wie man Schwierigkeiten vermeidet oder ignoriert.«

»Ist es bei dir auch so gewesen?«

»Natürlich. Bis Sylvia starb und ich zurückgerissen wurde in die reale Welt.«

»Ich weiß nicht ...« sagt sie. »Allmählich komme ich an einen Punkt, wo ich nicht mehr sicher bin, was die reale Welt ist. Ist sie Kummer und Sorgen und Schmerzen und Leid, oder ist sie das, was wir jetzt haben?«

»Gute Frage. Ich wollte, ich wüßte eine Antwort darauf, aber ich muß dich enttäuschen.«

»Ich fühle einfach erotischer«, sagt sie. »Schockiert dich das?«

»Natürlich nicht. Ich höre es mit Freuden.«

Sie schweigt. Ist sich bewußt, daß sie nicht dem vorgeschriebenen Drehbuch folgt. Tony Glitner wird wütend sein. Wenn ihr auch im Augenblick der Zorn ihres Beauftragten unwichtig erscheint. Sie hat einfach keine Lust, Dancer zu bekehren. Auf einmal ist der Glaube eine fremde Sprache für sie.

»Ich kenne ein ausgezeichnetes Rezept für einen Cognac-Stinger«, sagt sie.

»Mehr brauchst du nicht. Du kriegst mich hier nie wieder raus.«

»Genau das ist meine Absicht.«

Später, in ihrem Bett, beugt sie sich über ihn: »Du bist ein netter Mann. Wirklich, ein netter, netter Mann.«

»Das ist der Cocktail, der aus dir redet.«

»Nein, das bin ich selbst.«

Sie ist eine sinnliche Frau. Kräftig. Schwere Brüste, schmale Taille. Hüften fließend, wie eine Lyra. Schlanke Beine. Einen Duft auf der Haut, der an Weihrauch denken läßt. Angezogen erinnert sie ihn an seine Frau. Nackt ist sie völlig anders.

Sie ist vertieft in seinen Körper.

»Männer haben auch Brustwarzen«, flüstert sie. »Oder nicht?«

»Das stimmt. Auf jeder Seite eine.«

»Deine Haut ist wie Wildleder, Harry.«

»Angenehm oder unangenehm?«

»Angenehm. Sehr. Mach die Augen zu, als ob du schläfst. Laß mich ...«

Er schließt die Augen. Fühlt ihre Lippen. Die Zunge.

»Ev ...«

»Psst. Ich bin am Auftauen. Wie du gesagt hast – ein animalischer Lebensanspruch. Ich glaube, ich werde allmählich zum wilden Tier.«

»Und stört dich das?«

»Ich weiß es nicht«, sagt sie bedrückt. »Ich weiß nicht, wie ich damit fertig werde.«

»Willst du dich nicht einfach gehenlassen? Der Versuchung nachgeben?«

»Ja. Genau das will ich. Mich gehenlassen. Und alles tun.«

Sie erforscht ihn mit Verwunderung. Er ist Teil einer neuen Welt, auf die sie gerade einen ersten Blick geworfen hat. Sie vergißt ihre Schranken. Vergißt sie nicht, sondern mißachtet sie bewußt. Es verlockt sie. Sie glaubt, daß er ihr Vermittler ist. Alles ist möglich. Völlige Freiheit.

»Genug«, sagt er. »Bitte.«

»Mehr«, bettelt sie. Hört auch sich selbst und kann es kaum glauben.

Im Bericht an ihren Beauftragten meldet sie: »Ich glaube, es läuft gut, Tony. Wir haben in den frühen Morgenstunden viel miteinander gesprochen. Ich glaube, er kommt wirklich allmählich auf unsere Seite.«

»Fein«, sagt Glitner. »Und jetzt berichten Sie mir in Einzelheiten, was er gesagt hat, und was Sie ihm sagten.«

Sie erfindet ganze Szenen. Schlau. Verstummt manchmal. Nicht zu glatt. Spinnt die Geschichte ihrer Gespräche mit Harry Dancer. Gibt zu, daß sie sich geliebt haben – das ist genehmigt. Aber zugleich betont sie Dancers Zweifel, ihre Antworten, seine Ausflüchte, ihre Beharrlichkeit.

»Das hört sich gut an«, stellt der Beauftragte fest. »Aber Sie dürfen ihn nicht allzu sehr drängen. Wir wollen ihn ja nicht abschrecken. Immer langsam und mit Geduld. Wir wissen, was die anderen tun. Wir wollen Dancer eine attraktive Alternative bieten. Sie müssen gefestigt erscheinen, positiv, absolut Ihrer Sache sicher. Sie haben das doch schon früher geschafft, kennen die Tricks, wissen, wo Sie ansetzen müssen. Ich kann nur bis zu einer bestimmten Grenze gehen. Die Zentrale kann auch nur bis zu einem bestimmten Punkt gehen. Es liegt im Grunde alles an Ihnen. Wir hängen ab von Ihnen, Ev.«

Als sie allein ist, geht sie hinaus auf die Terrasse. Hält sich an der Brüstung fest. Schaut hinunter zum aufgewühlten Ozean, der sich ins Nichts verliert. Möchte weinen und kann nicht. Kneift die Augen zu. Sieht Haut, die an Wildleder erinnert. Kostet die Haut, leckt daran. Erinnert sich an das, was sie miteinander gefühlt haben. Zittert vor Seligkeit.

HARRY DANCER gesteht sich ein, daß er wie eine Wetterfahne geworden ist. Er dreht sich im Wind. Übernimmt die Meinungen und Philosophien dessen, mit dem er zuletzt gesprochen hat. Aber in seiner Verwirrung erkennt er noch die Verwirrung der anderen. Man muß selbst verwirrt sein, um zu bemerken, daß es dem anderen ebenso geht.

Er kann Sally Abaddon nicht verstehen. Sie hat nie vorgegeben, als ob sie irgend etwas anderes als eine käufliche Frau sei. Ihr Körper war verfügbar, vorausgesetzt, der Preis stimmte. Und jetzt redet sie von Liebe. Deutet an, daß sie eine tiefere, dauernde

Beziehung sucht. Er erkennt ihre Unzufriedenheit, kann sie aber nicht definieren.

Und er kann Evelyn Heimdall nicht verstehen. Diese glaubensstarke, standhafte Frau wird plötzlich von wilder Leidenschaft ergriffen. Mit einem Hang zum Ausgefallenen, Exotischen. Sie ist wie jemand, der seine Ketten abgeworfen hat. Alles an ihr – die Art, wie sie spricht, wie sie sich kleidet, wie sie sich benimmt – deutet auf eine neugewonnene Freiheit hin. Auf Genußsucht.

Und Harry Dancer kann sich selbst nicht verstehen. Er dachte, seine Affären mit Sally und Evelyn würden den Schmerz über Sylvias Tod lindern. Würden ihn der Zukunft zuwenden und nicht der Vergangenheit. Und zuletzt diese qualvollen Erinnerungen auslöschen.

Doch das ist nicht eingetreten. Statt dessen hat sein intimes Verhältnis mit den beiden Frauen in gewisser Weise Sylvia neu erstehen lassen. Das Gefühl ihrer Haut. Den warmen Atem. Die Süße ihrer Körper. Alle Genüsse der körperlichen Liebe erinnern ihn an verlorene Glückseligkeit.

Die Art, wie Ev den Kopf neigt, wie sie das kurze Haar zurechtschüttelt. Wie sich Sally beim Duschen die Brüste einseift: ernst und aufmerksam. Wie sie sich die Beine rasiert. Ihn berührt. Sich zum Schlafen einrollt. Ihr krauses Schamhaar mit der Schere schneidet. Barfuß durch die Räume geht. Seine Hemden trägt – und nichts darunter.

All diese intimen körperlichen Einzelheiten rufen ihm ein Leben zurück, das einmal war und das es nicht mehr gibt. Sylvia hatte das alles auch getan. Er erinnert sich und sieht sie von Tag zu Tag deutlicher. Wie erklärt sich das – neue Liebe, die eine vergangene wieder aufleben läßt? Diese beiden Frauen rufen Dinge zurück, die er tot und verloren glaubte.

Er kann es nicht begreifen. Ist denn die Liebe fähig, aus sich selbst zu existieren? Ist sie ein angeborenes Gefühl, das keines speziellen Objekts bedarf? Ist dazu ein Mann oder eine Frau so gut wie der oder die andere? Wobei nur das Gefühl selbst Bedeutung hat? Wie Patriotismus. Was macht es aus, für welches Land man ihn empfindet? Nur die Hingabe selbst ist entscheidend, nur darauf kommt es an.

Das alles verwirrt und bedrückt ihn. Er kommt sich vor wie in einem Kampf, den er nicht definieren kann.

»Was geht da vor sich?« fragt er laut. Und stellt, mit einem Stich im Herzen, fest, daß er gar nicht zu sich selbst spricht. Er redet mit Sylvia.

INTRIGE – GEGENINTRIGE ...

Der Chef der Einsatzleitung holt Anthony Glitner nach Washington. Sie besprechen sich in dem schallgesicherten Raum.

»Diese Sache mit der Abhöranlage in Dancers Haus ...« sagt er zum Beauftragten. »Worauf will das Department hinaus?«

»Auf das übliche, nehme ich an«, erwidert Glitner. »Rohmaterial für Erpressungen – falls man es einmal braucht.«

»Vielleicht«, entgegnet der Chef. Er kaut eine Magentablette. »Aber ich glaube, es könnte noch einen anderen Grund dafür geben. Vermutlich trauen sie ihrer eigenen Agentin nicht.«

Der Beauftragte ist überrascht. Dann überlegt er. »Es wäre möglich, Sir. Um sie zu bespitzeln, während sie mit Dancer beisammen ist. Ja, das ergibt einen Sinn, Chef. Sie glauben nicht, daß wir die Agentin umdrehen könnten, oder? Das wäre ein toller Coup!«

»Ich habe mir vom Nachrichtendienst ein komplettes Dossier über Sally Abaddon erarbeiten lassen. Sie ist schon lange, sehr lange Zeit fürs Department tätig. Und hat großartige Zeugnisse – aus der Sicht der anderen. Erinnern Sie sich an den Außenminister, den wir verloren haben? Sie war diejenige, die ihn zum Verrat getrieben hat. Es gibt nicht den kleinsten Hinweis in ihren Unterlagen, daß sie auch nur einen Schritt vom Kurs der anderen abgewichen wäre. Aber daß man Dancers Haus mit Abhöranlagen versehen hat, finde ich merkwürdig. Vielleicht ist die Agentin ausgebrannt – oder einfach gelangweilt. Es kann alles mögliche sein. Jedenfalls: Wir wären nachlässig, wenn wir der Sache nicht nachgehen würden. Geben Sie ihr einen Wink – falls sie wirklich daran denkt, zur anderen Seite überzulaufen.«

»Und wie sollen wir das bewerkstelligen, Sir?«

»Sie wissen, Tony, daß wir manchmal in den Fehler verfallen, überschlau sein zu wollen. Und dabei die einfachen und naheliegenden Lösungen zu übersehen. In diesem Fall wäre es vielleicht das Sinnvollste, wenn wir Sally Abaddon anonym anrufen. Nur um ihr zu sagen, daß Harry Dancers Haus abgehört wird. Wenn sie dem Department noch immer treu ergeben ist, wird ihr die Nachricht nichts bedeuten. Wenn sie aber zu zweifeln beginnt, wird sie ihr Vorgehen entsprechend ändern. Setzen Sie jemanden auf sie an, der sie beobachtet. Wie wär's mit Willoughby? Er hat seine Sache gut gemacht als Wunderheiler.«

»Ich glaube, das kann ich arrangieren«, antwortet Glitner. »Wollen Sie, daß man Sally beschattet?«

»So gut wie möglich. Wenn Sie zurückkommen nach Florida, informieren Sie Willoughby, und rufen Sie anschließend die Abaddon an. Mal sehen, was dann geschieht.«

Zur gleichen Zeit liest der Vorsitzende des Departments in Cleveland einen Bericht des Direktors der Region Südost durch. Es ist das Dossier, das er angefordert hat und das sich mit allem aus dem Privatleben der Leute aus dem Umfeld der Aktion Dancer befassen soll, soweit es ungewöhnlich, seltsam oder unerwartet ist.

Der Vorsitzende findet das, wonach er sucht, in einem kurzen Absatz über Herman K. Tischman. Es heißt da, daß die Tochter des Detektivs an einer plötzlichen und unerklärlichen Krankheit litt und von den Ärzten bereits aufgegeben war, dann auf wunderbare Weise geheilt wurde und sich nun bester Gesundheit erfreut.

Wunderbar, natürlich! denkt der Vorsitzende. Und erkennt augenblicklich, was da geschehen ist. Der Söldner des Departments ist erneut umgedreht worden.

Er läßt sich mit dem Regionaldirektor verbinden, über eine verschlüsselte Leitung.

»Sie Narr!« tobt er. »Man hat Sie reingelegt. Dieser Privatdetektiv ist noch mal umgedreht worden. Die Krankheit seiner Tochter war inszeniert.«

Der Direktor beginnt zu stottern.

»Halten Sie den Mund!« herrscht ihn der Vorsitzende an. »Briscoe hat ihn für uns angeheuert, nicht wahr? Dann soll Briscoe auch die Schweinerei aufräumen. Füttern Sie diesen Tischman mit Fehlinformation. Wenn die Corporation reagiert, werden Sie wissen, daß ich recht habe. Von da an kann Briscoe die Sache übernehmen. Ich erwarte Resultate innerhalb von achtundvierzig Stunden.«

Der Direktor ruft Briscoe herein. Wiederholt den Befehl des Vorsitzenden.

»Dieser Schweinehund«, flucht Briscoe. »Dachte, ich könnte den Idioten glatt in die Tasche stecken. Dieser Kerl läßt sich umdrehen wie ein Wetterhahn. Sie meinen, das rätselhafte Fieber seiner Tochter war ein Trick der Corporation? Dann war das verdammt raffiniert. Und es hat praktisch nichts gekostet.«

»Es interessiert mich nicht, wie raffiniert die Corporation ist«, sagt der Direktor kalt. »Sie haben achtundvierzig Stunden Zeit, sich darum zu kümmern. Der Vorsitzende will einen Beweis, bevor wir handeln. Ich glaube, es ist das beste für uns beide, wenn Sie das übernehmen.«

Sie starren sich an.

»Ja, Sir.«

Er braut sich einen komplizierten Plan zusammen. Der Plan enthält Elemente der Wahrheit, ohne daß Briscoe es ahnt. Er wird Tischman mitteilen, daß Harry Dancer Evelyn Heimdall sexuell hörig geworden ist und daß die beiden vorhaben, das Land zu verlassen, um irgendwo im Ausland in Sünde miteinander zu leben.

Briscoe nimmt an, daß Tischman, wenn er noch einmal umgedreht worden ist, die Corporation über diese neue Entdeckung auf dem laufenden halten wird. Und die Corporation wird die Heimdall abberufen und eine neue Agentin auf Harry Dancer ansetzen.

Aber bevor Briscoe die Chance hat, dieses etwas ausgefallene Komplott in Szene zu setzen, erhält er den Beweis für die Schuld des Privatdetektivs aus einer anderen Quelle. Ein automatisches Tonbandgerät in Sally Abaddons Motel hat einen anonymen Anruf aufgezeichnet.

»Miß Abaddon?«

»Ja. Wer spricht?«

»Sagen wir, ein Freund. Ich finde, Sie sollten wissen, daß Harry Dancers Haus mit einer Abhöranlage ausgestattet wurde. Alle Telefone sind mit Sendern versehen, die sämtliche Telefongespräche und jeden Laut aus den Innenräumen übertragen und auf Tonband aufzeichnen. Zugunsten Ihrer Arbeitgeber.«

»Was haben Sie gesagt?«

»Sie haben mich gut verstanden, Miß Abaddon.«

»Wer sind Sie?«

Klick.

Briscoe hört sich das Band zweimal an. Dann überlegt er ... Nur er selbst, der Direktor, Tischman und die Techniker, die die Wanzen eingebaut haben, wissen Bescheid über die elektronische Abhöranlage in Dancers Haus. Aber die Techniker wissen nichts von Sally Abaddon. Und natürlich schließt Briscoe den Direktor und sich selbst aus. Bleibt nur Herman K. Tischman.

Der Vorsitzende hat recht: Der Detektiv ist noch einmal umgedreht worden. Er hat die Corporation informiert, und die hat den anonymen Anruf getätigt. Briscoe teilt es dem Direktor mit.

»Erledigen, Sir?« fragt er. »Wegen der drohenden Gefahr extremen Schadens?«

»Ja«, sagt der Direktor. »Sofort. Ein Unfall.«

»Selbstverständlich«, antwortet Briscoe. Ein wenig beleidigt, weil der Direktor es für notwendig hält, ihm zu sagen, wie er seine Arbeit tun soll.

Um 18.00 Uhr findet er Tischman. Der Detektiv sitzt in seinem rostigen Plymouth vor Harry Dancers Bürohaus. Briscoe parkt seinen Wagen. Steigt aus. Geht hinüber zur Karre des Detektivs. Beugt sich hinunter und spricht durch das offene Fenster.

»Tut sich was?« fragt er.

»Er hat zu Mittag mit der Heimdall gegessen«, berichtet Tischman. »Dann sind sie in ihr Apartment gefahren, lang genug für eine Matinee. Das ist alles.«

»Wir müssen miteinander reden.«

»Worüber?« fragt Tischman. Er kaut an einer nassen Zigarre.

»Ein neuer Auftrag. Mehr Geld. Das können Sie doch brauchen, oder? Die Krankenhausrechnungen für Ihr Kind, und so weiter.«

»Ja, klar. Steigen Sie ein, dann reden wir.«

»Nicht hier. Zuviel Öffentlichkeit. Machen Sie heute früher Feierabend. Wir treffen uns in Ihrem Büro um neun. Okay?«

»Sie sind der Boß.«

»So ist es«, bekräftigt Briscoe.

Er kommt eine halbe Stunde früher zu Tischmans Büro. Parkt einen Block dahinter. Geht das Stück zurück. Hat zwei Liter billigen Wodka bei sich, in einer braunen Papiertüte. Er hantiert mit einem Chirurgenskalpell am Türschloß und drückt mit dem Knie dagegen. Die Tür springt auf. Er geht hinein. Schließt die Tür. Schaltet eine Schreibtischlampe ein.

Dann gießt er einen halben Liter Wodka in den vollen Papierkorb, über die Polster einer auffallend bunten Couch, auf den Teppich. Er benetzt die Vorhänge damit, gießt mit einem Teil aus der zweiten Flasche eine Pfütze unter Tischmans Drehsessel. Dann setzt er sich und wartet.

Tischman erscheint kurz nach neun Uhr. Er erschrickt, als er Briscoe hinter seinem eigenen Schreibtisch sitzen sieht.

»Wie, zum Teufel, sind Sie reingekommen?« fragt er.

»Die Tür war offen«, sagt Briscoe und steht auf.

»Bockmist – von wegen offene Tür. Ich achte immer darauf, daß sie abgesperrt ist. Mein Gott, hier riecht es wie in einer Brennerei.«

»Ich hab' ein paar gekippt«, sagt Briscoe und grinst. Dazu hält er die halbleere Flasche hoch. »Wollen Sie auch einen Schluck?«

»Was soll das?« fragt der Detektiv. »Hier ist ja alles durchnäßt.«

»Stimmt«, sagt Briscoe. »Und sehen Sie sich das erst mal an.«

Er zeigt mit dem Zeigefinger auf den Papierkorb. Der entflammt: blaue Zungen lecken empor.

»Mein Gott!« schreit Herman K. Tischman. »Was geht hier vor –«

»Und da«, sagt Briscoe und zielt mit dem Zeigefinger auf die Vorhänge. Auf die Couch. Auf den Teppich. »Und da! Und da! Und da!«

Das Büro steht in Flammen, die sich rasch ausbreiten. Der Detektiv dreht sich um, will fliehen. Briscoe hält ihn mit starken Armen fest. Schleudert ihn in den Drehsessel. Tischmans Kleidung fängt zu brennen an. Sein Körper schnellt nach oben. Briscoe preßt ihn hinunter. Gießt den restlichen Wodka über ihn.

Das Büro ist ein Inferno. Flammen. Rauch. Brennendes Holz beginnt zu knacken. Tischman, den Mund weit aufgerissen, krümmt sich langsam. Öffnet und schließt die Fäuste. Seine Augen schmelzen. Die Kleidung verbrennt. Das Fleisch verfärbt sich, wird schwarz.

Briscoe wartet geduldig. Steht mitten im Feuer. Dann, als er sieht, daß Tischman sich nicht mehr bewegt, verläßt er seelenruhig das Büro. Er sieht, wie die Menschen darauf zurennen. Aber er achtet nicht darauf und schlendert zu seinem Wagen. Die frische Luft ist eine Beleidigung. Briscoe genießt den Brandgeruch, den Geruch der Asche.

SALLY ABADDON ist kein Dummchen. Sie teilt Shelby Yama und Briscoe mit, daß sie einen anonymen Anruf erhalten hat.

»Was, zum Teufel, soll das bedeuten?« fragt sie.

»Nichts«, sagt Briscoe. »Vergessen Sie's.«

»Ist Dancers Haus tatsächlich mit einer Abhöranlage versehen?«

»Das brauchen Sie nicht zu wissen«, brummt Briscoe.

Später, als sie allein sind, fragt ihn Yama: »Was bedeutet das? Wollen Sie sie kontrollieren?«

»Ja«, antwortet Briscoe. Dabei starrt er den Beauftragten an. »Haben Sie was dagegen?«

»Nein, nein«, sagt Yama. »Man kann nie vorsichtig genug sein.«

»Mhm«, erwidert Briscoe. Dazu grinst er ihn hinterhältig an.

Es schränkt den Spielraum von Sally ein. Sie weiß, daß ihre Suite abgehört werden kann. Und jetzt auch Harrys Heim. Sie überlegt, was sie tun könnte: Noch ein Motelzimmer mieten, ohne das Department davon zu unterrichten? Oder Dancer jedesmal, wenn sie ihn trifft, in ein anderes Stundenhotel mitnehmen?

Aber sie weiß, daß das alles nicht funktionieren kann. Briscoe würde wissen wollen, wohin sie mit dem Objekt gegangen ist. Was sie gesagt, was sie getan haben. Und warum es nicht auf Tonband aufgezeichnet wurde.

Sie und Dancer besuchen das Squash-Turnier in Dania. Verlieren beim Wetten ein paar Dollar. Essen dann in einem beliebten Steaklokal am Federal Highway. Fahren durch den ruhigen Verkehr heim. Die Saison ist vorüber; die Schneevögel sind wieder nach Norden gezogen.

»Ist dir nach ein bißchen Zärtlichkeit und Fürsorge zumute?« fragt sie ihn.

»Warum nicht?« antwortet er. »Wo?«

»Bei dir. Draußen auf dem Patio, oder unten am Strand. Ich möchte hinaufschauen zu den Sternen. Wie viele sind das wohl?«

Er scheut sich nicht, einen guten Text zu wiederholen. »Sechshundertmillionen«, sagt er, »vierhunderteinunddreißigtausendachthundertundvierzehn.«

Sie lacht. Legt eine Hand auf seinen Schenkel. »Du bist verrückt«, sagt sie.

»Das stimmt.«

Sie nehmen Bierdosen mit hinunter an den Strand, gehen dort in Richtung Süden. Es sind nur wenige Menschen zu sehen: Liebespaare, Jogger. Eine Frau, die mit der Taschenlampe nach Muscheln sucht. Ein Mann, der in der Brandung angelt. Geduldig. Hoffnungslos.

Keine Sterne. Die Nacht ist bewölkt, die Luft still und drükkend. Weit unten im Süden, in der Gegend von Pompano, leuchten Blitze auf. Ein schwaches Zucken. Aber die Fischerboote sind draußen, eine Ansammlung kleiner, hüpfender Lichter.

»Da draußen scheint's was zu geben«, meint Dancer. »Ist jetzt Saison für Blaue?«

»Blaue?«

»Blaufische. Warst du schon mal angeln?«

»Nein«, antwortet sie. Denkt, daß das eigentlich nicht ganz richtig ist. »Einmal, aber ich hab' nichts erwischt außer einem fürchterlichen Sonnenbrand. Meine Nase hat sich tagelang geschält.«

»Ich weiß so wenig über dich«, sagt Dancer. »Ich weiß, daß du nicht aus Florida stammst. Das heißt, du redest zumindest nicht so wie die hiesigen.«

»Aus Neuengland. Ursprünglich. Aus Salem in Massachusetts.«

»Oho! Wo die Hexen herkommen.«

»Stimmt.«

»Bist du eine Hexe?«

»Ich bemühe mich«, sagt sie und lacht.

»Mit Erfolg. Immerhin hast du mich behext.«

»Hab' ich das? Hab' ich das wirklich, Harry?«

Sie schlendern über den Sand, Hand in Hand. Laufen manchmal ein Stück hinauf, wenn eine große Woge hereinkommt und mit ihrem weißen Kamm nach ihnen greifen will.

»Wie lange hast du in Salem gelebt?« fragt er sie.

»Nicht lange. Mein Vater war Handelsvertreter. Wir sind kreuz und quer durch das Land gezogen, weil er oft von einem Gebiet in ein anderes versetzt wurde.«

»Ach – und was hat er verkauft?«

»Brandversicherungen. Meistens an Farmer. Er ist nicht reich geworden damit, aber wir hatten unser Auskommen.«

»Und ich nehme an, daß du von einer Schule zur anderen gewechselt bist.«

»Das stimmt. Ich weiß gar nicht mehr, wie oft ich die Schule wechseln mußte. Schließlich habe ich den Abschluß der höheren Schule in Hadesville in Texas geschafft. Weißt du, wo das ist?«

»Nein.«

»Da hast du aber Glück. Harry, laß uns umkehren. In dem weichen Sand ist es mühsam zu gehen.«

Sie schlendern zurück zu Dancers Haus.

»Und was dann?« fragt er sie. »Ich meine, nach der höheren Schule?«

»Dann bin ich nach New York. Ich wurde zweite in einem Schönheitswettbewerb und hoffte, ich könnte Mannequin werden. Aber ich war einfach nicht der Typ. Zu groß.«

»Nicht für mich. Hast du jemals Nacktfotos von dir machen lassen? Ich meine, für die Herrenmagazine?«

»Warum fragst du?«

»Du hast den Körper dazu; ich dachte, das wäre etwas gewesen für dich.«

»Zufällig hast du recht – ja, ich hab' es mal versucht. Aber es ist ein schmieriges Geschäft und bringt nicht so viel ein, wie man denkt. Dann hab' ich mich eine Weile treiben lassen – hierhin, dorthin, überallhin. Und zuletzt bin ich in Florida gelandet.«

»Da hab' ich aber Glück gehabt«, meint Harry Dancer. »Na, da sind wir endlich. Müde?«

»Ein bißchen. Können wir uns auf den Patio setzen?«

»Natürlich. Noch ein Bier?«

»Das wäre schön.«

Er bringt kaltes Bier heraus. Schließt die gläserne Schiebetür, die in den Wohnraum führt, um die Kühle der Klimaanlage zu bewahren. Sally nimmt nicht an, daß die Mikrophone des Departments auch noch Gespräche auf dem Patio aufnehmen können.

»Brauchen wir das Licht?« fragt sie.

»Es soll die Mücken und Nachtfalter von uns fernhalten«, antwortet er. »Aber wenn du willst, schalte ich es aus.«

»Bitte, die Dunkelheit ist schöner. Intimer.«

»Intimer«, wiederholt er und lacht blechern dazu. »Ich weiß nicht, ob ich dazu bereit bin.«

»Das verstehe ich nicht. Ich dachte, du und ich, wir sind so intim miteinander, wie es ein Mann und eine Frau nur sein können.«

»Sind wir. Körperlich. Sexuell. Ich glaube nicht, daß ich jemals mit einer Frau noch intimer gewesen bin. In dieser Hinsicht.«

»Aber ...?«

»Aber ich habe mir neulich überlegt, ob ich darüber hinaus zu engeren Bindungen fähig bin. Seit meine Frau tot ist, habe ich eine Scheu vor Intimitäten. Davor, jemandem wirklich nahe zu sein. Es erschreckt mich geradezu.«

Sally Abaddon stellt ihr Bier zur Seite. Steht auf. Kommt herüber, um sich auf den Rand von Dancers Liege zu setzen. Legt eine kühle Hand auf sein erhitztes Gesicht.

»Harry«, flüstert sie, »sprichst du jetzt von Liebe? Ist es das, was du meinst?«

»Vermutlich. Ja, vermutlich ist es das, was ich meine. Vergnügen im Bett ist eine Sache. Das macht mir Spaß – wie du sehr wohl weißt. Aber ich weiß nicht, ob ich darüber hinaus noch mehr verkraften kann.«

»Du willst mir damit doch etwas sagen, oder? Willst du mich warnen?«

»O nein, Darling«, sagt er. Dann nimmt er ihre Hand von seiner Wange und küßt die Handfläche. »Ich wollte dir nur zu verstehen geben, daß du es zumindest momentan mit einem emotionellen Krüppel zu tun hast. Daß du nicht allzu viel von mir erwarten darfst. Ich habe in letzter Zeit das Gefühl, daß dir die Spiele, die wir miteinander treiben, nicht genug sind. Daß du in Wirklichkeit etwas anderes suchst. Etwas mit mehr – Bedeutung. Habe ich recht?«

»Ja«, antwortet sie mit leiser Stimme. »Ja, du hast recht. Ich fühle es auch. Aber ich wußte nicht, daß man es merkt.«

»Ich merke es. Sally, ich will dir nicht weh tun. Ich versuche, so aufrichtig zu sein, wie ich kann. Es beunruhigt mich, daß deine Beziehung zu mir vielleicht zu – zu intensiv werden könnte.«

»Das ist aber nicht dein Problem. Es ist einzig und allein mein eigenes. Ich habe dich um nichts gebeten, oder? Abgesehen von den fünf Hundertern pro Woche für Vergnügen und Unterhalt. Oder habe ich von dir verlangt, mir gegenüber irgendwelche emotionellen Verpflichtungen einzugehen?«

»Nein«, räumt er ein. »Nein, das hast du nicht. Ich möchte dir nur verständlich machen, daß ich momentan nicht in der Lage und auch nicht willens bin, irgendwelche derartigen Verpflichtungen einzugehen.«

»Mach dir keine Gedanken darüber, Harry. Ich bin ein großes Mädchen und schon ein bißchen in der Weltgeschichte herumgekommen. Wenn ich Fehler mache, sind es *meine* Fehler. Ich werde dir keine Vorwürfe machen. Bis auf den einen: daß du ein so bewunderungswürdiger Dummkopf bist.«

Sie lachen beide, und alles ist gut.

Er zieht sie näher zu sich heran. »Was ist mit der Zärtlichkeit und Fürsorge, die du in Aussicht gestellt hast?«

»Was du willst, Harry. Du brauchst es nur zu sagen.«

»Sollen wir nach oben gehen?«

»Bleiben wir lieber hier draußen«, flüstert sie. »Es ist ja dunkel.

Niemand kann uns sehen.«

»Es könnte allerdings sein, daß wir dann mittendrin vom Regen überrascht werden.«

»Das wäre wundervoll. Findest du nicht auch?«

Kichernd ziehen sie sich aus. Er bündelt die Kleidung und die Schuhe und bringt alles hinein ins Wohnzimmer. Dann kehrt er zurück und schiebt sachte die Glastür zu, damit sie nicht quietscht. Findet Sally auf dem gefliesten Boden des Patios liegend. Sie strahlt ihn an. Er legt sich neben sie.

»Wir werden schmutzig«, warnt er sie. »Und bekommen Kratzer.«

»Macht es dir etwas aus?«

»Eigentlich nicht.«

Sie kommt näher. Drückt ein Knie zwischen seine Schenkel. Stößt ihn sacht. »Harry, das, wovon wir vorhin gesprochen haben – Liebe. Was ist das eigentlich?«

»Es gibt alle Arten und Variationen. Zuneigung. Freundschaft. Verehrung. Anziehung. Körperliche Liebe. Emotionale Liebe. Intellektuelle Liebe. Bewunderung. Loyalität. Religiöse Liebe. Wilde Leidenschaft oder zartes Verlangen. Ich könnte stundenlang weitermachen. Es ist wie ein riesiges Thermometer: eine Skala der verschiedenen Grade.«

»Also könnte ich dich auf die eine Weise lieben und du mich auf eine ganz andere?«

»Ja, das ist möglich. Oder, besser gesagt, sogar wahrscheinlich.«

»Dann soll es mir recht sein. Damit bin ich einverstanden. Du auch?«

»Natürlich.«

»Wir tun beide das, was uns gegeben ist.«

»Sicher ...« Er zögert. »Aber es klappt nicht immer so einfach. Der Liebende verlangt meistens, daß seine Liebe in demselben Grad erwidert wird. Oder in einem noch höheren. Und wenn er oder sie das nicht bekommt, gibt es Ärger im Paradies.«

»Nicht in unserem Paradies«, widerspricht sie. »Ich nehme das, was ich kriegen kann – was du mir geben kannst –, und bin glücklich damit.«

Er bezweifelt es, sagt aber nichts. Dann küßt er ihre geschlossenen Augen. Knabbert an ihrem Ohr. Liebkost mit der Zunge den Hals hinunter. Versinkt zwischen ihren Brüsten.

»Mach mich blind«, sagt er.

Sie bewegt sich auf dem harten Fliesenboden. Umschlingt ihn mit den Beinen.

»Was soll ich für dich tun?« fragt sie. »Sag es mir.«

»Du brauchst nur du selbst zu sein.«

Er ist plötzlich über ihr. Gierig.

»Psst«, flüstert sie. »Psst. Die Nachbarn ...«

Sie fühlen die ersten Regentropfen. Warm. Der Fliesenboden wird glatt und naß. Sie rutschen. Wie in Zeitlupe. Lachen zwischen den Küssen. Über ihnen wiegen sich Zweige und Blätter, aber der Regen dringt durch.

Harry Dancer rollt zur Seite. Seine Erektion reckt sich in den düster schimmernden Nachthimmel.

»Du hast recht gehabt«, sagt er. »Wie Nadeln. Wundervoll!«

Sie spielen miteinander. Zwei nasse Hündchen. Rollen. Rutschen auf dem glatten Boden. Der Regen läuft über ihre Körper. Sie tun nichts dagegen. Harry dringt nicht in Sally ein, sie umschlingt ihn nicht. Aber sie durchdringen einander in reinem Vergnügen.

»Du hast es selbst gesagt«, erinnert sie ihn. »Alle Arten von Liebe.«

»O ja«, stöhnt er. »O ja.«

Der Regen dauert zehn Minuten, vielleicht eine Viertelstunde. Sie liegen beide auf dem Rücken. Öffnen den Mund, um das Wasser zu trinken. Breiten die Beine weit aus, um es zu fühlen. Rollen auf die Seite. Beißen. Lecken.

Das Wasser verdunstet. Sie liegen mit ausgebreiteten Armen und Beinen in der Nässe. Ihre Fingerspitzen berühren sich.

Durch das Blattwerk sehen sie dahineilende Wolken. Dazwischen ein Stück klaren Himmels.

»Ein Stern!« ruft Sally aus. »Ich habe einen Stern gesehen. Und da, noch einer!«

»Du und ich«, sagt Dancer. »Ein Stern für jeden von uns.«

Sie dreht sich auf die Seite, beugt sich über ihn. Nasses Haar fällt auf sein Gesicht. Er streicht es nicht zur Seite.

»Laß mich dich lieben, Harry«, bittet sie. »So, wie ich es will. Und du sollst mich auf deine Art lieben.«

»Ja. Gut. Das ist fair.«

BEIDE SEITEN stellen Budgetprobleme hintan und statten die Aktion Harry Dancer mit zusätzlichem Personal aus. Die Corporation, die Tischman verloren hat, setzt einen Agenten ein, der das Objekt beschatten soll, während Willoughby Sally Abaddon überwacht. Das Department kontert mit Agenten, die den Auftrag haben, Dancer und Evelyn Heimdall zu beschatten.

Die beiden Beauftragten koordinieren die Tätigkeiten ihrer Mitarbeiter. Sie erstellen Terminpläne, geben Codes und Losungsworte aus. Sie kollationieren die Nachrichtendienste. Liefern tägliche Berichte an ihre Vorgesetzten. Und sind stets voller Optimismus.

Der Joker in diesem Durcheinander aus Spionage und Gegenspionage ist Briscoe. Er hat gleichzeitig zwei Kampagnen laufen, versucht, der Corporation einen Strich durch die Rechnung zu machen und Beweise für Fehlleistungen beim Personal des Departments herauszufinden. Er hält Shelby Yama für etwas einfältig und unfähig. Aber er glaubt nicht, daß er ein Verräter ist. Bei Sally Abaddon ist Briscoe dagegen nicht so sicher.

Sie behauptet, Dancer möchte mit ihr auf seinem Patio, am Strand oder in seinem Wagen bumsen. Auffällig, überall dort, wo es keine elektronische Überwachung gibt. Briscoe gefällt das gar nicht. Er teilt dem Direktor seinen Verdacht mit.

»Sie behauptet, Dancer besteht auf diesem und auf jenem«,

berichtet er. »Aber eigentlich sollte sie verschiedene Bedingungen stellen; das ist schließlich ihr Job. Sie schwört, daß sie ihn um den Finger wickeln kann. Ich dagegen bin keineswegs überzeugt.«

»Ich kann einfach nicht glauben, daß Sally weichgeworden sein sollte«, entgegnet der Direktor. »Sie ist erfahren in solchen Spielen. Und sie war stets hundertprozentig loyal.«

»Das weiß ich alles, Sir, und ich muß zugeben, ich habe keinen Beweis für das Gegenteil. Aber auch ich habe meine Erfahrungen, und ich sage Ihnen, irgend etwas an der Sache ist faul.«

»Was schlagen Sie vor? Soll ich mit ihr reden? Und sie an die Strafen erinnern, die ihr im Fall eines Betrugs drohen?«

»Nein, Herr Direktor, noch nicht. Ich möchte nicht, daß sie denkt, wir seien argwöhnisch ihr gegenüber. Ich will sehen, ob es mir gelingt, sie einer Art Test zu unterziehen. Damit wir abschätzen können, wie sie reagiert.«

»Na schön, tun Sie, was Sie für richtig halten. Nebenbei, laut Yamas neuestem Bericht teilt der Mann, der Evelyn Heimdall überwacht, mit, daß sie sich, Zitat, ›sehr seltsam für eine Agentin der Corporation benimmt‹, Zitat Ende. Ich bin nicht sicher, was er damit meint, aber ich habe mich an die Nachrichtenzentrale in Cleveland gewandt und ein ausführliches Dossier über die Heimdall angefordert.«

Sie schauen sich an.

»Ja, Briscoe«, sagt der Direktor. »Ich weiß, was Sie meinen. Es könnte sein, daß wir es hier mit zwei Außendienstagenten zu tun haben, die daran denken, zum Gegner überzuwechseln. Eine sehr kitzlige Situation. Es wäre mir ein Vergnügen, eine der Besten der Corporation umzudrehen. Aber nicht um den Preis, daß wir selbst eine unserer besten Agentinnen verlieren. Ein Tauschhandel dieser Art bringt uns keinen Vorteil. Daher rate ich Ihnen, sich gegenüber der Abaddon sehr vorsichtig zu verhalten. Aber sprechen Sie mit dem Mann, der die Heimdall beschattet, und sehen Sie zu, ob Sie herausfinden, warum er glaubt, sie verhalte sich seltsam. Wenn es stimmt, könnten wir ihr ja einen kleinen Wink geben.«

SCHWITZEND UND LACHEND verläßt Evelyn Heimdall den Tennisplatz. Sie wirft sich in einen Stuhl an Harry Dancers Tisch. Unter einem großen Sonnenschirm mit breiter Bordüre. Harry Dancer hat ihr einen Wodka-Gimlet bestellt, der schon auf dem Tisch steht.

»Gut gemacht«, lobt er. »Du hast sie deklassiert.«

»So einfach war es auch wieder nicht. Sie hat mir einen Lob nach dem anderen serviert. Spielst du heute nicht?«

»Ich bin heute morgen aufgewacht und hab' mich ziemlich miserabel gefühlt.« Er deutet auf seine Bloody Mary. »Aber nach zwei Glas von denen da strahlen meine Augen, und ich hab' wieder einen buschigen Schweif.«

»Freut mich, zu hören. Du siehst fabelhaft aus. Solltest öfters Weiß tragen. Übrigens, du bist von mir zum Lunch eingeladen.«

»Bin ich das? Und aus welchem Anlaß?«

»Aus keinem«, entgegnet sie und lächelt geheimnisvoll. »Ich hab' mich ganz einfach tollkühn gefühlt.«

Er betrachtet ihre glatten, sonnengebräunten Beine. »Und wohin entführst du mich zum Lunch?«

»Zu mir«, sagt sie. »Ich habe bereits einen Caesars Salat gemacht.«

»Da bin ich gern dabei.«

»Hoffentlich, ich glaube, man nennt es eine Matinee. Oder heißt es Orgie?«

»Gibt es eine Orgie mit nur zwei Beteiligten?« fragt er.

»Wir können es ja mal versuchen«, neckt sie.

Während er den Tisch deckt und die Weinflasche entkorkt, geht Evelyn unter die Dusche. Nachdem sie sich eingeseift, abgespült und das Haar gewaschen hat, steht sie unter dem lauwarmen Wasserstrahl und schaut hinunter auf ihren nassen Körper. Bikinistreifen; bis knapp über die Warzen sind die Brüste weiß. Und ein dünnes, weißes Band um ihre Hüften.

Sie sieht einen neuen Körper. Oder sieht ihren Körper auf neue Art. Erregend. Voll Versprechungen. Aufregend sinnlich. Und so empfindsam, daß sie körperlich auf Farben und Gerüche reagiert. Auf die Melodie von Harrys Lachen.

»Ich fühle mich einfach tollkühn.« Hat sie das wirklich gesagt? Ja, das hat sie. Sie versucht, die Grenzen ihrer neuen Abenteuerlust abzuschätzen. Dann, mit einem Schauder aus Erschrecken und Entzücken, nimmt sie zur Kenntnis, daß ihr keine Grenzen gesetzt sind.

»He«, ruft Dancer. »Bist du am Ertrinken, da drinnen?«

Ja, sie ertrinkt beinahe.

Sie trocknet sich ab, zieht dann ihren weißen Frotteebademantel an. Dancer trägt einen weißen Leinenanzug, ein weißes Hemd, weiße Schuhe. Sie essen an einem weißen Tisch, der weiß gedeckt ist. Weiße, spinnwebendünne Gardinen bauschen sich im Wind, der durch die offene Terrassentür hereinstreicht. Weißes Licht tränkt den Raum. Sie treiben dahin in einem Meer von Milch.

Sie unterhalten sich unbeschwert, scherzen, lachen. Evelyn Heimdall fühlt die zerbrechliche Stimmung des Augenblicks, das unsichtbare Band zwischen ihr und diesem weiß strahlenden Mann. Mehr noch, sie fühlt plötzlich, wie das reale Leben dahinschwebt. Hell, immer heller, und dann verloren in schimmerndem Weiß.

Dancer erzählt ihr eine amüsante Geschichte über einen Klienten, der sich irrte, was den Namen einer Versicherung betraf, deren Aktien er kaufen wollte, und dabei einen beträchtlichen, unerwarteten Gewinn einstrich. Sie lauscht seinen Worten, lächelt, nickt.

Aber sie hört nicht, was er sagt. Statt dessen verschlingt sie ihn mit den Augen. Die gebräunten, kraftvollen Hände. Die langsame, bewußte Art, wie er sich bewegt. Die markanten Züge. Die blauen, schmerzerfüllten Augen. Die Krähenfüße, blasse Lachfältchen. Das energische Kinn. Das graue, von der Sonne gebleichte Haar. Diese ganze, maskuline Gediegenheit. Sie sieht seinen nackten Körper vor sich. Die Wildlederhaut. Und zwischen seinen Schenkeln ...

Jetzt merkt sie, daß er aufgehört hat zu sprechen. »Das ist wunderbar«, sagt sie. »Sowas sollte mir mal passieren. Noch etwas Salat?«

Er lacht und deutet mit dem Kinn auf die leere Schüssel.

»Ach ...« sagt sie. Ist verwirrt. »Ich kann uns frischen machen.«

»Bloß nicht. Das war gerade genug.«

»Ich habe noch einen Rest von deinem Frangelico«, sagt sie. »Ich könnte den Likör über Vanilleeis gießen.«

»Vielleicht später. Jetzt muß ich wohl für meinen Lunch bezahlen?« erwidert er gespielt ernst.

»Ja, das mußt du«, erwidert sie und gibt sich ihrem neuen Ich hin.

Im Bett, nackt, streichelt er die hellen Streifen, die der Bikini an ihrem Körper hinterlassen hat.

»Du hast ihn also getragen«, sagt er. »Hab' ich dir doch gesagt.«

»Ja, das hast du. Ich dachte erst, die Leute starren mich an. Aber sie dachten gar nicht daran – und das war noch schlimmer. Möchtest du mich ganz wie Schokolade, oder ist dir eine Mischung aus Schokolade und Vanille lieber? Ich kann hinuntergehen an den Pool oder mich hier auf der Terrasse bräunen.«

»Was dir lieber ist.«

»Nein, Harry. Was *dir* lieber ist.«

Sie hat sich in Gedanken diese Szene am frühen Nachmittag ausgemalt. Sie würde verrückt sein, leidenschaftlich und lustvoll. Gewürzt vom durchdringenden Licht der Sonne. Es würde nichts geben, was sie nicht tun würden: sie mit ihm und er mit ihr.

Aber jetzt, wo der Zeitpunkt da ist, fühlt sie eine eigenartige, warme Faulheit. Sie ist gebadet in Licht und in der Hitze ihrer eigenen, unbefriedigten Bedürfnisse. Sie gleitet dahin. Erkennt wie im Nebel, daß sie ihm keinen Widerstand leisten könnte, und wenn er sie in diesem Augenblick erdrosseln würde. Aber daß sie ihren Kopf senken und seine angewinkelten Handknöchel küssen könnte.

»Was du willst...« murmelt sie.

Sie ist sich seiner Hände bewußt. Seines Mundes. Völlige Hingabe, ein Segen. Sie bewegt sich in einem weißen Traum. Treibt dahin. Bis das Glühen einsetzt. Zuerst ist es kaum mehr als das Flackern eines Streichholzes. Tief in ihrem Inneren. Dann brennt es mit einer Flamme, die das Weiß in Scharlachrot verwandelt.

Die Feuersbrunst breitet sich aus. Sie richtet ihre Gedanken, ihre Energien auf einen Punkt. Ihr Körper beginnt zu zittern. Windet sich im Feuer, das vernichtet und belebt zugleich. Der Mann sagt etwas, aber sie hört nicht auf ihn. Sie lauscht nur dem Brüllen des Feuers in ihrem Inneren. Und schluchzt voll Erwartung.

Sie weiß nicht, wie lange es dauert, bis die Flammen schwächer werden. Das Blutrot schwindet. Verblaßt. Das Weiß zurückkehrt. Die Sonne. Das Licht. Sie lebt. Ist unversehrt. Bewegt sich. Aber... Aber tief in ihrem Inneren flackert noch das Feuer.

»Ein Anzeigelämpchen«, sagt sie. Laut.

»Was?« fragt Harry Dancer. »Du hast gesagt: ›Ein Anzeigelämpchen.‹ Was, um alles in der Welt, soll das heißen?«

»Nicht in dieser Welt«, erwidert sie lächelnd. Dreht sich auf die Seite, um ihn zu berühren. »Sind wir noch in Florida? Ich dachte, wir sind auf einem anderen Planeten.

»Noch in Florida. Bist du okay, Ev?«

»Fabelhaft. Großartig. Super.«

»Deine Augen sind feucht. Du hast doch nicht geweint, oder?«

»Wenn, dann nur aus Dankbarkeit. Ich danke dir, Darling.«

Er lacht. »Habe ich meinen Lunch bezahlt?«

»Überzahlt.«

»Wenn du ein kleines bißchen wartest, könnte ich noch ein

Trinkgeld draufgeben.«

»O ja«, sagt sie. »Du mußt mir ein Trinkgeld geben. Oder besser noch, ich werde es mir nehmen.«

Später liegen sie träge und zufrieden da. Wie gelähmt durch das strahlende Licht. Hände, welche die Geheimnisse des anderen erforschen.

»Ich fühle mich schuldbewußt«, erklärt er.

»Schuldbewußt? Weshalb?«

»Weiß ich nicht. Nur ein vages Gefühl.«

»Dann laß es sein. Ich bin eine erwachsene Frau. Du hast mich nicht mit wilden Versprechungen verführt.«

»Das weiß ich. Trotzdem ...«

»Harry, ich muß dir sagen, was du für mich getan hast. Was du für mich tust. Der Begriff heißt: Glücklich entkommen. In eine andere Welt.«

»Ich verstehe nicht.«

»Ich war immer so – so gefestigt. So sicher. So endgültig. Diszipliniert, könnte man sagen. Das alles hat sich geändert, ändert sich. Ich weiß es.«

»Das bewirkt Florida«, erklärt er. »Der blaue Himmel. Die heiße Sonne. Der Strand. Der Ozean. Ich habe dir doch gesagt, du wirst allmählich wie die Einheimischen.«

»Das ist ein Teil davon, nehme ich an.« Sie erhebt sich, umarmt ihn. »Und du bist auch ein Teil davon. Du vollziehst die Riten bei der Einsegnung in ein neues Leben.«

»He, Moment mal. Ich kann nicht behaupten, daß ich der große, perfekte Liebhaber bin. Und du hast vor mir auch schon andere Männer gehabt.«

»Ja, sicher. Aber du bist du, und es ist einfach alles anders. Ich will nicht, daß du schuldbewußt bist. Was geschieht, geschieht mit *mir*! Du hast es nicht geplant. Und, genau gesagt, ich auch nicht. Aber es geschieht nun mal. Ich werde dich niemals um etwas bitten, Harry. Nie! Außer, daß wir uns treffen. Daß du Nachmittage und Nächte mit mir verbringst, so wie heute. Bin ich schamlos, wenn ich das sage? Ja, ich bin schamlos. Es ist mir egal.«

»Ev, weißt du, was du da tust?«

»Ja, das weiß ich. Besser, als du es ahnst. Ich streife meine alte Haut ab, Harry.«

»Wie eine Schlange?«

Sie nickt. »Genau wie eine Schlange.«

Er denkt nach. »Du sagst, ich hätte keine Verpflichtungen. Aber diese Entscheidung muß wirklich ich selbst treffen, oder? Wenn ich fühle, daß ich in deiner Schuld stehe ...«

»Na schön«, sagt sie, »falls du dich besser fühlst: Wärst du nicht gewesen, dann wahrscheinlich ein anderer Mann. Und wenn du mich verläßt, finde ich auch einen anderen. So. Beruhigt das dein Gewissen?«

»Es beruhigt das Gewissen und läßt meinem Ego die Luft aus.«

Sie streichelt seine Wange. »Ich versuche nur, dich davon zu überzeugen, daß du keine Schuld hast. Daß ich die volle Verantwortung übernehme. Für alles.«

»Und was erwartest du dir davon?«

»Dich«, sagt sie und nimmt ihn.

TONY GLITNER hat in seiner Rolle als Beauftragter zahlreiche Außendienst-Agenten unter sich gehabt. Er zeigt Verständnis für den Druck, den sie aushalten müssen. Die meisten von ihnen sind schwierige Typen wie Primadonnen. Man muß ihnen schmeicheln, muß sie schonend behandeln. Ihnen Vertrauen geben. Und ihren Glauben in das, was sie derzeit tun, ständig bestärken.

Er hat Agenten erlebt, die versagten. Aber niemals hat er einen von ihnen an die Gegenseite verloren. Und er hat nicht die Absicht, diesen Rekord abzugeben, will sich die Konsequenzen gar nicht erst ausmalen.

Evelyn Heimdall ist zum Problem geworden. Ihre Auskünfte sind unbefriedigend. Ohne daß er über handfeste Beweise verfügt, fühlt Glitner, daß sich in der Beziehung zwischen Harry Dancer und ihr etwas verändert haben muß. Es ist nicht immer so, wie es die Agentin beschreibt. Sie hält Dinge zurück, die Glitner wissen muß, wenn er seine Aufgabe bewältigen will. Sie lügt vielleicht nicht, aber sie verbirgt etwas vor ihm.

Und er merkt, daß eine ganz neue Leichtigkeit von ihr Besitz ergriffen hat. Man könnte es fast Frivolität nennen. Er erkennt es an kleinen Dingen: auffälligere Kleidung, häufigeres Lachen, stärkeres Make-up, lockere Bewegungen. Wenn sie sitzt, macht sie sich nicht mehr die Mühe, ihre schönen Beine zu verstecken. Sie begrüßt ihren Beauftragten mit einem Küßchen, verabschiedet sich mit einem Kuß von ihm.

Alles an ihr weist auf neues Selbstvertrauen hin. Sie gibt zwar vor, die Bedeutung dessen, was sie zu erreichen versuchen, erkannt zu haben. Aber Glitner sieht, daß sie mit schockierendem Leichtsinn an die Sache herangeht. Mit nicht zu übersehender Verantwortungslosigkeit. Sie scheint ihren Auftrag nicht mehr ernst zu nehmen. Macht Scherze und zynische Nebenbemerkungen.

Doch das vermerkt der Beauftragte nicht bei seinen täglichen Berichten an den Chef der Einsatzleitung. Er will sicher sein, ehe er sie verurteilt. Denn wenn sie aus der Corporation ausgestoßen wird, bedeutet das auch für ihn ein Versagen.

Er erwähnt seinen Verdacht gegenüber niemandem in seinem Team. Statt dessen führt er persönlich eine Untersuchung durch. Folgt ihr eines Samstagvormittags von ihrem Apartment zum Tennisklub von Boca Raton. Sieht sie spielen. Beobachtet, wie sie sich zu Harry Dancer setzt. Verfolgt die beiden zurück in ihr Apartment. Glitner wartet mehrere Stunden, aber Dancer taucht nicht auf.

Bei ihrer Berichterstattung fragt er sie: »Wie seid ihr am Samstag miteinander ausgekommen?«

»Nicht so gut«, antwortet Evelyn Heimdall. »Harry hat sich nicht wohl gefühlt. Ein Kater, nehme ich an. Jedenfalls hat er mich zurückgefahren in mein Apartment und sich dort von mir verabschiedet. Es ist praktisch nichts gelaufen.«

»Mhm«, sagt der Beauftragte. »Und wann wirst du ihn wiedersehen?«

»Wir haben nichts verabredet. Er ruft mich an, oder ich ihn.«

Glitner läßt sie gehen. Er weiß nicht, wie er die Sache anpacken soll. Ist dabei, Evelyn Heimdall zu verlieren – das steht immerhin fest. Aber weicht sie bereits so weit ab, daß man sie nicht mehr zurückholen kann? Ihm kommt der Gedanke, daß das Department möglicherweise versucht, sie umzudrehen. Genau wie die Corporation hofft, Sally Abaddon auf ihre Seite ziehen zu können.

Er gelangt zu der Entscheidung, daß er in seinem eigenen Interesse diese Entwicklung nicht länger vor dem Chef der Einsatzleitung verbergen kann. Er ruft Washington an und bittet um einen Termin. Aber der Chef ist zu einer Vorstandssitzung nach New York geflogen.

Überzeugt davon, daß er die Sache nicht länger treiben lassen darf, ruft Glitner in New York an. Schließlich erreicht er seinen Chef. Er bittet ihn um Erlaubnis, ihn aufsuchen zu dürfen, um eine ›äußerst dringende Angelegenheit‹ mit ihm zu besprechen.

Er vernimmt ein leises Rülpsen vom anderen Ende der Leitung.

»Also gut«, sagt der Chef. »Kommen Sie her. Aber ich habe nur eine Stunde Zeit für Sie, nicht mehr.«

Die beiden treffen sich in einer Suite im Hotel Helmsley Palace.

»Die Corporation sorgt für die ihren«, spöttelt der Chef und lächelt ein wenig betreten. »Was ist bloß aus der Tugend der Armut geworden? Na schön ... Lassen wir das. Worin besteht das Problem, Tony?«

Glitner macht es ihm klar. Räumt ein, daß er nichts in Händen hat, was man bei einem offiziellen Hearing gegen sie verwenden könnte. Aber daß Evelyn Heimdall eine beträchtliche Persönlichkeitsveränderung durchgemacht hat. Daß sie nicht willens oder in der Lage war, einen vollständigen Bericht über ihr Zusammensein mit dem Objekt am Samstagnachmittag zu erstatten.

»Es ist nur meine persönliche Meinung«, sagt der Beauftragte. »Oder besser noch: Mein persönlicher Eindruck. Aber ich glaube, daß wir dabei sind, sie zu verlieren.«

Der Chef seufzt. »Ich vertraue Ihrem Urteil, Tony, aber sie hat immerhin fabelhafte Zeugnisse. Nirgends auch nur eine Andeutung darauf, daß es bei ihr eine weiche Stelle geben könnte.«

»Das weiß ich, Sir. Es ist für mich mindestens ein ebenso großer Schock wie für Sie. Und ich mag diese Frau. Sie ist menschlich, attraktiv und – dachte ich – zuverlässig und unerschütterlich. Die perfekte Agentin, um Dancer auf unsere Seite zu bringen. Doch ich befürchte, dazu wird es nicht kommen.«

Der Chef geht ins Bad, nimmt einen Schluck Maaloxan aus der Flasche. Kommt wieder heraus, wischt sich die Lippen ab.

»Überlegen wir unsere Möglichkeiten«, schlägt er vor. »Wir haben nicht genügend Beweise, um einen Tadel auszusprechen. Ganz zu schweigen von einem offiziellen Hearing. Sie können sie weiter beschatten und hoffen, etwas Handfestes gegen sie herauszufinden. Oder wir können die Heimdall sofort von dem Fall zurückziehen und eine andere Agentin einsetzen.«

»Dann wäre alle Zeit, die wir bereits investiert haben, verschwendet«, warnt Glitner. »Wir müßten wieder ganz von vorne anfangen, Kontakt aufnehmen mit dem Objekt, und so weiter. Das Department ist uns ohnehin schon voraus. Eine neue Agentin wäre das, was unser Projekt endgültig zum Scheitern bringen könnte.«

»Da stimme ich Ihnen zu«, sagt der Chef. »Ich meine, der erste Schritt wäre, die Heimdall in der einen oder anderen Weise auf die Probe zu stellen. Sie nur zu beschatten, nutzt wenig. Wie Sie sagten, es ist ja nur Ihr Eindruck.«

»Und was kommt dabei heraus?«

»Das liegt doch nahe, oder nicht? Es ist zwar unanständig,

aber es ist die beste Möglichkeit. Ich kehre morgen nachmittag nach Washington zurück. Dort spreche ich mit Tommy Salvo von der Spionageabwehr und bitte ihn, daß er einen seiner Leute auf die Heimdall ansetzt. Als Advokat des Teufels, sozusagen. Der Mann wird ohne jeden Kontakt mit Ihrem Team arbeiten. Sie werden nicht einmal erfahren, wer er ist. Sie verstehen doch, daß das notwendig ist, oder?«

»Ja, Sir. Und – er wird direkt der Spionageabwehr berichten?«

»Das ist richtig. Und über sie geht es an mich.«

»Aber Sie halten mich auf dem laufenden, Chef?«

»Selbstverständlich. So viel, wie Sie wissen müssen.«

Am nächsten Tag trifft der Chef der Einsatzleitung Tommy Salvo. Ein Mann, der Tweedjacketts und Flanellhosen bevorzugt und eine vergilbte Meerschaumpfeife raucht. Der Chef erläutert ihm das Problem. Salvo pafft nachdenklich: ein College-Professor ohne Professur.

»Ja«, sagt er und zwar so, daß es salbungsvoll klingt. »Ich glaube, ich verstehe die Situation. Sie suchen einen *agent provocateur.* Habe ich recht?«

»Nein«, widerspricht der Chef. »Nein, Sie haben nicht recht. Wir wollen diese Frau nicht zu etwas verlocken, sondern uns nur ihrer Loyalität versichern. Es ist ein Test, nicht der Versuch, sie zu verführen. Ist Ihnen dieser Unterschied klar?«

»O ja. Ja, ja, ja. Ich verstehe vollkommen. Und – ich glaube, ich habe genau den richtigen Mann für Sie. Jung, gut aussehend, männlich. Hervorragende Zeugnisse. Völlig vertrauenswürdig. Er heißt Martin Frey.«

»Na schön«, sagt der Chef. »Teilen Sie ihm das Nötige mit und schicken Sie ihn so schnell wie möglich nach Florida. Ich habe keine Ahnung, wie er Kontakt mit Evelyn Heimdall aufnehmen kann.«

»Martin wird schon wissen, wie«, meint Tommy Salvo. Und lächelt dazu.

HARRY DANCER ist verwirrt; er versucht, seinem Leben Sinn abzugewinnen, wendet sich seinen Erinnerungen zu.

Er weiß, daß er manchmal ein ernster, fast mürrischer Mensch ist. Mit einer Neigung zum Alleinsein. Nicht düster, aber nachdenklich. Stille Stunden. Sylvia konnte ihn da rausholen. Diese Frau hatte alles, was ihm fehlt: Sie konnte leicht sein, kapriziös, sie liebte das Lachen und hatte Sinn für verrückte Ideen. Sie war gewissermaßen die Hefe in seinem Leben.

Er kann sich nur an die guten Tage erinnern. Glück, an das man sich erinnert, wächst. Ihm kommt es jetzt so vor, als hätte es zwischen ihnen nie eine Meinungsverschiedenheit gegeben, als hätten sie einander nie angebellt oder geschmollt. Er weiß, daß das nicht wahr sein kann, aber seine Erinnerungen haben alles zensiert, was nicht eitel Sonnenschein war. Wenn es Kummer gegeben hat, wenn sie sich durch harte Worte verletzten – er weigert sich, es anzuerkennen.

Sally Abaddon und Evelyn Heimdall verkörpern die Unordnung, in die sein Leben geraten ist. Sie werfen ihn aus dem Gleis; er kann dann nicht mehr geradeaus denken. Was sind sie für ihn? Was ist er für sie? Er kramt in seinem Gedächtnis, findet keine Antworten. Nur die Erinnerungen an seine tote Frau sind einfach, ordentlich, rein. Sie war sein Prüfstein gewesen.

Seine Ehejahre – das waren die besseren Zeiten. Damals hatte es für ihn eine Rolle gegeben, die er spielen konnte. Eine Rolle, deren Text er beherrschte. Bei der er wußte, woran er war.

SALLY ABADDONS körperliche Schönheit ist sowohl Segen als auch Fluch. Ihr Vater, der nie mit seiner Meinung hinter dem Berg hielt, hatte es ihr klipp und klar gesagt, als sie noch keine Sechzehn war.

»Du wirst viele Herzen brechen«, hatte er ihr erklärt. »Du kannst daraus eine Karriere machen – wenn es das ist, was du willst. Ich weiß, daß du einen klugen Kopf hast. Die Frage ist: Willst du ihn nutzen? Du kannst ebensogut die Geliebte eines reichen Mannes oder die Sklavin eines armen werden – und vor Langeweile und im Bewußtsein verlorener Chancen und eines vertanen Lebens dahinwelken.«

»Und was soll ich tun? Sag es mir.«

Er hatte sie nachdenklich angeschaut. Den Kopf zur Seite geneigt. »Du könntest meiner Firma beitreten. Bedeutende Arbeit, und der Lohn wäre entsprechend.«

»Aber ich habe keine Erfahrung.«

»Was du wissen mußt, bringt man dir bei, Sal.«

Es erwies sich als eine erregende Welt. Erfüllt von Geheimnissen, von Vergnügen. Reisen. Neue Menschen kennenlernen. Erfahrungen sammeln auf dem Gebiet, in das man sie eingeweiht hat. Und wie ihr Vater sagte: der Lohn war entsprechend. Der einzige Haken daran: Man mußte perfekt sein in diesem Job; Fehler wurden nicht toleriert. Ihr Vater hatte es erfahren müssen. Jetzt war er tot.

Ihre Karriere ging steil bergauf, ohne Zweifel und ohne Gewissensbisse. Sie war überzeugt davon, daß sie eine Arbeit ausführte, für die sie auf einzigartige Weise geeignet war. Sie war, wir ihr das Department versprochen hatte, überaus zufrieden. Und dann wurde sie für den Fall Harry Dancer ausgewählt.

Jetzt plagen sie Zweifel und Skrupel. Sie kämpft darum, zu verstehen, was mit ihr geschieht. Sagt sich, daß es nicht Dancer selbst ist, nicht der Mann – sondern das, was er verkörpert. Wahrheiten, die für sie bis dahin Blasphemien waren und die ihr plötzlich verlockend erscheinen, zum Teil wohl, weil sie für die Angehörigen des Departments verboten sind.

Sie war immer dazu bereit, ungewöhnliche Risiken einzugehen. Je größer die Gefahr, desto größer das Vergnügen. Aber nun fordert sie die größte Gefahr ihres Lebens heraus. Weiß es und kann trotzdem nicht widerstehen.

»Harry«, sagt sie, »erzähl mir die Geschichte deines Lebens. Was du gemacht hast als Kind, als Junge, wo du gelebt hast und – einfach alles.«

»Dazu brauchten wir einen Monat aus lauter Sonntagen.«

»Ich will es wissen.«

Sie fahren die Küste entlang und essen in Palm Beach zu Abend. Sie trägt ihren maßgeschneiderten Leinenanzug mit einer einreihigen Kette aus schwarzen Perlen. Ihr Haar ist hochgesteckt, und sie benutzt ein raffiniertes Parfüm. Sie hat den Rükken der Beifahrertür zugewendet, damit sie Harry Dancer anschauen kann, während sie mit ihm spricht.

Er sagt ihr das eine oder andere und versucht, seine Auskünfte so leicht und amüsant wie möglich zu halten. Aber sie ist damit nicht zufrieden. Stellt Fragen über seine Eltern, die Schulen, die Kirche; über seine Freundinnen, seine erste Liebe, seine Hobbys und Gewohnheiten. Über seine Ehe mit Sylvia.

»Es hört sich an, als wäre es ein wundervolles Leben.«

»Ja«, antwortet er überrascht. »Ich glaube, das ist es gewesen. Vielleicht nicht wundervoll, aber ein gutes Leben. Gewöhnlich, nicht besonders dramatisch. Und jetzt, wenn ich zurückblicke, wird mir erst klar, wie sehr es mich befriedigt hat.«

»Hat? Es ist noch nicht zu Ende, Harry.«

»Das weiß ich, aber seit Sylvias Tod haben sich die Dinge verändert. Ich habe erkannt, wie glücklich ich gewesen bin. Und ich weiß nicht, was nun geschehen soll.«

»Du wirst wieder glücklich sein. *Wir beide* werden glücklich sein.«

Kurz darauf halten sie vor einer Verkehrsampel. Ein schwarzer Mercedes kommt neben ihnen zum Stehen. Sally schaut hinüber. Sieht Briscoe und Yama, die sie anstarren. Sie wendet den Kopf ab.

»Weißt du, was ich möchte?« sagt sie zu Dancer. »Ich möchte einfach fahren und fahren.«

»Wohin?«

»Ans Ende der Welt.«

Er lacht. »Großartige Idee. Aber morgen muß ich wieder zur Arbeit.«

»Ja«, sagt sie und will hinzufügen: »Ich auch.« Aber sie spricht es nicht aus.

Sie genießen noch ein angenehmes Dinner im ›Breakers‹. Betrachten die Auslagen in den Schaufenstern in der Via Mizner. Machen Station in einem kleinen Straßencafé. Trinken einen Champagner-Kir.

»Du bist heute abend so furchtbar still, Sal«, sagt er und nimmt ihre Hand.

»Langweile ich dich?«

»Natürlich nicht. Ich langweile mich nie, wenn ich mit dir beisammen bin. Aber heute habe ich fast allein geredet. Du hast kaum ein Wort gesagt.«

»Ich habe nachgedacht.«

»Tiefe Gedanken?« fragt er.

»Sehr tiefe«, antwortet sie und wendet sich ihm lächelnd zu. »Können wir zurückfahren zu mir?«

»Klar, aber ich muß früh weg.«

»Wie du meinst. Du bist der Boß.«

»Bin ich das?« fragt er und schaut sie merkwürdig an. »Manchmal weiß ich nicht, ob das stimmt.«

Auf der Rückfahrt dreht sie sich mehrmals kurz um, schaut durch das Rückfenster. Der schwarze Mercedes folgt zwei Wagen hinter ihnen.

Plötzlich hat sie Angst. Nicht, weil sie das Department verrät, sondern weil sie fürchtet, Dancer zu verlieren, wenn sie nicht weiter die ihr zugeteilte Rolle spielt. Das jedoch wäre auch Betrug – ein Betrug an sich selbst.

Auf dem Parkplatz legt sie eine Hand auf seinen Arm, damit er noch einen Moment sitzen bleibt. »Weiß du, was ich heute tun möchte? Nur zum Spaß? Alle Lichter ausschalten. Die Jalousien herunterlassen. Wir lieben uns in völliger Dunkelheit. Das wird dir gefallen.«

»Ich hab' es ja gesagt, du bist eine Wilde.«

»Worauf du dich verlassen kannst«, antwortet sie.

In der verdunkelten Motelsuite bewegen sich die beiden sehr behutsam, versuchen, nicht zu stolpern. Ziehen sich im Dunkeln mühsam aus. Finden das Bett. Sally tastet, findet Harry. Drückt ihn auf die Bettkante. Kniet sich vor ihn.

»Was machst du?« fragt er.

»Laß mich, Harry. Bitte.«

Er bückt sich. Zu finster. Er berührt sie. Bemerkt, daß sie ihr Haar gelöst hat. Fühlt ihre kühlen Finger auf sich. Beide schweigen in der Dunkelheit.

»Langsam«, flüstert sie.

»Ich wollte, ich könnte dich sehen, Sal.«

»Später. Jetzt leg dich zurück.«

Er tut es. Starrt in die Dunkelheit. Krampft die Hände zu Fäusten, als sie beginnt.

»Magst du es?« flüstert sie.

»Du bist wirklich eine Hexe«, stöhnt er. Keucht.

Sie hält inne, fährt nach einer Weile fort. Reißt ihn mit.

»Liebster, bin ich gut für dich?«

Er antwortet nicht, kann nicht antworten.

»Laß mich dich lieben«, murmelt sie. »Auf meine Weise. Du hast es versprochen.«

Seine Hände wühlen in ihrem Haar. Er zieht ein wenig daran.

»Zieh nur«, sagt sie. »Fester.«

Er versteht nicht, was sie will. Fühlt ihre scharfen Zähne und fragt sich, ob sie ihn verschlingen möchte. Ihr Mund. Ihre Lippen. Die Zunge. Und suchende Finger. Sie kehrt sein Unterstes zuoberst und das Innerste nach außen.

Er bebt. Schluchzt. Pumpt. Läßt ihr Haar los, um ihr Gesicht zu berühren. Nässe. Ihre Tränen oder sein Sperma, er weiß es nicht. Und es ist ihm in diesem Moment auch egal.

Sie liegen im Dunkeln, halten sich aneinander fest.

»Ruf die Sanitäter«, sagt er. »Sie sollen Anregungsmittel und Sauerstoff bringen. Ach, Sal ... Das war zuviel.«

»Nein, es war nicht genug. Laß es uns noch einmal machen.«

»Ungefähr in fünf Jahren. Bis dahin dürfte ich mich erholt haben.«

»Ich hab' dir gesagt, du wirst es mögen im Dunkeln.«

»Ich hab' es ja gemocht. Du warst körperlos – eine unheimliche Sensation. Wo hast du das gelernt?«

Sie antwortet nicht, kuschelt sich fester an ihn. Umarmt ihn.

»Ich möchte alles für dich tun«, sagt sie. »Alles.«

»Das hast du eben getan.«

»Nein, nicht das. Ich meine, ich möchte die Frau sein, als die du mich haben willst.«

»Das bist du, Darling.«

»Und du liebst mich? Auf deine Weise?«

»Mhm.«

»Sag es.«

»Ich liebe dich, Sal. Auf meine Weise.«

»Dann ist es gut«, flüstert sie zufrieden. »Hör bloß nie damit auf.«

WÄHREND DER BERICHTERSTATTUNG wird Briscoe wütend. »Warum haben Sie nicht das Licht angelassen? Die Kameras haben überhaupt nichts mitbekommen.«

Sally Abaddon ist vorbereitet. »Hören Sie, wir haben es mit einem äußerst konservativen Mann zu tun. Einer von den Stocknormalen. Er wollte kein Licht. Was soll ich tun – mit ihm streiten deswegen?«

»Nun, was haben Sie getan?«

»Wir sind ins Bett gegangen, er hat bekommen, was er wollte, dann ist er weg. Ihr habt doch gesehen, wie er das Motel verlassen hat, oder?«

»Hat er dich gebumst?« fragt Shelby Yama direkt. »Oder hast du ihn gebumst?«

»Er hat mich geliebt. So, wie er es mag.«

»Und was hat er gesagt?« will Briscoe wissen. »Ihr habt so viel geflüstert, daß die Mikros kaum ein Wort aufgefangen haben.«

»Meistens hat er gesagt: ›Ich liebe dich, ich liebe dich, ich liebe dich.‹«

»Großartig«, ruft Yama aus. »Die Sache läuft genau nach Plan. Wir sollten jetzt allmählich daran denken, den Fall zum Abschluß zu bringen und ihn unterschreiben lassen.«

»Nein«, widerspricht Briscoe. »Noch nicht. Dieser Kerl soll erst so durcheinander sein, daß er nicht mehr weiß, was oben und was unten ist. Haben Sie es mit Rauschgift versucht?«

»Ja, das habe ich«, lügt Sally. »Er ist nicht interessiert. Ich sagte es doch, ein sehr konventioneller Mensch. Vor allem, was den Sex betrifft. Ausgefallene Dinge schrecken ihn eher ab.«

»Ihre Aufgabe ist es, ihn anzutörnen«, sagt Briscoe. »Ich finde, die Sache dauert schon zu lange. Sie sollte längst fix und fertig, unter Dach und Fach sein.«

»Ich will ihn nicht scheu machen«, wendet Sally ein. »Sie müssen es mich schon auf meine Weise tun lassen.«

Briscoe ist nicht überzeugt. Sally Abaddon bereitet ihm nach wie vor Kummer. Er fühlt, daß sie ein Schwachpunkt ist. Wenn sie die Anker lichtet, könnte der Fall Dancer zu einem Debakel für das Department werden.

Er trifft den Direktor und Ted Charon, den Leiter der Inneren Sicherheit. Auf Briscoes Wunsch ist Shelby Yama nicht hinzugezogen worden.

»Ich sage Ihnen, diese Abaddon ist dabei, sich von uns zu lösen«, erklärt Briscoe.

»Sie haben diesen Verdacht schon einmal erwähnt«, sagt der Direktor. »Aber Sie haben keine handfesten Beweise.«

»Nein, Sir. Nur ein paar Kleinigkeiten. Gefühle. Eindrücke. Ich glaube, sie denkt daran, überzulaufen.«

»Das wäre eine Katastrophe«, konstatiert der Direktor. »Nach all ihrer Arbeit. Und bei dem überzogenen Budget. Fällt Ihnen etwas dazu ein, Ted?«

»Wir könnten sie testen«, meint Charon. »Wir könnten einen *agent provocateur* ins Spiel bringen. Briscoe, hat Sally irgendwelche guten Freundinnen?«

»Nicht, daß ich wüßte.«

»Nun, ich habe eine Frau in meiner Abteilung, die auf solche Aufträge spezialisiert ist. Sie heißt Angela Bliss. Ist das nicht ein fabelhafter Name für eine Agentin des Departments? Jedenfalls, sie arbeitet von Chicago aus. Ich glaube, sie hat noch nie mit der Abaddon zu tun gehabt, aber wir können uns in Cleveland erkundigen, ihre Unterlagen prüfen und es feststellen.«

»Sie wollen diese Angela Bliss auf Sally ansetzen?« fragt der Direktor. »Sie in ihre Nähe bringen und herausfinden, ob Sally daran denkt, zur anderen Seite überzulaufen?«

»Nicht ganz, Sir. Angela spielt in der Regel eine aktivere Rolle. Sie versucht mit Absicht, den Agenten herumzukriegen. Als Advokat des Teufels, sozusagen.«

»Briscoe«, fragt der Direktor, »was meinen Sie?«

»Wir können es ja versuchen. Mir ist jedenfalls noch nichts Besseres eingefallen.«

»Also schön. Aber halten Sie sich zurück, Ted, bis ich vom Vorsitzenden grünes Licht erhalten habe. Er muß alle Versetzungen von einer Region in eine andere genehmigen.«

»Diese Angela Bliss«, wendet sich Briscoe an Charon, »ist sie gut in ihrem Job?«

»Sie ist eine von den Besten«, antwortet der Leiter der Abteilung Innere Sicherheit.

ZUFÄLLIG TREFFEN DIE AGENTEN der Corporation – Martin Frey – und des Departments – Angela Bliss – am selben Tag in Fort Lauderdale ein. Beide sind informiert und kennen ihren Auftrag. Es versteht sich, daß Frey seinen Bericht an Tommy Salvo, den Leiter der Spionageabwehr in Washington, schickt. Angela Bliss dagegen wird Ted Charon von der Abteilung Innere Sicherheit bei der Region Südost berichten.

Frey mietet eine kleine Wohnung in dem Apartmentkomplex am Strand, wo auch Evelyn Heimdall wohnt. Tony Glitner fährt ihn zum Tennisklub in Boca Raton. Zeigt ihm Evelyn, die gerade eine Tennisstunde nimmt.

»Das ist Ihr Objekt«, sagt er zu Frey.

Der Agent starrt sie an. »Gut, ich hab' sie mir eingeprägt. Schwimmt sie im Meer, oder benützt sie den Pool des Apartmenthauses?«

»Normalerweise den Pool.«

»Fein. Dann werde ich dort versuchen, mit ihr Kontakt zu knüpfen.«

Glitner will etwas sagen, hält dann inne. Es gefällt ihm nicht, was man da mit Evelyn macht. Aber er erkennt die Notwendigkeit.

Eine Stunde später streckt sich Martin Frey auf einer gepolsterten Redwoodliege aus – auf dem Rasen, der den Swimming-pool des Apartmenthauses umgibt. Er hat eine glänzende, schwarze Badehose an. Den Körper eines Schwimmers. Breite Schultern, kräftige Muskeln. Gebräunte Haut. Das schwarze Haar glatt nach hinten gekämmt. Er könnte indisches Blut in sich haben, oder süditalienisches. Eine gewisse Wildheit.

Schon mehrmals war er im Wasser. Legt in kurzer Zeit fünfzig Bahnen in dem kleinen Pool zurück. Zieht sich mühelos heraus, bewegt dabei nur Arme und Schultern ein wenig. Schüttelt sein langes schwarzes Haar wie ein Hund. Streicht es mit den Fingern nach hinten.

Am Pool ein Paar in mittleren Jahren, ein älterer Mann, allein. Dann zwei Nymphchen, die kurz herauskommen, sich naß spritzen und kichern. Bald hinunterlaufen zum Strand. Frey betrachtet ihre sonnengebräunten Beine, die im hellen Licht schimmern.

Ist schon bereit, für diesen Tag aufzugeben, da kommt Evelyn Heimdall aus der hinteren Tür. Sie trägt einen weißen Bademantel mit Spitzenbesatz, an den Füßen Sandalen. In der Hand hat sie eine gelbe Strandtasche. Frey legt sich zurück, verschränkt die Hände über der Brust. Beobachtet Evelyn Heimdall durch halbgeschlossene Lider.

Sie nimmt sich einen Liegestuhl am anderen Ende des Beckens. Breitet ein großes Badehandtuch über das Polster. Zieht die Sandalen aus, den Bademantel. Trägt einen gelben Bikini. Jetzt beginnt sie sich einzuölen. Bemerkenswert, wie sie das macht, denkt Frey. Als ob sie sich liebkost.

Er steht auf, springt ins Wasser, schwimmt in langsamen Zügen hin und her. Als er an ihrem Ende des Beckens wendet, stellt er fest, daß sie ihn beobachtet, während sie sich die Beine einölt.

Er hievt sich aus dem Wasser. Schüttelt sich. Trocknet sich ab. Schaut unsicher nach allen Seiten. Dann schlendert er auf sie zu, hüpft ein wenig beim Gehen. Sie hat sich eine Sonnenbrille aufgesetzt; die dunklen Gläser sind auf ihn gerichtet.

»Entschuldigen Sie«, sagt er und setzt ein gewinnendes Lächeln auf. Die weißen Zähne schimmern vor der gebräunten Haut. »Ich bin neu hier. Können Sie mir sagen, ob ich irgendwo etwas Kaltes zu trinken bekomme?«

»Ich fürchte, nein«, antwortet Evelyn Heimdall. »Sie müssen sich schon selbst etwas mitbringen. Aber in der Umgebung des Beckens sind keine Gläser und Flaschen erlaubt. Also nur Dosen und Plastikbecher.«

»Oh«, sagt er. »Na, beim nächstenmal weiß ich es. Danke.«

»Sie schwimmen wunderbar«, sagt sie.

So einfach ist es.

ANGELA BLISS hat ebensowenig Mühe, unter fast identischen Umständen. Briscoe mietet ein Zimmer für sie in Sally Abaddons Hotel. Er hilft ihr beim Einziehen. Und nennt ihr die Nummer von Sallys Suite.

»Sie können Sie nicht übersehen«, erklärt er. »Eine große Blondine. In jeder Beziehung groß. Langes Haar. Haben Sie ihr Foto aus den Unterlagen gesehen?«

»Ja.«

»Dann werden Sie keine Probleme haben. Normalerweise sonnt sie sich jeden Nachmittag. Sie können die Gegend des

Swimming-pools von ihrem Schlafzimmerfenster einsehen.«

»Das reicht mir«, antwortet Angela Bliss. »Ich glaube, von hier aus kann ich die Sache übernehmen.«

Sie verriegelt die Tür, nachdem er gegangen ist. Kleidet sich aus, zieht dann einen einteiligen weißen Badeanzug an. Setzt sich eine Lesebrille auf und geht Sally Abaddons Dossier noch einmal durch. Es sieht so aus, als ob Sally ziemlich normal wäre – aber man kann ja nie wissen.

Angela Bliss ist überschlank, fast knochig, kaum Busen oder Hüften. Das rotbraune Haar knabenhaft kurz geschnitten. Die Augen milchigblau. Scharfe Nase und schmale Lippen. Alles an ihr ist scharf, erinnert an Messer. Das einzige, worauf sie stolz sein kann, sind ihre Hände: lange, geschmeidige, wunderschön geformte Hände. Die Nägel blutrot lackiert.

Sie geht mehrmals ins Schlafzimmer, um aus dem Fenster zu schauen. Entdeckt schließlich Sally Abaddon, die ein Badetuch auf einem Stuhl mit Plastikgeflecht ausbreitet. Der Stuhl steht in der Sonne, in der Nähe eines Metalltisches mit großem Strandschirm. Sally Abaddon trägt einen fleischfarbenen Badeanzug. Zwischen den Beinen ist nur ein schmaler Stoffstreifen. Sie sieht aus wie nackt.

Angela Bliss inspiziert die Gegend um den Pool. Da stehen noch zwei Tische mit Schirm, beide besetzt. Sie wirft sich einen Umhang über, zieht Sandalen an und setzt sich einen breitkrempigen Hut auf. Hängt sich noch eine Strandtasche aus Leinen über die Schulter.

Und tritt hinaus durch ihre Wohnzimmertür. Geht um das Becken herum. Sally Abaddon ölt sich Schultern und Arme ein. Angela Bliss wirft Blicke um sich, geht dann zögernd auf ihr Objekt zu.

»Entschuldigen Sie«, sagt sie mit schüchternem Lächeln. »Darf ich mich zu Ihnen setzen?«

»Bitte, gern«, antwortet Sally und lacht. »Ich kann zur gleichen Zeit immer nur auf einem Stuhl sitzen.«

»Danke«, sagt Angela Bliss. »Was haben Sie für einen wunderschönen Teint!«

»Ich verschwende auch eine Menge Zeit darauf.«

»Ich bin so blaß. Aber ich will unbedingt etwas Farbe bekommen. Schon, um den Leuten daheim zu beweisen, daß ich in Florida gewesen bin. Verraten Sie mir, was Sie für ein Sonnenöl benützen?«

»Aber gern.«

»Mein Name ist Angela«, macht sie sich bekannt. »Und der Ihre?«

DER VORSITZENDE sitzt in seinem thronähnlichen Sessel im Strategieraum des Departments in Cleveland und liest die neuesten Meldungen über gegenwärtige Aktionen. Es ist der tägliche Computerausdruck, den er vor sich hat. Ein abschließendes Ergebnis nennt den Gesamtstand des Tages: vierzehn Erfolge, zwölf Fehlschläge. Ein zu knappes Ergebnis, um gut zu sein, findet der Vorsitzende.

Er wendet sich wieder der Kampagne Harry Dancer zu. Ihre Kompliziertheit fasziniert ihn. Er freut sich, zu erfahren, daß der Mann von der Inneren Sicherheit mit Sally Abaddon Kontakt aufgenommen hat. Das dürfte auf wirksame Weise die Möglichkeit eines Betrugs von seiten der Lady aufdecken helfen.

Zugleich verwirrt ihn der Bericht des Department-Agenten, der die Aktivitäten von Evelyn Heimdall beobachten soll. Sie hat offensichtlich einen neuen Freund gewonnen. Ein junger Mann, gutaussehend. Der Agent hat sie bereits bei mehreren Gelegenheiten zusammen beobachten können. Sie reden miteinander, lachen, schwimmen, machen Spaziergänge am Strand. Der Name des Mannes ist Martin Frey.

In der Welt des Vorsitzenden geschieht nur selten etwas aus Zufall. Er ruft den Raumwart, verlangt eine Auskunft der Nachrichtenabteilung über Martin Frey. Wartet geduldig. Etwa zwanzig Minuten später bringt man ihm einen Ausdruck. Er sieht ihn rasch durch. Frey ist Agent der Corporation, und zwar von der Spionageabwehr.

Der Vorsitzende zupft an seiner wulstigen Unterlippe. Überlegt. Es ist natürlich möglich, daß die Heimdall weiß, wer Frey ist, und daß der Agent der Spionageabwehr sie unterstützen oder beschützen soll. Aber der Vorsitzende hält das eher für unwahrscheinlich.

Er glaubt vielmehr, daß sich die Corporation Sorgen macht über die Loyalität der Heimdall. Und daß Martin Frey dazu ausersehen ist, sie zu testen. Aus dem gleichen Grund hat man Angela Bliss auf Sally Abaddon angesetzt. Das Department und die Corporation machen gleiche oder ähnliche Züge bei ihrer Partie. Ihr Geheimkrieg erfordert es.

Der Chef der Einsatzleitung der Corporation kommt zu derselben Schlußfolgerung. Anthony Glitner berichtet, daß Willoughby, der Sally Abaddon beschattet, eine neue Freundin beobachtete, welche die Agentin des Departments gewonnen habe. Eine Frau, die in ihrem Motel wohnt. Ihr Name: Angela Bliss. Personenbeschreibung anbei.

Der Chef gibt den Namen in den Computer ein. Nach Minuten hat er die Antwort: Angela Bliss ist ein *agent provocateur.* Sie arbeitet bei der Abteilung Innere Sicherheit des Departments, mit der Heimatbasis Chicago. Also macht sich das Department ebenso Sorgen um seine Außendienstagentin wie die Corporation um die ihre.

Vorsitzender und Chef denken über ihre nächsten Schachzüge nach. In diesem Kampf bedeutet Nichtstun so viel wie eine Niederlage. Beide Männer glauben, daß ihre grundlegenden Strategien in Ordnung sind, aber daß man die Taktik revidieren muß, um sie der Gegenwart und den jeweiligen Tätigkeiten der neuen Spieler anzupassen.

Jeder überlegt sich, wie er am besten die Schwäche des anderen ausnützen kann. Und, wie nicht selten in dieser Welt der Spionage und Gegenspionage, rutscht der ursprüngliche Zweck der

Kampagne in seiner Bedeutung auf den zweiten Rang ab, während die intellektuelle Herausforderung und das Stimulanz zweier einander gegenüberstehender Aktionspläne an die erste Stelle treten.

HARRY DANCER macht eine seltsame Metamorphose durch. Die Intimitäten mit Evelyn Heimdall und Sally Abaddon haben sein Gedächtnis geschärft, statt die Erinnerungen an seine verstorbene Frau zu vernebeln. Die Gedanken an Sylvia sind ins Präsens zurückgekehrt.

Sylvia und er schlafen mehrmals zusammen, bevor sie ihm vorschlägt, zu heiraten. Er akzeptiert. Sie verbringen einen berauschenden Abend mit der Planung der Hochzeit (bescheiden) und der Flitterwochen (üppig). Plötzlich hört Harry zu grinsen auf und starrt sie an.

»Syl«, sagt er, »ich habe Angst.«

»Warum das?«

»Heiraten ist so neu für mich, weißt du. Etwas ganz anderes. Etwas, das ich nie zuvor getan habe.«

»Ich auch nicht, aber ich habe keine Angst. Willst du so bald schon einen Rückzieher machen?«

»O nein. Nein. Syl, glaubst du, daß das etwas an den Dingen ändert?«

»An welchen Dingen?«

»An unserer Beziehung?«

Sie denkt darüber nach. »Vermutlich«, sagt sie dann. »Bis jetzt war alles Scherz und Spaß und Spielerei, nicht wahr? Und nun sagt der Priester ein paar Worte, und wir unterschreiben einen Vertrag. Sicher wird das einiges zwischen uns ändern. Muß wohl. Doch ich glaube, darüber kommen wir hinweg. Glaubst du es nicht auch?«

»Ich versuch's mit einem alten College-Trick: Ich schwöre bei Gott, daß ich es glaube.«

»Ich auch. Du hast recht, Harry: Es wird nicht einfach sein.

Wir haben beide lange, lange Zeit allein gelebt. Eine einschneidende Veränderung ...«

Er nickt. »Da sind die vielen kleinen Dinge. Ob man die Zahnpastatube in der Mitte zusammendrückt oder am Ende. Ob das Toilettenpapier oberhalb oder unterhalb der Rolle herauszuziehen sein soll. Und dann die Teller in der Spüle ... Es sind im Grunde blöde Dinge. Nichts Ernstes. Nicht wert, daß man ihretwegen streitet. Wir werden einfach darüber lachen. Aber was mir Sorgen macht, ist die Liebe, die wir füreinander empfinden. Wird sie nachlassen, wenn wir erst verheiratet sind? Wir sind bisher noch nie mehr als, sagen wir, maximal vierundzwanzig Stunden beisammengewesen. Was geschieht, wenn wir in ein- und demselben Haus wohnen? Zusammenwohnen – bis daß der Tod uns scheidet?«

»Du darfst nicht nach Problemen suchen«, rät sie ihm. »Wir sind schließlich kein Teenager-Paar, vielmehr beide ganz schön in der Welt herumgekommen. Wenn du mich fragst, Harry: Ich glaube, daß jeder von uns Opfer bringen muß. Daß wir ein Stück von unserem Selbst aufgeben. Aber dafür gewinnen wir eine neue Wesenheit. Eine dritte: Da bist du, da bin ich, und da ist unsere Ehe. Mit Mühe und einem bißchen Glück wird die Ehe für uns beide wichtiger werden, als wir es sind.«

»Das ist ein Gedanke, der glücklich macht«, sagt er und nimmt sie in die Arme. »Du wirst sehr gut sein für mich, Syl: Ich weiß es.«

»Ich werde dich zu Tode lieben«, warnt sie ihn. »Du wirst schon sehen.«

Die Hochzeitsfeier ist so, wie sie sein muß, und sehr rührend. Dancer ist geradezu schockiert von Sylvias Schönheit. Es ist nicht nur der Schimmer des weißen Kleids, der Schleier. Es ist sie selbst, die wie von innen heraus strahlt. Sie kommt ihm vor wie eine Fremde. Ätherisch. Er küßt eine Fee und fürchtet, sie könnte sich in Nichts auflösen.

Der Empfang im Klub ist Lärm, Radau und Spaß. Viel Alkohol, anzügliche Scherze. Augenzwinkern und verschmitztes Grinsen. Sie gehen unberührt durch alles und lächeln. Dann, Hand in Hand, stehlen sie sich durch den Hinterausgang davon. Fahren zum Flugplatz von Lauderdale. Gerade rechtzeitig, um ihre Maschine nach New York zu erwischen.

»Meinen Glückwunsch«, sagt die Stewardeß.

»Woher wissen Sie es?« fragt Sylvia.

»Von niemandem. Man braucht Sie nur anzusehen.«

Als sie weggegangen ist, fragt Sylvia: »Warum – wie sehen wir aus?«

»Verblödet«, sagt er.

Sie haben eine Suite hoch oben im New York Hilton, mit Blick auf den Central Park. Harry hat Blumen und Champagner aufs Zimmer bestellt. Er versäumt es nicht, Sylvia über die Schwelle zu tragen.

»Der schnellste Weg zum Leistenbruch«, sagt er.

Sie stehen am Fenster, halten sich umschlungen und schauen hinunter auf die funkelnde Stadt.

»Willst du sie haben?« fragt Harry. »Ich schenk' sie dir.«

»Nee«, sagt sie. »New York ist mir zu klein. Ich will etwas Größeres. Dich.«

»Du sollst wissen: Es ist mir klar, daß dies unsere Hochzeitsnacht ist, und ich verspreche dir, so behutsam und sanft und verständnisvoll zu sein wie möglich.«

»Ach, mach es dir doch selbst«, scherzt sie.

Sie gehen zum Abendessen in ein Steaklokal auf der East Side. Fahren mit einer Kutsche durch den Central Park. Halten an der Oak Bar im Plaza und trinken einen Cognac-Stinger. Nehmen zuletzt ein Taxi zurück zum Hilton.

»Ich bin ganz erledigt«, seufzt Sylvia. »Es war ein langer Tag.«

»Oho – unsere erste Nacht, und du hast Kopfschmerzen.«

Sie lacht: »Und wenn ich die Krämpfe hätte: Ich würde keine Sekunde versäumen wollen. Vor allem das nicht, was jetzt folgt.«

Noch angekleidet, kommen sie einander näher. Er versucht

ihr zu sagen, wie er sich fühlte, als er sie durch den Mittelgang in der Kirche auf ihn zukommen sah.

»Da hab' ich es gewußt«, sagt er, »ich meine, *wirklich gewußt*, daß wir das Richtige tun. Wir können gar nichts falsch machen, Baby.«

»Ich liebe dich, Harry.«

»Ich liebe dich, Sylvia.«

Sie duschen gemeinsam. Das tun sie an diesem Abend zum erstenmal.

»He«, sagt sie, »wie groß ist er denn jetzt schon? Das ist ja fabelhaft.«

»Mein Patent. Syl, wenn es heute abend nicht klappen würde, dann müßte ich mich zum Fenster hinausstürzen.«

»Darauf brauchst du keinen zweiten Gedanken zu verschwenden«, sagt sie und fügt dann hinzu: »Der erste war richtig. Auf den sollst du dich konzentrieren.«

Sie hat recht: Es war ein langer Tag. Mit ungewohnten, emotionalen Herausforderungen. Sie liegen einander nackt in den Armen. Reden, reden. Die Hochzeit. Der Empfang im Klub. Wie die Gäste schauten. Was sie sagten. Und hast du gesehen ...? Und hast du gehört ...?

Plötzlich – Blackout. Sie sind beide eingeschlafen. Eng umschlungen. Dancer erwacht zuerst. Groggy. Braucht eine halbe Minute, bevor er sich erinnert, wer er ist, wo er ist, wer diese Frau ist, was er getan hat. Er wirft einen Blick auf ihren Reisewecker. Fast halb fünf Uhr morgens. Er gleitet sachte aus dem Bett. Als er aus dem Bad zurückkommt, ist sie wach.

»War das nicht großartig?« fragt er sie. »War das nicht die fabelhafteste Art, einander zu lieben, die du je erlebt hast?«

»Miststück«, sagt sie und langt mit ihren Armen nach ihm.

Es ist eine Idylle. Sorglos, mit leichtem Herzen. Sie finden zusammen in der Freude. Liebkosen sich.

»Weißt du, Mammi«, sagt er, »jetzt hab' ich jemanden zum Spielen. Das ist prima.«

Ihr Körper ist von der Sonne gebräunt. Kräftig. Er berührt sie verwundert. Merkt, daß sie auf einmal ganz neu ist für ihn.

»Sweetheart ...«

»Was?«

»Nichts. Nur so. Sweetheart. Magst du das?«

»Nein, ich mag es nicht. Und du darfst höchstens drei Stunden so weitermachen.«

»Verrückt«, sagt er und lacht. »Ich habe eine Verrückte geheiratet.«

»Mr. und Mrs. Oberspinner, klingt das nicht hübsch?«

»Soll ich dir den Rücken massieren?« fragt er.

»Ja. Bitte.«

Sie rollt sich herum. Er setzt sich auf sie. Beginnt sanft, ihren Hals und die Schultern zu kneten.

»Magische Finger«, murmelt sie.

Er massiert ihren Rücken. Reibt sacht die einzelnen Wirbel ihres Rückgrats entlang.

»Wir müssen dich besser füttern«, sagt er.

»Wie du meinst.«

Er beugt sich hinunter, läßt die Lippen, die Zunge über ihren Rücken gleiten. Küßt die Rippen. Beugt sich noch mehr, um an ihren runden Hinterbacken zu knappern.

»Oh«, sagt sie. »Das hast du noch nie gemacht.«

»Ich war auch noch nie verheiratet. Willst du schlafen?«

»Soll das ein Scherz sein?«

Sie dreht sich herum. Dann umarmen sie sich, lächelnd vor Entzücken. Ihre Liebe ist zart und duftig. Keine Anstrengung, kein Schmerz. Dann das fiebernde Fleisch, die mühelose Vereinigung. Ein sanftes Gleiten.

»Ja, ich will«, wiederholt sie ihr Ehegelübde. »Ich will, ich will, ich will. O mein Gott, und ob ich will.«

Es ist eine erinnerungswürdige Woche in Manhattan. Erfüllt von seltenem Zauber, von unerwarteten Ereignissen. Gutem Essen. Dem verrückten Besuch einer Rollschuhdisco. Einer guten

Broadway-Aufführung. Sie essen zum erstenmal in ihrem Leben rohen Fisch. Sehen ein Bild von Ingres im Metropolitan Museum, das Sylvia zu Tränen rührt. Machen eine Jachtfahrt um die Insel. Kaufen Brezeln von einem Mann auf Stelzen.

Und dann sind sie zurück in Florida, ziehen in ihre Wohnung am Strand ein. Dancer geht wieder zur Arbeit. Sylvia hat zu tun mit der Ausgestaltung des Hauses. Bringt ihre Sachen, stellt sie auf. Und hat Mühe, ihn nicht alle Stunde anzurufen und zu sagen: ›Ich liebe dich.‹

Routine und Gewohnheiten stellen sich ein. Es entstehen unbedeutende Meinungsverschiedenheiten – genau wie sie es erwartet haben. Harmlose, dumme Dinge, sagen sie sich. Und alles ist geglättet. Aber ihre Ehe wächst, kommt in Blüte. Bis sie lieber einen Abend miteinander verbringen als die Gesellschaft freundlicher Fremder zu ertragen.

»Wir müssen allmählich aufhören damit«, sagt Sylvia. »Unsere Flitterwochen sind vorbei.«

Aber sie sind es nicht.

Was sie davon abhält, geradezu penetrantes Glück zu verbreiten, das auf sämtliche Bekannten abstoßend wirken würde, ist der Widerstreit ihrer ganz verschiedenen Charaktere. Sie ist so leicht wie eine Brise im Sommer, ein wahrhaftiger Kobold, er dagegen schwerblütig und nach innen gekehrt. Und manchmal, wenn er in der Stimmung ist, schweigsam und melancholisch. Diese Ungleichheit ist der Grund für psychische Anziehung und Abstoßung zugleich, ein manchmal offen und manchmal geheim geführter Krieg, der sie beide erschüttert und deprimiert.

Bis sie, nach dreijähriger Ehe, erkennen, daß gerade diese Spannung die Würze ihres Daseins ausmacht und daß ihre Ehe ohne sie nicht überleben würde. Von nun an akzeptieren sie einander so, wie sie sind. Ihre Beziehung vertieft sich und entwikkelt sich zu einer Mischung aus Respekt, Verständnis und Liebe.

MARTIN FREY weiß als geübter Romeo, daß kleine Schmeicheleien keine Schmeicheleien sind.

»Du bist die schönste Frau, die ich jemals kennengelernt habe«, schmeichelt er Evelyn Heimdall.

Sie lächelt. Träge wie eine Katze. Dreht sich auf ihrer Liege um. Öffnet den Körper dieser alles durchdringenden Sonne.

»Du bist ein reizender Junge«, antwortet sie. »Ein ganz reizender, *junger* Bursche.«

»Und – macht das etwas aus?«

Sie nimmt die Sonnenbrille ab und schaut ihn an. »Nein, eigentlich nicht.«

»Man lebt nur einmal.«

»Das erfahre ich gerade«, erklärt sie.

»Ich möchte dich heute abend zum Dinner ausführen«, gesteht Frey. »Darf ich?«

»Tut mir leid, ich bin schon verabredet.«

»Wie wär's mit einem Cocktail? Vor deiner Verabredung?«

Sie denkt darüber nach. »Also gut, einen Drink. Dann muß ich weg. Bist du damit zufrieden?«

»Ich bin mit allem zufrieden. Kommst du bei mir vorbei? Sagen wir, gegen fünf?«

»Lieber gegen sechs. Und ich bleibe eine Stunde, nicht länger. Gibst du mir jetzt Schwimmunterricht?«

»Selbstverständlich.«

»Was bringst du mir heute bei?«

»Brustkraulen«, sagt er und grinst.

»Du bist schrecklich«, erwidert sie. Nimmt seine Hand, damit er ihr helfen kann beim Aufstehen. Dann gehen sie zum Pool.

»Versuchen wir noch mal den Beinschlag.«

Sie gehen auf der seichten Seite ins Wasser. Evelyn hält sich am Geländer fest, mit dem Gesicht zum Wasser.

»Also gut«, sagt er. »Fang an mit dem Beinschlag. Von den Hüften aus. Erst ganz langsam.«

Sie versucht es.

»Nein, nein. Du bewegst die Beine nur vom Knie aus. Laß sie bis oben hin gerade.«

Er legt seine Hand unter ihren Körper. Zwingt sie, die Knie gerade zu halten. Seine Finger unter Wasser sind wie Seide.

»Die Füße ausgestreckt, wie eine Ballettänzerin«, kommandiert er. »Und die Beine ganz steif. Noch einmal.«

Ihre langen Beine bilden eine Schere, von der Hüfte aus. Die Knie sind gerade, die Füße gestreckt. Sie schlägt das Wasser, daß es schäumt.

»Gut«, sagt er. »Du machst das schon prima. Jetzt dreh dich um. Laß dich mit dem Gesicht nach unten treiben. Stoß dich ab und schwimm nur mit Beinschlag auf die andere Seite des Pools. Atme tief ein und bleib mit dem Gesicht im Wasser. Breite die Arme aus, aber versuche nicht, sie zu bewegen. Du sollst allein mit dem Beinschlag vorwärtskommen.«

Sie stößt sich ab. Schafft es beinahe. Aber kurz vor dem anderen Ende muß sie den Kopf hochnehmen und einatmen. Das stört den Rhythmus ihres Beinschlags.

»Okay«, ruft er hinüber. »Es war schon recht gut. Komm jetzt auf dieselbe Weise zurück. Aber langsam und ruhig. Versuch mal, deine ganze Kraft in die Hüften zu verlegen.«

Sie breitet die Arme aus. Atmet tief ein. Legt den Kopf auf das Wasser. Stößt sich ab. Schlägt mit den Beinen und schwimmt auf ihn zu. Er stellt sich so hin, daß sie mit ihren tastenden Händen seine enge Badehose berühren muß. Sie hebt den Kopf aus dem Wasser, schnappt nach Luft.

»Gut gemacht«, lobt er. »Noch ein paarmal, dann kannst du es. Morgen versuchen wir es mit der Längsbahn des Beckens und sehen zu, wie weit du kommst.«

Sie schwimmt noch ein paarmal nur mit Beinschlägen quer durch den Pool. Wenn sie dorthin kommt, wo er im Wasser steht, streckt sie die Arme aus, um ihn zu berühren. Verlangend. Ein Ballett.

»Du machst es sehr gut«, lobt er sie wieder.

»Wirklich?«

»Aber laß deine schönen Beine beisammen und schlag von der Hüfte aus.«

»Ich werde es mir merken.«

Als sie um sechs in sein Apartment kommt, trägt sie ein loses Hemdkleid aus lavendelfarbenem Leinen. Vorne hochgeschlossen, hinten dagegen fast bis zur Taille ausgeschnitten. Ihre gebräunte Haut schimmert.

»Du siehst umwerfend aus«, sagt Frey. »Glücklich der Mann, den du heute abend triffst. Was möchtest du trinken? Ich habe Wodka, Rum, Scotch, Weißwein. Das ist ungefähr alles.«

»Ein Glas Weißwein wäre schön. Allmählich spüre ich die Muskeln in den Beinen vom Üben. Meine Hüfte und die Oberschenkel tun weh.«

»Morgen übst du wieder, und nach einer Weile gewöhnen sich die Muskeln daran, und du spürst nichts mehr.«

Er ist barfuß, trägt eine enge weiße Shorts und ein khakifarbenes Unterhemd. Sie sieht das Büschel weichen, schwarzen Haares in seiner Achselhöhle. Wendet sich ab. Ist seltsam erregt.

»Guter Wein«, sagt sie. »Danke. Wie steht es mit der Jagd auf den Job?«

»Morgen habe ich wieder ein Einstellungsgespräch«, antwortet er. »Ich lasse mich nicht so leicht entmutigen. Es gibt ja genügend Jobs, nur die Bezahlung ist nicht so toll.«

»Ich weiß sehr wenig über Computer«, gesteht sie.

»Es ist nicht so schwierig, wie du denkst. Wenn ich es schaffe, kann es jeder.«

Sie sitzen nebeneinander auf der Couch: ein Rattan-Ungeheuer, von einer orangefarbenen Batikdecke verhüllt. Frey legt seine Hand leicht auf ihren nackten Rücken.

»Heiß«, sagt er. »Du kommst nicht oft in die Sonne, wie?«

»Leider nein. Und wenn, dann benütze ich ein Sonnenöl mit einem hohen Hautschutzfaktor.«

»Gut – sonst würdest du dich schälen wie eine Zwiebel. Ev,

wenn deine Verabredung früh zu Ende sein sollte, oder auch wenn nicht, und du möchtest noch hereinschauen auf einen Schlummerdrink, dann würde ich mich sehr freuen, dich zu sehen.«

Seine Fingerspitzen gleiten über ihren Rücken. Zart wie Federn. Sie bekommt eine Gänsehaut.

»Ich glaube nicht, daß das gehen wird«, weicht sie aus.

»Und warum nicht?«

»Ach, eine Frage der Moral.«

»Moral?« Er grinst frech. »Was ist das? Wenn man niemandem weh tut dabei, wie soll es dann schaden?«

Sie weiß keine Antwort darauf.

»Na schön«, sagt er. »Aber denk darüber nach. Ich gehe frühestens um zwei Uhr morgens zu Bett, also störst du mich nicht, auch wenn es später sein sollte.

»Ich denke darüber nach«, verspricht sie ihm und fühlt, wie seine kräftigen Finger sie liebkosen.

»Du trägst offensichtlich keinen BH, oder?«

»Offensichtlich nicht.«

»Ich gebe dir meine Telefonnummer.«

EVELYN HEIMDALL und Harry Dancer besuchen ein neues französisches Restaurant am Las Olas Boulevard. Sie verzehren Schnekken, Kalbfleisch und ein Grand Marnier-Soufflé. Trinken dazu einen Chablis, der leider etwas korkt. Dancer ist in einer seiner berüchtigten Stimmungen. Es wird ein stilles, etwas gezwungenes Dinner.

»Tut mir leid«, entschuldigt er sich und legt seine Hand auf die ihre. »Ich bin heute abend mürrisch; ich weiß es genau. Bitte, sei mir nicht böse.«

»Aber was ist denn los, Harry? Was ist der Grund dafür?«

»Ach, ich habe von Zeit zu Zeit ein Tief. Es ist keine richtige Depression, aber eine stille, nachdenkliche Zeit, in der man es mir nicht rechtmachen kann. Ich schäme mich, aber ich kann nun mal nicht anders.«

»Ich glaube nicht, daß du jemals schlecht gelaunt sein kannst.«

»Dann nennen wir es einen Anfall von Grübelei. Bist du damit zufrieden? Es dauert nur ein, zwei Tage, aber in dieser Zeit bin ich ein lausiger Gesellschafter.«

»Ich muß dir ein Geständnis machen«, sagt sie. »Ich habe meine Tage. Tut mir leid, Chef. Aber vielleicht haben wir Glück, und unsere inaktiven Zeiten treffen immer so zusammen wie diesmal. In ein paar Tagen hängen wir dann wieder am Kronleuchter.

Das ruft sein erstes Lachen an diesem Abend hervor.

»Das kannst du glauben«, sagt er. »Ich bringe dich bald nach Hause, und dann träumen wir beide von besseren Zeiten.«

Auf der Fahrt zu ihrem Apartmenthaus erwähnt sie: »Übrigens, ich habe einen neuen Freund.«

»Gut für dich«, antwortet Dancer.

»Eifersüchtig?«

»Wahnsinnig.«

»Das kann ich kaum glauben. Er ist in mein Apartmenthaus eingezogen. Sehr nett, aber ein bißchen jung für mich. Jedenfalls – er bringt mir das Schwimmen bei.

»Heißt das, du kannst nicht schwimmen? Großer Gott, das hättest du mir sagen sollen. Ich hätte dir gezeigt, wie man schwimmt.«

»Zu spät«, neckt sie. »Ich habe bereits einen Lehrer.«

»Wie heißt er?«

»Martin Frey. Er stammt irgendwo aus New Jersey und versucht, hier einen Job zu bekommen. Er arbeitet mit Computern.«

»Sieht er gut aus?«

»Sehr.«

»Jetzt bin ich wirklich eifersüchtig.«

Sie lacht. Kneift ihn in den Arm. »Harry, du brauchst dir deshalb keine Gedanken zu machen.«

Es ist kurz nach zehn, als sie in ihrem Apartment angekommen ist. Sie schaltet alle Lichter aus, zieht sich langsam aus, geht nackt hinaus auf die Terrasse, legt sich auf eine Liege. Die kühle Brise umschmeichelt sie wie liebkosende Lippen. Evelyn schließt die Augen im Mondlicht.

Wie angenehm, sich einer Disziplin zu unterwerfen. Der Armee, des Staates, einer Religion – was auch immer. Man akzeptiert Mythen, Träume, Illusionen. Gibt sich hin. Oh, wie großartig, wenn man keine Wahl treffen muß. Diese verdammten Entscheidungen! Unterzeichnen Sie hier, und Sie sind frei davon. Ist die Tyrannei eine Art Freiheit?

Sie bewegt sich, öffnet weit die Augen und starrt hinauf in den sternenübersäten Himmel. Das hieße, daß die Freiheit schmerzhaft wäre. Nimm dein Schicksal selbst in die Hand, und du kommst in Schwierigkeiten. Die Frage ist ... Die Frage ist ...

»Ja, was ist die Frage?« fragt sie sich laut.

Das Kontrollämpchen in ihr blinkt. Sie schwört sich selbst, mit vollem Ernst, daß es nicht nur körperliches Verlangen ist. Es ist das Bedürfnis, frei atmen zu können. Nimm die Welt mit ins Bett und sieh zu, was geschieht. Sie erlebt, wie sich Türen öffnen. Trunkenheit. Wilde Phantasien, die laut auf sie einstürmen. Sie ist ohnmächtig dagegen.

Erhebt sich schwankend. Geht auf nackten Sohlen ins Wohnzimmer. Ruft Dancer an.

»Harry? Bist du gut heimgekommen?«

»Ja, ohne Probleme. Tut mir leid, daß ich beim Essen so wenig unterhaltsam war.«

»Du hast das Recht auf Launen, wie jeder andere auch. Und mir tut es leid, daß ich – äh – körperlich nicht in der Lage bin, dich deine trüben Gedanken vergessen zu lassen.«

Er lacht. »Morgen ist auch noch ein Tag, Ev.«

»Das stimmt. Ich liebe dich, Harry. Schlaf gut.«

»Du auch, Ev. Danke, daß du angerufen hast.«

Sie geht zurück zu der Liege auf der Terrasse. Froh, daß sie angerufen hat. Aber dennoch unzufrieden. Harry scheint Teil eines Lebens zu sein, das hinter ihr liegt. Disziplin, Mythen, Träume, Illusionen. Das alles ist hinter geschlossenen Türen und verriegelten Fenstern verborgen. Dort wehen keine Brisen mit einem Hauch von Salz, die erregen und frisch machen.

Sie streichelt sich, ist verwirrt von unzähligen ›Was wäre, wenn ...?‹ Sie ist ein Wurm, der in einen neuen Garten eindringt. All diese Blüten, Gerüche, Sensationen. Sie hat sich bis dahin nie zwischen Alternativen entscheiden müssen. Weiß nicht, wie sie es nun tun soll. Hier unterschreiben, und man diktiert dir, was du haben willst. Wie kann sie Rot tragen, wenn man ihr Weiß vorgeschrieben hat?

Sie legt sich zurück. Breitet die Arme weit aus. Hebt die Knie an. Spreizt die Schenkel.

»Fick mich, Mond«, sagt sie laut und kichert obszön dazu.

Wahnsinn! Sie kennt seinen Ursprung nicht. Aber sie weiß, daß er von Übel ist. Und erregend ... Und daß sie den Verlockungen dieses Wahnsinns nicht widerstehen kann. Alles sein, alles wissen! Keine Regeln, keine Moral, keine Gesetze. Keine Angst vor Strafe. Wie großartig ein solches Leben sein könnte!

Doch dazu ist sie nicht bereit. Noch nicht. Obwohl sie die Verlockungen registriert. Es ist, sagt sie sich, wie Gefängnistore, die weit aufgehen. Der Gefangene kann nicht glauben, was er sieht. Macht zögernd einen Schritt darauf zu. Noch einen. Und noch einen. Und dann beginnt er befreit zu trotten, zu laufen, zu rennen. Lachend und weinend zugleich.

Evelyn Heimdall wird ganz weiß bei dieser Vision. Sie kehrt ins Wohnzimmer zurück. Schaltet die Stehlampe ein, um in ihrer Handtasche etwas zu suchen. Findet schließlich eine Nummer.

»Martin?« sagt sie. »Guten Abend. Hier spricht Evelyn.«

»Hallo«, meldet sich Frey. »Wie war die Verabredung?«

»Okay. Aber jetzt bin ich zu Hause. Und – gilt die Einladung zu einem Schlummertrunk noch?«

»Natürlich. Komm runter.«

»Nein«, erwidert sie. »Komm du doch rauf.«

SALLY ABADDON hat vergessen, was es bedeutet, wenn man eng mit einer Frau befreundet ist. Bei ihren bisherigen Aufträgen hatte sie nur mit Männern zu tun gehabt. Alle ihre Kollegen sind Männer. Und jetzt ist da auf einmal diese Angela Bliss. Freundlich. Großzügig. Darauf bedacht, nett zu ihr zu sein. Sally genießt es, eine Vertraute zu haben.

Die beiden Frauen verbringen Stunden miteinander. Meistens am Morgen und nachmittags. Und an den Abenden, wenn Sally sich nicht mit Harry Dancer trifft. Sie faulenzen am Pool oder am Strand, machen Einkaufsbummel in den Shopping-Zentren oder gehen auf Entdeckungsreise nach netten Restaurants. Manchmal unternehmen sie auch eine Bootsfahrt auf dem Intracoastal Waterway, dem Wasserweg von der Ost- zur Westküste Floridas.

Körperlich ungleich, haben sie doch manches gemeinsam. Die Erfahrung harter Arbeit und langer Karrieren. Die Unabhängigkeit. Das Leben beider Frauen dreht sich um Männer. In Angelas Fall um einen invaliden Ehemann, der in einem Pflegeheim untergebracht ist. Sagt sie.

»Ich fühle mich natürlich schuldbewußt, weil ich ihn zurückgelassen habe«, gesteht sie, »aber ich mußte weg, und wenn es nur für ein paar Wochen ist. Zu Hause telefoniere ich jeden Tag mit ihm und besuche ihn drei- oder viermal die Woche. Das macht einen ziemlich fertig.«

»Kann ich mir vorstellen«, sagt Sally. »Und es gibt keine Hoffnung, daß er sich wieder erholt?«

»Nein. Keine. Es ist eine degenerative Nervenstörung. Die Ärzte meinen, er kann noch Jahre leben, aber es wird zunehmend schlimmer.«

»Wie schrecklich.«

»Manchmal würde ich am liebsten abhauen und nie mehr zurückkommen – verstehst du das? Aber das bringe ich nicht fertig.«

»Warum nicht?«

»Also, erstens liebe ich ihn wirklich, und er hängt völlig von mir ab. Zweitens bin ich eine sehr religiöse Frau, und es ist mir bewußt, daß es nicht recht wäre, ihn im Stich zu lassen. Ich weiß nicht, was ich ohne meinen Glauben und meine Kirche anfangen würde. Sie geben mir die Kraft, weiterzumachen.«

Sally Abaddon antwortet nicht.

Sie frühstücken in einem Howard Johnson an der Briny Avenue. Von draußen schlägt eine Regenbö gegen die Fenster. Aber hinter der Gewitterwolke ist der Himmel klar, verspricht einen feuchten, warmen Tag.

»Es klart bald wieder auf«, sagt Sally. »Wir werden Zeit haben zum Bräunen. Du bekommst allmählich eine gute Farbe.«

»Ich werde nie so dunkel werden wie du«, entgegnet Angela. »Aber eigentlich bist du gar nicht dunkel – du hast die Farbe von Aprikosen.«

»Aprikosen?« fragt Sally und lacht. »Vielen Dank!«

»Du weißt, was ich meine. Du bist wirklich eine sehr schöne Frau. Ich wollte, ich hätte deine Figur.«

»Du bist doch auch ganz in Ordnung«, versichert ihr Sally. »Aber ich finde, du könntest mehr aus dir machen. Ein gepolsterter BH würde zum Beispiel was bringen. Vielleicht kosmetische Chirurgie. Da gibt es heutzutage wahre Wunder.«

»O nein«, wehrt Angela ab. »Das brächte ich nie fertig. Meine Kirche lehrt mich, daß die Eitelkeit eine Sünde ist. Ich muß schon mit dem leben, was ich habe.«

Der Himmel klart auf. Sie schlendern zurück zu ihrem Motel.

»Wir könnten zum Pompano-Modezentrum fahren«, schlägt Sally vor. »Jordan Marsh machen einen Ausverkauf in Bademoden.«

»Vielleicht später«, sagt Angela. »Ich möchte in die Sonne, bevor es zu heiß wird. Und dann muß ich ein paar Briefe schreiben.«

»An deinen Mann?«

»An ihn, an meinen Pfarrer, an andere Leute.«

»Die Kirche bedeutet dir sehr viel, nicht wahr, Angela?«

»Sehr viel? Sie bedeutet mir alles. Ich weiß nicht, wie ich ohne sie leben sollte. Sie hält mich am Leben. Du bist nicht religiös?«

»Nein, eigentlich nicht. Ich bin nicht religiös erzogen worden.«

»Na ja, ich will niemanden bekehren. Was einer glaubt und was nicht, ist seine Sache. Aber ich wollte, du würdest mal am Sonntagvormittag mit mir in die Kirche gehen. Es ist so schön, so beruhigend.«

»Ich überlege es mir«, verspricht Sally Abaddon.

Sie liegt auf dem Bauch, hat ihr Badetuch im Rasen ausgebreitet. Jetzt hakt sie das Oberteil ihres Bikinis auf. Angela sitzt neben ihr und massiert ihr Sonnenöl auf die Schultern. Auf den Rücken, mit sanften, liebkosenden Bewegungen.

»Das tut gut«, murmelt Sally.

»Laß mich die Rückseite deiner Beine einreiben«, sagt Angela.

An diesem Abend, in Harry Dancers Haus, berichtet Sally von ihrer neuen Freundin.

»Es muß schön sein, so stark an etwas glauben zu können wie sie«, erzählt sie. »Bei einem Mann, der praktisch im Sterben liegt, hätte sie allen Grund, den Glauben zu verlieren.«

»Arbeitet sie?« fragt er.

»Ja. Bei der Kreditabteilung einer Bank in Chicago.«

»Dann kann ich nur hoffen, daß ihr Mann eine gute Krankenversicherung abgeschlossen hat. Vielleicht bekommt er auch Invalidenrente. So lange Krankheiten können ganze Familien in den Bankrott treiben.«

»Sie hat nicht gesagt, wer dafür bezahlt, und ich habe natürlich nicht gefragt. Gehst du zur Kirche, Harry?«

»Zuletzt war ich bei Sylvias Beerdigung. Wir sind früher gelegentlich gegangen. Zu Ostern und zu Weihnachten. Manchmal auch zwischendrin. Aber nicht regelmäßig.«

Er hat einen Salat aus Garnelen und Hummerschwänzen zubereitet, mit knusprigem Knoblauchtoast. Und dazu gibt es eine

Karaffe eisgekühlten Rheinwein. Lässige Kleidung. Sie tragen beide Jeans. Sally hat dazu eines von Harrys alten Hemden angezogen und die Zipfel zusammengeknotet, so daß ihre gebräunte Taille entblößt ist.

»Oh, war das gut«, schwärmt sie und lehnt sich zurück. »Du kannst gern jeden Tag für mich kochen.«

»Wieso kochen? Es war doch nur kalte Küche. Bis auf den Knoblauchtoast, und den hab' ich nur im Backrohr aufgewärmt. Was willst du jetzt tun – am Strand spazierengehen?«

»Eigentlich nicht. Nehmen wir lieber den restlichen Wein mit nach oben.«

»Großartige Idee.«

Sie spielt eine Rolle. Weiß, daß ihre Gespräche und die Geräusche, wenn sie sich lieben, mitgehört und aufgezeichnet werden. Sagt Dinge und ruft Reaktionen bei Dancer hervor, von denen sie hofft, daß sie Shelby Yama und Briscoe zufriedenstellen.

Später geht Dancer ins Bad, um zu duschen. Sally liegt allein in dem großen Bett, auf verschwitzten Laken. Sie bedeckt mit einem Unterarm die Augen.

Was sie fühlt, ist eine seltsame Einsamkeit. Sie sehnt sich nicht nach jemandem, sondern nach *etwas*. Nach einer neuen Sicherheit. Ihre Zukunft, die ihr bisher so strahlend vorgekommen war, mit dem Versprechen nichtendenwollender Vergnügungen, kommt ihr jetzt düster und tot vor.

Harry Dancers Erinnerungen an sein Leben mit Sylvia haben ihr Einblick gewährt in ein bis dahin fremdes Land der Liebe und des soliden Ehelebens. Sie würde gern in dieser Welt süßer Vernunft leben. Jeder Tag wie der vergangene und der kommende. Kontinuität und Bedeutung. Mit einem festen Glauben wie dem von Angela.

Sie kann nicht hoffen, von Harry Dancer geheiratet zu werden, hat ihre Rolle zu gut gespielt: Er hält sie für ein exotisches Wesen, eine Wilde, Verrückte. Sicher nicht die Partnerin, die er lieben und verehren könnte – wie Sylvia. Und wenn sie ihm den Vorschlag machte, würde das Department sie bestrafen. Auf eine Weise, die sie sich lieber nicht vorstellt.

Sie hört ihn aus dem Bad kommen. Nimmt ihren Arm von den tränenfeuchten Augen. Sieht zu, wie er sich bewegt, wie er sich anzieht. Ein wunderbarer, kraftvoller Mann. Wert, geliebt zu werden. Wahrscheinlich der Beste unter allen ihren Opfern. Ohne es zu wissen, hat er ihr so etwas wie ein Schuldbewußtsein eingepflanzt.

Sie duscht. Zieht sich an. Er fährt sie zurück ins Motel. Gibt ihr einen Gutenachtkuß. Sie geht in ihre großzügige Suite. Sieht sich um, schneidet eine Grimasse. Duscht noch einmal. Aus Gründen, die sie nicht begreift. Versucht es mit einem Buch, dem Radio, dem Fernsehen. Nichts hilft. Die Leere brüllt.

Sie zieht sich Shorts an, dazu ein T-Shirt. Geht hinaus, sieht ein Licht brennen in dem Zimmer, das Angela Bliss bewohnt. Klopft an. Wird eingelassen.

»Diese Kirche, in die du gehst«, sagt Sally, »am Sonntag.« Versucht ein Lachen. »Wann findet dort die Show statt?«

MEISTERSPIONE SITZEN für gewöhnlich im Mittelpunkt des Spinnennetzes und warten darauf, daß es irgendwo an den Fäden zuckt. Der Chef der Einsatzleitung bei der Corporation glaubt, daß er alles bestens geplant hat. Sämtliche Spieler sind an ihrem Platz. Er hat getan, was er konnte, um Betrugsmanöver auszuschließen. Jetzt muß er abwarten. Er setzt seinen Glauben in das Talent und in die Entschlußfähigkeit von Angestellten, die Hunderte von Meilen von ihm entfernt sind.

Doch er sieht sich einem unerbittlichen Feind gegenüber. Der Betrug des Dechiffrierers von der Nachtschicht ist aufgedeckt worden; man hat den armen Kerl in ein Rehabilitationszentrum gesteckt. Aber wer weiß, wie viele andere Maulwürfe in der Bürokratie der Corporation ausgesetzt worden sind! Und welchen Schaden sie bereits angerichtet haben, noch anrichten werden.

Der Chef berührt in Gedanken die Tastatur seines Computers auf dem Schreibtisch. Er ist umgeben vom neuesten Stand der Technik. Es fehlt keine Hardware, die dazu geeignet ist, seinen Job zu erleichtern. Seine Vorgesetzten gewähren ihm den größtmöglichen Spielraum, was Strategie und Taktik betrifft. Und gerade deshalb gibt es für ihn keine Entschuldigung, falls er einmal versagen sollte.

Doch er weiß auch, daß alle seine Maschinen, die Archive, Prozenttabellen und Wahrscheinlichkeitsrechnungen bedeutungslos sind, verglichen mit der persönlichen Überzeugung und dem Willen der betreffenden Agenten. Sie, als menschliche Wesen, sind die großen Unbekannten in dem Spiel. Und da sie menschlich sind, können sie auch schwach, unsicher, sogar untreu werden.

Sie sind nicht wie austauschbare Maschinenteile, sondern verletzliche, gefühlvolle Wesen mit unkalkulierbaren Schwächen und Stärken.

Er macht sich Notizen über die Akteure in seinem Spiel.

Anthony Glitner: Beauftragter. Ernst. Guter, unermüdlicher Arbeiter. Entschlossen. Aber heißt das auch, daß dieser Mann über den Schwung und die Phantasie verfügt, die nötig sind, um einen so komplizierten Auftrag zu meistern? Fehlt es ihm vielleicht an der stählernen Durchsetzungskraft, die er dazu braucht? Ist er tatsächlich stark genug, um, wenn nötig, Mauern einzureißen auf seinem Weg zum Erfolg?

Evelyn Heimdall: Außendienst-Agentin. Eine warmherzige, attraktive Frau. Exzellente Zeugnisse, ohne das geringste Anzeichen von Unzuverlässigkeit. Doch in jüngster Zeit werden Wankelmut und eine Neigung zu Bequemlichkeit und Genußsucht deutlich. Ihre moralischen Schwächen könnten die gesamte Operation Dancer gefährden.

Martin Frey: Agent der Spionageabwehr. Berufsmäßiger Gigolo. Aber begreift er, daß sein Auftrag nur darin besteht, Evelyn Heimdall *zu testen*, nicht sie zu verführen, daß sie tatsächlich untreu wird? Hat er so viel Verständnis, daß er diesen feinen Unterschied begreift?

Der Chef liest seine Notizen noch einmal durch und erkennt dabei, daß Fehler und Ausfälle bei seinen drei wichtigsten Figuren die Niederlage bedeuten können. Er greift nach einer Rolle Antacida. Steht auf, beginnt in seinem Büro hin und her zu gehen, die Hand auf den Magen gepreßt.

Und erkennt plötzlich, daß er bei seinen Kurzanalysen der Personen im Dancer-Team die Persönlichkeit und den Charakter der wichtigsten Figur übersehen hat: Harry Dancer selbst. Operationsmethoden und -probleme bei der Aktion führten dazu, daß er das eigentliche Ziel übersah.

Immerhin wird es Dancer sein, der, ohne es zu wissen, die Stärken und Schwächen der Agenten aufdeckt – jener Agenten, welche die Corporation in seine Nähe schickte, damit sie ihn auf ihre Seite bringen. Den Agenten bleibt nichts weiter übrig, als auf ihn zu reagieren, auf seine Vorlieben und Abneigungen, auf das, was er haßt, und auf das, was ihn freut. Auf seine Stimmungen.

So merkwürdig es klingt: Bei derartigen Operationen wird das Opfer nicht selten zum Meister der Meisterspione. Ohne daß es davon auch nur die leiseste Ahnung hat, führt es das Team, das zu seiner Führung bestimmt ist, lenkt seine Schritte, nötigt die Agenten dazu, ihre Taktiken zu revidieren. Bringt sie zur Verzweiflung oder bietet ihnen genügend Hinweise, daß sie munter drauflos planen können, wie man ihn am besten auf ihre Seite zieht.

Was für ein Mensch ist dieser Harry Dancer? Der Chef der Einsatzleitung wirft einen Blick auf die dicke Akte mit Berichten auf seinem Schreibtisch, die ihm Tony Glitner hat zukommen lassen, und stellt fest, daß er von Harry Dancer im Grunde keine klare Vorstellung hat. Er ist dies und er ist das. Redselig und schweigsam. Glücklich und untröstlich. Sinnlich und puritanisch.

Mit anderen Worten: ein menschliches Wesen, wie sich der Chef eingestehen muß. Ein Rätsel.

HARRY DANCER an einem nächtlichen Strand. Er träumt ...

»Hallo, Knurri«, ruft Sylvia. Kommt stolz heran, Tennisschläger und die Sporttasche unter dem Arm. »Ich hab' gewonnen, ich hab' gewonnen! Ich bin im Semi-Finale am Samstag!«

»Wie schön für dich«, sagt Harry und lächelt. »Du kommst noch ins Finale und kriegst den Bronzering.«

»Kein Gedanke. Diese Laurie Christopher wird mich aus dem Turnier werfen. Die hat einen Aufschlag, den siehst du kaum. Ich kann von Glück sagen, daß ich es bis zum Semi geschafft habe.«

»So darfst du nicht reden. Ich will, daß du eines Tages als Profi auf einen der ersten Plätze gesetzt wirst, damit ich mich auf das Altenteil zurückziehen kann.«

»Den Tag möchte ich erleben, an dem du dich zurückziehst«, sagt seine Frau und wirft sich in einen bequemen Sessel. »Mix mir was Kühles, ja, Liebster? Ich bin ganz ausgetrocknet.«

Er bringt ihr einen großen Wodka und Preiselbeersaft mit viel Eis. Sie küßt ihm dankbar den Handrücken.

»Das Spiel ist über sieben Sätze gelaufen«, berichtet sie. »Ich bin völlig erledigt. Ich glaube, jetzt muß ich mich mindestens eine Stunde lang in einer heißen Wanne wässern. Wir gehen doch heute abend nicht aus, oder?«

»Ich habe nichts dergleichen vor. Im Kühlschrank sind ein Brathuhn, die Zutaten zu einem Salat und eine halbe Honigmelone.«

»Klingt himmlisch. Aber es könnte sein, daß du mich füttern mußt. Ich fürchte, ich habe nicht mal mehr die Kraft, die Gabel zu halten.«

»Das will ich erst mal sehen.«

Sie schaut ihn an. »Du siehst ein bißchen abgespannt aus, Professor. Harter Tag?«

»Alle Tage sind hart. Ich weiß nicht, wer auf die Idee gekommen ist, daß es Spaß macht, mit dem Geld anderer Leute zu spielen. Mir persönlich macht es keinen Spaß, sondern Ärger und Sorgen.«

»Versuch sie für heute abend zu vergessen. Wenn ich mich erholt habe, zerre ich dich ins Bett, daß dir Hören und Sehen vergeht.«

»Leere Versprechungen.«

»Hab' ich dich jemals enttäuscht?«

»Nein«, gibt er zu. »Nie.«

Sie liegt erschöpft in dem Sessel, streckt ihre nackten, gebräunten Beine aus. Weiße Tennisschuhe, eine weiße Shorts, die nach oben gerutscht ist. Ein T-Shirt, das die breiten Schultern und die kräftigen Arme betont. Kurzes Haar. Strahlendes Gesicht. Eine gesunde, vitale Frau. Ihr gegenüber fühlt er sich alt und verbraucht.

»Gefällt dir, was du siehst?« fragt sie ihn.

»Ich liebe es.«

»Später bekommst du noch mehr zu sehen.«

»Geh jetzt in die Wanne, bevor ich dich gleich hier auf dem Teppich vergewaltige. Ich kümmere mich inzwischen um den Salat. Essen in einer Stunde – okay?«

»Du bist der Boß«, sagt sie.

»Seit wann denn das?«

Er deckt den Tisch, tranchiert das Huhn, mixt den Salat. Außerdem macht er noch einen Gin-Martini und einen Wodka-Gimlet für Sylvia. Trägt die Gläser mit den Drinks nach oben. Sie liegt in der Wanne, eingehüllt von einer duftenden Schaumschicht. Die Luft im Bad ist duftig und dampfig.

Er setzt sich auf den Badewannenrand. Reicht ihr das Glas mit dem Cocktail.

»Plasma«, sagt er.

»Danke, Liebster. Harry, nicht daß ich es vergesse: Blanche und Jeremy haben uns für Freitag zum Dinner eingeladen. Diesmal sind sie dran. Ich hab' aber gesagt, daß ich erst dich fragen muß.«

»Wenn du willst, können wir hingehen.«

Es ist ihr viertes Ehejahr. Er weiß, daß sie versucht, Abwechslung in sein und ihr Leben zu bringen. Sich mehr zu vergnügen.

Nach Miami und nach Palm Beach zu fahren, um die Gastspiele von Broadwayaufführungen zu sehen. Bootsausflüge. Kunstgalerien-Besuche. Ferien in Europa zu planen. Wenn man ihn sich selbst überließe, wäre sein Leben auf das Büro und sein Zuhause beschränkt.

»Und was meinst du, Lieber?«

»Klar«, sagt er. »Gehen wir hin. Er wird uns wieder mal seine W.C.Fields-Imitation präsentieren, und sie wird sich darüber beklagen, wie schwer es ist, gute Haushaltshilfen zu bekommen. Aber fünf Stunden ungefähr kann ich es vermutlich ertragen.«

Sie setzt sich in der Wanne auf. Schaumiges Wasser tropft von ihren wohlgeformten Brüsten. Sie droht ihm mit dem Zeigefinger, schnippt Wasser nach ihm. Er duckt sich.

»Mein alter Knurri«, neckt sie. »Du bist heute abend wieder mal in der bewußten Stimmung, wie? Verärgert?«

»Eigentlich nicht. Höchstens ein bißchen still. Aber das ändert sich.«

»Es hat sich noch immer geändert – sonst hätte ich dich längst gegen ein neues Modell in Zahlung gegeben.«

Sie öffnet den Abfluß der Wanne. Reicht ihm das Glas. Steht auf. Er betrachtet ihren naß glänzenden Körper. Schlank, dennoch muskulös. Sie zieht den Vorhang zu, beginnt, sich die Seife und den Schaum des Badeöls abzuduschen. Er geht ins Schlafzimmer. Macht es sich in einem kleinen Armsessel bequem.

Mittlerweile verfliegt seine schlechte Laune. Er fühlt es deutlich, wie sich seine Lebensgeister zurückmelden. Es sind nicht die Martinis: *Sie* ist es. Ihre Anwesenheit. Ihre warme Nähe. Er gehört zu ihr, sie gehört zu ihm. Zwei gegen die ganze Welt. Sie hat recht: Die dritte Einheit, ihre Ehe, hat gesiegt.

Er kann sich nicht vorstellen, wie dieser Abend geendet hätte, wenn sie nicht nach Hause gekommen wäre, wenn es sie nicht gäbe. Trost aus der Flasche, vermutlich. Oder Hoffnungslosigkeit. Ein Verlangen, das nicht gestillt wird. In gewisser Weise macht ihm seine Abhängigkeit angst. Er zögert immer noch, alles in sie zu investieren. Die Gewinne sind gewaltig – aber das Risiko ...

Sie kommt aus dem Bad, in ihrem langen, weißen Frotteebademantel. Trocknet sich das Haar. Nimmt das Glas mit dem Rest des Cocktails aus seiner Hand und trinkt es aus.

»Du riechst gut«, sagt er.

»Natürlich«, stimmt sie zu. »Ich hab' einen Tropfen von diesem dahin und einen von jenem dorthin gegeben. He – wann essen wir?«

»Jetzt gleich«, antwortet er und steht auf. »Alles fertig. Hast du Hunger?«

»Wie ein Wolf«, sagt sie, kommt dann spontan auf ihn zu, umarmt und küßt ihn. »Auf dich. Jetzt ist dir besser, nicht wahr?«

»Woher weißt du das?«

»Ich kann es immer genau fühlen.«

Sie ißt mit großem Appetit. Nagt an den Hühnerbeinen. Knabbert Salatblätter. Als der erste Hunger gestillt ist, bringt er sie dazu, über das Tennismatch zu sprechen. Sie berichtet ausführlich darüber, Satz für Satz. Er interessiert sich nicht besonders dafür, aber er hört so gern ihre Stimme. Sieht, wie sich ihr Gesicht in der Erinnerung belebt.

Sie ist *das Leben*. Und durch irgendeinen seltsamen Prozeß emotioneller Osmose gelingt es ihr, etwas von ihrer Vitalität auf ihn zu übertragen. Sie belebt ihn. Er kann nur beten darum, daß es kein Strom in einer Richtung ist, daß sie auch irgend etwas von ihm bekommt, was es auch sein mag.

Sie verzehren die Melone, nehmen dann ihren Eiskaffee mit einem Schuß Kahlua draußen auf dem Patio. Liegen nebeneinander und schauen in den Himmel, kein Mond, keine Sterne. Doch es ist ihnen egal.

»Ich liebe dich, Syl«, sagt er unvermittelt.

Sie wendet den Kopf um, um ihn anzuschauen. »Und ich liebe dich, Harry. Aber warum sagst du das so?«

»Ich finde einfach, daß ich es dir nicht oft genug sage.«

»Man sieht es doch.«

»Wirklich? Ich hoffe, daß man es sieht. Aber ich muß lernen, meine Gefühle besser in Worten auszudrücken. Schließlich kann ich nicht davon ausgehen, daß du oder alle anderen wissen, was ich empfinde. Du meinst, Taten sprechen lauter als Worte? Von wegen. Taten können genauso falsch ausgelegt werden wie Worte. Man muß beides verbinden. Das Ganze ist mehr als die Summe der Einzelteile.«

»Danke, Professor«, entgegnet sie. »Tut mir leid, daß ich nicht mitgeschrieben habe.«

Er lacht. »Das hab' ich verdient. Auf eines kann ich mich immer verlassen: Daß du mich auf die Erde zurückholst.«

Dann liegen sie schweigend nebeneinander, trinken gelegentlich einen Schluck Eiskaffee.

»Willst du adoptieren?« fragt sie.

»Was?«

»Adoptieren. Es sieht nicht so aus, als ob wir Kinder kriegen könnten. Sollen wir eines adoptieren? Was hältst du davon?«

»Ich weiß nicht«, antwortet er. »Irgendwie ist es mir nicht recht. Aus egoistischen Gründen. Konkurrenzneid, vermutlich. Ich will deine ungeteilte Liebe. Das ist lausig, ich weiß, aber so bin ich nun mal. Möchtest du denn ein Kind adoptieren? Ich meine, wenn du darauf bestehst, bin ich natürlich einverstanden.«

»Ich weiß nicht, was ich will, Harry. Manchmal sage ich mir, o mein Gott, ich möchte so einen kleinen, nach Milch schreienden Balg im Haus herumlaufen sehen. Aber dann erschreckt es mich auch wieder. Die Verantwortung! Also bin ich nicht sicher, das heißt, ich bin noch nicht bereit – verstehst du?«

»Vermutlich. Wenn du sicher bist – darf ich es als erster erfahren?«

»Bestimmt. Und – ja, es kommt noch etwas hinzu. Irgendwie fühle ich genauso wie du. Du und ich, wir haben eine so wunderbare Verbindung – warum sollten wir sie gefährden? Oder ändern? Ein Kind würde viele Veränderungen mit sich bringen. Vielleicht zum Besseren, vielleicht aber auch zum Schlechteren. Ich habe Angst vor der Ungewißheit.«

»Nun, wir brauchen ja vorläufig noch keine Entscheidung zu treffen, Syl. Wir sind noch nicht zu alt. Laß uns nachdenken und gelegentlich wieder darüber reden.«

»Du und ich, wir können über *alles* reden, nicht wahr, Harry?«

»Das hoffe ich. Es wäre keine besonders gute Ehe, wenn wir das nicht könnten.«

»Schatz, ich bin so müde, schlafe praktisch schon.«

»Auch darüber läßt sich reden«, sagt er und lacht.

Er hebt sie auf mit seinen starken Armen, die er um ihre Hüfte gelegt hat. Sie gehen die Treppe hinauf. Singen dazu ihr Lieblingslied: *I'll Be Seeing You*. Er setzt sie auf die Bettkante und stützt sie mit einer Hand, während er das Bett aufschlägt.

Sie hält die Augen geschlossen. Aber sie murmelt wie ein Kind, als er ihr den Bademantel auszieht. Dann legt er sie ins Bett, streckt ihre Beine aus, zieht die Decke mit dem Einschlagtuch bis hinauf an ihr Kinn. Sylvia seufzt und dreht sich auf die Seite.

Er schaltet die Klimaanlage ein und das Licht aus. Schließt leise die Tür. Geht wieder hinunter und räumt die Küche auf. Versucht, dabei nicht allzu sehr mit dem Geschirr zu klappern. Dann macht er die Runde im Haus, überprüft Türen und Fenster.

Es ist still. Schwaches Licht. Das Haus wirkt leer, wenn ihre Vitalität fehlt. Er gießt sich einen kleinen Schluck Cognac ein. Nimmt ihn mit hinauf ins Schlafzimmer, betritt es leise. Findet den Weg zu dem kleinen Armsessel. Setzt sich, nippt am Cognac. Lauscht, wie seine Frau atmet. Fühlt sich wieder ganz in Ordnung.

Wenn es ein Gesetz gibt in seinem Beruf, bei finanziellen Investitionen, dann lautet es: Teile und herrsche! Leg niemals alle Eier in einen Korb. Jetzt, während er Sylvias Atemzüge hört, fragt er sich, ob das auch für emotionale Investitionen gilt. Ist es klug, seine ganze Liebe in ein einziges Wesen zu investieren?

Und wenn es schiefgeht – wo steht man dann?

Sicher, das Geld wächst, die Aktiva werden mehr und gestatten weitere Streuung. Und die Liebe – wächst sie auch? Oder ist uns allen eine bestimmte, begrenzte Menge zugestanden, die wir nach Gutdünken investieren können: für Flirts, kleine Affären oder für den Ehepartner? Eine Ration, bei der es keinen Nachschub gibt, wenn wir sie verbraucht haben?

Er ist nicht so sicher. Vielleicht entsteht Liebe, wenn sie gefordert wird. Vielleicht kann man nach diesem Prinzip, wenn man klug verwaltet, Dividenden sammeln und anhäufen. Vielleicht gelingt es dann, die Liebesfähigkeit im Laufe eines Lebens zu verdoppeln. Es wäre denkbar.

Auch eines der unlösbaren Probleme des Lebens, muß er sich eingestehen: Soll man sein emotionales Kapital konzentrieren oder aufteilen? Wähle gut, du hast keine zweite Chance. Aber inzwischen bringt seine Investition an Liebe in diese schlafende Schönheit unermeßliche Gewinne. Es ist töricht, sich darüber Gedanken zu machen, daß sie sein einziges Portfolio ist.

Sylvia bewegt sich. Murmelt schlaftrunken: »Harry?«

»Ich bin hier, Liebes.«

Einen Moment später schläft sie wieder sicher und zufrieden.

DER VORSITZENDE ist ungeduldig. Er rutscht mit seiner gewaltigen Leibesfülle auf dem Thron im Strategieraum des Departments hin und her. Diese verdammte Sache Dancer beginnt ihn geradezu zu verfolgen! Was als einfache Verführung begonnen hatte, entwickelte sich zu einer Verstrickung in List und Tücke mit dem Chef der Einsatzleitung vom Hauptquartier der Corporation in Washington.

Der Vorsitzende ist ungeduldig. Er will Resultate sehen. Von irgend jemandem. Berichte tröpfeln herein. Er versucht zu begreifen, was da eigentlich vor sich geht, versucht, dem Ganzen einen Sinn abzugewinnen. Aber in dem, was er an Details erfährt, steckt wenig Logik. Kein Faden, dem er bis zu seinem unvermeidlichen Ende folgen kann. Es sei denn, daß alle diese losen Enden nur Stupidität und Betrug sind.

Nicht seine Strategie ist falsch, davon ist er überzeugt. Es ist die Unfähigkeit seiner Leute am Einsatzort, die ihn frustriert. Sie sind dafür verantwortlich, daß ihm ein rascher, ein überraschender Sieg versagt blieb.

Der Direktor der Region Südost: Ein eingebildeter Mann mit aufgeblähtem Selbstbewußtsein. Gut in Routineangelegenheiten, aber ohne die Phantasie, die man braucht, um eine kompliziertere Operation durchzuführen. Auf mittleres Management beschränkt. Wenn die Gerüchte stimmen, ist der Tölpel obendrein ein Sklave seiner niedrigeren Instinkte.

Shelby Yama, Beauftragter: Ein Hollywood-Typ, ohne die nötige Entschlossenheit. Nimmt seinen ersten bedeutenden Fall auf die leichte Schulter, sieht ihn als Theaterstück, als Drama vielleicht. Wäre er bei einer Farce erfolgreicher?

Sally Abaddon, Außendienst-Agentin: Mit phantastischen Erfolgsberichten – aber ist sie ausgebrannt? Die neuesten Meldungen deuten auf nachlassende Entschlußfähigkeit hin. Dabei ist sie der Angelpunkt der ganzen Aktion. Wenn sie schwach wird, bricht die Operation um Harry Dancer zusammen.

Briscoe, der Spezialagent: Ein düsterer, gewalttätiger Mensch. Verbrecherisch. Geht zu freizügig mit seinen Sonderbefähigungen um. Aber er bringt gute Resultate. In einer einflußreicheren Position könnte er sich als gefährlich erweisen. Man kann ihn benützen, muß sich jedoch seiner Grenzen bewußt sein.

Angela Bliss, Agentin von der Abteilung Innere Sicherheit: Ein Frettchen, dazu geeignet, andere aufzustöbern. Alles in ihren Akten bestätigt eine geradezu besessene Loyalität. Aber gibt es nicht auch Anzeichen für eine gewisse Hysterie? Das Department achtet ganz besonders auf Fanatiker. Leute wie die Bliss biegen sich nicht – sie brechen.

Der Vorsitzende sieht noch einmal seine *dramatis personae* durch und stellt fest, daß sie nicht das beste Team sind, das er zur Aktion hätte einsetzen können. Freilich auch nicht das schlechteste. Im günstigen Fall eine bunte Mischung. Er ist sich iherer Spannungen und Zwänge bewußt. Und er bezweifelt, ob auch sie den Druck erahnen, unter dem er steht.

Die gelegentlichen Schwächen des Personals sind beim Department seit langem ein Grund zu Verwirrung und Verwunderung. Man hat diesen Leuten die Welt versprochen. Und man hat sie ihnen bezahlt. Warum sollten sie ihren Schatz gegen Schuld eintauschen? Der Vorsitzende weiß es nicht. Aber es kommt vor.

Es ist etwas, wogegen man gewappnet sein muß. Das Abtrünnigwerden ist eine stets drohende Gefahr. Der Verrat lockt und lauert überall. Der Vorsitzende fühlt, daß er alles getan hat, um ihn zu verhindern. Aber die Aktion läuft fern von ihm ab. Er kann dirigieren, aber er kann nicht kontrollieren.

Der Schlüssel ist natürlich das Objekt selbst: Harry Dancer. Seltsam, daß das Opfer das Verbrechen bestimmt – aber so ist es immer gewesen. Der Vorsitzende wünscht, er wüßte mehr über diesen Mann Dancer. Dann könnte er die Taktik seinem Persönlichkeitsprofil anpassen.

Aber da er nicht genau über ihn Bescheid weiß, kann er nur nach früher gesammelten Erfahrungen vorgehen. Man bekehrt Menschen, indem man an ihre Instinkte appelliert, an ihre Gier, an ihre Angst. An jede einzelne der menschlichen Schwächen. Und wo ist Harry Dancers wunder Punkt?

Nun, vielleicht ist es sogar die Liebe. Immerhin wurden mindestens ebenso viele Opfer durch ihre Tugenden bekehrt wie durch ihre Laster.

SIE RUFT IHN am Spätnachmittag in seinem Büro an.

»Harry«, sagt Evelyn Heimdall, »es ist wegen unserer Verabredung heute abend – ich weiß nicht, ob ich kommen kann. Ich fühle mich miserabel.«

»Was ist denn mit dir?«

»Ich glaube, ich hab' eine Erkältung erwischt. Ist es möglich, sich in Florida zu erkälten?«

»Und wie das möglich ist! Und es dauert eine oder zwei Wochen, um die Erkältung wieder loszuwerden. Willst du für heute abend absagen?«

»Eigentlich nicht«, entgegnet sie, »aber ich bin nicht in der Stimmung, mich anzufummeln und dann in irgendein elegantes Lokal zu fahren, wo die Klimaanlage so stark eingestellt ist, daß man vor Kälte bibbert. Das wäre genau das, was ich nicht brauchen kann.«

»Aber du mußt schließlich was essen. Weißt du, was? Wie wär's, wenn ich uns zwei dicke Steaks besorge und vielleicht tiefgefrorene Bratkartoffeln dazu? Du fährst zu mir herüber, und wir können um sieben oder so essen. Dann kannst du früh nach Haus fahren und dich ins Bett legen. Bei einer Erkältung ist Schlaf die beste Medizin.«

»Und es macht dir nichts aus?«

»Natürlich nicht.«

»Harry, du bist wirklich ein Schatz.«

»Da gebe ich dir recht.«

»Also dann, ich komme gegen sieben zu dir. Und ich werde versuchen, dich nicht anzuniesen.«

Er brät die Steaks in der Pfanne, gibt großzügig Knoblauchsalz über die Kartoffeln und obendrein Paprika, bevor er sie in den Backofen schiebt. Dann bereitet er einen Römersalat mit Zwiebelringen und einem Dressing aus Sauerrahm und Dijonsenf zu. Zuletzt nimmt er eine Karaffe gekühlten kalifornischen Chablis aus dem Kühlschrank.

»Heirate mich«, sagt Evelyn Heimdall und schaut ihn verführerisch an. »Wenn du so kochen kannst, brauche ich dich.«

»Bitte sehr, beehren Sie mich morgen abend wieder«, sagt er. »Dann gibt es Salamibrote und Essiggurken. Was macht die Erkältung?«

»Ich hab' sie ganz vergessen, so gut ist dein Essen. Aber es stimmt, ich habe das Gefühl, als hätte ich ein bißchen Fieber.«

Er legt eine Hand auf ihre Stirn. »Etwas warm. Bevor du gehst, mußt du einen Cognac trinken. Das kann nicht schaden.«

Er ist aufmerksam und besorgt um sie. Ist das Steak weich genug? Sind die Kartoffeln nicht zu stark gewürzt? Ist die Klimaanlage zu kalt? Er umsorgt sie, legt ihr vor, bringt sie dazu, daß sie alles aufißt, kocht Kaffee, bringt die Cognacflasche, schenkt in große Schwenker ein.

»Du bist wirklich ein Schatz«, sagt sie. »Was würde ich ohne dich anfangen?«

»Wie bist du denn ohne mich ausgekommen? Wie steht es mit deinem Schwimmunterricht?«

»Der hat heute ausfallen müssen – ich habe mich so miserabel gefühlt.«

»Hat er einen Computer-Job bekommen? Ich meine, dieser Freund von dir – wie heißt er noch?«

»Martin Frey. Nein, er hat noch nichts Passendes gefunden.«

»Ich kann mich ja mal umhören, wenn du willst. Ich kenne ein paar Betriebe, die vielleicht jemanden brauchen können.«

Sie blickt ihn seltsam an. »Das ist sehr nett von dir, Harry. Ich weiß, daß er es sehr schätzen würde.«

Dancer wartet, bis sie den Cognac ausgetrunken hat. Dann, weil sie ihm sagt, daß sie keinen zu Hause hat, besteht er darauf, daß sie die Flasche mitnimmt. Die Cognacflasche ist noch etwa halbvoll. Er steckt sie in eine braune Papiertüte.

»Jetzt komme ich auch noch mit der typischen braunen Tüte heim«, sagt sie. »Harry, ich danke dir so sehr für heute abend. Ich kann dir nicht sagen, was du mir damit Gutes getan hast. Wenn wir uns das nächstemal sehen, bin ich wieder gesund und munter.«

»Paß gut auf dich auf«, ermahnt er sie. »Schlaf, solange du kannst. Trink viel Flüssigkeit, vor allem Obstsäfte. Besorg dir starke Vitamin-C-Tabletten. Geh die nächsten paar Tage nicht in den Pool und erst recht nicht ins Meer. Und achte darauf, daß die Klimaanlage dich nicht direkt anbläst.«

»Jawohl, Professor«, sagt sie. Dann: »Harry, was ist? Habe ich was Falsches gesagt?«

»Nein. Es war nicht falsch. Aber du hast mich Professor genannt. Das hat seit einiger Zeit niemand mehr getan.«

»Sylvia?« fragt sie.

Er nickt.

»Tut mir leid, wenn ich Erinnerungen aufgewühlt habe.«

»Nein, nein. Es sind ja schöne Erinnerungen. Ist schon gut.« Sie fährt nach Hause. Denkt, was er doch für ein lieber, reizender Mann ist. Und überlegt sich den Dialog, den sie Tony Glitner auftischen wird, bei der Berichterstattung: über den Glauben, die Treue, die Notwendigkeit, gläubig zu sein, und über die Aussicht auf eine Belohnung im Jenseits.

›Ich glaube, er war wirklich beeindruckt‹, wird sie Glitner sagen. ›Er sucht nach etwas, nach einer Wahrheit. Und er ist der Entscheidung nahe.‹

In ihrem Apartment zieht sie sich das Hemdkleid aus und abgeschnittene, kurze Jeans an. Dann nimmt sie auch den BH ab und streift sich ein T-Shirt über, das vorn die Buchstaben ICH BIN DAFÜR aufweist. Anschließend ruft sie Martin Frey an.

»Ich bin zu Hause, Honey«, sagt sie. »Soll ich runterkommen?«

»Laß mir eine Viertelstunde Zeit«, antwortet er. »Ich wollte gerade unter die Dusche. Und – ich hab' nicht viel zum Trinken da, Ev.«

»Mach dir darüber keine Sorgen. Ich habe eine halbe Flasche Cognac; die bringe ich mit.«

Martin Frey ist nicht dumm; er weiß, was mit ihm geschehen ist. Wenn man eine Rolle lange genug spielt, ist es plötzlich keine Rolle mehr. Man wird das, was man spielt. Alle Schauspieler und Politiker leiden an diesem Syndrom: Nach einer Weile geht für sie der Vorhang nicht mehr zu.

Zum Beispiel bei diesem Auftrag Heimdall ... Er fliegt nach

Florida und denkt, es ist mal wieder die übliche Verführungsnummer. Man wirft die Rute aus – was für eine Rute! –, der Fisch beißt an, und man zieht das Opfer/ die Verräterin an Land. Frey hat es viele Male getan; die feine moralische Unterscheidung seiner Vorgesetzten zwischen ›testen‹ und ›verführen‹ nimmt er nicht so ernst.

Aber Evelyn ist eine neue Erfahrung für ihn. Sie ist vielleicht zehn Jahre älter als er, hat sich aber einen jugendlichen Körper bewahrt. Dennoch reif. Eine schöne Frau. Umgänglich, mit Sinn für Humor. Ist nicht allzu anspruchsvoll. Und wesentlich klüger als die meisten seiner Opfer.

Was Martin dabei verwirrt, ja, was ihm Sorgen macht, ist etwas in ihrem Verhalten, das er ganz deutlich fühlt: eine seltsame Wildheit. Wie ein Kind, das man im größten Spielzeugladen der Welt losläßt und dem man sagt: ›Du kannst nehmen, was du willst.‹ Sie verhält sich so, als sei sie befreit worden, als habe sie alle Fesseln abgeworfen. Manchmal scheint ihr diese neue Freiheit angst zu machen. Aber sie ist darauf versessen, sie genau auszuloten.

Der Agent der Spionageabwehr weiß, daß er das alles nach Washington melden müßte. Aber er hat es bisher unterlassen. Eine ernsthafte Pflichtverletzung. Er sagt sich, es rührt daher, weil Evs Freiheitsdrang möglicherweise eine vorübergehende Abweichung ist und weil sie bald wieder vernünftig werden wird. In diesem Fall wäre es grausam gegenüber ihr und ihrer Karriere, wenn er sie als Abtrünnige melden würde.

Aber Frey weiß, daß das keineswegs der wahre Grund ist, warum er sich nicht wie vorgeschrieben verhält. In Wahrheit fühlt er sich zu dieser Frau hingezogen. Auf eine Weise, die er selbst nicht ganz versteht. Vielleicht ist es einfach die Lust, die sie beim körperlichen Akt empfindet. Bei jeder einfachen Berührung. Vielleicht sind es ihre verrückten Stimmungen. Ihre Bereitschaft, bis an die äußersten Grenzen zu gehen. Sie verhält sich wie ein ungezähmtes Raubtier, das sich aus dem Käfig befreit hat.

Als sie herunterkommt, trägt er einen gegürteten Kimono mit einem gestrickten, feuerspeienden Drachen auf dem Rücken. Sie umarmt ihn, lacht, sprüht vor Leben. Die Haut gerötet. Pralle Brüste. Harte aufgerichtete Brustwarzen, die sich deutlich abzeichnen. Sie preßt ihm ein Knie zwischen die Schenkel.

Er hält sie eine Armeslänge von sich weg, liest die Schrift auf ihrem T-Shirt. »Ich bin dafür – was soll das bedeuten?«

»Ich weiß es nicht genau«, gesteht sie. »Bereit, verführt zu werden, nehme ich an. Du kannst es ja mal ausprobieren. Halte dich nicht zurück.«

»Das war auch nicht meine Absicht«, sagt er ganz automatisch. Spielt seine Rolle.

Sie gehen mit Cognac und Mineralwasser hinaus auf seinen Balkon. Er ist viel kleiner als ihre Terrasse, bietet gerade Platz für zwei Stühle und einen Cocktailtisch.

Eine himmlische Nacht. Die Schwärze des Himmels von Sternen durchbrochen. Wolkenfetzen, die wie Schnurrbärte aussehen. Ein bläulich-grüner Mond, noch nicht voll aufgegangen, aber schon ziemlich rund. Der Wind von Nordosten, ein bißchen kühl. Das Meer ist aufgewühlt; sie hören das Donnern der Brandung. Alles ist ganz nahe, hüllt sie ein.

»In einer solchen Nacht«, sagt sie leise, »habe ich das Gefühl, als würde ich ewig leben. Aber dazu besteht kaum eine Chance, oder?«

Er antwortet behutsam. »Körperlich – nein. Die Priester sprechen allerdings vom ewigen Leben. Ein Leben des Geistes, weißt du. Aber ich glaube nicht daran. Du vielleicht?«

Sie schweigt einen Moment. Dann: »Ich weiß nicht. Und – es ist nicht so wichtig.«

Das ist er, denkt Frey. Der positive Beweis ihres Treuebruchs.

»Einfach zu leben, das ist wichtig«, fährt sie fort. »Sehen, hören, riechen. Fühlen. Was für ein Vergnügen! Seit ich in Florida bin, habe ich wieder angefangen, zu wachsen.«

Er lacht.

»Es stimmt«, beharrt sie. »Ich war wie einer von diesen Bonsai-Bäumen. Man schneidet sie zurück, damit sie klein bleiben. Bindet die Zweige mit Drähten in bestimmte Richtungen, damit sie seltsame Gestalten annehmen. Man achtet darauf, daß sie Miniaturen bleiben. Das bin ich auch gewesen: eine Miniatur. Aber seit einem Monat sprieße ich wieder.«

»Am ganzen Körper?«

Diesmal muß sie lachen. »Ja – warum denn nicht? Sicher, auch Bonsais müssen sterben. Früher oder später. Und solange sie leben, sind sie arm dran. Bedauernswerte, frustrierte Geschöpfe, denen man nie zugesteht, ihr natürliches Potential auszuschöpfen. Das möchte ich nicht.«

»Was möchtest du denn, Ev?«

»Einfach *sein*. Und tun. Und niemandem dabei schaden. Ist das denn so schlimm?«

»Natürlich nicht.«

»Martin, findest du, daß ich eine schlechte Frau bin?«

Er kann nicht so einfach sein Drehbuch als *agent provocateur* vergessen. »Komm schon, Ev. Wir alle sind viel länger tot als lebendig. Wir müssen jede Minute auskosten.«

»Genauso fühle ich es«, bekennt sie.

Wenn er vorher noch Zweifel hatte, jetzt sind sie verflogen. Sie ist von Grund auf verloren. Das ist keine vorübergehende Verirrung – es ist eine seismische Veränderung. Bis man sie rehabilitiert hat – falls das möglich sein sollte –, ist sie für die Corporation völlig wertlos. Und der Kampf um Harry Dancer ist verloren.

»Reicht das als Einleitung?« fragt sie ihn, dreht sich ihm zu und schaut ihn herausfordernd an. »Mir ist es genug.«

Im Bett fällt alles Professionelle von ihm ab, und er hat Angst. Fürchtet, daß diese Frau ihn zerstören könnte. Ja, verbrennen wie Zunder. Sie glaubt, daß alles möglich ist. Gibt sich nicht mit seinen Tricks zufrieden. Gerät an die Grenze zur Hysterie. Schreit: »Mehr! Mehr!« und er behält gerade noch genug Verstand, um sich zu fragen, ob nicht ein großer Teil ihrer emotionalen und körperlichen Exzesse von einem Schuldbewußtsein verursacht wird.

Er begrenzt ihre Anfälle von Selbstzerstörung, so gut er kann. Versucht, sie zu halten, wenn sie ihm entgleitet. Will den *danseur noble* spielen in diesem gewalttätigen Ballett – bis er, aus welchen Gründen auch immer, selbst Eingang findet in ihre verrückte, keuchende Welt der wildesten Sensationen. So verzweifelt nach ihr verlangt, wie sie nach ihm. Die beiden, hilflos und gefühllos, einander umklammernd im grundlosen Nebel. Flammen, die das Fleisch verzehren. Sie riechen die Asche.

Er liegt wie erstarrt da, fühlt, wie sein Herzklopfen nachläßt. Wie sich sein Atem beruhigt. Wie sich seine verkrampften Muskeln lockern. Sie schläft – oder ist ohnmächtig geworden. Er weiß es nicht, und es ist ihm auch gleich. Er wirft ihr einen einzigen Blick zu, um sicher zu gehen: Ihre Brüste, mit den Liebesmalen, heben und senken sich ...

Sie ist dazu in der Lage, ihn zu zerreißen – das, was er bis dahin gewesen ist. Nicht nur mit ihrer ins Unermeßliche gesteigerten Wollust. Sie hat durchbrochen, was er bis dahin war: all seine Ansichten, seinen Glauben, seine Erziehung und seine Erfahrung – dahin und zerstört wie in einem Film, der zeigt, wie in Zeitlupe ein riesiges Gebäude einstürzt. Er fühlt buchstäblich das Zusammenbrechen, die Zerstörung. Kann es hören. Ein Krachen brechender Balken, stürzender Mauern.

Und an seine Stelle tritt – was? Grüne Parklandschaft oder trockene Wüste?

Die Versuchung nagt. Die Versuchung, ihr in diese neue Welt zu folgen. Alle Fesseln zu sprengen. Alles zu leugnen und die Grenzen der Wonnen zu suchen. Der verführerische Reiz erregt und ängstigt. Er versucht, sich ein selbstzufriedenes Leben vorzustellen, das nur der Sünde geweiht ist. Aber dann wäre es natürlich keine Sünde. Solche Vorstellungen müßte er hinter sich lassen. An die Stelle der Sünde würde die Lust treten.

Hat er den Mut zu dieser Wende? Er weiß es nicht und bewundert die Entschlossenheit dieser Frau, die entschieden hat, die bereit ist, sich der uneingeschränkten Freiheit hinzugeben.

Er denkt noch darüber nach, stellt sich selbst unzählige Fragen, die Gedanken in Aufruhr, als sie sich aufrichtet und ihn anschaut. Verführerisch lächelt. Die starken, gebräunten Arme nach ihm ausstreckt. Die Lippen geöffnet und erwartungsvoll.

Die Selbstbeherrschung ist dahin. Eine Nacht kann nicht schaden. Ein kurzer Besuch in einem verbotenen Land. Wild ausschweifen und alles von der Laune des Augenblicks bestimmen lassen. Er kennt seine verborgenen Wünsche und geknebelten Phantasien. Jetzt werden sie freigelassen, zur Schau gestellt, ohne Scham. Bis er Geist und Körper hinter sich gelassen hat und zu einem einzigen, nackten Nerv geworden ist. Einem Nerv, der zuckt.

BRISCOE LEBT in einer Welt, wo jeder ihn fürchtet und keiner ihn respektiert. Er überlebt durch Schläue und Gerissenheit. Aber er ist klug genug, die brutale Gewalt nur dann als Abkürzung zu nutzen, wenn gewöhnliche Aktivitäten zuviel Zeit in Anspruch nehmen würden – oder wenn sie ihn langweilen. Gewalt ist nichts weiter als eine von mehreren Methoden. Und die Sondergenehmigungen, die man ihm erteilt hat, machen es leicht, Gewalt auszuüben.

Er ist durchaus in der Lage, mit mehreren Operationen gleichzeitig zu jonglieren. Wäre vermutlich ein Manager der ersten Garnitur, wenn es ihm gelänge, seine Neigung zur Gewalt zu beherrschen oder zu verbergen. Es ist der Ehrgeiz, der ihn antreibt. Er ist von sich der Meinung, daß er den Posten eines Regionaldirektors verdient hat. Mindestens. Und von da an weiter zum Hauptquartier in Cleveland.

Doch bis dahin ist er gezwungen, den Anweisungen zaghafter und häufig unfähiger Vorgesetzter nachzukommen. Und obwohl er die Erlaubnis hat, Shelby Yamas Entscheidungen zu ändern oder aufzuheben, ist es Yama, der diesmal den Titel des Beauftragten innehat – bei einem Unternehmen, das Briscoe leitet! Wenn es ihm gelingt, Harry Dancer auf ihre Seite zu ziehen, wird der Beauftragte den Lohn dafür einstecken.

Abgesehen von dem Versuch, Dancer zu gewinnen, kontert Briscoe auch noch die Machenschaften der Corporation und beobachtet mit scharfem, argwöhnischem Auge die zweifelhaft gewordene Zuverlässigkeit von Sally Abaddon. Aber in den dunklen Stunden nächtlichen Wachens ist es sein eigenes Streben, das seine Gedanken beherrscht. Vergnügungen reizen ihn nicht. Nur die Macht.

Er plant logisch und pragmatisch. Für ihn besteht der erste Schritt darin, sich von der ärgerlichen Anwesenheit dieses Shelby Yama zu befreien. Dieses kraftlosen, untüchtigen Mannes. Eine Schande für das Department. Sobald Yama aus dem Weg ist, wird man Briscoe den Titel des Beauftragten nicht versagen können. Es ist nur recht und billig, da er ohnehin längst die Arbeit tut, die damit verbunden ist.

Also widmet er sein abwegiges Denken der Eliminierung von Shelby Yama. Attentate innerhalb des Departments sind selten – und werden noch seltener vom Hauptquartier gebilligt. Also muß man Yama dazu bringen, daß er sich selbst hineinreitet. Falls das nicht gelingt, muß man beweisen können, daß seine Beseitigung die Tat eines feindlichen Agenten war.

Briscoe neigt mehr zu der zweiten Möglichkeit. Dadurch schlägt er zwei Fliegen mit einer Klappe, sozusagen. Er schafft Yama aus dem Weg und erledigt obendrein den Agenten der Corporation, der dem Anschein nach für das Ableben von Yama verantwortlich ist. Der Plan scheint so geschickt, daß Briscoe damit zufrieden ist. Er macht sich an die Arbeit …

Ein paar Tage später berichtet er Shelby Yama:

»Ich glaube, die Corporation hat einen Mann auf Sally Abaddon angesetzt, der sie beschattet. Ein großer, hagerer Kerl. Ich finde, ich sollte ihn mal genauer überprüfen.«

»Klar«, sagt Yama. »Tun Sie das.«

Einen Tag danach:

»Dieser Mann, der Sally nachschleicht – ich habe ihn beschattet bis zu seinem Motel und dem Burschen an der Rezeption ein paar Scheine gesteckt. Er sagt, der Kerl heißt Willoughby. Glauben Sie, ich sollte mich beim Archiv in Cleveland nach ihm erkundigen?«

Yama gibt sich wichtigtuerisch; er denkt erst nach. »Ja, Briscoe, das wäre vielleicht nicht schlecht. Wir müssen uns über solche Dinge auf dem laufenden halten.«

Zwei Tage später:

»Yama, dieser Willoughby, von dem ich Ihnen berichtet habe, wird in den Akten des Hauptquartiers geführt. Natürlich gehört er der Corporation an. Arbeitet meistens als Nachrichtenmann. Es scheint, als ob das seine erste Aufgabe im Außendienst wäre.«

»Ach, du meine Güte«, entfährt es dem Beauftragten. »Und was sollen wir jetzt tun?«

»Er ist ein eindeutiges und vermutlich sehr großes Risiko«, erklärt Briscoe. »Wir müssen jemanden auf ihn ansetzen.«

»Noch einen Mann?« fragt Yama. »Das wird der Direktor niemals genehmigen. Wir liegen schon weit über dem Budget.«

»Ich weiß«, sagt Briscoe. »Aber wir müssen es irgendwie schaffen. Hören Sie, ich habe alle Hände voll zu tun mit der Überprüfung von Dancer, dem Übertragen der Tonbänder und so weiter. Können Sie sich nicht persönlich um diesen Willoughby kümmern? Es scheint, als ob er ein Amateur wäre. Vielleicht gelingt es Ihnen sogar, ihn umzudrehen. Damit könnten Sie sich eine Feder an den Hut verdienen – ich meine, wenn Sie ihn dazu brächten, daß er die Corporation mit Fehlinformation füttert.«

»He«, sagt Shelby Yama erfreut, »Sie haben recht. Noch ein Nagel zu Dancers Sarg, könnte man sagen.«

»Genau. Ich gebe Ihnen die Adresse von dem Kerl, und ich versuche, ein Telephoto von ihm zu bekommen, damit Sie ihn identifizieren können. Außerdem weiß ich, daß er die Kirche in Deerfield besucht. Vielleicht können Sie dort Kontakt mit ihm aufnehmen.«

»Gute Sache«, sagt der Beauftragte. »Das hört sich aufregend an.«

Drei Tage später:

»Sie hatten recht mit diesem Willoughby«, teilt Yama Briscoe mit. »Er beschattet Sally. Und ich habe den Kontakt mit ihm hergestellt.«

»Tatsächlich? Großartig. Sie sind wirklich fähig.«

»Nun, ich war jahrelang erfolgreicher Außendienst-Agent. Man vergißt seine alten Tricks nicht so schnell.«

»Und Sie sind jetzt sozusagen auf du und du mit ihm?«

»Äh – das kann man nicht behaupten. Aber es geht in die Richtung. Der Kerl besucht zwei- oder dreimal die Woche diese Kirche. Zur Sonntagsmesse, zur Andacht am Mittwoch, zum Chorsingen, und was weiß ich. Ich komme ihm allmählich immer näher.«

»Glauben Sie, daß man ihn umdrehen könnte?«

»In diesem Stadium kann ich es noch nicht sagen. Aber – ja, ich denke, daß ich ihn rumkriege.«

»Bleiben Sie dran«, rät ihm Briscoe. »Das wäre wirklich ein guter Coup für Sie.«

Am nächsten Tag trifft sich Briscoe privat mit Ted Charon, dem Leiter der Abteilung Innere Sicherheit.

»Hören Sie«, sagt er, »ich will keinen so ohne weiteres verdächtigen, deshalb lege ich die Sache in Ihre Hände. Es gefällt mir nicht, wie sich Shelby Yama in der letzten Zeit verhält. Er verschwindet am Sonntag gegen Mittag, am Mittwochabend und an ein paar anderen Abenden. Wenn ich ihn frage, wo er war, gibt er ausweichende Antworten.«

»Glauben Sie, ich soll jemanden auf ihn ansetzen?« fragt Charon.

»Es könnte nicht schaden«, erwidert Briscoe.

ANGELA BLISS braucht sich keine Gedanken zu machen über semantische Spitzfindigkeiten wie die feine Unterscheidung zwischen ›testen‹ und ›in die Falle gehen lassen‹. Ihr Auftrag ist völlig klar: Sie soll Sally Abaddon anstacheln zum Verrat, soll versuchen, sie umzudrehen. Wenn Sally nachgibt, ist sie erledigt.

Angela ist ihr ganzes Leben lang Anweisungen und Aufträgen gefolgt. In ihrer Karriere als Agentin der Inneren Sicherheit hat sie den Verrat ebenso bei kleinen Archivangestellten wie bei den Spitzen der Hierarchie des Hauptquartiers ans Tageslicht gezerrt. Für Angela besteht da kein Unterschied: Verrat ist Verrat, wo immer er lauert, und er muß ausgemerzt werden.

Sie ist eine einsam lebende Frau, hat keine Freunde, aber auch keine nennenswerten Feinde. Das Department ist ihr Leben. Es gibt ihren häufig schwierigen und schmerzhaften Bemühungen den Sinn. Sie kann das tragische Schicksal ihrer Opfer nur ertragen durch grenzenlose Loyalität zu dem, was ihr heilig ist: der Nutzen des Departments.

Aber sie hat noch nie ein Objekt wie diese Sally Abaddon zugewiesen bekommen. Die Schönheit der Außendienst-Agentin ist überwältigend. Sie scheint von innen zu strahlen. Und sie strömt eine Aura reifer Sinnlichkeit aus. Sie ist von einer seltenen, ganz anderen Sorte Mensch: größer, gesünder, mit kräftigeren Farben, einer nicht nachlassenden Vitalität und mit Bewegungen, die kinetische Skulpturen in den Raum zeichnen.

Außerdem zeigt sie eine Zartheit und Verwundbarkeit, die Angela Probleme bereitet. Manchmal erinnert Sally sie an ein kleines Kind, das sich wie eine erwachsene Frau kostümiert hat: mit einem bunten Hut, die Schminke ungeschickt aufgetragen, einem zu großen Kleid und einer viel zu langen, herunterhängenden Perlenkette; wackelig auf den hohen Stöckelschuhen. Ein Bild, das rührt und fast ein wenig traurig macht.

Sie kommen vom Swimming-pool, wollen sich in Angelas kleinem, unbequemen Hotelzimmer abkühlen, eine Kanne Eistee trinken. Angela hat sich in einen plumpen Sessel mit Armlehnen geworfen. Die Träger ihres Badeanzugs hängen lose herunter. Sally hat sich auf dem Bett ausgestreckt. Sie trägt einen Bikini, mit gewagt hohem Beinausschnitt. Das Haar hat sie mit einem zinnoberroten Schal aufgebunden.

Die Jalousien sind zugezogen; im Zimmer ist es schummerig. Die Klimaanlage surrt. Von draußen dringen gedämpfte Geräusche herein, wie aus weiter Ferne. Es ist kühl und still. Die beiden Frauen fühlen sich gedankenvoll einander nahe.

»Hast du heute abend eine Verabredung?« fragt Angela.

»Vielleicht. Er muß länger arbeiten. Aber wenn es nicht zu spät ist, ruft er an, und wir gehen zusammen zum Essen.«

»Also wirst du auf seinen Anruf warten wollen. Ich dachte, wir könnten ins Kino gehen, aber das geht auch ein andermal.«

»Morgen abend«, sagt Sally. »Okay? Er fährt morgen nach Orlando, um Klienten zu besuchen.«

Schweigen. Dann ...

»Liebst du ihn, Sally?«

»Er bezahlt die Rechnungen.«

»Aber liebst du ihn?«

Die Außendienst-Agentin dreht das Gesicht zur Wand. »Ja«, haucht sie. So leise, daß Angela es kaum hören kann. »Sehr. Aber eigentlich liebe ich nicht ihn, sondern das, wofür er steht.«

»Das begreife ich nicht.«

Sally wirft sich auf den Rücken. Verschränkt die Hände hinter dem Kopf. Starrt hinauf zur Decke. »Ich begreife es auch nicht. Ich bin vollkommen abgefackt. Entschuldige, wenn ich so rede.«

»Ich habe Schlimmeres gehört«, sagt Angela. Stellt das Glas mit dem Eistee zur Seite. Kommt und setzt sich auf die Bettkante. »Sally, was ist?«

»Ich weiß es nicht. Wirklich nicht. Ich – ich habe nur das Gefühl, als ob mein ganzes Leben in Stücke zerfällt. Ich meine, nicht daß ich zerbreche oder so. Aber ich ändere mich, das fühle ich genau. Ich wünsche mir ein besseres Leben. Eines, das mich mehr befriedigt. Frag mich nicht, was das für ein Leben ist – ich kann es dir nicht sagen.«

Angela legt ihre kühle Hand auf die heiße Stirn der anderen Frau. Erschrickt über ihre eigene Zärtlichkeit. »Mach dir keine Sorgen. Es ist schrecklich, wenn ich dich unglücklich sehe. Du bist so schön. Und du bist ein so wunderbarer Mensch. Nicht weinen, Sally. Bitte, nicht.«

Sie fällt plötzlich über sie her, umarmt sie, hält diesen sonnengetränkten Körper in ihren Armen. Fühlt den kräftigen Puls, die Kraft ihres Lebens! Riecht die süßen Düfte. Das durchblutete Fleisch. Sie hält Sally im Arm. Wiegt sie leicht hin und her. Summt leise dazu. Job, Karriere, Loyalität, das Department – alles dahin, alles bedeutungslos in der körperlichen Wärme, der unbeschreiblichen Sinnlichkeit dieser Frau.

Was geschieht? denkt sie benommen. Was geschieht mit mir? Die kalte, die unscheinbare Frau, plötzlich selbst durchblutet, pulsierend. Eine Sintflut!

Liebling, will sie sagen. Versucht es. Nicht laut, sondern ganz leise, unhörbar, wie zu sich selbst. Liebling. Seltsames Wort. Hat sie es jemals ausgesprochen? Nein.

»Sally«, sagt sie laut, »wenn dein Freund zu spät nach Hause kommt, um mit dir zum Abendessen zu gehen, könntest du ja hier vorbeischauen. Dann können wir miteinander ausgehen.«

»Gut.«

»Deine Haut ist so heiß. Hoffentlich schält sie sich nicht. Laß mich Feuchtigkeitscreme einmassieren.«

»Wenn du willst.«

»Soll ich dir die Beine rasieren?«

»Wenn du willst.«

Angela wartet an diesem Abend. Zittert. Schaut verstohlen aus dem Fenster. Sieht schließlich, wie ein silberner BMW anhält. Wie Sally hinausläuft. Davonfährt. Ihr goldenes Girl. Weg.

Sie geht auf und ab. Verschränkt die Arme, versucht zu begreifen, was da geschieht. Was sie fühlt. Aufruhr. Ihr Leben war stets von Logik beherrscht. Aber wenn die These falsch ist, muß alles, was ihr folgt, falsch sein. Der Gedanke an Unabhängigkeit ist schwer zu ertragen. Eine neue Sprache.

Wie kann ein Leben voller Disziplin so rasch dahinschmelzen? In der heißen Sonne Floridas ... Sie ist nicht in der Lage, sich die Konsequenzen vorzustellen. Weigert sich, sie anzuerkennen. Fühlt nur den Überfall der Leidenschaft. Eine steigende Flut, die sie mit sich reißt.

Das Telephon klingelt.

»Hallo, hier Ted Charon. Irgendwelche Entwicklungen?«

»Nein«, sagt Angela Bliss. »Nichts Neues.«

FÜR ANTHONY GLITNER türmen sich die Probleme. Der Beauftragte ahnt, daß die Operation der Corporation zur Gewinnung von Harry Dancer nicht so läuft, wie sie soll. Dennoch fühlt er sich machtlos, den Gang der Ereignisse zu beeinflussen. Besser noch: die Menschen, die daran beteiligt sind.

Verschlüsselte Nachrichten vom Chef der Einsatzleitung in Washington legen dar, daß der Agent der Spionageabwehr, Martin Frey, bisher nichts Negatives über Evelyn Heimdall zu berichten hat. Frey meldet, daß die Außendienst-Agentin offensichtlich in aktiver und erfolgreicher Weise operiert. Er kann keinen Hinweis auf beunruhigende Veränderungen, geschweige die Möglichkeit des Versagens erkennen.

Aber die Berichterstattung von Evelyn Heimdall verblüfft Glitner nach wie vor. Er fühlt, daß diese Frau von etwas beherrscht wird, was früher nicht da war. Eine Munterkeit, die ihn fast anmutet, als ob sie angetörnt wäre. Wenn er es nicht besser wüßte, würde er sagen, daß sie etwas nimmt. Rauschgift, Alkohol, Speed, Kokain. Ihre Augen funkeln zu sehr. Sie spricht zu schnell.

Und sie ist kokett geworden. Fast verführerisch, auch ihm gegenüber.

Glitner kann nicht verstehen, warum Martin Frey diese Veränderungen nicht bemerkt und gemeldet hat. Es gibt nur eine Erklärung dafür: Frey kannte die Heimdall nicht, bevor er auf sie angesetzt wurde. So kann er die Veränderungen ihrer Persönlichkeit nicht so rasch feststellen.

Aber der Beauftragte ist sich dieser Veränderungen durchaus bewußt. Sie machen ihm Sorgen. Der Plan erfordert eine stetige, nüchterne Frau, die die Lehren der Corporation als einen Weg der Erlösung und zum ewigen Leben darstellen soll. Die neue Evelyn Heimdall scheint in Glitners Augen dieser Rolle nicht mehr gerecht zu werden.

»Geht es Ihnen gut, Ev?« fragt er sie.

»Bestens.«

»Keine Probleme? Nichts, was Sie mit mir besprechen möchten?«

»Ich könnte mir nicht denken, was«, sagt sie und lächelt strahlend. »Ich treffe Harry mehrmals die Woche und spreche fast täglich mit ihm am Telephon. Er kommt nach und nach auf unsere Seite. Tony, Sie machen sich zu viele Sorgen. Den Fall lösen wir bestimmt in unserem Sinn.«

Aber Tony ist nicht überzeugt davon. Ein Beauftragter, der einen Außendienst-Agenten beschäftigt, muß nicht nur dem Agenten die zu befolgende Taktik so präzise wie möglich vorschreiben, sondern auch über die Gedanken, Ängste und Eindrücke des Agenten informiert sein. Glitner hat das Gefühl, als sei er von alledem ausgeschlossen. Evelyn Heimdall ist ihm gegenüber nicht mehr offen – sie hat sich verschlossen.

Ein anderes Problem ist das, was Willoughby berichtet. Er teilt mit, daß er bei seinen Kirchenbesuchen in Deerfield von einem Mann angesprochen wurde, der sich als Shelby Yama bekanntgemacht hat und sich ihm gegenüber, wie Willoughby es bezeichnete, ›verdächtig freundlich‹ betragen hat.

Glitner gibt Name und Beschreibung in den Computer in Washington ein. Und erfährt, daß Yama Mitarbeiter des Departments ist. Dann bittet er den Chef der Einsatzleitung, seinen

Maulwurf bei der Regionaldirektion Südost danach zu fragen. Kurz danach erhält er die Information, daß Shelby Yama der Beauftragte des Departments bei der Aktion Harry Dancer ist.

»Worauf will er Ihrer Ansicht nach hinaus?« fragt er Willoughby. »Versucht er, Sie umzudrehen?«

»Das muß es sein, Sir. Man hat vermutlich gemerkt, wie ich Sally Abaddon beschatte, worauf man sich nach mir erkundigt und Informationen erhalten hat. Wie soll ich nun mit ihm verkehren? Soll ich seine Annäherungsversuche abwehren?«

»Nein«, ordnet Glitner an, »tun Sie das nicht. Es gibt noch eine Möglichkeit. Er könnte selbst die Absicht haben, zu uns überzuwechseln, und auf diese Weise versuchen, einen ersten Sympathiekontakt herzustellen. Also lassen Sie ihn ruhig eine Weile gewähren. Versuchen Sie herauszufinden, was er vor hat. Aber seien Sie sehr, sehr vorsichtig. Immerhin ist dieser Briscoe mit im Spiel; daher kann es jederzeit gefährlich werden.«

»Ich paß' schon auf mich auf«, verspricht Willoughby.

Tony Glitners drittes Problem betrifft seine Beziehungen zum Hauptquartier. Die Bekehrungsrate des vergangenen Monats liegt offensichtlich fünf Prozent unter der des gleichen Monats im Vorjahr. Daraus ergibt sich, daß der Chef der Einsatzleitung unter den starken Druck seiner Vorgesetzten geraten ist, die ihn drängen, die Interessen der Corporation mit besserem Erfolg zu vertreten.

Und der Chef kann praktisch nichts tun als auf seine Außendienstleute Druck auszuüben. Deshalb erhält Glitner einen unaufhörlichen Strom von Klagen, Ermahnungen und völlig unpraktikablen Vorschlägen. Eine jede dieser Botschaften endet mit der Aufforderung: ›Erwarte umgehend Antwort.‹ Was dazu führt, daß der Beauftragte in einem Sumpf aus Papierkram erstickt. Das bedeutet zusätzliche Arbeit und ist nicht dazu angetan, den Fall Harry Dancer zugunsten der Corporation zu entscheiden.

Schließlich fliegt Glitner nach Washington, wo es zu einer

gespannten Auseinandersetzung mit dem Chef kommt. Anthony gibt im Prinzip zu verstehen, der Chef solle ihn gefälligst in Ruhe lassen. Er verlangt das Recht, unabhängig Initiativen zu ergreifen, ohne Rücksicht auf die Vorschläge aus dem Hauptquartier.

»Wenn Ihnen die Art nicht paßt, wie ich die Sache anpacke«, sagt er, »dann müssen Sie mich abberufen. Aber ich kann nicht arbeiten, wenn Sie mir ständig über die Schulter schauen und in den Nacken pusten. Ich weiß, daß auch Sie Probleme haben, aber in erster Linie bin ich derjenige, der sie ausbaden muß. Also lassen Sie mich entscheiden, wie ich taktisch vorgehe. Ich bin am Schauplatz und, mit allem gebotenen Respekt, ich glaube, besser zu wissen als Sie, was dort vor sich geht.«

Der Chef nimmt einen Schluck Maaloxan aus der Flasche. »Also gut, Tony, arbeiten Sie auf Ihre Weise. Ich lasse das mit den Aktennotizen sein. Dafür erwarte ich, daß ich von jeder halbwegs bedeutenden Entwicklung unverzüglich in Kenntnis gesetzt werde.«

»Das verspreche ich Ihnen, Sir.«

»Übrigens«, fährt der Chef fort, »die Gegenspionage hat mich informiert, daß Martin Frey erneut berichtet, keine Zeichen des Verrats bei der Heimdall bemerkt zu haben. Also war Ihr Verdacht, wie es scheint, ungerechtfertigt.«

Glitner gibt keine Antwort. Aber er ist nicht überzeugt, trotz der Berichte von Frey. Auf dem Rückflug nach Fort Lauderdale denkt er über die Zerbrechlichkeit des Vertrauens nach. Und er fragt sich, wie er persönlich seine Zweifel an der Loyalität von Evelyn Heimdall beweisen oder widerlegen könnte.

Es gibt eine Möglichkeit. Doch er weiß nicht, ob er über den moralischen Mut verfügt, sie zu erproben.

EINE GEWISSE ZEIT nach dem Tod seiner Frau waren die Erinnerungen Harry Dancers an ihr gemeinsames Leben blockiert. Er sieht es wie die dicke Mauer eines großen Staudamms, der eine

Flut zurückhält. Erinnerungen, an große und kleine Ereignisse und Szenen, an gemeinsame Gewohnheiten und geheimes Lächeln – sie alle wurden zurückgehalten.

Die Intimitäten mit Sally Abaddon und Evelyn Heimdall haben den Damm gebrochen. Erst war es nur ein kleiner Riß, ein Rinnsal. Aber es wurde rasch breiter. Dann war es ein Fluß, zuletzt ein Strom. Der noch immer anschwillt. Er kann nicht begreifen, wie Sally und Ev durch ihre Liebe die Barriere einreißen konnten. Ist es denn wirklich so, daß man, wenn man eine Frau liebt, damit alle Frauen liebt?

Die Erinnerungen gewinnen an Kraft; Einzelheiten werden lebhafter. Farben, Gerüche, Melodien, Stimmen. Sylvia beginnt wieder zu leben. Er kann sie sehen. Fühlt die Oberfläche ihrer Haut. Rezitiert ihre Dialoge, beinahe Wort für Wort. Ein Film, in Farbe, den er immer und immer wieder abspielen kann, ohne davon müde zu werden. Er lacht über die Scherze. Weint an den traurigen Stellen.

Jetzt sitzt er allein in seinem dunklen Heim. Ein unberührter Gin-Martini steht neben ihm auf dem Tisch. Das Eis im Glas schmilzt. Er hat die Hände über der Brust gefaltet. Schließt die Augen. Schaltet den Projektor ein. Eine Harry Dancer-Produktion ...

Heißer Augustnachmittag. Sengende Sonne. Der Himmel wie Perlmutt, mit ein paar Federwolken wie Kreidestriche. Der Ozean ist ruhig. Kleine Wellen brechen sich am Strand.

Sie schaukeln in einem aufblasbaren Plastikboot ein paar hundert Meter hinaus. Es ist nicht so groß wie ein Gummifloß, aber groß genug, daß beide darin Platz haben. Mit zwei lächerlich kurzen Aluminiumpaddeln. Die Schwimmer sind näher am Strand, die Boote weiter draußen. Der Ozean gehört ihnen. Sie sind allein.

Liegen da und schauen sich an. Die Beine verschlungen. Sylvia zieht das Oberteil ihres Bikinis aus. Streckt die Arme, legt sich dann mit wohligem Brummen zurück.

»Wenn es etwas gibt, was ich hasse«, sagt Harry, »dann sind es Brüste, die sich schälen. Genau das passiert mit deinen, wenn du nicht aufpaßt.«

»Es ist ja nur für ein bißchen«, sagt sie. »Eine Viertelstunde, nicht länger. Nur, damit sie etwas Farbe bekommen. Wer mag schon weiße Titten?«

»Ich«, sagte er. »Deine.«

Das kleine Boot wiegt sich sachte, als wenn es verankert wäre. Die beiden schließen die Augen vor dem hellen Sonnenlicht. Fühlen, wie die Backofenhitze ihre Knochen zum Schmelzen bringt.

»Was kann es noch geben im Leben?« fragt sie.

»Einen kalten Drink«, antwortet er. »Ich glaube, wir müssen einen schwimmenden Butler engagieren. Übrigens, ich war gestern in der Bibliothek, hab' mich nach einem Gesetzeswerk umgesehen, und bin dabei auf ein Buch gestoßen, das die Bedeutung der Namen erklärt. Weißt du, was Sylvia bedeutet?«

»Waldmädchen.«

»Du hast es immer gewußt und mir nie gesagt? Na schön, mein schlaues Waldmädchen, und wie steht es mit ›Harry‹?«

»Weiß ich nicht.«

»Harry heißt: ›Knurriger Professor‹.«

Sie öffnet die Augen, lacht. Hebt ein Knie, stößt ihm die Zehen zwischen die Rippen. »Albern. Ich geh' ins Wasser.«

»Oben ohne?«

»Warum nicht? Es ist niemand in der Nähe.«

»Ich bin hier. Und der liebe Gott.«

»Ihr liebt mich beide; das weiß ich.«

»Sei vorsichtig, wenn du aussteigst – nicht, daß wir umkippen.«

Sie gleitet über das Heck ins Wasser. Es spritzt kaum. Jetzt schwimmt sie ein paar Meter weg, läßt sich dann treiben, wendet ihm das Gesicht zu. Er schaut sie an und lächelt. Sieht ihre vollen, weißen Brüste. Die braunen Beine, die das Wasser schlagen. Die kräftigen Arme, mit denen sie ausholt.

»Harry«, ruft sie, »du mußt unbedingt reinkommen. Es ist wie warme Milch.«

Er läßt sich ins Wasser rollen. Taucht unter. Berührt den sandigen Grund mit den Fingerspitzen. Stößt sich kraftvoll ab. Kommt hochgeschossen.

»Wunderbar«, sagt er und schwimmt an ihre Seite. »Sehr sexy.«

»Was?«

»Der Ozean.«

Er kommt näher.

»Ich ertrinke«, ruft sie, »und du mußt mich retten.«

»Verrückt.«

Sie treibt am Rücken liegend auf dem Wasser. Er paddelt neben sie. Legt einen Arm um ihre Brust. Umfaßt eine ihrer glatten Brüste.

»Guter Griff«, sagt er. »Und was mache ich jetzt?«

»Ein bißchen Mund-zu-Mund-Beatmung ...«

Sie dreht sich faul im Wasser um. Geht einen Moment unter. Als sie wieder hochkommt, hält sie das Unterteil ihres Bikinis in der Hand. Winkt triumphierend damit. Dann schleudert sie das Stück Stoff ins Boot. Und winkt ihm zu.

»Wahnsinn!« jault er, schwimmt aber neben sie. Streift sich die Badehose ab. Wirft sie ins Boot. Als er nackt ist, drängt sie sich zwischen seine Schenkel.

»So ist es besser«, sagt sie. »Ist es nicht besser, Harry?«

»Nicht besser, sondern am besten.«

Sie reiben die nasse Haut aneinander. Halten sich fest. Tauchen gemeinsam unter. Unter der Oberfläche im klaren, durchsichtigen Wasser berühren sie sich, tasten, fühlen. Haar, in dem sie wühlen. Dann tauchen sie auf. Schnappen keuchend nach Luft.

»Können wir?« fragt sie.

»Wir können es zumindest versuchen.«

Harry Dancer sitzt allein in seinem dunklen Haus und erinnert sich an diesen Tag. Er fühlt noch immer die betäubende Wirkung von damals. Während er sich erinnert, ist ihm ganz elend vor Verlangen. War es wirklich so perfekt gewesen? Oder spielt die Erinnerung ihren üblichen Trick: Gute Zeiten bleiben, schlechte verblassen?

Er langt nach dem Gin-Martini. Das Eis ist geschmolzen, aber der Drink ist noch kalt. Er hebt das Glas. Plötzlich merkt er, daß er eine Erektion bekommen hat. Mein Gott, ist Erinnerung in der Lage, so etwas zu bewirken? O ja. Er hat eine Erektion im Meer.

»Das einzige, was ich jetzt gar nicht brauchen kann, ist ein hungriger Barracuda«, hatte er damals gesagt.

Oder war das Ganze nur ein Wunschtraum? überlegt er sich. Ist es wirklich geschehen?

»Natürlich ist es geschehen«, sagt er laut in dem leeren Raum.

Die Einzelheiten sind so deutlich. Das Grün des Wassers. Das blaue Plastikboot. Die brennende Sonne. Der ruhige Ozean. Keiner in der Nähe. Nur sie. Und er. Sie haben es gemacht. Unter dem Azurhimmel. Alles war genau wie in seiner Erinnerung.

Es sei denn ... Es sei denn, er bildet sich das alles nur ein. Er erträumt sich eine Idylle, die niemals Wirklichkeit gewesen ist. Schafft sich Freude aus seinem Kummer.

Jetzt versucht er, sich über sich selbst lustig zu machen. Spielt die Rolle eines zahnlosen Alten.

»O mein Gott«, sagt er laut, mit rauher, zitternder Stimme, »das waren die guten alten Tage. Wir haben im Ozean gevögelt, ja, das haben wir. Nacktärschig wie die Paviane, ohne einen Faden am Leib. Keiner in der Nähe, der uns sehen konnte. Ich meine es ernst! Wir haben 'ne verdammt tolle Zeit gehabt, damals. Ich könnte euch noch alles mögliche ...

Auf einmal merkt er, daß er leise weint. Vielleicht über die Vorahnung, wie sein zukünftiges Leben sein wird. Erinnerungen an Vergangenes, durchsetzt von Träumen und Phantasien. Die Fieberträume eines alten Mannes. Und nichts zwischen der Realität und der Chimäre.

Er steht auf. Schaltet eine Stehlampe ein. Ruft bei Sally Abaddon an. Keine Antwort. Dann bei Evelyn Heimdall. Keine Antwort. Geht in die Küche, um sich noch einen Cocktail zu mixen. Bleibt abrupt stehen.

Und es ist doch Wirklichkeit gewesen! Es war genau so wie in seiner Erinnerung. Sylvia trug einen winzigen, purpurroten Bikini. Er rennt die Treppe hinauf. Schaltet die Lichter ein. Wühlt wie im Wahn in ihrer Kommode. In ihrer Kleidung. Dinge, die er bisher nicht wegzuwerfen wagte.

Findet einen purpurroten Bikini. Steht da, hält ihn in der Hand. Streicht über den Stoff, riecht daran.

Ein winziger, purpurroter Bikini ... Das beweist es doch, oder? Oder etwa nicht?

SIE TREFFEN SICH im Konferenzraum des Direktors, sitzen an einem Ende des riesigen Tisches.

»Also, es geht um folgendes«, sagt Ted Charon und schaut auf den Stapel von Notizblättern. »Es hat den Anschein, als ob –«

»Einen Augenblick«, unterbricht der Diektor und hebt abwehrend die Hand. »Ist es möglich, daß das zu einem Disziplinarverfahren führt, Ted?«

»Ja, Sir, das ist möglich.«

»Dann halte ich es für ratsam, daß wir von dieser Besprechung ein Protokoll anfertigen lassen. Hat einer der Herren etwas dagegen, wenn ich Norma Gravesend hereinbitte, damit sie bei der Besprechung mitstenographiert?«

Ted Charon und Briscoe erklären ihr Einverständnis. Norma Gravesend kommt herein mit Block und Bleistift und wird angewiesen, alles, was gesprochen wird, zu notieren.

»Es muß nicht Wort für Wort sein, meine Liebe«, sagt der Direktor gütig. »Es reicht, wenn Sie alles Wichtige mitbekommen.«

»Ich könnte ein Tonbandgerät besorgen, Herr Direktor«, schlägt sie vor.

Er überlegt. Denkt an die Arbeit, die es macht, eine Tonbandaufnahme zu verändern, verglichen mit der geringen Mühe, die Kurzschriftfassung seiner Sekretärin zu zensieren.

»Ich glaube nicht, daß das nötig sein wird«, erklärt er. »Es handelt sich um eine formlose Vorbesprechung. Ted, wenn Sie jetzt bitte anfangen wollen.«

»Es hat den Anschein«, beginnt Charon, »als ob der Beauftragte Shelby Yama sich fortgesetzt mit einem Individuum trifft, das als Angestellter der Corporation identifiziert worden ist. Sein Codename lautet Willoughby. In unserem Archiv taucht er als Mitarbeiter des Nachrichtendienstes auf, aber offenbar ist er im Verlauf der Kampagne Harry Dancer zum aktiven Agenten befördert worden.«

»Er beschattet Sally Abaddon«, sagt Briscoe. »Davon habe ich mich selbst überzeugt – eine Tatsache.«

Ted Charon wirft einen Blick auf seine Notizen. »Yama hat in der letzten Zeit mehrfach mit ihm Kontakt aufgenommen, und zwar in einer Kirche in Deerfield, die dieser Willoughby besucht. Mein Informant war nicht in der Lage, das Gespräch der beiden aus der Nähe zu belauschen. Aber er berichtet, daß sich Yama und Willoughby in der vergangenen Woche offensichtlich näher gekommen sind. Man hat sie mehrmals beobachtet, wie sie gemeinsam in einem Schnellrestaurant in der Nähe der Kirche gegessen haben. Das erste, was herausgefunden werden muß, ist folgendes: Hat Shelby Yama die Befugnis, solche Kontakte mit Agenten der Corporation herzustellen?«

»Von mir nicht«, wirft der Direktor rasch ein. »Briscoe, haben Sie davon gewußt?«

»Nein, Sir. Ich bin argwöhnisch geworden, weil Yama mehrmals verschwunden war, wofür es keine Erklärung gab, aber ich hatte keine Ahnung, was er dabei tat. Ich fragte ihn und erhielt keine direkte Antwort. Das machte mich stutzig. Also übergab ich die Sache Charon, da ich annahm, es sei ein Fall für die Innere Sicherheit.«

»Sie haben vollkommen richtig gehandelt«, sagte der Direktor. »Ständige Wachsamkeit – ja, das brauchen wir.«

Er sitzt aufgerichtet in seinem bequemen Sessel. Seine Finger bilden ein Zelt unter dem dicken Kinn. Wie immer, ist er makellos gekleidet, der hohe, weiße Kragen gestärkt und faltenlos. Er sitzt schweigend da.

»Ja, also ...«, sagt er dann und bricht wieder ab. Schließlich: »Ich glaube nicht, daß das eine Sache ist, die man Cleveland melden sollte. Noch nicht. Aber ich meine, man sollte sie mit allem Ernst und als einen Gegenstand äußerster Wichtigkeit behandeln. Immerhin könnte damit ein Leck in unserer Sicherheit und sogar Verrat verbunden sein. Norma, kommen Sie mit?«

»Ja, Herr Direktor, ich habe alles notiert.«

»Danke, meine Liebe. Wenn wir zu schnell sind, sagen Sie es uns, dann sprechen wir langsamer und legen größere Pausen dazwischen ein. Nun, meine Herren, ich denke, unser nächster Schritt wird die Vorladung Shelby Yamas zum Verhör sein. Wir müssen ihn auffordern, uns genau zu erklären, was er mit diesen Kontakten bezweckt. Es könnte ja auch eine taktische Initiative seinerseits sein. In diesem Fall bestünde sein Fehler lediglich darin, mich nicht informiert zu haben, bevor er handelte. Aber es kann natürlich auch ernster sein, so daß eine disziplinarische Regelung unumgänglich wird. Sind die Herren meiner Meinung?«

»Können sie mir noch ein paar Tage Zeit lassen«, fragt Charon, »bevor ich ihn herzitiere zum Verhör? Maximal eine Woche? Ich möchte Yama von nun an sehr intensiv beschatten. Wenn meine Leute beobachten, daß er irgendwelche Dokumente oder sonst etwas an Willoughby weitergibt, stehen wir wesentlich gesicherter ihm gegenüber da.«

»Eine Woche?« fragt der Direktor. »Das erscheint mir machbar. Briscoe, was meinen Sie?«

»Einverstanden. Wir geben ihm die Chance, sich selbst einen Strick zu drehen.«

»Also schön, Ted«, sagt der Direktor abschließend. »Wir treffen uns in einer Woche wieder und entscheiden dann über unseren nächsten Schritt. Und weil wir schon die Aktion Harry Dancer diskutieren: Was hört man von Angela Bliss?«

»Keine neue Entwicklung, Sir. Sie berichtet, daß Sally Abaddon bisher keine Abweichungen zeigt. Nach Auskunft von Angela Bliss geht sie genau nach ihren Anweisungen vor.«

»Briscoe?«

»Ich glaube das einfach nicht«, widerspricht er düster. »Die Abbadon ist dabei, sich umzudrehen – oder umgedreht zu werden. Wenn nicht heute, dann morgen.«

»Ach, du meine Güte«, sagt der Direktor und schüttelt sein Löwenhaupt. »Sie verdächtigen wirklich jeden.«

»Stimmt«, sagt Briscoe und schaut ihn an.

EVELYN HEIMDALL KENNT die Klischees, mit denen man ihre derzeitige Stimmung beschreibt. Aus der Tiefe aufgetaucht ... Alle Vorsicht in den Wind geschlagen ... Es ist ihr egal; sie wirft alle Besonnenheit über Bord. Ist sich der Tollkühnheit ihres Verhaltens bewußt und unternimmt nichts dagegen.

Unbesonnenheit ist ein Geisteszustand. Die absichtliche Mißachtung der Gefahr. In diesen Tagen wird Evelyn, wie sie durchaus erkennt, nicht von ihrem Kopf geleitet. Ihr Körper hat von ihr Besitz ergriffen und diktiert, was geschieht.

»Mein Gehirn ist mir zwischen die Beine gerutscht«, erklärt sie Martin Frey. Und als er lacht, fragt sie sich, ob sie die Bemerkung auch gegenüber Harry Dancer machen soll. Sie entscheidet sich dagegen.

Es ist ein Fieber. Sie ist besessen vom Körperlichen. Jetzt versteht sie, warum die anderen, die Gegner, ihrem Glauben treu bleiben. Wenn man ihr endlose Jahre fleischlicher Lust verspräche – würde sie da nicht sämtliche Gelübde brechen und die Seiten wechseln in diesem ewigen Kampf?

Alles in ihrer körperlichen Welt bereitet ihr neues Entzücken.

Die Farben sind kräftiger, die Gerüche frischer, die Töne melodischer. Sie kommt sich vor, als ob sie bis dahin in einem lebenslangen Koma gelegen hätte. Plötzlich erwacht wäre. Sich umschaut und eine Welt sieht, die wie von innen strahlt. Sie ist berauscht von unzähligen Sensationen.

»Mehr!« schreit sie Martin Frey zu. Das wird ihr Rebellruf: *Mehr*!

Sie versucht, Harry Dancer zu erklären, wie sie sich fühlt. Er hört ihr zu. Schaut sie ernst an. Nickt.

»Ich habe es dir doch gesagt, Ev«, antwortet er. »Es sind die Sonne, die Hitze, die physikalischen Bedingungen dieser Gegend. Die hinterlassen ihre Wirkung mehr oder weniger bei uns allen.«

»Florida ist sicher ein Teil davon«, räumt sie ein. »Das Blühen. Genauso fühle ich mich – als ob ich überall sprießen und blühen würde. Aber zum Teil kommt es wohl auch davon, wie ich früher gelebt habe. In engen Grenzen, immer geregelt, diszipliniert.«

»Ich habe mich schon gefragt ...« sagt er. »Was ist aus den Dingen geworden, von denen du mir berichtet hast: Von deinem Bedürfnis, zu glauben, deiner Frömmigkeit, der geistig-religiösen Grundlage?«

»Daran glaube ich immer noch. Es besteht doch kein Widerspruch zwischen dem Glauben und dem, was ich jetzt fühle. Oder?«

»Nicht, solange du selbst es nicht denkst.«

»Denken? O Harry, ich habe seit Wochen kaum noch gedacht!«

Er ist in ihren Augen ein netter, ein ehrlicher Mann. Aber es fehlt ihm an Wildheit. Er kann sich einfach nicht gehenlassen. Sie möchte, daß er so frei und leidenschaftlich ist wie sie. Barbarisch. Aber sie merkt, daß sie bei ihm gegen eine Reserve stößt. Etwas, das ihn zurückhält und vor Exzessen bewahrt. Eine Mauer, die sie nicht durchbrechen kann.

Sie sind in ihrem Apartment. Samstagvormittag, vor einem

Termin auf dem Tennisplatz.

»Wir haben Zeit«, sagt sie und schaut ihn an. »Ich könnte mit dir bumsen, bis dir die Zähne klappern.«

»Damit ich auf dem Platz zusammenbreche?« erwidert er. Lächelnd. »Sparen wir uns das für heute abend auf.«

»Ich will nichts sparen«, protestiert sie. »Ich will es ausgeben, verschwenden, zum Fenster hinauswerfen!«

»Heute abend«, verspricht er.

»Super«, sagt sie.

Aber der Abend wird nicht super. Befriedigend vielleicht, auch angenehm. Sie jedoch träumt von einer Liebe, die so stark und fremdartig ist wie primitive Kunst. Sie sucht in ihm den Wilden und findet nur den zivilisierten Gentleman. Spielt ihre Reaktionen, beteuert ihm, wie sehr sie ihn liebe.

»Ich habe mich noch nie zuvor so gefühlt«, sagt sie.

Sobald er aus der Tür ist, ruft sie bei Martin Frey an. Er geht nicht an den Apparat. Sie ruft immer wieder an, hört aber nichts als das Rufzeichen, das sie zum Wahnsinn treibt. Entmutigt sitzt sie schließlich auf der Bettkante. Zu spät, um auszugehen? Zu spät, um in irgendeine Bar zu fahren und einen wilden Fremden aufzutreiben, Einen brutalen Kerl ...

Das Klingeln des Telephons rettet sie. Sie reißt den Hörer von der Gabel.

»Hallo«, sagt Martin Frey. »Wie geht's?«

»Wo warst du?« klagt sie. »Ich rufe dauernd bei dir an.«

»Nun, ich wußte, daß du heute abend zu tun hast, also bin ich zum Hunderennen gegangen.«

»Warum reden wir eigentlich am Telephon?« fragt sie. »Warum bist du nicht hier?«

»Ich bin bei dir«, sagt er. »In fünf Minuten.«

Sie duscht nicht, macht nicht das Bett. In dieser Nacht will sie Dancer, Frey, die ganze Welt in sich haben. Will sich dem Orkan der Gefühle hingeben. Ist zu allem bereit.

Plötzlich, ohne zu denken, wirft sie sich neben dem Bett auf die nackten Knie und betet um Hilfe und Vergebung. Doch als sie mitten in ihrem demütigen Gebet ist, klingelt es an der Tür. Sie eilt, um Frey zu öffnen. Nackt und mit tränennassen Augen. Zitternd vor schuldbewußtem Entzücken.

Er ist ebenso unersättlich wie sie. Ihr Lieben hat nichts Zärtliches, Werbendes an sich, ist ein gewalttätiger Kampf. Ein Krieg, den sie Vergnügen nennt. Schmerz ist Wonne. Zähne. Klauen. Mit Gebrüll und lautem Kreischen werfen sie sich in den Dschungel. Beide in unheiliger Brunft. Schluchzend, geifernd. Der Glaube ist besiegt, das Schuldbewußtsein verlorengegangen.

Dann liegen sie erschlagen und erschöpft da. Erschlafft.

»Ich muß dir etwas sagen.« Freys Stimme klingt falsch und dröhnend. »Ich muß dir ein Geständnis machen.«

»Ach?« erwidert sie. »Ernst?«

»Ja. Ja, sehr ernst. Ich arbeite bei der Corporation. Abteilung Spionageabwehr.«

Sie setzt sich ruckartig auf. Starrt zu ihm hinunter, die Augen weit aufgerissen.

»Nein!«

»Ja.«

»Dann wissen sie Bescheid über mich«, sagt sie. »Ich bin erledigt.«

»Sie wissen nichts«, entgegnet er. »Nichts über dich, nichts über mich, nichts über uns. Ich habe ihnen falsche Berichte geschickt.«

Sie wirft sich auf das Bett zurück, starrt zur Decke, kaut an einem Fingerknöchel. »Warum bist du auf mich angesetzt worden? Wer hat ihnen den Tip gegeben?«

»So genau kenne ich die Details nicht. Aber ich nehme an, dein Beauftragter hatte das Gefühl, daß mit dir nicht alles in Ordnung ist. Daß du dich veränderst.«

»Tony Glitner«, sagt sie. »Ein sensibler Mann. Ich hätte wissen müssen, daß man ihn nicht hintergehen kann. Also hat man dich hergeschickt, damit du mich testest?«

»So ungefähr.«

Sie ist nicht bitter, hat offenbar resigniert. »Nun, du hast bekommen, was du wolltest.«

»Ich sage dir doch, ich habe nichts davon weitergegeben. Soweit es Washington betrifft, bist du in Ordnung. Und das macht mich zum Komplicen, nicht wahr?«

Sie küßt ihn wild. »Partner im Verbrechen«, keucht sie. »Warum hast du mich nicht hingehängt?«

»Du weißt, warum. Ich bin ebenso schuld wie du.«

»Sprich nicht von Schuld, Darling. Wir sind glücklich.«

»Ja. Glücklich.«

Sie liegen still da, verschränken dann die Hände ineinander.

»Was sollen wir tun?« fragt sie.

»Ich sehe nicht ein, warum wir überhaupt etwas tun sollen. Du arbeitest weiter an der Sache Harry Dancer. Sagst deinem Beauftragten, daß es länger als erwartet dauern kann. Und ich schicke Berichte nach Washington, die deine Zuverlässigkeit bestätigen.«

Sie schüttelt den Kopf. »Das klappt nicht. Nicht auf längere Zeit. Das Hauptquartier will Erfolge sehen. Und Glitner läßt sich nicht mehr lange hinhalten. Er fühlt bereits, daß da etwas vor sich geht.«

»Was kann im schlimmsten Fall passieren? Daß man dich vom Fall Dancer abberuft und dir einen neuen Auftrag gibt.«

»Und was passiert mit dir, Martin?«

»Das gleiche. Ein neuer Auftrag.«

»Dann sind wir getrennt. Vielleicht liegt eine Welt zwischen uns. Willst du das?«

»Nein«, sagt er. »Und du?«

»Niemals!« schreit sie.

Die Angst vor der Trennung treibt sie aufeinander zu. Sie umarmen sich, halten sich fest.

»Können wir nicht zusammen weggehen?« fragt sie. »Einfach weg? Nur wir zwei?«

»Bist du reich?«

»Sei nicht albern.«

»Ich bin es auch nicht. Mit dem, was ich habe, können wir vielleicht ein Jahr lang leben. Und dann?«

»Dann besorgen wir uns Jobs. Alle beide.«

»Und was wollen wir tun? Bei unserer Ausbildung – gibt es da überhaupt einen Beruf, in dem wir arbeiten können? Außerdem würden sie uns finden. Das weißt du genau. Und dann würde der Druck auf uns beginnen. Wir würden zuletzt in Rehabilitationszentren landen.«

»O Gott. Und was sollen wir nun wirklich tun?«

Er dreht sich herum, beginnt sie mit seiner fiebernden Zunge zu liebkosen. Dann sind sie wieder unbesorgt. Ihre Ängste sind verflogen. Verbrannt vom Bewußtsein der Sünde. Die Lust wird gesteigert, weil sie wissen, daß sie sich dem verräterischen Bösen hingeben. Sie leugnen alles und finden einen neuen Himmel, eine erregendere Hölle.

Bis das schmerzende Fleisch es nicht länger erträgt. Wund und brennend am ganzen Körper trennen sie sich und schauen sich an. Vom Wahnsinn des Exzesses beherrscht. Die Haut übersät von Kratzern und Bissen. Sie schmecken Blut auf den Lippen, nehmen den Geruch von Asche wahr.

Sie berührt sein Gesicht. Beugt sich zu ihm hinunter, Nase an Nase, starrt in seine weit aufgerissenen Augen.

»Wir könnten überlaufen«, sagt sie. Flüstert es.

»Zu den anderen?«

»Ja.«

NORMA GRAVESEND überträgt das Stenogramm, das sie bei der Besprechung über die Tätigkeiten und die Zukunft von Shelby Yama aufgenommen hat, in Maschinenschrift. Der Bericht geht an den Direktor. Und am selben Abend geht eine Photokopie an Normas Kontaktmann Leonard. Er verschlüsselt den Bericht und funkt ihn nach Washington. Eine dechiffrierte Fassung wird dem Chef der Einsatzleitung überreicht.

Er findet den Inhalt beunruhigend. Benachrichtigt sofort den Beauftragten Anthony Glitner und teilt ihm mit, daß Agent Willoughby in Gefahr sein könnte. Dann schlägt er ihm vor, ohne es anzuordnen, daß Willoughby jeden Kontakt mit Shelby Yama abbrechen sollte.

Der Beauftragte findet, als er die Nachricht liest, daß der Chef sich unnötig aufregt. Glitner ist der Meinung, es könnte durchaus auch anders sein: Wenn das Department Yama verdächtigt, dann ist seine Aktion im Hinblick auf Willoughby vermutlich nicht von seinen Vorgesetzten genehmigt. Und in diesem Fall könnte es durchaus sein, daß er, Glittner, recht hatte, wenn er vermutete, Shelby Yama denke ans Überlaufen und versuche, mit ihrer Seite freundschaftliche Kontakte zu schließen.

»Arbeiten Sie weiter an ihm«, sagt er zu Willoughby. »Wenn er auch nur die leiseste Andeutung macht, daß er überlaufen will, lassen Sie ihn wissen, daß er uns einen Beweis liefern muß, bevor wir ihm Asyl gewähren. Er soll Ihnen eine komplette Liste aller Mitarbeiter des Teams geben, das im Auftrag des Departments in Sachen Harry Dancer tätig ist.«

Fast zur selben Zeit berichtet Shelby Yama dem Sonderbeauftragten Briscoe voll Begeisterung, daß er Fortschritte macht bei seinem Versuch, Willoughby umzudrehen.

»Er ist ein einfacher Bursche vom Land«, sagt Yama. »Nicht allzu raffiniert. Ich erzähle ihm ein paar wilde Geschichten über meinen Lebensstil, und er frißt alles, ist ganz schön aufgeregt seitdem.«

Briscoe tut so, als denke er darüber nach. »Wenn Sie ihn an der Angel haben, können Sie ihm ja unsere Werbebroschüren geben. Und vielleicht auch eine Kopie unseres Anstellungsvertrags.«

Yama ist skeptisch. »Ich glaube nicht, daß er schon endgültig bereit ist, zu uns zu kommen. Und ich will ihn nicht verscheuchen, nicht überrumpeln.«

»Sie haben vermutlich recht«, sagt Briscoe. »Sie verfügen schließlich über viel mehr Erfahrung auf diesem Gebiet als ich, und ich vertraue ihrem Urteil. Das mit dem Vertrag vergessen Sie mal. Aber es kann nicht schaden, wenn Sie ihm unsere Werbebroschüre aushändigen. Sie wissen schon, das neue Glanzpapierding in Vierfarbendruck mit dem hübschen, nackten Mädchen im Mittelteil. Das wird ihm die Augen öffnen.«

»Und ihm ein paar Ideen eingeben«, ergänzt der Beauftragte. »Ja, vielleicht versuche ich es. Ich kann ihm ruhig mal zeigen, wie die andere Hälfte der Menschheit lebt.«

Zwei Abende später, als sie aus der Kirche in Deerfield kommen, reicht Shelby Yama dem Agenten Willoughby einen Umschlag. Dabei werden sie von Ted Charons Mitarbeiter in der Abteilung Innere Sicherheit beobachtet.

»ICH HABE so viele Männer gekannt«, sagt Sally Abaddon. »In allen Größen, Gestalten und Farben. Ich kann mich nicht mehr an alle erinnern. Ja, ich mache nicht einmal den Versuch.«

»Sex als Unterhaltung«, meint Angela Bliss.

»Wahrscheinlich. Mir hat das nie viel bedeutet. Es war, als ob man sich kratzt, wenn es einen juckt.«

Die beiden Frauen lunchen in einem Freiluftcafé am Intracoastal Waterway. Sie sitzen an einem Tisch mit Sonnenschirm und essen Obstsalat. Zwischendurch trinken sie einen Schluck Eistee und beobachten dabei die Vergnügungsboote, die den Kanal hinauf- und hinunterpflügen.

Der Tag ist bedeckt, heiß und feucht. Die schwache Brise aus dem Süden bewegt kaum die Bordüre des Schirms. An einem Tisch in der Nähe wedelt sich eine Frau mit einem Fächer aus Palmblättern Luft zu. Aber sie sieht dennoch aus, als ob sie in Kürze ohnmächtig werden würde.

»Und dann habe ich den Mann kennengelernt, mit dem ich zur Zeit gehe«, fährt Sally fort. »Er heißt übrigens Harry. Das hab' ich dir noch gar nicht gesagt, oder? Mit ihm beisammenzusein, war für mich so was wie eine Erleuchtung. Jetzt weiß ich, wie Sex *mit* Liebe sein kann. Es ist, als ob man etwas entscheidend Wichtiges dazugibt. Salz und Pfeffer im Eintopf. Dadurch bin ich draufgekommen, wie zweitklassig der gewöhnliche Sex in Wirklichkeit ist. Ich meine, es bringt einfach nichts.«

»Liebt er dich, Sally?«

»Nicht so, wie ich ihn liebe. Ich weiß, er hat mich gern, aber das ist auch schon alles. Wir haben lange miteinander gesprochen – über die verschiedenen Arten der Liebe, die es gibt. Und wir haben vereinbart, daß es jeder so macht, wie er es versteht und kann. Ich habe mich damit zufriedengegeben. Es ist immer noch hundertmal besser als das, was ich zuvor hatte.«

»Aber es ist nicht das, was du brauchst?«

»Du begreifst rasch, Angela. Nein, es ist nicht ganz das, was ich brauche – was das auch sein mag. Doch ich kann von ihm nicht mehr verlangen. Möchtest du ein Eis?«

»Nein, danke – aber du kannst dir doch eins bestellen.«

»Nein, dann lasse ich es auch sein. Ich bin heute nur so ruhelos. Es kommt wahrscheinlich von der Feuchtigkeit. Es ist sehr drückend, findest du nicht?«

»Laß uns aufbrechen und zurückfahren in unser klimatisiertes Motel.«

Auf der Rückfahrt sagt Sally: »Ich habe ein paar Fläschchen Most im Kühlschrank. Schmeckt wie ganz schwacher Sangria. Möchtest du versuchen?«

»Gern, alles, was kalt ist. Soll ich zu dir kommen?«

»Nein«, sagt Sally. »Ich bring' es zu dir.«

Sie schleppt ein Viererpack kalifornischen Most in Angelas Zimmer. Sie öffnen zwei Flaschen, trinken direkt daraus.

»Hier ist es besser«, meint Angela. »Ich weiß nicht, warum wir bei der Hitze aus dem Haus gegangen sind. Beruhigst du dich allmählich?«

»Ich mag dir nicht auch noch meine Probleme aufhalsen, Honey«, erwidert Sally. »Ich weiß, daß du selbst genug davon hast. Aber wenn ich mit dir rede, hilft mir das sehr.«

Die andere Frau beugt sich vor. »Glaub nicht, daß du mich belästigst. Davon kann nicht die Rede sein. Ich wollte, ich könnte dir besser helfen.«

»Wenn du mir nur zuhörst, ist das das Beste, was du für mich tun kannst. Ich habe nie eine Freundin gehabt, mit der ich mich über alles aussprechen konnte. Nur Männer. Sicher, sie sind okay, wenigstens manchmal, aber es ist nicht das gleiche.«

Sie schleudern sich die Schuhe von den Füßen. Strecken sich. Sally knöpft die Bluse auf bis an den Bund ihrer Jeans.

»Du trägst wohl nie einen BH, oder?« fragt Angela.

»Nicht, wenn ich es umgehen kann.«

»Ich schon. Immer. Und dabei weiß ich gar nicht, warum. Es ist so, als ob man einen Pekinesen sattelt.«

Sie lachen beide, fühlen sich wohl in ihrer Intimität.

»Wenn ich deinen Körper hätte«, schwärmt Angela, »dann würde ich die Welt beherrschen.«

»Das hab' ich auch mal gedacht. Weißt du, es klappt nicht so, wie man es sich denkt. Eine Weile hab' ich es probiert, aber bald wieder seingelassen. Um einen guten Körper zu haben, braucht man günstige Gene und Glück. Es ist nichts, wofür ich selbst verantwortlich bin. Schön, ich versuche, mein Fahrgestell in Schuß zu halten, aber ich habe es nicht geschaffen, nur geerbt. Manchmal finde ich, es ist ein Fluch. Jeder Mann, den ich kennenlerne, will mich sofort bespringen.«

»Harry auch?«

»Nein, er ist anders. Vielleicht liebe ich ihn deshalb. Er ergreift nie selbst die Initiative. Immer muß ich den ersten Schritt tun. Dann freilich ist er nur allzu bereit. Aber er verbringt auch mal gern einen stillen Abend, bei dem wir uns nur unterhalten oder am Strand spazierengehen. Ein eigenartiger Mann. Sehr intelligent und sehr tiefsinnig. Ich bin mir noch längst nicht über ihn klargeworden.«

»Ist er verheiratet, Sally?«

»Er war es. Seine Frau ist vor ein paar Monaten gestorben, und ich glaube, er ist noch nicht drüber weg. Manchmal denke ich, daß er sich deshalb so eigenartig verhält. Er ist sehr von seinen Stimmungen abhängig.«

»Vielleicht meint er, daß er seine Frau betrügt, wenn er mit dir ins Bett geht. Seine tote Frau.«

Sally schaut sie an. »Genau das denke ich auch. Ich sage doch, du hast eine schnelle Auffassungsgabe. Meine Rivalin ist also die Erinnerung an eine Frau, die sechs Fuß unter der Erde liegt. Wahrscheinlich kann er mich deshalb nicht so lieben, wie ich es gern möchte.«

»Hast du ihn jemals gefragt, ob er dich heiraten will?«

»O nein«, sagt Sally. »Das steht nicht zur Debatte.«

»Warum nicht?«

Sally wendet sich ab. »Aus verschiedenen Gründen. Es ist eben unmöglich.«

»Warum verläßt du ihn dann nicht?« fragt Angela. »Ich meine, wenn die Beziehung dir nur Kummer bereitet.«

»Sie bereitet mir keinen Kummer. Sie ist nur nicht das, was ich gern hätte.«

»Vielleicht findest du einen anderen Mann, der dich so liebt, wie du es brauchst.«

»Ich will ja keinen anderen Mann«, sagt Sally. »Das ist nicht die Lösung meines Problems.«

Angela Bliss zweifelt nicht mehr daran, daß es Sally niemals gelingen wird, Harry Dancer zu gewinnen. Sie verletzt die wichtigste Regel des Departments für Außendienstagenten: Laß dich nicht persönlich mit deinem Objekt ein. Jeder Agent ist Vertreter für die Glaubenssätze des Departments, nichts weiter. Es gibt keinen Anlaß für persönliche Beziehungen, die sich verselbständigen und keine Ergebnisse einbringen.

Wenn Angela ihrem Gelübde treu bleiben will, muß sie Ted Charon melden, daß Sally gegen die wichtigste Regel verstößt, und ihn entscheiden lassen, was weiter geschehen soll. Es ist möglich, daß die Strafe für Sally lediglich darin besteht, vom Fall Harry Dancer abkommandiert und offiziell getadelt zu werden. Möglich – aber nicht wahrscheinlich. Das Department kennt viele Wege der Vergeltung – und die meisten davon sind sehr streng.

Angela Bliss betrachtet den bronzebraunen Körper der anderen Frau. Sie trifft eine Entscheidung. Hat aber noch genug Vernunft übrig, um sich zu sagen, daß Sally, wenn sie ihre, Angelas, Vorschläge zurückweist, bestraft werden muß. Es ist bitter, zu erkennen, wie sie diese wunderschöne Frau der Gefahr aussetzt. Aber sie kann nicht anders.

Sie zieht ihren Sessel neben den von Sally, legt ihr einen Arm um die Schulter.

»Es tut mir weh, wenn ich dich unglücklich sehe, Liebes«, sagt sie. Ihre Stimme kommt ihr gepreßt vor, fast erstickt. »Du hast die Liebe verdient, nach der du dich sehnst.«

Sally versucht zu lächeln. »Ich werd's überstehen.«

Angela ist dessen nicht so sicher. Sie wischt Sallys Haar beiseite. Nähert ihre Lippen Sallys Ohr.

»Laß mich dich lieben«, flüstert sie. »Bitte, Darling – laß mich. Ich weiß, wonach du suchst. Ich kann es dir geben. Bitte, laß mich.«

Sally schaut sie sonderbar an. »Es geht nicht allein um körperliche Liebe«, entgegnet sie. »Das ist keine Lösung. Ich will –«

»Ich weiß, ich weiß«, sagt Angela. Die Worte brechen aus ihr heraus. »Zuneigung. Stark und absolut. Eine Religion für zwei. Ist es das nicht? Etwas, das bleibt, für alle Zeit. Genau das will ich auch. Wir könnten es schaffen, Sweetheart.«

Sie läßt ihre Hand unter Sallys offene Bluse gleiten. Die Hand umschließt eine warme, schwere Brust. Fühlt die unruhige Bewegung.

»Könnten wir?« flüstert Sally. »Glaubst du, wir könnten es schaffen?«

»O ja. Ja. So soll die Liebe sein. Eine Welt der Paare. Menschen, die alles miteinander teilen. Die einander ganz gehören.«

Sie beugt sich vor, küßt die andere Frau auf die Lippen. Münder öffnen sich, Zungenspitzen berühren sich.

»Können wir es versuchen?« bettelt Angela Bliss. Weint fast vor Inbrunst. »Bitte, Geliebte, laß es uns versuchen.«

Dann, nach lächerlichem, hastigem Fummeln, sind sie nackt zusammen im Bett. Verführen einander mit Worten. Liebe. Hingabe. Zusammengehören. Glauben. Treue. Auf immer und ewig.

Während sie ihre Körper ergründen, erforschen, lernen. Mit suchenden Fingern. Mit Lippen, heiß und gleitend. Entzückensschreie. Alles neu und vielversprechend. Zärtlichkeit, die zum Wahnsinn treibt. Sie beide fortreißt in ihr neues Universum, das sie sich selbst geschaffen haben.

Angela macht sich frei, rollt sich in fetaler Stellung zusammen. Die Augen naß von Tränen, die dünnen Arme über den kleinen Brüsten gekreuzt. Dabei stößt sie klagende Laute aus.

Sally beugt sich über sie. »Liebste, was ist?«

Die andere Frau wirbelt herum, schaut ihr in die Augen. Streckt die Hand aus, um Sallys Lippen zu berühren. »Wir können nicht mit einer Lüge beginnen. Unmöglich! Wir müssen absolut ehrlich zueinander sein. Absolut offen. Ist das nicht richtig? Was meinst du?«

Sally starrt sie an; ihr Gesicht scheint allmählich einzufrieren. »Liebste«, wiederholt sie, *»was ist?«*

Angela sprudelt das Geständnis heraus. Sie berichtet alles. Daß sie für das Department arbeitet, Abteilung Innere Sicherheit. Daß man sie aus Chicago hergeschickt hat, um Sallys Zuverlässigkeit zu überprüfen.

»Briscoe dachte, daß du dabei bist, umgedreht zu werden«, gesteht sie.

Die Geschichte ihres bettlägerigen Mannes ist eine Lüge. Sie ist ledig. Wohnt in dem Motel, um mit Sally Kontakt aufnehmen zu können. Sollte sich mit ihr anfreunden, Sallys Vertrauen gewinnen.

»Ich muß Ted Charon Bericht erstatten.«

»Dann bin ich tot«, erwidert Sally tonlos.

»Nein, nein! Ich schwöre dir, Geliebte, ich habe ihm nichts gesagt. Gar nichts. Wie du empfindest, und so weiter – nichts. Von mir haben sie zu hören bekommen, daß du in Ordnung bist. Ich habe dich vom ersten Tag an gedeckt.«

»Und warum hast du das getan?«

»Weißt du das nicht Sweetheart? Weil ich dich vom ersten Tag an geliebt habe.«

Sally setzt sich im Bett auf. Lehnt sich gegen das Kopfende. Denkt nach. Angela gleitet davon. Bringt noch zwei geöffnete Flaschen Most.

Sally nimmt die ihre geistesabwesend entgegen, trinkt einen Schluck.

»Angela«, fragt sie dann, »warum hast du mir das nicht alles schon früher gesagt?«

»Weil ich fürchtete, du würdest sagen, du hättest mich nur geliebt, um dich selbst zu schützen. Du hättest annehmen müssen, es sei eine Art Erpressung. Oder nicht?«

»Vermutlich. Aber wenn ich dich nun vor einer Stunde zurückgewiesen hätte? Hättest du mich dann hingehängt?«

»Ich weiß es nicht«, antwortet Angela und versucht, sich einzureden, daß das die Wahrheit ist. »Ich weiß ehrlich nicht, was ich getan hätte. Aber ich liebe dich so sehr, also mußte ich die Chance ergreifen. Glaubst du mir?«

Sally wendet ihr den Kopf zu, und plötzlich lächelt sie, ganz Sonnenschein. »Ja, Honey, ich glaube dir. Muß dir schließlich glauben. Du bist meine einzige Chance.«

»Unsere einzige Chance«, verbessert Angela. »Ich habe alles so gemeint, was ich dir sagte. Von ganzem Herzen. Dieser Tag hat mir ein ganz neues Leben eröffnet. Uns. Weißt du, Liebes, ich bin eine hartgesottene Frau. Es sieht vielleicht nicht so aus, und ich benehme mich auch nicht so, aber ich bin reiner Stahl. Wirklich. Und ich würde dich nicht ohne schrecklichen Kampf gehen lassen. Ich liebe dich, Sally, und ich begehre dich. Willst du mich haben?«

Mit leiser Stimme: »Ich brauche dich.«

»Wir brauchen uns. Allein sind wir doch nur halbe Frauen. Das ist dir klar, oder?«

»Ja.«

»Dann laß uns die Köpfe zusammenstecken und uns überlegen, wie wir das, was wir wollen, bekommen können. Hör zu, ich arbeite seit langer Zeit für das Department – genau wie du, ich weiß –, und wenn man es ganz genau betrachtet, ist das Department gar keine so großartige, geheimnisvolle allmächtige Organisation. Die Menschen sind es. Ist das nicht richtig? Menschen bestimmen die Gesetze und die Regeln. Die Organisation wird von Menschen geleitet. Und die meisten von ihnen sind nicht viel klüger als wir. Glaub mir, Darling, ich weiß es. Also fürchte nicht, daß wir keine Chance hätten. Wir haben eine.«

»Bist du sicher?« fragt Sally. »Glaubst du, wir kommen da raus?«

»Natürlich. Aber wir können nicht einfach davonlaufen, das weißt du. Sie würden uns erwischen, früher oder später.«

»Was bleibt uns also übrig?«

»Laß uns nachdenken«, sagt Angela. Nimmt die Flasche aus Sallys Hand und stellt sie auf den Boden. »Laß uns darüber reden. Später. Jetzt will ich dir erst einmal zeigen, wie viel du mir bedeutest.«

»Ja«, haucht Sally. »Ja, das ist gut. Geliebte.«

DER VORSITZENDE des Departments erhebt sich langsam aus seinem verstärkten Thronsessel im Strategieraum – mit tatkräftiger Hilfe des Saalwarts. Er stützt sich auf einen knüppeldicken Stock aus Schwarzdornholz und bewegt sich mühsam in Richtung auf sein Privatbüro. Bei sich hat er die neuesten Meldungen über die Entwicklung im Fall Harry Dancer.

Als er allein ist, läßt er sich in einen Clubsessel fallen, der mit

Leder überzogen ist. Dann schaut er die Berichte und Computerausdrucke durch. Zupft dabei verdrossen an seiner dicken Unterlippe.

Diese Dancer-Sache hatte doch so einfach begonnen! Und jetzt ist daraus eine Dose voll Würmer geworden. Der Vorsitzende findet diese Ansammlung menschlicher Leidenschaften geschmacklos. Er ist wohlvertraut mit schwarzer Sünde und weißen Tugenden. Aber dieser graue Sumpf aus wabernden Emotionen widert ihn an. Das Gute oder das Schlechte – damit kann er etwas anfangen. Das Unberechenbare ist es, was ihm Sorgen bereitet. Und manchmal seine präziseste Planung über den Haufen wirft.

Zum Beispiel diese Angelegenheit mit dem Beauftragten Shelby Yama, dem Mann, der die Außendienst-Agentin in der Kampagne Dancer führen sollte. Nach Auskunft der Inneren Sicherheit hat dieser Yama wiederholt unerlaubte Kontakte mit einem Individuum aufgenommen, das als Agent der Corporation identifiziert wurde. Nicht genug damit, ist er auch noch dabei beobachtet worden, wie er schriftliches Material an diesen Agenten der Gegenseite weitergegeben hat. Frage von der Regionaldirektion Südost: Sind Sie mit der Eliminierung von Shelby Yama einverstanden?

Der Vorsitzende denkt über die zu treffende Entscheidung nach. Yama hat gute Zeugnisse. Nicht brillant, aber gut. Immerhin liegen gegen ihn Beweise einer gewissen Unregelmäßigkeit vor. Vielleicht stammt das aus dem Hintergrund des Mannes, seiner Laufbahn beim Theater. Oder von seiner launenhaften Natur. Er scheint Sinn fürs Dramatische zu zeigen. Nein, Yama ist sicher nicht der vertrauenswürdigste Angestellte auf der Gehaltsliste des Departments.

Der Vorsitzende denkt über die Möglichkeiten nach, die ihm zur Verfügung stehen. Erstens: Er könnte Shelby Yama vom Fall Dancer zurückbeordern. Ihn durch einen anderen Beauftragten ersetzen. Der dann natürlich erst eine gewisse Zeit brauchte, um sich zurechtzufinden. Was weitere Verzögerungen zur Folge hätte und weitere Überziehungen des Budgets.

Zweitens: Er könnte Yama zu einem strengen Verhör vorladen. Könnte dabei die berühmten, bewährten Drogen einsetzen. Aber wie könnte Yama seine jüngste Verbindung mit einem Agenten der Corporation rechtfertigen? Ganz gleich, was bei der Befragung herauskäme – sie würde Yamas Vertrauen zum Department erschüttern und die Moral seines Teams untergraben.

Dritte Möglichkeit: Yama erledigen. Unverzüglich.

Der Vorsitzende seufzt schwer. Klingelt nach seinem Sekretär. Diktiert eine Nachricht an den Direktor der Region Südost. Genehmigt die sofortige Eliminierung des Beauftragten Shelby Yama. Auf eine Weise, die vom Direktor bestimmt werden soll.

Dann denkt der Vorsitzende über das Problem eines Ersatzes nach. Er entscheidet sich für Briscoe.

»Der richtige Mann am richtigen Ort zur richtigen Zeit«, sagt er zu seinem Sekretär.

HARRY DANCER ist bestürzt, und er weiß es.

Bestürzt über den wilden Freiheitsdrang von Evelyn Heimdall. Im Laufe weniger Wochen hat sich das Bild der kühlen, selbstsicheren und disziplinierten Frau völlig verändert. Sie ist liederlich geworden. Das tropische Klima und Floridas physikalische Bedingungen können nicht allein für diese Veränderung verantwortlich sein. Ev ist ein neuer Mensch geworden. Für ihn, vermutet er, auch für sich selbst.

›Warum nicht?‹ ist bei ihr zur ständigen Redewendung geworden. Nämlich dann, wenn er allzu ausgefallene Vorschläge zurückweist. Sie will mehr, mehr von allem. Ist unersättlich und anspruchsvoll. Er kann da nicht Schritt halten. Räumt ein, daß ihre Ausgelassenheit ihn einschüchtert. Und daß er sie erschrekkend findet.

»Beruhige dich doch«, sagt er zu ihr, versucht zu lächeln dabei. »Morgen ist auch noch ein Tag.«

»Woher willst du das wissen?« fragt sie herausfordernd. »Wer weiß, ob es noch ein Morgen gibt.«

Darauf kann er nichts antworten.

Er ist ebenso bestürzt über die Metamorphose von Sally Abaddon. Dieser Schmetterling scheint dabei zu sein, die Flügel zusammenzufalten. Sich in sich selbst zu verkriechen. Zurück in den Kokon.

»Ist etwas nicht in Ordnung?« fragt er sie. »Was macht dir Kummer?«

»Nichts«, antwortet sie. »Alles ist bestens. Was möchtest du heute abend tun? Ich mache alles, was du sagst.«

Aber er fühlt eine ihm bisher unbekannte Zurückhaltung. Erinnert sich an die alte Weisheit: ›Du kennst den anderen erst, wenn du mit ihm geschlafen hast.‹ Im Bett ist Sally wie bisher; sie versucht, es ihm recht zu machen, aber ein entscheidender Teil von ihr hat sich abgetrennt und ist verschwunden. Es bleibt eine professionelle Schauspielerin, die eine Rolle spielt. Zu lang und zu oft.

Vor allem jedoch ist Harry Dancer bestürzt über sich selbst. Erinnerungen von Sylvia ... Er versucht mit großer Mühe, Wirklichkeit und Phantasie auseinanderzuhalten. Doch die Grenzen verschwimmen. Er findet es zunehmend schwieriger, Wirklichkeit und Traum zu trennen.

Geradezu besessen kramt er in alten Postkarten, Briefen, Speisekarten, Programmen, Geburtstagskarten – alles kostbare Souvenirs aus ihrem gemeinsamen Leben. Er sucht Hinweise auf das, was sie damals, bei dieser oder jener Gelegenheit, getan haben. Wann. Wo. Er braucht Fakten, um sicher zu sein. Anker der Realität.

Er sitzt auf dem Boden im Schlafzimmer, umgeben von Geröll der Vergangenheit. Versucht, das Damals wieder auferstehen zu lassen. Die Gedanken treiben dahin ...

Einer von Harrys reicheren Klienten schickt ihm eine Einladung zu einem vornehmen Dinner. Es ist eher eine Aufforderung. Tausend Dollar pro Paar. Zugunsten eines verdienstvollen Wohltätigkeitsvereins.

»Hast du jemals von einem Wohltätigkeitsverein gehört, der nicht verdienstvoll ist?« knurrt er bei Sylvia.

Es ist eine Smoking-und-Abendkleider-Einladung. Veranstaltet in einem riesigen Zelt, im Garten eines Herrenhauses in Palm Beach. Harry gräbt sein konservativstes Dinnerjackett aus. Weißes Hemd. Schwarze Fliege und Kummerbund.

»Du siehst wie Vater Pinguin aus«, sagt Sylvia. »Ein gutaussehender Vater Pinguin.«

Sie trägt eine glatte, enganliegende, glitzernde Hülle in Grün und Gold. In ihrem Haar blitzen Brillantsterne. Nackte, bronzebraune Schultern und Arme. Das Gesicht belebt von der Vorfreude.

»Du siehst zum Fressen gut aus«, sagt er ihr.

»Na und?« erwidert sie.

Es ist ein atemberaubendes Domizil. Von Mizner entworfen. Streng formeller Park. Zwei Swimming-pools. Ein Pferdestall und eine Garage für sechs Wagen. Die Terrasse und der Platz vor dem Haus mit italienischen Fliesen gepflastert. Im Haupthaus ein riesiger Ballsaal. Vierzehn Schlafzimmer.

»Das kaufen wir«, sagt Sylvia.

»Was, um alles in der Welt sollen wir mit vierzehn Schlafzimmern anfangen?«

»Als ob du das nicht wüßtest.«

»Sexteufel.«

»Ich bekenne mich schuldig, Euer Ehren.«

Zwei Bands spielen zum Tanz. Es ist ein opulentes Buffet aufgetischt, das allein schon fast den ›Beitrag‹ von tausend Dollar rechtfertigt. Drei Bars sind von Gästen umlagert. Das Personal des Partyservices geht mit Tabletts herum, auf denen gefüllte Champagnergläser stehen. Für die Damen gibt es als Gastgeschenk goldene Puderdosen, für die Herren goldene Feuerzeuge.

Sylvia und Harry schlendern umher. Haben Champagnergläser in den Händen. Bleiben stehen, um mit ein paar Leuten zu plaudern, die sie kennen. Besuchen den Ballsaal und tanzen ein paar Nummern, alte Irving Berlin-Melodien. Kommen wieder heraus und beladen sich die Teller am Buffet. Nehmen sie mit auf die Terrasse des Haupthauses, wo man gußeiserne, viktorianische Boulevardtische und -stühle aufgestellt hat.

Ein strahlend schöner Abend. Die Luft angenehm und weich. Zunehmender Mond und eine zarte Brise, die den Duft von Blüten mit sich trägt. Sylvia und Harry bedienen sich aus kristallenen Schüsseln mit Kaviar, trinken Champagner, lauschen den fernen, gedämpften Klängen von *They Say It's Wonderful*, die aus dem Ballsaal ins Freie dringen.

»Glücklich?« fragt Dancer seine Frau.

»Noch nicht«, sagt sie. »Vielleicht, wenn ich das Filet aufgegessen habe. Was sind das für Dinger?«

»Japanische Pilze. Köstlich.«

»Und das hier?«

Er kostet. »Scheiben von schwarzen Trüffeln.«

»Meine Güte, Professor, Sie wissen aber wirklich alles.«

»Ich weiß nur, daß du hier und heute abend die schönste Frau bist.«

»Und du der am besten aussehende Mann. Aber sagen wir's nicht weiter: Es soll unser Geheimnis sein.«

Sie sind in Rekordzeit mit ihrem Dinner fertig.

»Super«, sagt Sylvia und lehnt sich zurück. »Bestimmt hab' ich fünf Pfund zugenommen, aber heute ist es mir egal. Müssen wir jetzt das Geschirr spülen?«

»Das bezweifle ich. Möchtest du Dessert? Kaffee?«

»Noch nicht.«

»Ich habe feinen Cognac an der Bar gesehen. Wie wär's mit einem Schluck?«

Er bringt die beiden Gläser.

»Laß uns auf Entdeckungsreise gehen«, schlägt sie vor. »Ich möchte die Gartenanlagen sehen. Sie sind beleuchtet.«

Die beiden schlendern, ihre übergroßen Cognacschwenker in den Händen, über Plattenwege und inspizieren die präzise angelegten und bepflanzten Blumenbeete, Gebüsche aus Zierpalmen, Hecken, die in bizarren Tierformen geschnitten sind. Kommen an eine grüne Wand aus Buchsbaum, die mindestens zwei Meter hoch ist, mit einer kleinen Öffnung. Auf einem Schild an einem Pfahl steht: *Der Irrgarten des Teufels. Eintritt auf eigene Gefahr.*

»Laß es uns versuchen«, sagt Sylvia. »Vielleicht verirren wir uns und müssen die ganze Nacht hierbleiben.«

Harry ist skeptisch. »Bist du sicher, Syl? Es ist schon spät.«

»Komm doch, Knurri«, drängt sie. »Laß dich doch mal auf ein Risiko ein. Du mußt ein bißchen leben!«

Sie schlendern in den Irrgarten. Versuchen, sich Richtungen, blinde Gänge und dunkle Hecken, die einem den Weg versperren, einzuprägen. Begegnen anderen Paaren, die sich mäanderartig durch das Labyrinth bewegen, kichernd und fröhlich. Getrennte Paare, die einander rufen.

»Hier lang«, sagt Sylvia, nimmt ihn an der Hand. »Wir sind nicht weit vom Mittelpunkt entfernt. Vertrau mir nur.«

»Tu ich das nicht immer?«

Sie finden den Mittelpunkt des Irrgartens. Eine kleine Pergola mit einer Steinbank. Setzen sich, ruhen sich dankbar aus. Trinken Cognac und lauschen den Rufen und Schreien anderer Abenteurer, die noch durch das Labyrinth streifen.

»Hoffentlich verlaufen sie sich«, meint Sylvia. »Dieser Platz gehört uns.« Sie beugt sich vor, um ihren Mann zu küssen. »Laß uns jetzt lieben. Gleich hier.«

»Auf einer Steinbank? Danke, nein.«

»Aber wir sollten es tun, weißt du«, lockt sie und schaut in den kleinen Cognacteich, der noch in ihrem Glas ist.

Er empfindet einen Stich, die Vorahnung auf etwas Unheilvolles. »Syl, ist irgend etwas nicht in Ordnung?«

Sie wendet ihm ihr strahlendes, lächelndes Gesicht zu. »Was könnte nicht in Ordnung sein? Es ist eine himmlische Nacht.

Ich bin froh, daß wir hergekommen sind – du nicht auch?«

»Unbedingt.«

»Ich werde diese Nacht nie vergessen.«

Er überhört nicht eine gewisse Melancholie – etwas, was für sie gänzlich untypisch ist. »Gehen wir zurück«, schlägt er vor. »Ich möchte noch mal mit dir tanzen, bevor die Band *Auld Lang Syne* spielt.«

Sie scheint plötzlich teilnahmslos zu sein. Diesmal nimmt er ihre Hand und führt sie. Aber sie gehen hoffnungslos in die Irre. Stehen immer wieder vor den schwarzen Wänden der Buchsbaumhecken. Es ist komisch. Zuerst. Aber dann wächst die Frustration. Hinzu kommt ein Hauch von Panik. Sie hören andere Stimmen. Treffen andere Gäste, die sich verlaufen haben. Sind gefangen, verurteilt, auf immer durch das Labyrinth zu wandern.

Jetzt scherzen sie nicht mehr. Verzweiflung ergreift sie. Eingesperrt, verirrt. Es dauert fast zwanzig Minuten, bis sie zufällig den Eingang erreichen. Den Cognac haben sie längst ausgetrunken. Beide zittern. Sylvia klammert sich fest an Harrys Arm.

»Fahren wir heim«, bittet sie.

»Ja«, sagt er. »Es ist Zeit.«

Sie schweigen auf der Nachhausefahrt. Schließlich ...

»Sobald wir im Haus sind«, verspricht er, »mixe ich uns den größten Shaker voll Plasma, den wir jemals hatten. Ich finde, das haben wir verdient.«

»Und dann gehen wir ins Bett«, sagt Sylvia, »lieben uns, und du hältst mich fest.«

»Das kannst du glauben.«

In ihrem Haus, mit den Drinks, nackt im Bett, warten sie darauf, daß das Gefühl der Bedrohung weicht. Aber es läßt nicht nach. Sie können die Erinnerung ihrer Angst im Irrgarten nicht abschütteln. Denken immer wieder an ihre Hilflosigkeit.

Später, als er fast schon am Einschlafen ist, erzählt sie ihm leise von ihrer Krankheit. Er springt auf, rennt ins Bad und übergibt sich. Champagner, Kaviar, Filet, Mignon, Cognac. Alles. Die Zukunft. Sein Leben.

Er kniet vor der Toilettenschüssel. Den Kopf gesenkt. Sylvia kommt herein, um sein Gesicht mit einem feuchtwarmen Handtuch abzuwischen. Streichelt sein Haar.

»Es ist nicht so schlimm«, sagt sie mit weicher Stimme. »Wirklich, Darling, es ist nicht so schlimm.«

Ist es so gewesen? Genau so? So erinnert er sich daran. Glanz und Entzücken, die sich in Schmerz verwandeln. Triumph, der in wenigen Stunden zur Niederlage wird. Es begann mit Jazz und endete mit einer Totenklage.

Er sitzt auf dem übersäten Schlafzimmerboden. Starrt auf die geprägte Einladung zu dem Wohltätigkeitsdinner. Versucht verzweifelt, sich an Einzelheiten zu erinnern. Ist wirklich so viel an einem einzigen Abend geschehen? Oder kombiniert sein verwirrter Geist die Ereignisse mehrerer Abende, macht daraus einen Mischmasch der Geschichte? Ein Phantasieprodukt?

»Sylvia?« sagt er. Laut. »Hilf mir, Liebste.«

Aber er erhält keine Antwort.

DIE DREI MÄNNER treffen sich im Büro des Direktors. Die Türen sind geschlossen und abgesperrt. Norma Gravesend wurde nicht hereingerufen, damit sie Protokoll führt.

Der Direktor wedelt mit einem dünnen Blatt durch die Luft. »Die Genehmigung des Vorsitzenden, Shelby Yama zu eliminieren. Unverzüglich. Nach einer Methode unserer Wahl.«

»In Ordnung, Sir«, sagt Ted Charon. »Ich kümmere mich darum.«

Das kann Briscoe nicht zulassen. Shelby Yama könnte sprechen, bevor er eliminiert wird. Und dabei enthüllen, daß Briscoe den Anlaß für Yamas Kontakte mit Willoughby kennt, selbst den Vorschlag gemacht hat. Daß das Material, das Yama dem Agenten der Corporation gegeben hat, nichts weiter als die Werbebroschüre des Departments war.

»Herr Direktor«, beginnt Briscoe, »ich fühle mich persönlich verantwortlich für das, was geschehen ist. Es stimmt, Yama war der Beauftragte, aber Sie hatten mir aufgetragen, auf ihn aufzupassen. Ich hätte diesen Verrat verhindern müssen.«

»Sie trifft kein Vorwurf«, wehrt der Direktor ab. »Der Mann ist ganz offensichtlich weichgemacht worden.«

»Das weiß ich, Sir, aber wenn ich wachsamer gewesen wäre, hätte ich es vielleicht abwenden können. Daher möchte ich es selbst übernehmen, ihn auszuschalten. Ich fühle, daß es meine Pflicht ist.«

Der Direktor schaut Charon an. »Ted, haben Sie etwas dagegen?«

»Keineswegs, Sir. Ich verstehe, wie Briscoe sich fühlt.«

»Also schön«, sagt der Direktor, »dann bringen wir es auf diese Weise hinter uns. Briscoe, nachdem Shelby Yama aus – äh – aus dem Verkehr gezogen ist, übernehmen Sie entsprechend dem Vorschlag des Vorsitzenden die Aktion Dancer als Beauftragter. Ich selbst bin natürlich damit einverstanden.«

»Danke, Sir.«

»Und ich möchte Sie dringend bitten, diese Dancer-Kampagne so schnell wie möglich zu einem erfolgreichen Abschluß zu bringen.«

»Das kann ich Ihnen versprechen, Direktor.«

»Gut. Nur noch eine letzte Kleinigkeit ... Dieser Agent der Corporation, der versucht hat, Yama umzudrehen – wie heißt er noch? Willoughby?«

»Ja, Sir«, antwortet Charon. »Willoughby.«

»Vielleicht sollte auch er – bestraft werden«, meint der Direktor. »Mir gefällt der Gedanke nicht, daß die Corporation versucht, unsere Leute zu sich herüberzuziehen.«

»Ich kümmere mich darum«, sagt Briscoe.

EVELYN HEIMDALL stellt fest, daß ihr Leben in Unordnung geraten ist. Sie verliert jeglichen Ordnungssinn. Zum erstenmal läßt sie sich von ihren Launen leiten, erkennt das Vergnügen, sich gehenzulassen. Sie entdeckt eine Welt ohne Regeln. Wundert sich, daß sie ihre Existenz bis dahin mit Disziplin und Hingabe an die Vorschriften anderer hat vergeuden können.

Sie ist sich ihres Auflösungsprozesses in vieler Hinsicht bewußt. Sie mißachtet ihre Gelübde, ignoriert die Rituale. Macht sich lustig über geheiligte Mythen. Alle diese Sünden sind vergessen, wenn sie den seidigen Körper von Martin Frey berührt. Ihn an sich drückt. Und in dem Maß, wie Gut und Böse ihre Bedeutung verlieren, wird das Gefühl ungeahnter Sensationen zum Glaubensbekenntnis.

Sie ist konvertiert mit er exzessiven Leidenschaft desjenigen, der einen neuen Glauben gefunden hat. Jetzt will sie ihrerseits die ganze Welt bekehren, damit alle in der Lage sind, ihre Freuden der Unordnung zu teilen. Martin Frey ist der erste, den sie angeworben hat. Er hat die Corporation ebenso vollständig hintergangen wie sie.

Ihr gemeinsamer Verrat ist zusätzliche Würze. Schuldgefühl treibt sie zu immer wilderen Maßlosigkeiten. In der Erinnerung an den Betrug schmecken ihre Küsse noch süßer. Sie vereinigen sich mit dem Ungestüm der Verdammten.

Liegen nackt, zum Auskühlen, auf dem gefliesten Boden von Evelyns Terrasse, starren mit glasigen Augen auf einen schwebenden Himmel mit zitternden Sternen. Ihre Welt ist umgekippt. Sie haben das Gefühl, als ob sie wegrutschen.

»Kannst du nicht die Zeit anhalten?« fragt sie.

»Nein«, sagt Frey. »Unmöglich.«

»Aber wir haben es getan«, beharrt sie. »Und es ist noch gar nicht lange her. Das *Jetzt* hat nicht aufgehört – hast du es nicht gemerkt?«

»Ich habe überhaupt nicht an Zeit gedacht.«

»Das ist es ja gerade. Sie war aufgehoben.«

Er dreht sich herum, starrt hinunter auf ihre Brüste. Liebkost sie mit der Zunge. Lacht über ihre maßlose Reaktion.

»Du bist immer bereit.«

»O ja«, stimmt sie ihm zu. »Immer und auf jede Weise.«

Sie dreht sich ebenfalls um, schaut ihn an, bleibt aber in Distanz. Sie haben den Reiz des Hinauszögerns kennengelernt. Anbieten, versprechen, verweigern. Ein Spiel der Liebe, das nie fade wird. Er berührt sie. Sie berührt ihn. Die Begierde regt sich.

»Ich habe gestern abend Harry Dancer getroffen«, erzählt sie ihm.

»Ich weiß«, erwidert Frey. »Du warst die ganze Nacht bei ihm. Ich habe immer wieder bei dir angerufen.«

»Es war nicht gut. Nicht für mich und nicht für ihn. Ich habe jegliches Interesse verloren, ihn der Corporation einzubringen. Wir sprechen nie auch nur ein Wort darüber. Und ich glaube, er hat sein Interesse an mir verloren. Er ist trotzdem ein netter Mann. Aber er ist irgendwie weg. Fern von mir. Ich könnte ihn nicht mehr erreichen, auch wenn ich mich noch so sehr bemühte.«

»Glaubst du, das Department gewinnt das Spiel um Harry Dancer?«

»Nein, das glaube ich nicht. Er hat sich in sich selbst zurückgezogen. Niemand dringt zu ihm durch.«

Sie zeichnen gegenseitig die Linien ihrer Körper nach. Zwikken. Stochern. Zupfen. Sanfter Schmerz, Begierde.

»Hier?« sagt er. »Angenehm?«

»Ja«, haucht sie. »Sehr angenehm.«

»Hast du darüber nachgedacht, was wir tun müssen?« fragt er.

»Ich habe es versucht, Darling, aber ich kann mich nicht konzentrieren. Das heißt, auf nichts außer dir. Außer uns. Wenn ich nicht bei dir bin, denke ich an das, was wir miteinander getan haben und tun werden. Ich werde fast ohnmächtig vor Sehnsucht. Ich werde ganz naß dabei.«

»Ich weiß. Mir geht es genauso. Als ob mir im Magen schlecht würde. Buchstäblich. Ich verlange so sehr nach dir. Träume von neuen Dingen, die wir noch nie getan haben.«

»Aber tun werden. Das weißt du doch.«

»O ja. Alles.«

Jetzt näher. Ihre Liebkosungen nehmen einen schnelleren Rhythmus an. Eingedämmtes Feuer beginnt neu aufzuflackern. Erregtes Fleisch versteift sich. Über ihnen drehen die Sterne ihre aufsteigenden Kreise.

»Soll ich Glitner bitten, daß er mich ablöst?« fragt sie. »Ich sage ihm, daß ich mit Dancer nicht weiterkomme. Tony weiß es ja schon. Er wird jemand anders an meine Stelle setzen.«

»Was würde uns das nützen?« überlegt Frey. »Man würde dir einen neuen Auftrag geben, genau wie mir. Wir wären getrennt. Ist es das, was du willst?«

»Niemals.«

»Dann tu doch einfach gar nichts. Ev, wir haben das alles schon dutzendmal besprochen.«

»Denken wir nicht mehr daran. Erzähl mir lieber, was du dir für neue Dinge erträumt hast, die wir tun können.«

Er sagt es ihr.

»O ja«, erwidert sie, und ihre Augen weiten sich. »Das will ich gern tun. Laß mich.«

Es geht nicht mehr um ›Liebst du mich? Ja, ich liebe dich; liebst du mich auch? Ja, ich liebe dich auch.‹ Ihre Liebe ist Brunft. So mächtig und überwältigend, daß Emotionen dagegen schal und kraftlos sind. Ein Flüstern, das bei ihrem Gebrüll nicht gehört wird.

Sie suchen die Grenzen. Aber es gibt keine Grenzen diesseits des Todes. Sie zerren an den Schranken. Körperliches Verlangen tritt an die Stelle von Hunger und Durst. Sie glauben, daß kein Mensch zuvor so etwas erlebt hat. In der ganzen Geschichte der Menschheit. Wie die Jungen, halten sie sich für die ersten und einzigen.

Ihre Leidenschaft hat den scharfen Unterton der Verzweiflung. Die Schreie werden lauter. Die Bisse heftiger. Sie geben sich dem Wahnwitz hin, bis sie empfindungslos geworden sind. Bis nichts mehr wirkt als rohe, brutale Gewalt. Gedankenlos und intuitiv. Zurück zum Urschleim.

Weltvergessen. Glaubenslos. Gottverlassen.

DER VORSITZENDE sitzt in seinem Privatbüro in Cleveland und leidet. Der Betriebsarzt des Departments hat seine Beschwerden als ›starke Erkältung mit leichter Infektion der oberen Atemwege‹ diagnostiziert. Was angesichts der Sonderbehandlungen, die den Schlüsselkräften des Departments zur Verfügung stehen, lächerlich ist.

Auf dem Schreibtisch des Vorsitzenden steht ein Karton mit Papiertaschentüchern. Zerknüllte Taschentücher füllen den Papierkorb, liegen auf dem Teppich. Der Vorsitzende liest noch einmal die Berichte über die Fortschritte bei den derzeitigen Aktionen durch. Er hält häufig inne, um sich ein Taschentuch vor seine Nase zu halten, schneuzt dann. Infektionen der oberen Atemwege widern ihn an. Er ist angewidert von sich selbst, vom Leben im allgemeinen.

Und er ist intelligent genug, um zu erkennen, wie sogar kleinere körperliche Beschwerden den Geist und die Haltung des Menschen beeinflussen können. Doch er weiß, daß seine Depression nicht ausschließlich von einer laufenden Nase stammt. Selbst wenn er wie üblich von robuster Gesundheit strotzen würde, wäre ihm bewußt, daß die Dinge keineswegs zum besten stehen.

Zum Beispiel diese Operation Harry Dancer: Er hat die Genehmigung erteilen müssen, den Beauftragten Shelby Yama auszuschalten, unter dem Verdacht des Verrats. Hat angeordnet, daß Briscoe seinen Platz einnehmen soll. So weit, so gut. Aber Briscoes Argwohn gegen die Außendienst-Agentin Sally Abaddon führte dazu, daß man Angela Bliss von der Inneren Sicherheit auf sie ansetzte. Und diese Untersuchung hat noch keine Resultate erbracht. Ganz abgesehen davon, daß man Dancer offenbar noch keinen Schritt nähergekommen ist, geschweige, daß man ihn gewonnen hätte.

Der Vorsitzende sitzt da und brütet. Nicht zum erstenmal denkt er über die Schwierigkeiten des Departments beim Gewinnen von Konvertiten nach. Nach dem, was der Vorsitzende für einen logischen Standpunkt hält, dürfte es dabei eigentlich keinerlei Probleme geben.

Das Department verspricht Reichtum. Macht. Körperliche Freuden. Oder eine Kombination von allen drei Dingen. Es verspricht sogar, in besonderen Fällen, Rache. Die süßeste Gabe der Welt. Würde nicht jeder vernünftige Mensch solche Vorzüge zu schätzen wissen?

Aber, denkt der Vorsitzende, so rätselhaft und unerklärlich ist die menschliche Natur, daß sich enttäuschend viele keineswegs so verhalten.

Statt dessen bietet die Corporation als Belohnungen Leiden, Opfer und Pflicht. Pflicht! Nicht Glück, sondern *Pflicht*! Der Vorsitzende wird nie begreifen, wie die Corporation mit einem solchen Programm überhaupt existieren kann. Nicht nur existieren, sondern zu Zeiten sogar florieren! Das liegt jenseits seines Verständnisses.

Und als ob das nicht genug gegen die Vernunft wäre, besteht die einzige Hoffnung, die die Corporation anbietet, in einem ewigen, friedvollen Leben danach. Das Department bietet das Leben von heute, die Corporation leistet Versprechungen auf das Morgen. Lächerlich! Und doch entscheiden sich viele Schwachköpfe auch weiterhin für eine unbekannte, unbewiesene Zukunft.

Der Vorsitzende ist sicher, daß Harry Dancer mit solchen vagen Versprechungen eingelullt worden ist. Eingelullt und betrogen. Das Objekt ist offensichtlich ein gebildeter und nachdenklicher Mensch. Hat er noch nie gehört, daß der Spatz in der Hand besser ist als die Taube auf dem Dach? Oder, in Anbetracht seines Berufs; daß Bargeld besser ist als der günstigste Kredit?

Wie kommt es, fragt sich der Vorsitzende, daß manche Menschen freiwillig die Pein der Pflicht einem Leben in grenzenlosem Vergnügen vorziehen? Sie müssen doch die Vergänglichkeit des Lebens erkennen. Aha! Vielleicht liegt gerade darin der Erfolg der Corporation.

Denn berufen sie sich mit ihrem Angebot eines ewigen Lebens nicht darauf, daß ihren Konvertiten der Tod droht? Würde ein Sterbender, dem man noch einen Tag seines Daseins verspricht, nicht jeden Preis bezahlen, um sich diesen Tag zu sichern? Je mehr der Vorsitzende seine Gedanken auslotet, desto mehr gewinnt er die Überzeugung, daß die Corporation in erster Linie auf die Angst der Menschen vor dem Sterben setzt.

Und wenn das so ist, dann sollte man vielleicht das Werbeprogramm des Departments neu überdenken. Derzeit erwähnt es nicht den Preis, der für die gewährten Vorteile bezahlt werden muß. Aber vielleicht sollte man die Versprechungen irdischen Vergnügens ausdehnen auf die Freuden in einem fiktiven, ewigen Paradies ...

Viele Menschen haben, wie der Vorsitzende weiß, die Neigung, sich gegenwärtige Vergnügungen zu versagen – im Hinblick auf zukünftige Freuden. Wenn das Department beides anbietet, müßte es die Corporation beim Gewinnen von Menschen spielend überholen – Menschen, die erkennen, wie gut es ist, wenn man seinen Kuchen essen und gleichzeitig aufheben kann.

Das Thema, findet der Vorsitzende, wird Grundlage einer brillanten Aktennotiz werden, einer ziemlich ausführlichen Aktennotiz an seine Vorgesetzten. Sie wird die vorgeschlagenen Veränderungen im Auftreten des Departments gegenüber möglichen Konvertiten ausführlich erläutern.

Und nun schneuzt er sich mit triumphierendem Trompetenton.

»GLAUBST DU, Briscoe ist da draußen?« fragt Angela Bliss und deutet auf den Parkplatz. »Glaubst du, er beobachtet uns?«

»Wahrscheinlich«, antwortet Sally Abaddon. »Entweder er oder Shelby Yama. Vielleicht auch einer von Ted Charons Halunken. Warum – beunruhigt es dich?«

»Deine Sicherheit macht mir Sorgen. Was mit mir geschieht, ist mir egal.«

»Aber mir nicht«, widerspricht Sally. »Ich mache mir Sorgen um uns beide.«

Ein heißer Tag, schwül. Die Sonne hinter einer Dunstglocke verborgen. Ein Westwind von den Everglades her bringt Schwärme von Libellen, die herunterstoßen und wieder nach oben segeln. Flügel glitzern. Eine Libelle setzt sich auf den Rand von Angelas Glas mit Eistee. Angela scheucht sie weg.

»Alle diese Leute«, sagt sie. »Briscoe, Yama, Charon. Das Department. Erstaunlich, wie wenig ich noch daran denke. Ein Teil meines Lebens, der dahin ist. Ich kann kaum glauben, daß ich je dazugehört habe.«

»Ich weiß«, entgegnet Sally. »Mir kommt es manchmal vor wie ein Traum. Und jetzt bin ich aufgewacht.«

»Es ist vorbei, Liebste. Aus und vorbei.«

Beide fühlen sich schlapp, infiziert von der Trägheit des feuchtheißen Tages. Sitzen an einem Tisch am Swimming-pool. Sie versuchen, sich so wenig wie möglich zu bewegen. Insekten, Mücken, Marienkäfer flirren umher. Ein schöner Jüngling mit nacktem Oberkörper schiebt einen Rasenmäher über das Gras am entgegengesetzten Ende des Pools. Sie können das gemähte Gras riechen. Es duftet wie parfümiert.

Faulsein, Erinnerungen an ihre Kindheit. Die Eltern. Orte, an denen sie gelebt haben. Menschen, die sie kannten. Wie sie zum Department gekommen sind. Was sie getan, gedacht, gefühlt haben.

Sie haben es nicht eilig, einander kennenzulernen. Glauben, daß ihnen eine Ewigkeit dafür zur Verfügung steht. Es ist so schön, alles auszuspinnen. Sich ganz behutsam näherzukommen. Fragen zu stellen. Bis ins kleinste Detail. Sich vollkommen zu öffnen. Das erstemal für beide. Freiheit! Das bin ich, mit meinen Fehlern und Schwächen. Eine Ekstase der Bekenntnisse.

»Mit dir kann ich nackt sein«, bekennt Sally. »Vollkommen. Ich kann dir Dinge eingestehen, die ich keinem zuvor erzählt habe.«

»Und auch ich will, daß du meine Geheimnisse kennst«, wünscht sich Angela. »Alles.«

Ihre Blicke begegnen sich. So intime Blicke, daß es fast angst macht. Es ist alles noch so fremd, so neu. Sie lernen eine neue Sprache. Erforschen erstaunt ein unbekanntes Land. Atemlos vor Angst und Hoffnung. Die Liebe wächst, aus Knospen werden Blüten. Gibt es keine Grenzen?

»Triffst du Harry heute abend?« fragt Angela und wendet sich ab.

»Ja. Zum Dinner. Ich glaube aber, daß ich früh zu Hause bin. Ich habe ihn verloren. Wußte das schon, bevor ich dich kennengelernt habe. Er ist irgendwie ganz woanders. Treibt weg. Reagiert zwar, aber ganz mechanisch. Mit einem marionettenhaften Lächeln. Seine Gedanken sind Millionen Meilen fort von mir.«

»Bei seiner Frau?«

»Möglich. Wahrscheinlich. Er verhält sich seltsam. Schaut mich höchst eigenartig an. Ich verstehe ihn überhaupt nicht mehr.«

»Du könntest deinem Beauftragten sagen, daß du nicht weiterkommst und deshalb versetzt werden möchtest.«

»Damit man mir einen neuen Auftrag gibt? Irgendwo in der Weltgeschichte? Du weißt genau, daß das nicht geht. Daß ich nicht von dir getrennt sein kann.«

»Ach, Sweetheart, ich hoffte, daß du das sagen würdest. Mach ruhig eine Weile so weiter. Bis uns eingefallen ist, was wir tun.«

Hinein ins Schwimmbecken. An der Oberfläche treibt geschnittenes Gras. Schwimmen ertrunkene Libellen. Die beiden Frauen paddeln langsam aufeinander zu. Arme berühren sich, dann Beine. Glatte Haut, die entflammt.

»Heute abend«, bittet Angela, »wenn du zurückkommst, schaust du dann bei mir vorbei?«

»Natürlich.«

»Darling, ich kann nicht schlafen, bis ich weiß, daß du da bist. Neben mir.«

»Ich werde da sein, Liebste«, verspricht Sally.

An diesem Abend ist Harry Dancer in einer Stimmung, die er ›melancholischen Wahn‹ nennt. Er entschuldigt sich und besteht darauf, Sally zum Klub in Boca Raton mitzunehmen. Sie essen Red Snapper, der zu lange gekocht ist.

»Genau wie ich mich fühle«, nörgelt Dancer. »Trocken und ohne Saft.«

»Du kommst schon raus aus deiner Depression«, tröstet ihn Sally. »Wir fahren zurück in dein Haus, und ich heize dir ein, daß du Fandango tanzt.«

Er schenkt ihr ein trauriges Lächeln. »Danke, aber nicht heute abend. Ich bin einfach nicht drauf – buchstäblich und im übertragenen Sinn. Ein andermal.«

Sie streckt den Arm aus und berührt seine Hand mit der ihren. »Harry, was ist? Hab' ich was falsch gemacht?«

»O mein Gott«, seufzt er, »natürlich nicht. Nicht du bist schuld daran, sondern ich. Weißt du, ich versuche, mein Leben wieder zusammenzuleimen. Und das geht nur sehr langsam.«

»Willst du aufhören, mich zu unterstützen? Wir haben es abgemacht: keine Fragen und Diskussionen. Wenn du mich von deiner Angestelltenliste streichen willst, kannst du es jederzeit tun.«

»Damit du wieder in das Tipple Inn zurück mußt? Oder in ein ähnliches Etablissement? Das will ich nicht, Sally, und ich glaube, du willst es auch nicht. Machen wir so weiter wie bisher. Ich komme bestimmt früher oder später aus meinen Depressionen zurück zum Normalen. Was immer das sein mag.«

Sie schaut sich in dem überladen ausgestatteten Speisesaal um. »Bist du mit deiner Frau oft hiergewesen?«

»O ja. Oft.«

»Du hast mir nicht viel von ihr erzählt. Wie war sie?«

Und damit öffnet sie die Schleuse. Er beginnt zu reden und kann nicht mehr aufhören. Sylvia, Sylvia, Sylvia. Wie sie aussah. Was sie sagte. Tat. Tennis, Tanzen. Wie sie sich kleidete. Ihre Scherze. Ihr Geschmack. Ihr feenhaftes Wesen. Verrückte Dinge. Keine Angst. Ihre Wildheit. Genau, was er brauchte. Wie sie ihn aus seinen trüben Stimmungen riß. Ihm Freude und ein leichtes Leben bereitete.

Sally hört ihm zu, und ihr wird aufs neue bewußt, daß sie bei ihm niemals Erfolg gehabt hätte. Ebensowenig wie jeder andere, sei es von der Corporation oder dem Department. Dieser Mann hat sich verschlossen in seine Erinnerung an eine verlorene Liebe. Vielleicht kann man ihn eines Tages bekehren – aber dieser Tag liegt in der Ferne.

Er hält inne. Schuldbewußt. »Entschuldige. Ich wollte nicht so viel reden.«

»Sie muß eine sehr glückliche Frau gewesen sein«, sagt Sally Abaddon.

»Glücklich?«

»Weil sie dich gehabt hat.«

»Sie hätte mehr verdient«, erwidert Harry Dancer.

Er fährt sie heim. Sie eilt in Angelas Motelzimmer. Das Gesicht tränenüberströmt. Angela umarmt und tröstet sie.

»Sweetheart, was ist? Was ist denn los mit dir?«

Sally berichtet ihr von Harry Dancer. Was er ihr erzählte.

»Er hat sie so sehr geliebt. Und er hat sie verloren; das hat ihn zerstört. Ich verstehe jetzt genau, wie er sich fühlt. Genau wie es mich zerstören würde, dich zu verlieren.«

»Du wirst mich nicht verlieren«, bekräftigt Angela. »Niemals.«

Sie stimmen überein, ernst wie alle, die sich lieben, daß das Bett sehr, sehr wichtig ist – aber nicht das Wichtigste. Körperliche Liebe ist wundervoll, großartig, aufregend, berauschend. Aber sie ist die Verzierung. Die Torte ist die völlige, gefühlsmäßige Auslieferung. Das einander Ergebensein, die Unterjochung. Die hundertprozentige Gemeinsamkeit. Das absolute Zueinandergehören.

»Es ist das einzige von Bedeutung, was ich kenne«, sagt Sally.

»Der Grund, weshalb ich atme ...« antwortet Angela.

Das nackt Nebeneinanderliegen ist nicht so sehr sexuell bestimmt als vielmehr ein Weg zu einer noch innigeren Intimität. Sie versichern einander, daß sie umarmt schlafen können und dabei gar nicht erregt werden. Es ist die Nähe. Wenn es ihnen gelänge, in den Körper des anderen zu schlüpfen, würden sie es tun. Ihre Liebe ist eins.

Aber ihre Leidenschaft straft sie Lügen. Wenn körperlicher Kontakt die emotionale Bindung stärkt, dann verstärkt diese Zuneigung ihrerseits den Wunsch des Liebenden, den Geliebten zu liebkosen. Und wenn die Liebenden das Eins-Sein suchen, dann werden ihre Liebkosungen zu einer Belohnung für beide.

Oder, genauer: Sie verehren ein Drittes. Ihre Einheit und Harmonie. Dieses strahlende Ganze, das sie küssen und zärtlich beißen. Sie verlieren ihre Identität in der Einheit ihrer Liebe. Zollen ihr höchste Verehrung. Bringen ihr Gelübde und Opfer dar. Unterwerfen sich dem Glauben an sie.

Wenn man den Gedanken weiter verfolgt, wird aus sexueller Leidenschaft ein Opfergang. Als ob man Räucherstäbchen oder Kerzen anzündet. Dann ist man nicht mehr so weit vom Flagellantentum entfernt. Man geißelt sich selbst und den anderen, um die Stärke des Glaubens zu beweisen. Des Glaubens an die gemeinsame Liebe.

Sie können nicht genug bekommen, nicht genug beweisen. Gierig schnappen sie nach dem Delirium, mit offenen Mündern, wilden Zungen. Gleiten übereinander mit schweißnasser, glitschiger Haut. Wenn nötig, bis hin zur Anbetung des Todes. Er wäre die letzte Huldigung an ihren neuen Gott.

Dann, fast besinnungslos vor Erschöpfung, trennen sie sich.

Erschüttert von der Größe ihrer Verehrung. Sie liegen schweigend da. Kühlen ab. Die Erregung des Fleisches verwandelt sich in die Entschlossenheit des Herzens.

»Ich liebe dich.«

»Ich liebe dich.«

Ausgesprochen mit kaum hörbaren Stimmen. Flüstern und Murmeln. Es verstärkt die Intimität.

»Geht es dir gut, Liebste?«

»Erschöpft«, haucht Sally. »Und du?«

»Vollkommen ausgepumpt. Und erschreckt.«

»Warum?«

»Es ist so – so stark. Es reißt mich davon. Ich muß erst lernen, es zu schätzen. Den Verlust jeglicher Kontrolle. Ich bin immer so diszipliniert gewesen. Und nun dies! Ich bin es noch nicht gewohnt. Weiß nicht, wie ich damit fertig werden soll.«

»Du brauchst nicht damit fertig zu werden, mußt nur lernen, es zu akzeptieren.«

»Ja, das weiß ich. Ich lerne gern. Aber es ist erschütternd.«

Sie liegen wach nebeneinander. Flüstern, Murmeln. Das Licht des Morgens dringt schwach durch die Ritze der Jalousien. Die Klimaanlage summt. Über ihnen dröhnt ein Verkehrsflugzeug. Jemand lacht rauh. Dann hören sie eine Sirene, die näher kommt, sich wieder entfernt. Die Wasserrohre des Motels klopfen. Aber Sally und Angela sind ganz allein auf der Welt.

»Ich habe nachgedacht«, sagt Angela. »Es gibt einen Weg für uns.«

»Was?«

»Wir laufen über. Gehen zur Corporation. Bitten um religiöses Asyl.«

Schweigen. Dann …

»Glaubst du, sie nehmen uns?« fragt Sally.

»Ich glaube, ja. Wir können ihnen einiges mitteilen, was sie gern gewußt hätten. Namen. Methoden. Kommandoketten. Codes. Solche Dinge.«

»Und – können sie uns schützen?«

»Sie haben Zweigstellen in der ganzen Welt. Sie könnten uns überall hinschicken. Wir müßten nur eine Abmachung treffen mit ihnen. Daß wir beide nie getrennt werden. Das wäre unsere Forderung Nummer Eins.«

»Und keine aktive Außendienstmitarbeit mehr«, sagt Sally. Und beginnt zu träumen. »Wir werden an der Schreibmaschine sitzen, lernen mit Computern umzugehen, Sekretärinnen sein – meinetwegen, solange wir beisammen sind.«

»Richtig. Reden wir darüber, Darling. Planen wir, wie wir es bewerkstelligen. Zu wem wir gehen, und was wir sagen. Ich kann mir keine andere Chance für uns denken. Und du?«

»Nein«, antwortet Sally. »Wir haben keine andere Chance.«

Sie kuscheln sich aneinander. Murmeln. Flüstern. Besprechen, wie sie ihren eigenen Glauben bewahren können in einer bigotten Welt.

DIE STRENG GEHEIMGEHALTENEN HANDBÜCHER der Corporation, die der Bekehrung dienen, haben sich im Lauf des Jahrhunderts entwickelt und werden ständig auf den neuesten Stand gebracht. Der derzeitige Chef der Einsatzleitung selbst hat einen modernen Teil angefügt, der sich mit der Konvertierung von Computerspezialisten und Angestellten aus dem Bereich der Hochtechnologie befaßt.

Der feiste Vorsitzende des Departments trifft nicht weit daneben, wenn er feststellt, daß die Corporation ihre Erfolge erreicht, indem sie an die Angst des Menschen vor dem Tod appelliert. Doch das ist nur eine von vielen missionarischen Techniken, die den Beauftragten und den Außendienst-Agenten im Verlauf ihrer Ausbildung beigebracht werden.

Eine andere ist die Sache mit dem Leben danach: Man verspricht den Gequälten und Darniederliegenden das Paradies. Eine dritte Strategie, der ›Placebo-Effekt‹ genannt, wirbt mögliche Anhänger, indem sie sie davon überzeugt, daß weltliche

Sorgen und Ängste allein durch den Glauben überwunden werden können. Die Pflicht des Glaubens löscht alle irdischen Sorgen aus.

Aber die vermutlich erfolgreichste Technik, die im Außendienst angewendet wird, basiert auf dem menschlichen Bedürfnis, zu lieben und geliebt zu werden. Die Corporation erkennt die Liebe als die mächtigste Motivierung an. Ein besonderes Handbuch zur Ausbildung befaßt sich mit den Spielarten und der Vielfalt der Zuneigungen.

Es beginnt damit, daß es die Liebe als einen Instinkt bezeichnet, der, obwohl in jedem neugeborenen Menschen bereits vorhanden, gepflegt und entwickelt werden muß, wenn er überleben und an Bedeutung gewinnen soll. Die Corporation weigert sich, zuzugeben, daß es Individuen gibt, junge oder alte, denen der Hunger nach Liebe und die Liebesfähigkeit gänzlich fehlen.

Von dieser Voraussetzung ausgehend, bringt man den Außendienst-Agenten bei, mögliche Anhänger über die ›Liebesleiter‹, wie sie es nennen, nach oben zu führen. Zunächst mag das Objekt nicht viel mehr als zärtliche Anhänglichkeit zum Beispiel zu einem Haustier empfinden, einem Hund, einer Katze oder einem Pferd. Oder es zeigt eine gewisse Begeisterungsfähigkeit für sein Heim, eine Stadt, eine Nation. Selbst die Künste – Malerei, Musik, Literatur – gelten als geeignete Objekte zur Erweckung der emotionalen Anhänglichkeit.

Es ist Aufgabe des Agenten, von diesen vergleichsweise niederen Sehnsüchten auszugehen und sie zu stärken, indem er das Objekt auf eine zwischenmenschliche Liebesbeziehung zuführt. Dieser Schritt wird häufig begleitet von einem Prozeß der Übertragung, bei dem der Agent zum Gegenstand der Zuneigung des Objekts wird.

Der letzte Schritt in eine ideal geleitete Konversion bringt den Pilger zur Glorie heiliger Liebe. Gott selbst wird das geliebte Objekt, und als Lohn der Anbetung zeigt *Er* gütiges Interesse für diejenigen, die *Ihn* lieben.

Diese Technik der ›Liebesleiter‹ ist weit entfernt davon, unfehlbar zu sein. Aber sie hat eine höhere Konversionsrate erreicht als jede andere Strategie der Corporation. Computerstudien zeigen, daß die schwierigste Stufe in diesem Prozeß der letzte Schritt von der menschlichen zur göttlichen Liebe ist. Viele möglichen Interessenten sind einfach nicht in der Lage, sich emotional einem höheren Wesen ohne körperliche Existenz hinzugeben.

Bei der Kampagne Harry Dancer hatte man sich für ein Vorgehen nach der Strategie der Liebesleiter entschieden. Der Chef der Einsatzleitung ging davon aus, daß das Objekt bereits in seiner Ehe eine gutentwickelte Liebesfähigkeit gezeigt hat. Mit dem Tod von Dancers Frau, so nahm der Chef an, sei das Subjekt bereit, andere Ventile für seine gefühlsmäßigen Zuneigungen zu finden. Ihn zu diesen letzten Schritten zu veranlassen, schien nicht mehr schwierig zu sein.

Doch der Chef ist zu lange im Geschäft, um bei einer Aktion von vornherein mit Erfolg zu rechnen. Wie der Vorsitzende des Departments, ist er sich der wechselhaften und unerklärlichen Natur des Menschen bewußt. Nichts ist beim Menschen vorhersehbar. Nur das eine: daß es sich um ein unberechenbares Wesen handelt.

DIE VERNUNFT sagt ihm, daß ihr gemeinsames Leben nicht so idyllisch-heiter und frei von jeglichem Streit gewesen sein kann. Aber die Erinnerung besteht darauf: Es war ein Dasein, in dem Haß oder Groll keinen Platz fanden. Aller Ärger wurde durch ein Lachen vertrieben, Auseinandersetzungen schmolzen dahin unter zärtlichen Küssen.

In der Erinnerung von Harry Dancer war es eine Zeit, in der stets die Sonne schien. Hat es jemals geregnet? Er kann sich nur an den sonnenbeschienenen Tennisplatz erinnern, an den leuchtenden Strand, an die lichtgetränkte Rennbahn mit Rufen wie Peitschenhieben und dem Funkeln und Blitzen der Farben.

»Gott, sind wir glücklich«, sagte Sylvia immer wieder.

Und dann drückten sie die Daumen oder klopften auf Holz.

Ist es wirklich so, daß jeder früher oder später für das Glück auf Erden bezahlen muß? Was für eine düstere, herbe Wahrheit. Und doch ... Und doch ... Man spendet bei Wohltätigkeitsveranstaltungen. Geht zu Ostern und zu Weihnachten in die Kirche. Versucht, zu den anderen gütig zu sein. Schleicht sich verstohlen durch das Land und hofft, daß die Götter nicht bemerken, wie glücklich man ist, hofft, daß sie gerade in diesem einen Fall auf Bestrafung verzichten.

In seinem Fall hatte alles Daumendrücken nichts genützt.

Und wieder ist er den Launen des Schicksals ausgeliefert, wird eingeschüchtert von Zufällen und unerwarteten Ereignissen. Das Leben – ein Hazardspiel, oder etwa nicht? Man würfelt oder zieht eine Karte. Hat keinerlei Kontrolle über sein Schicksal. Wir stammen alle aus Las Vegas ...

Unter dem Eindruck solcher Gefühle, vergraben in seinen Zweifeln, gezeichnet von der Verzweiflung, saugt er die Erinnerung wie eine Droge in sich hinein. Wartet hungrig auf den Schwung, den sie verleiht, auf das *High*. Und schert sich nicht mehr darum, ob er träumt oder sich an wirkliche Ereignisse erinnert. Kommt es noch darauf an?

Sie sind in einem Vergnügungspark. Irgendwo. Wirbelnde Fahrgeschäfte. Die Schreie der Kinder, die Ausrufer vor den Buden. Zuckerwatte. Gerüche von Gegrilltem. Das Klicken des Glücksrads. Die Menge, die nach Erfüllung der gemalten Versprechungen giert: Vergnügen! Vergnügen! Vergnügen!

Sylvia trägt einen Hut mit breiter Krempe. Dazu einen Sommerrock aus vielen Metern Chiffon. Sie fädelt sich durch das Gedränge, will alles ausprobieren, alles tun.

Sie werfen Basebälle auf hölzerne Milchflaschen. Überblicken den ganzen Festplatz aus einem Riesenrad. Essen gefrorenen Vanillepudding und Schweinswürstl. Trinken warmes Bier. Begaffen die ›Fette Frau‹, die ›Siamesischen Zwillinge‹, den ›Skelettmann‹, ein Lamm mit zwei Köpfen, ein seltsames Objekt, das ›Moby's Dick‹ heißt.

Schließlich, als sie genug haben und schon gehen wollen, bettelt Sylvia um eine letzte Fahrt auf dem Karussell. Harry kann nicht widerstehen: Die Drehorgel spielt *Meet Me in St. Louis, Louis.* Sie kaufen die Karten. Das Karussell hält an. Sie steigen hinauf. Sylvia setzt sich auf einen springenden Löwen, Harry besteigt ein langhalsiges Lama.

Dann beginnen sie zu kreisen. Die Drehorgel spielt jetzt *June is Bustin' Out all Over.* Immer rundherum geht die Fahrt. Bei jeder Runde versuchen sie, nach dem Messingring zu greifen, erwischen ihn nie. Sylvia hat ihren breitkrempigen Hut abgenommen, geht ihrem Löwen an die Flanken wie ein Rodeo-Cowboy einem noch nicht zugerittenen Pferd. Schreiend und lachend. Im Luftzug bauscht sich der duftige Stoff ihres weiten Rocks.

Harry Dancer, der aufrecht auf seinem Lama sitzt, hält sich fest an der Lederschlaufe, die Füße in den stählernen Steigbügeln, und kann den Blick nicht von seiner wild dahinfliegenden Frau wenden. Sie reitet vor ihm, lacht. Er streckt den Arm aus, kann sie aber nicht erreichen.

Und weiter und schneller dreht sie ihre verrückten Kreise. Den Kopf nach hinten geworfen, die Hacken in der Flanke der hölzernen Bestie, die sie reitet. Entzückt von der schnellen Zentrifugalbewegung. Kreischend vor Vergnügen. Dancer stellt fest, daß er sich nach vorne beugt. Er streckt die Arme nach ihr aus, will diese ungezügelte Fee ergreifen, will sie festhalten. Aber er weiß zugleich, daß das unmöglich ist.

Auf der Heimfahrt singen sie die Melodien der Karussell-Drehorgel. Bei einem der Spiele – beim Ringewerfen – hat Harry unter hohen Verlusten einen kleinen Teddybären gewonnen. Die Augen des Teddys schielen. Sylvia hätschelt ihn im Arm und besteht darauf, ihn ›Irving‹ zu nennen.

Sie kommen spät nach Haus. Harry mixt ihnen den ersten

anständigen Drink des Tages: Gin-Gimlets mit Limonenschale. Sie schleudern die Schuhe von den Füßen, lassen sich in bequeme Sessel sinken, reden über die Sensationen und Abenteuer des Tages.

»Es hat Spaß gemacht, was?« sagt Sylvia.

»O ja, großen Spaß. Ich bin dabei, zu lernen.«

»Was denn?«

»Wie man Spaß hat.«

Sie schaut ihn an. »Das mußt du *lernen*?«

»Natürlich. Viele Leute, und dazu gehöre auch ich, haben keine Ahnung, wie man sich vergnügt. Daher muß man es uns beibringen.«

»Du machst dich lustig über mich, Professor.«

»Ich schwöre, daß ich es ernst meine. Du bist geboren worden mit dieser Kunst oder der Fähigkeit, oder wie du es nennen willst. Ich nicht. Aber du führst mir vor, wie man es macht.«

»Und – gefällt es dir?«

»Großartig. Das einzige, was mich dabei deprimiert, ist der Gedanke, wieviel Zeit ich verschwendet habe – ohne Spaß.«

»Das gehört zum Spaß – man verschwendet Zeit damit.«

»Du bist sehr klug«, sagt er.

»Ich hab' schließlich auch ein Hirn, du Penner! Ich weiß, du hast mich geheiratet wegen meiner BH-Größe vierundvierzig und wegen dem tollen Haar – damals war es so lang, daß ich drauf sitzen konnte –, aber ob du's glaubst oder nicht, manchmal denke ich sogar.«

»Hab' ich das jemals bestritten?«

»Nein«, sagt sie und lächelt warm. »Du hast mich nie wie eine doofe Schönheit behandelt.«

»Weil du keine doofe Schönheit bist. Ein bißchen verrückt vielleicht, aber bestimmt nicht doof.«

»Hast du Hunger?«

»Nach all dem unmöglichen Zeug, das wir in uns hineingestopft haben?«

»Ich bin irgendwie fertig. Nehme meinen Drink mit nach oben, dusche und geh ins Bett. Kommst du mit?«

»Bald. Geh nur voraus, ich schließe hier noch ab.«

»Also dann, bis später«, sagt sie und winkt ihm zu.

»Hoffentlich.«

Aber nachdem sie gegangen ist, rührt er sich nicht vom Fleck, sitzt nur da und denkt über die Ereignisse des Tages nach. Es hat Spaß gemacht. Und er hat nicht gelogen, als er ihr von seiner Unfähigkeit, Spaß zu haben, berichtete. So war es, bis er sie kennenlernte. Aber sie bringt es ihm bei, und er ist lernbegierig. Eine ganz neue, erschreckende Welt. Ohne sie würde er es nicht wagen, sie zu betreten. Es ist wie eine Bluttransfusion. Heiß. Feucht. Gleiche Blutgruppe.

Er trinkt noch ein Gimlet. Lutscht Eisstücke. Steht dann auf, geht auf und ab, schließt die Haustür ab und schaltet das Licht im Erdgeschoß aus. Oben ist es hell. Er hört Sylvia singen, er ist nicht allein.

Sie liegt schon im Bett, hat sich die Decke bis ans Kinn hochgezogen. Trägt eine halbmondförmige Lesebrille auf der Nase. Blättert wie üblich rasch einen Taschenbuchroman durch. Verschlingt ein Dutzend davon pro Woche. Gibt sie dann ihrer kubanischen Reinmachefrau, die dienstags und freitags herkommt.

Harry geht ins Bad, um zu duschen. Wäscht sich das Haar. Putzt die Zähne. Zieht einen dünnen, gestreiften Morgenmantel an, kommt zurück und setzt sich auf die Bettkante. Nimmt seiner Frau sachte das Buch aus den Händen, legt es beiseite.

»Eines Tages bringe ich dich noch dazu«, verspricht er ihr, »daß du Trollope liest.«

»Trollope?« fragt sie. »Ist das nicht eine Art Fisch?«

»Klar. Den gibt's vor den Keys. Schmeckt prima.«

»Gekocht oder gebraten?«

Sie lachen beide. Er beugt sich vor, um ihre Wange zu küssen.

»Du riechst gut«, sagt er. »Seife, Cognac und du.«

»Nicht Schweinswürstl oder Zuckerwatte?«

»Überhaupt nicht. Wo ist Irving?«

Sie deutet darauf; der Teddybär sitzt in einem Sessel und schaut sie mit schielenden Augen an.

»Ich wollte ihn schon zu Bett bringen«, plaudert Sylvia. »Den Kopf auf deinem Kissen. Aber ich dachte, du könntest eifersüchtig werden.«

»Wäre ich auch geworden. Ich will der einzige Mann in deinem Leben sein.«

»Der bist du«, versichert sie ihm. »Das ist die Wahrheit, die volle Wahrheit und nichts als die Wahrheit.«

»Ich glaube dir ja. Noch ein Drink?«

»Nein, ich habe genug. Du?«

»Auch nicht. Ich kann auch so gut schlafen, glaube ich.«

Er nimmt ihre Hand, küßt die Fingerspitzen, die Handfläche.

Sie nimmt die Brille ab. »Und was, frage ich dich, ist der Anlaß für diese unerwartete Leidenschaft?«

»Du redest schon wie die Frauen in deinen Schundromanen. Kein Anlaß – ich bin heute abend nur besonders zärtlich gestimmt.«

»Hast du kalt oder heiß geduscht?«

»Lauwarm.«

»Aha«, sagt sie. »Na gut, das geht ja gerade noch. Komm zu mir unter die Decke.«

»Licht an oder aus?«

»An.«

Er geht zum Sessel und dreht Irving so, daß sein Gesicht im Polster vergraben ist. »Ich mag es nicht, wenn uns jemand zuschaut.«

»Sehr klug. Das, was er sieht, könnte ihm beim Erwachsenwerden hinderlich sein.«

Harry zieht den Morgenmantel aus und rutscht neben sie. Sie kommt in seine Arme. Fühlt sich kühl an. Wie Seide. »Es war ein guter Tag, Harry. Nicht wahr?«

»Ein großartiger Tag. Das müssen wir bald wieder tun.«

»Nicht das gleiche«, sagt sie. »Man kann nichts wiederholen. Ich meine, wenn man wirklich Spaß haben will.«

»Ich werd's mir merken«, erwidert er. »Sage dir doch, daß ich erst lernen muß.«

Sie haben keine Eile, lieben sich bedächtig und genußvoll. Nachdenklich. Es ist um so schöner.

»Ehemann«, flüstert sie.

»Gattin«, sagt er. »Hast du je gedacht, daß etwas, was so bürgerlich klingt, so wunderbar sein kann?«

»Die Gebühr für die Heiratslizenz war offensichtlich deine beste Investition.«

»Glaub nicht, daß ich das nicht wüßte. Sie spart mir eine Menge Geld.«

»Ferkel!« sagt sie und boxt ihn in den Arm.

Ihre Haut ist wie Sahne. Ihr warmer Körper zu allem bereit, die kleinen Falten und Winkel, die geheimen Stellen: alles ein einziger Duft, eine einzige, prickelnde Sensation.

»Ich werde dich nie ganz kennenlernen«, fürchtet er. »Nicht in Millionen Jahren.«

»Wenn du es könntest«, erwidert sie, »würdest du das Interesse verlieren.«

Sie fühlt sein Bedürfnis, sie zu lieben. Meistens ist sie der aktive Partner. So leidenschaftlich oft, daß er sie kaum im Bett halten kann. Nicht durch etwas, was sie tut, sondern weil sie einfach *sie* ist. Weil sie ihn aus der Reserve locken kann. Ihn seine Zweifel und Sorgen vergessen läßt. Er wird durch ihre Liebe in eine andere Welt versetzt, wird verwandelt durch sie. Ein neues Wesen. Neugeboren. Durch sie.

So geschmeidig: weich und hart zugleich. So empfänglich. Er sagt ihr, daß sie eine Musikerin ist. Daß sie auf ihm spielt wie auf einem Instrument. Daß sie ihm Musik entlockt, wo zuvor höchstens Geräusche waren. Aber sie kennt seine Saiten, seine Resonanzböden.

Er gibt sich ihr hin. So einfach. Wirft alle Vernunft und alle Hemmungen über Bord. Ihre Macht erschreckt, aber er kann nicht widerstehen. Die Liebe ist so stark. Er weint vor Glück und vor Angst. Es ist keine Kleinigkeit, sich ganz jemand anderem zu ergeben. Der Tod des eigenen Willens. Frei-willig.

Er sieht die Welt in der Linie ihres Halses. Erhascht einen Blick auf die Ewigkeit bei der Form ihres Rückens. Ihr Körper löst kosmische Rätsel. Wenn er die seidige Haut ihrer Schenkel küßt, ist es ein Glaubensbekenntnis.

Er ist sich all dessen bewußt. Sie auch? Egal. Man kann es ihr nicht erklären. Niemandem. Irgend etwas in ihm hält ihn zurück. Will es nicht auf einen Versuch ankommen lassen. Nicht seine Schwäche enthüllen. Seine Abhängigkeit von dem Glanz ihrer Schultern oder dem Samt ihrer Ohren. Von einer feenhaften Frau, die einem Löwen die Sporen gibt.

Ihr Liebesakt ist wie ein Menuett. Mit sehenden, offenen Augen, in einem hellen Raum. Um so reizvoller, weil mit voller Absicht. Die Zeit dehnt sich. Auch das vermag die Liebe: Aus einer Minute wird eine Stunde. An einem Tag kann man ein ganzes Leben ablaufen lassen.

»Es ist möglich«, sagt er. Laut.

Aber sie hört nicht. Ihre Augen sind verschlossen vor Verwunderung. Sie hält sich an ihm fest. Öffnet den Mund zu einem leisen Schrei. Dann lachen sie sich wild an. Teilen ihren Triumph. Ihr *pas de deux* verlangsamt sich. Fehlen nur noch der Schlußakkord, die Verbeugungen.

Viel später sagt sie: »Und träume süß.«

DER DIREKTOR der Region Südost, ein totaler Bürokrat, hat sich aufs Überleben spezialisiert. Er kennt alle Tricks des Managements, mit denen man sich selbst Ruhm verschafft und den Tadel auf andere schiebt. Kühnheit wird von der Vorsicht in Schranken gehalten. Er lächelt gegenüber Vorgesetzten und schaut düster drein gegenüber Untergebenen. Sagt niemals Ja und niemals Nein.

»Lassen Sie mich darüber nachdenken«, sagt er. Nachdenklich.

Ist weniger intelligent als schlau. Zieht sich an wie ein Bankpräsident und denkt wie ein Teppichhändler. In einem anderen Zeitalter hätte er die Gifttränke für die Borgias gebraut.

Er sitzt würdevoll an dem hochpolierten Schreibtisch in seinem Privatbüro, schaut die letzten Meldungen aus Cleveland durch. Einschließlich einer mißgelaunten Aktennotiz des Vorsitzenden, in der dieser sich sehr barsch erkundigt, wann er bei der Aktion Harry Dancer mit Ergebnissen rechnen kann. Der Direktor legt die Aktennotiz beiseite, zeichnet ein paar andere ab, dann einige Briefe. Denkt plötzlich an die neue EDV-Kraft, die ein Stockwerk unter ihm arbeitet. Sie ist jung – sehr jung.

Der Direktor ist ein Mann, der nicht ohne Frauen leben kann, ja, der hoffnungslos von ihnen abhängt. Er glaubt, daß er seine Neigung vor seinen Mitarbeitern und der Hierarchie des Departments geheimhalten kann. Aber unter seiner Bischofsrobe ist er ein geiler Bock. Das Department gestattet natürlich Exzesse aller Art. Aber nicht auf Kosten der Tüchtigkeit. Und der Direktor hält sich für tüchtig – und für diskret.

Norma Gravesend klopft an, kommt herein, um die abgezeichneten Aktennotizen und die unterschriebenen Briefe zu holen. Er schaut sie gütig an. Was für eine loyale Mitarbeiterin! Bereit, ihr Bestes zu geben. Und das tut sie jederzeit, wenn man es ihr befiehlt. Sonderbare Frau. So unaufdringlich wie eine Tapete. Aber nicht ohne einen gewissen Reiz. Anders. Pervers.

»Ist Shelby Yama noch in der Gegend, Herr Direktor?« fragt sie.

»Natürlich. Warum wollen Sie das wissen?«

»Ich habe ihn seit einiger Zeit nicht gesehen. Dachte, daß er vielleicht versetzt worden ist. Möchten Sie jetzt gleich die Vorausberechnungen des Budgets durchsehen?«

»Später«, sagt er und schaut ihr nach, wie sie das Büro verläßt.

Ihre beiläufige Frage über Yama beunruhigt ihn. Warum hat sie gefragt? Nie zuvor hat sie irgendein besonderes Interesse an diesem oder einem anderen Beauftragten gezeigt. Aber jetzt fragt sie nach Shelby Yama! Merkwürdig. Der Direktor ist ein alter Hase in diesem Geschäft; er glaubt nicht an Zufälle.

Shelby Yama ist im Zuge einer Strafmaßnahme zu eliminieren. Wie kann Norma Gravesend davon Kenntnis erhalten haben? Sie hat die Anweisung von Cleveland nicht gesehen. War auch nicht anwesend bei dem Treffen mit Ted Charon und Briscoe, in dessen Verlauf man Yamas Schicksal diskutierte. Warum also sollte sich Norma plötzlich für den Mann interessieren?

Der Direktor durchdenkt die verschiedenen Möglichkeiten. Ist der Meinung, daß jeder, er selbst eingeschlossen, zum Betrug fähig ist – vorausgesetzt, der Preis stimmt. Er hat sich mit ganzem Herzen dem Glaubensgrundsatz des Departments verschrieben, der da lautet, daß die ganze Welt zu desevangelisieren sei. Aber das erfordert die Eliminierung des Glaubens – und des Vertrauens. Man darf niemandem trauen, weder einer menschlichen Person noch Gott.

Norma Gravesend hätte die Anweisung des Vorsitzenden zur Beseitigung von Shelby Yama in die Hand bekommen können, wenn sie gewollt hätte. Sie kennt sich aus im Regionalbüro. Weiß, wie und wo man suchen muß. Kennt den Weg und den Aufbewahrungsort für streng geheimgehaltene Dokumente. Es wäre leicht gewesen für sie, die dechiffrierte Nachricht aus Cleveland zu lesen und zu kopieren.

Der Blick des Direktors fällt auf die Sprechanlage, die vor ihm auf dem Schreibtisch steht. Er läßt die Finger leicht über die einzelnen Knöpfe gleiten. Was, wenn bei seiner Besprechung mit Charon und Briscoe, die hinter verschlossenen Türen stattfand, der Schalter gedrückt war, der ihn mit dem Schreibtisch Normas verbindet? Könnte er beschwören, daß das nicht der Fall war? Nein. War es möglich, daß sie mithörte, was da besprochen wurde? Ja.

Es ist ein sehr fadenscheiniges Material, versichert er sich. Argwohn, der an Verfolgungswahn grenzt. Aber der Bürokrat kann seinen Instinkt zum Überleben nicht verleugnen. Er verläßt sein Büro, geht hinaus ins Vorzimmer und lächelt Norma an.

»Ich bin unten, Liebe«, sagt er. »Zusehen, wie das Räderwerk läuft.«

Sie nickt mit strahlender Miene und wendet sich dann wieder ihrer Schreibmaschine zu.

Der Direktor geht direkt zur Abteilung für Innere Sicherheit. Betritt Ted Charons Büro, ohne anzuklopfen.

»Setzen Sie Ihre Leute auf Norma Gravesend an«, befiehlt er dem völlig verblüfften Charon. »Und zwar unverzüglich. Rund um die Uhr.«

»Wenn Sie meinen, Herr Direktor.«

»Ich meine. Sobald Sie etwas zu berichten haben, rufen Sie mich an, und ich komme hierher. Ist das klar?«

»Jawohl, Sir.«

Dann schlendert der Direktor über die Treppe ins untere Stockwerk. Tauscht ein Kopfnicken mit den Abteilungsleitern und den Stationschefs. Schaut sich um. Erblickt schließlich die neue EDV-Mitarbeiterin, die vor ihrer Konsole sitzt.

Tritt von hinten an sie heran. Legt eine zärtliche Hand auf ihre Schulter.

»Na, wie kommen Sie voran, meine Liebe?« sagt er, so gütig wie nur irgend möglich.

AM EINFACHSTEN WÄRE es, wie Briscoe weiß, wenn er seine Sondervollmachten benutzte und Shelby Yama und Willoughby umlegte, einfach so. Doch das wäre töricht. Nach den unerklärlichen Todesfällen von Jeremy Blaine und Herman K. Tischman würde die Polizei sich allmählich wundern, würde Fragen stellen, vielleicht eine Verbindung zwischen den Opfern entdecken.

Briscoe liebt es, derartige Probleme zu lösen. Eine aktive Lösung – darüber denkt er gern und lange nach.

Das südliche Florida besteht aus einem Netzwerk von Kanälen, mit denen man das Hochwasser unter Kontrolle hält. Sie sind auch nützlich, wenn es darum geht, Leichen verschwinden zu lassen. Briscoe liest die Lokalpresse; er weiß Bescheid. Denkt, daß ein Kanal der ideale Ort wäre, um Yama und Willoughby loszuwerden. Vielleicht würde man sie nie finden. Und wenn, könnte es niemandem schaden.

Er überprüft die Kanäle in der näheren Umgebung. Findet keinen, der für seine Zwecke geeignet erscheint. Zu nah an dichtbefahrenen Straßen. Oder zu seicht. Oder zu hell beleuchtet. Und da ist auch noch die Frage mit dem Wagen. Wenn er der Polizei einen Hinweis liefern will, mit dem sie etwas anfangen kann, braucht er nur einen Wagen zu hinterlassen. Außerdem fehlt einem ›Tod im Graben‹ genau der Schuß Dramatik, den er so liebt.

Also vergißt er den Plan mit dem Kanal. Besichtigt statt dessen die Kirche in Deerfield, wo sich die beiden Männer treffen. Erkennt augenblicklich die Möglichkeit. Neben der Kirche ist ein Glockenturm, sechs oder sieben Stockwerke hoch, mit einer Aussichtsplattform ganz oben. Interessant.

Er überprüft alles sehr sorgfältig. Eine enge Wendeltreppe führt hinauf zu der Plattform. Die Kirche wird nicht vor Mitternacht abgeschlossen. Briscoe verbringt mehrere Abende dort, erforscht sämtliche Gegebenheiten. Niemand hält ihn auf. Niemand stellt ihm Fragen. Die Andachten und Gottesdienste finden im Kirchenschiff statt, auch zu dem Zeitpunkt, als er die Treppe hinaufgeht und genau überprüft, wie lange man bis nach oben auf die Plattform braucht.

Es beginnt sich abzuzeichnen. Die Sache gefällt ihm. Er geht in Ted Charons Magazin, besorgt sich eine ›kalte‹ Handfeuerwaffe, deren Herkunft nicht ermittelt werden kann. Einen 38er Colt Detective Spezial-Revolver. In bestem Zustand. Geladen. Außerdem requiriert Briscoe ein Kilo Kokain in einem Plastikbeutel.

Damit hat er die Requisiten. Geht zurück zum Glockenturm der Kirche in Deerfield. In der Tasche hat er einen kleinen Schraubenschlüssel. Er ist allein hier oben. Bei all seinen Besuchen hat er nie jemanden getroffen, der die Aussicht von der luftigen Plattform bewundern wollte.

Er lockert die Bolzen, mit denen das Geländer am Beton der Plattform befestigt ist. Geht dabei so raffiniert vor, daß er sogar das Maul des Schraubenschlüssels mit einem Taschentuch polstert, damit er keine Kratzer an den Schraubenköpfen hinterläßt. Dann probiert er das Geländer aus. Es wackelt zufriedenstellend.

Von nun an beschattet er Yamas Begegnungen mit Willoughby eine ganze Woche lang. Stellt fest, daß der Mittwochabend am günstigsten ist. Da findet in der Kirche eine Abendandacht statt, an der nicht allzu viele Gläubige teilnehmen. Gegen zehn ist die Kirche dann leer. Zurück bleiben höchstens zwei oder drei Betende, die in der Kirche sitzen, in Andacht vertieft. Der Pfarrer hält sich zu dieser Zeit im Pfarrhaus auf.

Briscoe geht seinen Plan immer und immer wieder durch. Notiert sich die Zeitfolge, studiert sie, dann vernichtet er den Zettel. Ein ausgefallener Plan! Er hängt von seiner Kühnheit ab. Und die hat er – im Gegensatz zu seinen Opfern. Er verläßt sich auf das Überraschungsmoment, den Schock, der sie lähmt und schnelle Reaktionen ausschließt. Die beiden könnten ihn abwehren. Ohne weiteres. Aber sie sind keine Männer der Tat.

Am Mittwochabend parkt er zwei Blocks von der Kirche entfernt. Geht dann zu Fuß dorthin. Wartet geduldig im Schatten großer Palmen. Endlich öffnen sich die Türen der Kirche, Menschen kommen heraus. Shelby Yama und Willoughby, nebeneinander. Sie reden und lachen. Der lange Agent der Corporation neigt sich ein wenig zur Seite, wenn er dem Beauftragten zuhört.

Auf dem Parkplatz nähert sich ihnen Briscoe von hinten. Sie hören seine Schritte. Drehen sich um. Yama erschrickt.

»Was wollen Sie –«, beginnt er. Dann sieht er den Revolver in Briscoes Hand.

Auch Willoughby sieht die Waffe. Er wirft einen Blick darauf, dann auf Briscoes Gesicht und auf Shelby Yama. Die Lippen des Agenten beginnen sich zu bewegen. Lautlos. Betet er?

»Ihr beide, marsch zurück in die Kirche«, befiehlt Briscoe. »Durch den Haupteingang. Dann scharf nach links. Die Treppe zum Turm hinauf. Los!«

»He«, sagt Yama, »was hat das zu bedeuten? Was geht hier vor?«

»Setz dich in Bewegung«, knurrt Briscoe und hebt den Revolver an.

Er treibt die beiden zurück zum Kirchenportal. Der Revolver steckt jetzt in seiner Jackentasche. Niemand ist zu sehen. Sie gehen die Treppe hinauf, langsam. Sprechen kein Wort. Erreichen die leere Aussichtsplattform. Eine wunderbare Nacht: klarer Himmel, Sterne, eine milde Brise. Alles wie bestellt.

Briscoe wirft einen Blick über das Geländer hinunter zum Parkplatz. Zwei Wagen, die aber nicht im Weg stehen. Dann wendet er sich wieder seinen Täubchen zu, hat den Revolver aus der Jacke genommen und bedroht beide damit.

Shelby Yama beginnt ganz schnell zu sprechen. Was denn los sei? Daß er es nicht verstehen könne. Er habe Briscoe doch gesagt, er versuche, den Agenten der Corporation umzudrehen. Man solle ihn mit dem Direktor sprechen lassen. Er könne alles erklären. Jemand mache da einen ganz großen Fehler ...

Briscoe hört ihm nicht zu, antwortet nicht. Sein ursprünglicher Plan hat vorgesehen, daß er erst Yama abknallt und die Leiche auf der Plattform liegen läßt. Dann wollte er Willoughby durch das lockere Geländer stoßen, eine Kugel im Leib. Der Beutel mit Kokain sollte neben Yamas Leichnam gefunden werden. Den Revolver wollte er abwischen und dann hinunterwerfen auf Willoughbys Leichnam.

Ein Rauschgifthandel, der schiefgelaufen ist. Das wird die Polizei vermuten. Zwei Dealer, die um das Kokain und um die Waffe kämpften. Beide erschossen. Einer bleibt tot auf der Plattform liegen, der andere stürzt hinunter und stirbt auf dem Parkplatz. Keine Fingerabdrücke auf der Schußwaffe. Das wird den Polizisten zu denken geben –, aber sie haben weder die Zeit noch das Personal, um nachzuhaken. Eben wieder mal ein Mord unter Rauschgifthändlern. Die Gesellschaft kann sich freuen, die beiden losgeworden zu sein.

Aber jetzt, hier oben, findet Briscoe den Plan banal und unbefriedigend. Es ist immerhin eine unwahrscheinliche Szene: Über ihnen der schwarze Himmel, durchbrochen von funkelnden Sternen, und unter ihnen die Lichter der Erde. Er fühlt die Macht der Finsternis, ist erfüllt von ihrer Majestät.

Er ist der König und wird diejenigen vernichten, die sich ihm widersetzen. Seinem Willen, seinem Glauben. Sie dürfen nicht den Gipfel erreichen, müssen hinabgestürzt werden in die Vernichtung. Ausgestoßen, hinuntergestoßen. Aus dem Königreich des Dunkels eliminiert.

»Hören Sie«, sagt Yama, »können wir nicht –«

Briscoe springt Willoughby an, rammt ihm seine Schulter in die Magengrube. Das Geländer gibt krachend nach. Der Agent der Corporation leistet keinen Widerstand. Taumelt rückwärts, Arme und Beine weit ausgebreitet. Fällt.

Überraschenderweise versucht der Beauftragte des Departments, sich zu wehren. Er kämpft, krallt sich fest, beißt. Aber er hat keine Chance. Briscoe treibt Yama an den Rand. Stürzt ihn hinunter. Beugt sich dann über den Rest des Geländers, sieht zu, wie der Körper durch die Luft segelt, unten aufschlägt. Direkt auf Willoughby. Eine Umarmung im Tod.

Jetzt wirft ihm Briscoe den Beutel mit Kokain hinterher. Sieht, wie er aufplatzt, eine weiße Wolke. Zwingt sich dazu, den Blick von seinem Werk abzuwenden, die Treppe hinunterzugehen. Langsam und gelassen. Den Revolver wieder in der Jackentasche. Wenn sein Leben in diesem Moment zu Ende ginge, er wäre glücklich. Ein Augenblick der Erfüllung.

Er schlendert zurück zu seinem Wagen, fährt nach Hause.

Erinnert sich, genießt jeden Augenblick. Vom Himmel gestürzt. In der besten Tradition des Departments. Es hat etwas von Poesie an sich. Etwas, das rührt. Aufregt. Ein beinahe religiöses Gefühl.

Denn auch die ›anderen‹, die vom Department, sind religiös – auf ihre Weise.

DER CHEF der Einsatzleitung kniet auf seinem Betschemel. Ist zu zerrüttet, um klar denken zu können. Wendet sich daher dem Gebet zu. Er betet für den armen Willoughby. Andere Agenten sind vor ihm in Ausübung ihrer Pflicht ums Leben gekommen. Aber der Schmerz ist immer wieder der gleiche. Der Chef wünschte, er hätte die Macht der Heiligsprechung. Doch die ist ihm versagt. Eine Ehrentafel aus Bronze ist vorgesehen, die den Namen Willoughby tragen wird. Seine einzige Belohnung – auf Erden.

Der Chef schleppt sich zurück in sein Büro. Zwingt sich, eine Liste der Opfer in der Affäre Harry Dancer aufzustellen. Jeremy Blaine. Herman K. Tischman. Shelby Yama. Willoughby. Alle verloren im Kampf um einen einzigen Mann. Ist er es wert? Vier Leben für eines? Diese Rechnung bestürzt ihn. Er kann keine Moral darin finden.

Depression nagt an ihm. Wie kann er ein solches Opfer jemals rechtfertigen? Vier für einen? Eine Blasphemie! Es sei denn ... Es sei denn, der eine ist reines Gold, und die vier sind Blech. Doch das setzt Qualitätsunterschiede voraus. Ein Antidogma! Sind wir nicht alle gleich vor dem Angesicht Gottes? Vielleicht. Aber nicht in den Augen des Chefs.

Er ruft Anthony Glitner in Florida an, spricht über eine nicht chiffrierte Leitung.

»Tony«, sagt er, »ich möchte mein Beileid ausdrücken über den Tod unseres lieben, gemeinsamen Freundes.«

»Ja«, sagt Glitner. »Danke, Sir.«

»Ich weiß, wie Sie sich fühlen müssen. Glauben Sie es mir. Aber wir dürfen uns durch diesen unglücklichen Zwischenfall nicht von unserer Pflicht abhalten lassen. Wenn überhaupt, sollte er unseren Widerstand stärken.«

Schweigen.

»Sind Sie derselben Meinung?«

»Ja, Sir.«

Dem Chef gefällt Glitners Ton nicht.

»Tony, soll ich Sie ablösen lassen? Es würde nicht gegen Sie sprechen.«

»Nein, Chef. Ich bringe die Sache zum Abschluß.«

»Glauben Sie, daß Sie dazu in der Lage sind?«

»Ja. Momentan bin ich vielleicht ein bißchen beeinträchtigt – aber ich komme darüber hinweg.«

Der Chef versucht, jovial zu sein. »Natürlich kommen Sie drüber weg. Es ist ein vorübergehender Rückschlag. Sie werden sich erholen, wir alle werden uns erholen. Brauchen Sie irgend etwas? Personal? Ausrüstung?«

»Nicht im Augenblick – nein, Sir.«

»Wie nimmt es die Außendienst-Agentin auf?«

»Da gibt es keine Probleme.«

»Nein? Wie merkwürdig.«

»Ja«, meint der Beauftragte. »Das finde ich auch.«

Nachdem er aufgelegt hat, denkt Glitner darüber nach. Es ist tatsächlich merkwürdig. Die Nachricht von dem Mord an Willoughby hat wenig Wirkung auf Evelyn Heimdall. Sie murmelt eine konventionelle Kondolation, dann beginnt sie wieder zu sprühen und zu sprudeln. Erzählt eine windige Geschichte von ihrer wachsenden Intimität mit Harry Dancer. Wie gut er auf ihre Bekehrungsversuche reagiert.

Der Beauftragte, ein mißtrauischer, zurückhaltender Mensch, räumt ein, daß er vom Temperament her nicht geeignet ist, die Operation Dancer im Sturm zu erledigen. Er kann nicht konkurrieren mit Briscoes Brutalität. Glitner ist ein Mann des Denkens; körperliche Gewalt ist ihm fremd. So, wie sie es für Willoughby war. Armer Willoughby.

Das Problem Evelyn Heimdall ist schwieriger, aber nicht weniger frustrierend. Und erschreckend. Er erkennt ihre neue Bindungslosigkeit. »Sie löst sich praktisch in den Nähten auf«, sagt er laut zu sich. Und fragt sich zugleich, ob er sich das nicht nur einbildet. Der Spionageabwehr-Agent Martin Frey jedenfalls meldet immer noch, daß sie nicht von ihrem Auftrag abweicht. Aber Glitners Zweifel bleiben.

Sie ist in einer bemerkenswerten Hochstimmung. Er sieht sie aus der Umlaufbahn der Corporation ausbrechen. Weiß nicht, wie er sie zurückholen soll. Entschließt sich, auf den Busch zu klopfen, auszuloten, wie weit sie schon fort ist.

»Ich mag Florida«, sagt er. »Und Sie?«

»Ich liebe, liebe, liebe dieses Land«, erwidert sie. Schnippt mit den Fingern, versucht ein paar Tanzschritte. »Es ist ja sooo erholsam. Ich fühle mich hundert Jahre jünger. Sie nicht?«

»Mindestens«, sagt er und lächelt. »Ich muß mal hier raus und an den Strand. Ein bißchen Farbe zulegen.«

»Natürlich müssen Sie das. Sagen Sie mir, wann. Wir machen einen ganzen Tag daraus. Picknick. Eine Flasche Wein. Eiskalt. Wie es sich gehört.«

»Klingt nicht schlecht.«

»Und bei der Gelegenheit können Sie meinen neuen Bikini bewundern«, verspricht sie und lacht. »Zwei Briefmarken und ein bißchen Klebeband. Dancer ist ganz vernarrt in ihn.«

»Kann ich mir vorstellen.« Glitner paßt dieses Gespräch nicht. Er fühlt widerwillig, daß es ihn erregt.

Und er ist davon überzeugt, daß sie ohne weiteres bereit wäre, sich umdrehen zu lassen. Doch das würde bedeuten, daß dieser Martin Frey entweder hoffnungslos inkompetent – oder ihr Partner im Betrug wäre. So oder so: Die Aktion Harry Dancer ist aufs äußerste gefährdet.

Tony Glitner denkt voll Düsterkeit über die Veränderungen und Folgerungen dieser unheilvollen Situation nach, entschließt sich aber, dem Chef der Einsatzleitung vorläufig kein Paniksignal zu übermitteln. Schließlich ist er als Beauftragter allein für seine Außendienst-Agentin verantwortlich. Er kann sie erst opfern, wenn es ihm gelingt, ihre Untreue zu beweisen.

Er weiß, wie er das bewerkstelligen könnte. Aber es widert ihn an.

»ICH HABE TED CHARON auf Leitung zwei, Sir«, sagt Norma Gravesend.

»Danke, meine Liebe«, antwortet der Direktor und drückt auf den Knopf. »Ja, Ted?«

»Herr Direktor, ich frage mich, ob Sie auf einen Sprung in meinem Büro vorbeischauen können. In der Angelegenheit, die wir vergangene Woche diskutierten, hat sich etwas ergeben.«

»Natürlich – ich bin gleich bei Ihnen.«

In Charons Büro sagt der Leiter der Abteilung Innere Sicherheit: »Ich hielt es für ratsam, hier mit Ihnen zu sprechen – über die Untersuchung Norma Gravesend.«

»Das war mein ursprünglicher Vorschlag«, entgegnet der Direktor gereizt. »Was haben Sie?«

»Wir haben Norma Gravesend entsprechend Ihrer Anordnung in der vergangenen Woche beobachtet. Sie stellt in der öffentlichen Bibliothek Kontakt her mit einem Mann in mittleren Jahren. Bei jeder ihrer Begegnungen übergibt sie ihm ein Buch. Wir haben den Mann bis zu seiner Behausung verfolgt. Haben die Wohnung durchsucht, während er außer Haus war. Er heißt Leonard Gabriel. Und er hat genügend Funkausrüstungen im Haus, daß er damit den Mars erreichen könnte. Leider konnten wir keine Code-Bücher finden.«

Die beiden Männer starren sich an. Das ursprünglich gerötete Gesicht des Direktors wird kalkweiß. Der Direktor erkennt, was Charons Ermittlung bedeutet. Und fragt sich, wie lange sich schon dieser Maulwurf in seinem Privatbüro vergraben hat. Genau die Frage, die ihm der Vorsitzende stellen wird.

»Wie sind sie auf die Gravesend gekommen, Sir?« fragt Ted

Charon. Es klingt mitleidig, aber zugleich unterstreicht Charon damit auch, daß er sich von diesem Leck in der Sicherheit entschieden distanziert.

»Instinkt«, erklärt der Direktor. »Ich hatte sie schon eine Weile in Verdacht. Und was machen wir jetzt?«

Wir. Also versucht er, mich in die Geschichte hineinzuziehen, denkt Charon. Nicht, was ich jetzt tun soll, sondern was *wir* tun. Dieser Dreckskerl möchte, daß ich mich zu ihm in die Patsche setze.

»Ich werde mir diesen Leonard Gabriel vorknöpfen«, sagt Charon. »Und ihn ausquetschen. Ich habe dafür ein paar Experten: Gabriel wird auspacken, das können Sie mir glauben. Danach kommt Norma dran. Wir werden ihr eröffnen, was wir gegen sie in der Hand haben. Und ihr klarmachen, daß sie nur dann darauf hoffen kann, einigermaßen heil aus der Sache herauszukommen, wenn sie bereit ist, sich erneut umdrehen zu lassen, eine Doppelagentin zu werden. Dann könnte sie uns helfen, der Corporation Fehlinformationen zu übermitteln.«

Der Direktor fühlt einen Hauch Hoffnung. Vielleicht ist sein Hals doch noch nicht in der Schlinge. Wenn sie Norma dazu überreden können, noch einmal die Seiten zu wechseln, wird der Vorsitzende bestimmt etwas großzügiger sein bei der Bestrafung, die er wählt. Vielleicht wird er sogar den Direktor in seiner bisherigen Position belassen. Mit nicht mehr als einem offiziellen Tadel.

Zwei Tage später wird Norma Gravesend ins Büro des Direktors gerufen. Man schließt die Tür ab. Zeigt ihr dann Polaroidphotos, auf denen zu sehen ist, was man mit Leonard Gabriel gemacht hat. Beobachtet dabei genau ihren Ausdruck. Hofft auf Tränen, auf Hysterie. Sieht nur versteinerte Widerstandskraft.

»Mußten Sie ihm das antun?« fragt sie. »Diesem netten Mann?«

»Streiten sie ab, daß Sie dieser Verschwörung angehörten?« fragt Charon.

»Vergeuden Sie nicht ihre Zeit«, rät sie ihm. »Ich leugne nichts, gebe alles zu. Ich bin eine Agentin der Corporation, seit ich für dieses Ungeheuer hier arbeite.«

Und deutet verächtlich mit dem Daumen auf den Direktor. Der beginnt zu schwitzen.

»Norma«, sagt er. Versucht, sich onkelhaft zu geben. »Bevor Sie weitersprechen, meine Liebe, sollten Sie die Konsequenzen bedenken. Es ist nicht nötig, daß Sie das Los von Gabriel teilen. Es gibt eine Möglichkeit, wie Sie sich rehabilitieren können. Und damit retten.«

»Ich bin bereits gerettet«, verkündet sie.

»Arbeiten Sie für uns«, drängt Charon. »Tun Sie, was Sie bisher getan haben. Wir sagen Ihnen, was Sie der Corporation zukommen lassen sollen.«

»Nein«, erklärt sie und hebt das Kinn energisch. »Ich habe damit gerechnet, daß mir das eines Tages bevorstehen würde, und einen Entschluß gefaßt. Es ist mir völlig egal, was sie mit mir tun. Ich werde nicht gegen die Corporation arbeiten. Sie ist alles, was ich habe.«

»Blödes Weib!« brüllt der Direktor sie an.

»Vielleicht ändern Sie Ihre Meinung doch noch«, versucht Charon zu vermitteln, wendet sich dann dem anderen Mann zu. »Habe ich Ihre Erlaubnis, mich mit ihr eingehender zu beschäftigen, Sir?«

»Ja, ja. Bringen Sie sie vor allem fort von hier und tun Sie, was Sie für richtig halten.«

Nachdem sie gegangen sind, sinkt der Direktor in seinem Sessel zusammen, als ob ihm die Luft ausgegangen wäre. Er denkt darüber nach, wieviel die Gravesend über die inneren Zusammenhänge des Departments weiß und was sie der Corporation mitgeteilt haben mag. Schlimmer ist, was sie über seine, des Direktors, privaten Gewohnheiten weiß. Das alles taucht jetzt in seinem Dossier im Archiv der Corporation auf. Er windet sich in seinem Sessel, so peinlich ist ihm die Sache.

Erst hat ihr Betrug ihn schockiert, jetzt ärgert er ihn. Und das, nachdem er so gut zu ihr gewesen ist! Heimgezahlt mit ruchlosem Verrat. Die Augen des Direktors brennen, wenn er an diese Ungerechtigkeit denkt. Sein Privatleben publik machen! Vermutlich reißt man bereits gemeine Witze darüber. Seine Karriere gefährden! Seine Existenz aufs Spiel setzen!

Seufzend wischt er sich die Augen, nimmt einen Block heraus und beginnt eine Mitteilung zu entwerfen. Überlegt, wie er den Vorsitzenden über das Geschehene informieren kann, ohne sich selbst zum unglaublichen Trottel zu stempeln. Zum Himmelfahrtskandidaten, der größten Schaden angerichtet hat...

BRISCOES SCHLACHTPLAN FUNKTIONIERT prächtig. Durch die Eliminierung von Shelby Yama erhält er den Titel eines Beauftragten. Und natürlich auch dessen Befugnisse. Jetzt kann er Sally Abaddon drängen, kann von ihr Resultate fordern. Ihr mit Repressalien drohen, wenn sie sich nicht an seine Anordnungen hält.

Fast noch besser ist es, daß Norma Gravesend eine Spionin der Corporation war – das Tagesgespräch in der ganzen Region Südost. Briscoe nimmt an, daß das früher oder später das Ende des Direktors bedeutet. Falls es dazu kommt und seine Stelle wird frei – wer wäre besser dafür geeignet als Briscoe? Namentlich, wenn er mit der Operation Harry Dancer Erfolg hat.

Sicher, es gibt da noch einige Probleme. Sally Abaddon schwört, daß sie Dancer auf ihre Seite zieht, kann aber keine Beweise dafür anbieten. Angela Bliss, die die Außendienst-Agentin überprüfen soll, meldet, daß Sally sauber geblieben ist. Aber Briscoe gefällt die Geschichte nicht. Und es steht zuviel auf dem Spiel, als daß er es sich leisten könnte, seine Instinkte zu ignorieren.

Er entscheidet, daß er selbst Sally Abaddon überwachen wird. Stellt dabei fest, daß sie, genau wie sie behauptet, Harry Dancer zwei- bis dreimal die Woche trifft. Aber es entgeht Briscoe auch nicht, daß ihr Beisammensein kurz ist und immer kürzer wird. Ein Mittagessen, ein Dinner. Ein paar Stunden in Sallys Motel oder in Dancers Haus. Sie verbringen keine Nacht mehr miteinander.

Sally und Angela schlafen dagegen miteinander. Häufig. Und liegen tagsüber gemeinsam am Pool. Machen Einkaufsbummel. Gehen gemeinsam ins Kino. Schlendern den Strand entlang. Es kann sein, daß Angela das alles nur tut, um ihren Auftrag zu erfüllen. Vielleicht nähert sie sich auf diese Weise dem Objekt. Aber es wäre durchaus möglich, daß zwischen den beiden längst eine andere Art von Intimität besteht.

Nicht, daß Briscoe Anstoß daran nehmen würde. Das Department billigt jede Variante privater Amoralität. Sorgen bereitet ihm dagegen der Gedanke, daß die allzu enge Verbindung der beiden dem Erfolg der Kampagne abträglich sein könnte. Wenn es die Gewinnung von Harry Dancer gefährdet, wird Sally Abaddon gehen müssen. Und mit ihr Angela Bliss.

Briscoe ist ein geschlechtsloser Mann. Seine Bedürfnisse heißen Macht und Einfluß. Selbst Geld steht bei ihm an zweiter Stelle. Aber er kann schauspielern, wenn er muß. Und nur damit glaubt er, Sally Abaddons Loyalität gegenüber dem Department testen zu können.

Es ist keine Rolle, die er genießt. Doch von seiner Darstellung hängt Sallys Zukunft ebenso ab wie die seine.

DIE STERBENDEN stellen Fragen, die oft nicht beantwortet werden können. ›Warum ausgerechnet ich?‹ Nur langsam kommt Resignation über sie. Zuvor machen sie eine Periode ungezielter Wut gegen die Glücklichen durch, die in Gesundheit weiterleben können. Schließlich gelingt es ihnen, ihr Schicksal zu akzeptieren. Mit dem traurigen Lächeln der Erinnerung. Sie statten der Vergangenheit einen letzten Besuch ab.

Harry Dancer, so tief unten, daß er nicht damit rechnet, jemals wieder nach oben zu kommen, erlebt, wie Sylvia diese Periode durchmacht. Nostalgie über alles. Alte Lieder, alte Zeiten, alte Freunde. »Weißt du noch, damals ...« ist eine ihrer Lieblingsphrasen. Sie scheint darauf versessen zu sein, vergangenes Leben wieder auferstehen zu lassen, ihre wenigen Jahre rückblickend zu werten. Sie mit goldenem Glanz zu verklären.

Er hilft ihr beim Summieren, mit liebender Geduld. Gibt sich selbst nach, wie er ihr nachgibt. Hofft, daß er damit den Schmerz betäuben kann. Verschärft ihn statt dessen. Zwei Geizhälse, die ihre Schätze noch einmal zählen, bevor sie sie für immer verlieren.

»Ich möchte in den Klub gehen«, sagt sie. »Allein.«

Er schaut sie an. »Wenn du meinst ...«

»Ich möchte an der Bar sitzen. Als alleinstehende Frau. Dann kommst du rein und gabelst mich auf.«

Eine abstoßende Idee. Ihm ist zum Heulen zumute. Aber er weiß, was sie sucht. Eine Bestätigung. Die Gewißheit, daß sie noch immer begehrt wird. Vielleicht auch eine Möglichkeit, ihre Jugend zu reklamieren. Ein Abenteuer zu inszenieren. Alles Theater, alles So-tun-als-ob. Aber für sie ist es wichtig. Entscheidend wichtig. Und er ist entschlossen, es über sich ergehen zu lassen.

»Also schön«, gibt er nach. »Wann?«

»Morgen abend. Ich nehme ein Taxi. Werde gegen acht dort sein. Du tauchst um halb neun auf.«

»Fein. Und was wirst du anziehen?«

»Das darfst du nicht wissen. Ich bin doch eine Fremde für dich.«

Der nächste Abend. Er zieht sich rasch um, überläßt das Schlafzimmer ihr. Geht mit einem Gin hinaus auf den Patio. Sitzt dort, bis er hört, wie ein Taxi vorfährt. Bis die Haustür ins Schloß fällt, das Taxi startet.

Harry geht zurück in die Küche. Schenkt sich noch einen Gin ein. Einen größeren. Stellt fest, daß er die Hände zu Fäusten geballt hat. Betet, daß er diesen Abend durchsteht. Atmet tief ein. Geht durch das leere Haus. Fragt sich, was das für eine Rolle ist, die er für sie spielen soll.

Als er den Klub betritt, sieht er sie am entfernten Ende der Bar sitzen. Sie leert gerade ihren Wodka-Gimlet. Er bleibt plötzlich stehen. Sie trägt dasselbe Kleid wie damals, als sie zum erstenmal miteinander verabredet waren. Das kurze, enge Kleid aus Silberlamé. Er wußte nicht, daß sie es noch besaß. Wundert sich, daß es ihr so fabelhaft paßt.

»Guten Abend, James«, grüßt Harry. »Einen Beefeater auf Eis, bitte.«

Als man ihm den Gin serviert hat, wirft er einen Blick auf Sylvia, dann sagt er zum Barkeeper: »Würden Sie die Lady fragen, ob ich sie zu einem Drink einladen darf?«

James, der annimmt, daß das Teil eines Ehekrachs ist, geht zu Sylvia hin, kommt dann zu Dancer zurück.

»Tut mit leid, Sir. Die Lady dankt für das Angebot, aber sie bezahlt ihre Drinks lieber selbst.«

Harry nickt. Sieht zu, wie James einen frischen Gimlet für Sylvia mixt. Die beiden sitzen da, ohne miteinander zu sprechen. Werfen sich nur hier und da über den Spiegel hinter der Bar Blicke zu. Dann wenden sie sich wieder ab.

Er beobachtet, wie sie eine Packung langer Mentholzigaretten auf die Theke legt, dann in ihrer Gobelintasche nach Feuer kramt. Sich hilflos umschaut. Harry ist augenblicklich neben ihr. Mit seinem Feuerzeug.

»Darf ich?« fragt er zuvorkommend.

»Danke, Sir«, erwidert Sylvia sehr kühl.

Er hält ihr das Feuerzeug hin, und dabei zittert seine Hand ein wenig.

»Sind Sie Klubmitglied?« fragt er sie. »Ich glaube, ich habe Sie noch nie hier gesehen.«

»Ein neues Mitglied.«

»Ich bin sicher, es wird Ihnen gefallen. Mein Name ist Harry Dancer. Darf ich mich zu Ihnen setzen?«

»Wenn Sie wollen.«

Er bringt sein Glas mit, setzt sich auf den Hocker neben dem ihren. Der Barkeeper schaut sie beifällig an.

»Ein wunderschönes Kleid, das Sie da tragen«, sagt Harry. »Aus Florida?«

»Nein. Manhattan.«

»Ach? Sind Sie aus New York? Ich habe dort gelebt.«

»Ich habe nie dort gelebt, aber ich fahre ein- oder zweimal im Jahr zum Einkaufen hin.«

»Spielen Sie Tennis?«

»O ja. Deshalb bin ich dem Klub beigetreten.«

Es ist das übliche: Fragen und Antworten. Sie erfahren etwas über den anderen. Sprechen übers Wetter, über Tennis, die Strände in Florida, die Restaurants. Sie nennt ihm ihren Namen. Sylvia Lloyd.

»Darf ich Sie jetzt zu einem Drink einladen, Sylvia?« fragt er.

»Danke, Harry«, antwortet sie. »Ja, das wäre nett.«

Sie essen im Klub. Junge Fremde, die sich zum erstenmal sehen. Und nach einer Weile wird es Wirklichkeit. Die Spannung: Will sie oder will sie nicht? Will er oder will er nicht? Aufregung und Angst. Hoffnung und Furcht davor, zurückgewiesen zu werden.

Bei Kaffee und Cognac fragt er: »Wohnen Sie in der Nähe, Sylvia?«

»Ja, ganz nahe. Ich bin zu Fuß hier. Habe eine kleine Eigentumswohnung, suche aber etwas Größeres. Wo wohnen Sie, Harry?«

»Wie man in Florida sagt: Ein Stück die Straße lang. Ich habe ein Haus am Strand.«

»Am Strand. Das klingt himmlisch.«

»Es ist zu groß für mich und wie ein Lagerhaus eingerichtet. Aber – ja, es ist hübsch. Wollen Sie es sehen?«

Ihre Blicke halten einander stand. Dann drückt sie ihre Zigarette aus.

»Ich würde es liebend gern sehen«, sagt sie. »Aber nur auf ein paar Minuten. Dann muß ich heim. Morgen früh hab' ich eine Tennis-Verabredung.«

»Natürlich.«

Sie brechen nicht in Gelächter oder in Tränen aus und wollen auch nicht die Farce beenden, die sie spielen. Plötzlich ist sie für beide sehr wichtig. Ihr gemeinsames Leben, wiedergeboren. Die ersten Aufregungen, die ersten Blüten ihrer Liebe. Sie sind jung, nervös und bereit. Fürchten, einen falschen Schritt zu tun. Zu sehr zu drängen, zu leicht nachzugeben.

Er bringt sie heim, zeigt ihr das Haus. Die Küche. Den Patio. Den ersten Stock. Alles. Sie schlendern hinunter zum Strand. Lauschen dem Rauschen des Ozeans. Beobachten die Palmwedel, die sich im böigen Wind neigen. Gehen zurück zum Haus ...

»Es ist schön«, sagt sie. »Wirklich schön.«

»Ich weiß«, antwortet er und lacht. »Aber man könnte viel daran tun.«

»Ja, das stimmt.«

»Möchten Sie noch einen Cognac?«

»Ich sollte vielleicht nicht, aber – ja, ich möchte.«

Sie streifen ihre Schuhe ab. Lassen sich in tiefe, bequeme Sessel fallen. Betrachten einander ohne zu lächeln.

Jetzt oder nie, denkt er. »Sylvia, müssen Sie wirklich zurück in Ihre Wohnung?«

»Soll das ein Vorschlag sein?« fragt sie.

»Ja.«

»Ich könnte die Tennis-Verabredung streichen.«

»Also ...«

Im Schlafzimmer schalten sie kein Licht an. Ziehen sich hastig im Dunkeln aus.

»Eines mußt du wissen«, erklärt sie bestimmt. »Normalerweise bin ich nicht –«

»Ich weiß«, unterbricht er sie. »Ich auch nicht.«

Sie stellen sich absichtlich ungeschickt an im Bett. Fummeln herum. Die Wirklichkeit ist verloren, so gut spielen sie ihre Rollen. Es ist wieder das erste Mal. Sie wollen, daß es großartig ist. Sind abwechselnd grob und zärtlich. Stellen alles auf die Probe. Wie kann ich ihr Vergnügen bereiten? Was mag er am liebsten?

Schließlich gibt sie alle Zurückhaltung auf. Und er auch. Dann sind sie nur noch zuckende Pulse. Es gibt nichts, was sie nicht tun. Er hat nie eine so leidenschaftliche Frau erlebt. Und sie noch nie einen Mann, der sich so liebevoll um sie bemüht. Ihre Raserei zündet.

»Hier!«

»Jetzt.«

»Das.«

»Oh.«

»Tu's doch.«

»Das?«

»Gott!«

»Hör jetzt nicht auf.«

»Ah.«

»Ich liebe dich.«

»Ich liebe dich.«

Erinnernswert, wie sie sich lieben. Ein Ereignis. Es erschüttert sie. Sie umschlingen sich, halten sich fest. Halten, verbergen ihr Geheimnis. Wissen durch diese kurze Umarmung, daß sich ihr Leben verändert hat. Sie sind ineinander gedrungen, sind eins geworden.

Harry spielt noch immer seine Rolle: »Wann willst du weg?«

»Ich will nicht weg«, antwortet sie. »Nie mehr.«

Jetzt, da Sylvia tot und begraben ist, glaubt Harry Dancer mit voller Überzeugung, daß sich dieser Abend wirklich so ereignet hat. Genau wie er ihn in seiner Erinnerung sieht. Sie haben der Zeit ein Schnippchen geschlagen. Sie für ein paar Stunden verdoppelt, die Vergangenheit zur Gegenwart gemacht, ohne sich um die Zukunft zu scheren. Diese goldene Seligkeit – es hat sie gegeben. Er ruft sie in seine Erinnerung zurück. Kümmert sich jetzt nicht mehr darum, ob es die Wirklichkeit von gestern ist oder der Traum von heute.

ANTHONY GLITNER hockt am Strand und duckt sich vor der Mittagssonne. Er hat seinen breitrandigen Hut tief ins Gesicht gezogen und trägt eine dunkle Sonnenbrille. Ein Handtuch über seinen blassen, sommersprossigen Schultern, ein zweites schützend auf den hochgezogenen Knien. Trotzdem fühlt er die sengende Hitze, die seine Säfte austrocknet.

Evelyn Heimdall liegt neben ihm auf dem Bauch, hat ein Baumwollhandtuch unter sich. Den Kopf hat sie auf die verschränkten Unterarme gelegt, den BH aufgehakt. Ihr eingeölter Rücken glänzt. Die eingeölten Arme. Die Beine. Ein goldenes Girl beim Rösten. Sie scheint Teil der Sonne, des Sandes, des Ozeans zu sein. Glitner versucht, sie nicht zu direkt anzuschauen.

Sie haben ihr Picknick hinter sich, den Korb mit dem gebratenen Huhn, dem Kartoffelsalat, den Tomaten und den Gurken geleert. Der restliche Wein ist zu warm zum Trinken. Sie können sich nicht bewegen. Satt und aufgeweicht.

»Wunderbar«, sagt Evelyn ein wenig müde. »Ein herrlicher Tag.«

»Heiß«, sagt Tony. »Mögen Sie die Hitze, Ev?«

»Sie taut mich auf. Nimmt alles weg, was weh tut. Meine Leiden werden geschmolzen, tropfen von mir.«

Er schaut hinaus aufs Meer. Katamarane mit prächtigen Segeln kreuzen gegen den Wind. Gummiboote schaukeln im Wasser. Schwimmer tauchen in die Wellen, kreischen. Und über allem die gnadenlose Sonne. Der Himmel ist offen. Es ist eigentlich gar kein Himmel, nur blaue Leere und das flammende Gestirn.

»Mehr Öl«, murmelt Evelyn. »Bitte. Auf den Rücken und die Schultern. Ich will keinen Sonnenbrand bekommen.«

Gehorsam beugt er sich vor, um die Samthaut mit Sonnenöl zu glätten. Fühlt die Hitze ihrer Haut, die kräftigen Muskeln. Sie ist straff, sitzt knapp in ihrer Hülle.

Er beginnt sein Spiel.

»Das regt mich ganz schön auf«, sagt er, während er den vibrierenden Rücken massiert.

»Wie gut«, antwortet sie. »Mich auch. Sie haben geschickte Hände, Tony. Die Berührung tut gut.«

»Zum Glück sind wir in der Öffentlichkeit. Wenn nicht – wer weiß? Es könnte durchaus sein, daß ich mich mit einem wilden Schrei auf Sie werfe.«

Sie lacht. »Bitte, bedienen Sie sich. Sie sind doch nicht verheiratet, oder?«

»Nein.«

»Freundin?«

»Momentan nicht.«

»Armer Tony«, bedauert sie. »Wie schade. Wegen der Vorschriften?«

»Nein«, entgegnet er, und ihm ist nicht wohl dabei. »Ganz gegen die Vorschriften.«

Als sie kichert, bewegt sich ihr ganzer Körper. Er schmiert Öl in ihre Kniekehlen. Schaut, wie ihr winziges Bikinihöschen in den Spalt zwischen ihren Hinterbacken gerutscht ist. Ein tiefer Spalt ...

»Werden Sie nicht gleich nervös, Tony«, rät sie ihm. »Regeln sind dazu da, daß sie gebrochen werden – Sie wissen das.«

»Ich habe ja niemanden, mit dem ich sie brechen könnte.«

Sie hebt den Kopf und starrt ihn an. »Ich bin doch hier.«

Er versucht zu lächeln. »Das wäre wohl nur ein Akt christlicher Nächstenliebe.«

Sie senkt den Kopf. Schließt die Augen. »Ich bin eine Frau, die ihren Nächsten liebt. Ich bin dazu ausgebildet ...«

Er ist hin- und hergerissen. Was als einfacher Test begann, ist zu etwas wesentlich Komplizierterem geworden. Er kämpft gegen die Versuchung an. Die körperliche Situation löst seine Zurückhaltung. Es ist so leicht, nachzugeben.

»Könnten wir wirklich?« murmelt er mit erstickter Stimme. »Ich weiß es nicht.«

»Sie brauchen sich keine Gedanken zu machen«, erklärt sie. »Es ist nicht so wichtig. Ich denke in einem solchen Fall nicht an die Corporation.«

»Ich aber. Es ist eine schwierige Entscheidung.«

»Also schön, dann denken Sie darüber nach. Sie wissen, wo Sie mich erreichen können. Ich bin jederzeit bereit.«

Das hätte sie nicht sagen sollen. Es bestätigt seine Bedenken. Seine momentane Lust verfliegt. Jetzt kommt es nur darauf an, wie er ihrem Hedonismus begegnet. Welche Maßnahmen liegen im Sinn der Corporation, der Operation Harry Dancer?

»Ich könnte gut sein für Sie, Tony.«

An diesem Abend, in Martin Freys schweißnassen Armen, berichtet sie ihm vom Nachmittag am Strand mit Glitner.

»Er hat mich angemacht«, erzählt sie und lacht. »Kannst du dir das vorstellen? Und ich dachte immer, er wäre ein so pflichtbewußter, braver Beamtentyp.«

Frey rollt sich zur Seite, setzt sich auf. Starrt sie an. Schockiert.

»Was hast du da gesagt? Dein Beauftragter hat dich angemacht?«

»So kann man es bezeichnen. Er hatte ein ganz schönes Hoch im Anzug.«

»Und wie hast du darauf geantwortet?«

»Ich hab' ihn ruhig gewähren lassen, ihn nicht entmutigt. Wenn er will, gut. Wenn er nicht will, auch recht. Es hat nichts mit uns zu tun.«

Martin Frey stöhnt. »Es hat *alles* mit uns zu tun. Sein Verdacht, du könntest nicht mehr ganz im Sinne der Corporation arbeiten, hat mich hierhergeführt. Meine Berichte, in denen nur Gutes über dich steht, haben ihn nicht beruhigt. Er glaubt noch immer, daß du im Begriff bist, umgedreht zu werden.«

Sie beißt in ihre Handknöchel. »Martin, bist du sicher?«

»Natürlich bin ich sicher. Du hast mir selbst gesagt, daß er ein Mann ist, dem nichts entgeht. Ein gefühlvoller Mann. Ev, er hat dich *getestet*. Oder hat er das je zuvor versucht? Kannst du dich erinnern?«

»Nein. Nie.«

»Dann ist er wirklich pflichtbewußt und brav. Er wollte nur herausfinden, wie weit du vom Wege abgewichen bist.«

»Vielleicht war es die Sonne, der Strand. Vielleicht ist er aufgetaut, genau wie ich.«

Frey schüttelt den Kopf. »Ich bin in Spionageabwehr ausgebildet. Ich kenne die Techniken. Glitner hat dir eine Falle gestellt. Und du bist prompt hineingetappt.«

»Ich dachte, er meint es wirklich.«

»Da hast du dich getäuscht. Er hat nur gespielt.«

Sie wendet ihm ihr besorgtes Gesicht zu. »O Gott, Martin, und was tun wir jetzt?«

»Haben wir eine Wahl? Wir können nur das tun, was wir bereits besprochen haben – zu den anderen überlaufen. Und dabei die bestmöglichen Bedingungen aushandeln.«

»Bleiben wir beisammen?«

»Auf jeden Fall. Sonst laufen wir nicht über. Hör mal, wir können ihnen eine Menge Geheiminformationen liefern. Das Department wäre verrückt, wenn es uns abweisen würde. Sie sind vielleicht von Übel, aber nicht blöd. Und wenn sie uns ausquetschen, wollen wir etwas dafür haben. An erster Stelle die Versicherung, daß wir beisammen bleiben können. Es wird klappen, Schatz, du wirst schon sehen.«

»Und wie geht es? Ich meine, an wen sollen wir uns wenden?«

»Laß mich nur machen. In solchen Fällen wendet man sich am besten an den Mann der Spitze. An jemanden, der die Bedingungen mit uns aushandeln kann.«

Zitternd vor Angst wirft sie sich ihm in die Arme. Jetzt stachelt sie die Ungeheuerlichkeit ihres Verrats an, löscht jeden anderen

Gedanken aus. Sie paaren sich wie die Pestkranken. Mit hysterischer Intensität. Ein feuriger Mahlstrom. In der Erwartung des Blitzes, der herniederfährt und sie zerstört. Oder, schlimmer, eines Urteils des jüngsten Gerichts, das sie in alle Ewigkeit verdammt.

DER VORSITZENDE auf seinem Thron im Strategieraum schaut die neuesten Meldungen der Region Südost durch. Stöhnt auf vor Zorn. Diese Region macht mehr Ärger als alle anderen neun Regionen zusammen.

Der Verrat der Privatsekretärin des Direktors ist der letzte Tropfen, der das Faß zum Überlaufen bringt. Die Dummheit dieses Mannes! Ein Maulwurf der Corporation jahrelang in seinem eigenen Büro! Wenn der Vorsitzende impulsiv handeln würde, ließe er den Direktor augenblicklich und für alle Zeiten degradieren.

Aber der Vorsitzende handelt selten impulsiv oder nach Gefühl. Das ist zu gefährlich – auch für seine eigene Karriere. Also denkt er sorgfältig über die Aktionen nach, die nach dem Desaster mit Norma Gravesend zu treffen sind.

Die Codes müssen geändert werden, natürlich. Das Schlüsselpersonal ausgetauscht. Informanten beschützt. Kommunikationstechniken neu geordnet. Und das alles nur, weil ein dämlicher Direktor eine Spionin bei sich eingestellt hat! Der Vorsitzende versucht, seinen Zorn nicht überhandnehmen zu lassen. Er will sich die volle Urteilsfähigkeit bewahren.

Den Direktor zu eliminieren, wäre kein Problem. Wichtig aber ist vor allem das Ergebnis der Kampagnen, die von diesem Idioten überwacht werden. Wie zum Beispiel die Sache Harry Dancer. Mit Briscoe als Beauftragten hofft der Vorsitzende, daß sich Dancer als Gewinn erweist. Wenn er den Direktor jetzt gleich degradiert, kann das die Bekehrung von Dancer und einem halben Dutzend anderer gefährden.

Also trifft der Vorsitzende seufzend den Entschluß, sich zu

mäßigen. Der Direktor der Region Südost kann später jederzeit gefeuert werden. Die höchsten Shoguns des Departments sind nicht an den Individuen interessiert, nur an Zahlen. An einer ständig wachsenden Kongregation.

Er wird den Direktor in seinem Amt belassen. Vorläufig. Ohne Vorwürfe, ohne überhaupt in irgendeiner Weise darauf einzugehen. Soll der Kretin doch im eigenen Saft schmoren. Und sich fragen, wann das Beil fällt. Inzwischen wird er voller Angst seine Beauftragten anspornen. Wird Ergebnisse fordern. Konvertierte.

Wie diesen Harry Dancer.

BRISCOE ÜBERFÄLLT SALLY ABADDON am frühen Vormittag. Ohne vorher anzurufen. Er klopft an ihre Tür, sie meldet sich, und da ist er. Trägt eine Sporthose, in einem infernalischen Karomuster. Dazu ein Strickhemd mit dem Zeichen des Departments über dem Herzen. Die kurzen Ärmel lassen haarige, muskulöse Arme frei. Am linken Unterarm hat er eine böse Narbe.

»Hallo, Baby«, sagt er und grinst kalt. »Wir zwei sollten uns mal unterhalten.«

Sie läßt ihn ein. Er bittet um eine Tasse Kaffee, Orangensaft, ein Bier – irgend etwas. Sie bringt ihm Kaffee. Dann fragt er nach etwas zum Essen: ein Stück Toast, Blätterteig, Kleingebäck – irgend etwas. Sie bringt ihm einen gezuckerten Krapfen. Nachdem er auf diese Weise klargemacht hat, wer der Boss ist, setzt er sich lässig in einen tiefen, gepolsterten Sessel. Schlabbert sein Frühstück. Beobachtet sie dabei ständig, während sie sich unruhig im Zimmer bewegt.

»Diese Frau, mit der Sie all Ihre Zeit verbringen«, beginnt er. »Die nebenan wohnt – wie heißt sie noch?«

»Angela Bliss.«

»Ja. Haben Sie mit der ein Verhältnis, oder was?«

»Wir sind Freundinnen. Ich kann nicht vierundzwanzig Stunden am Tag mit Harry Dancer zusammensein.«

»Stimmt, das können Sie nicht. Also, diese Angela Bliss gehört zum Department. Abteilung Innere Sicherheit. Ted Charon hat sie aus Chicago hergeholt, damit sie ein bißchen auf Sie aufpaßt. Hat sie Ihnen das gesagt?«

Sally Abaddon wendet sich ab, um eine Zigarette zu suchen, zündet sie an. Dann antwortet sie, den Rücken ihm zugewandt.

»Nein, das hat sie mir nicht gesagt.«

»Ja, also, sie ist wirklich eine Art Polizist. Ich habe nichts damit zu tun. Shelby Yama hat Sie verdächtigt, bevor er kassiert worden ist. Er hat Charon gebeten, diese Bliss auf Sie anzusetzen, um zu sehen, ob Sie sich gut betragen.«

»Und?« fragt Sally mit gepreßter Stimme.

»Sie sind sauber. Die Bliss schwört, daß sie so treu sind wie Gold. Also kann man sie wieder abziehen. Sie wird zurückgeschickt nach Chicago, wo sie einen neuen Auftrag erhält. Morgen haben Sie Ruhe vor ihr.«

Endlich sitzt Sally Abaddon. Schaut ihn an. Schlägt die Beine übereinander. Ihr Bademantel öffnet sich. Er schaut ihr Knie an. Die glatten Schenkel. Beobachtet, wie ihr nackter Fuß auf und ab wippt.

»Nervös?« fragt er.

»Natürlich nicht. Warum sollte ich nervös sein? Sie hat mich also nicht bei irgend etwas erwischt. Ich wüßte auch nicht, warum mich Yama verdächtigt haben sollte.«

»Vielleicht hat er sich Sorgen gemacht, weil Sie den Fall Dancer nicht längst zum Abschluß gebracht haben. Vielleicht dachte er, Sie treffen sich nicht oft genug mit ihm.«

»Ich treffe ihn heute mittag. Zum Lunch.«

»Zum Lunch? Und zu einer Matinee?«

»Wenn er will. Schauen Sie, Briscoe, es gibt Kerle, die kann man ein bißchen schubsen, und bei anderen geht das nicht. Dancer ist einer von den Männern, die selbst die Gangart bestimmen. Da muß man mitmachen, wenn man ihn nicht verlieren will. Ich kenne meinen Job.«

»Das glaube ich, Baby. Aber Cleveland interessiert sich nur für Resultate, das wissen Sie.«

»Sie werden Ihre Resultate bekommen.«

»Ja? Und wann, wenn man fragen darf?«

Sie zündet sich wieder eine Zigarette an. »Das kann ich nicht sagen.«

»In einer Woche? Einem Monat? Was schätzen Sie?«

Sie fährt ihn an: »Lassen Sie mich in Ruhe, haben Sie verstanden? Der Fall ist nicht ganz so einfach. Dieser Mann träumt noch immer von seiner toten Frau. Es wird dauern, bis ich ihn so weit habe.«

»Das ist mir nicht genug«, sagt Briscoe und schüttelt den Kopf. »Sie wissen ja, Ihr jährlicher Fitness-Bericht steht bevor. Ich möchte gern was Nettes über Sie sagen. Verstehen Sie, worauf ich hinaus will?«

»Das verstehe ich sehr gut.«

»Bumsen Sie noch mit Dancer?«

»Klar.«

»Und das ist die Handhabe, nicht wahr? Dann drängen Sie mal ein bißchen. Drohen Sie ihm damit, daß Sie sich ihm entziehen, wenn er nicht willig ist.«

»Ich bin sicher, daß das nichts bringt.«

»Was, zum Teufel, bringt dann etwas?« brüllt er. Bricht ab. Versucht, seinen Zorn zu dämpfen. »Soll ich ihm die Bänder vorspielen? Oder die Videoaufnahmen zeigen? Er hat eine verantwortliche Position. Menschen hängen von ihm ab. Sagen Sie ihm, wenn er die Dinge nicht so sieht, wie wir das haben wollen, ist er weg vom Fenster.«

Sie starrt ihn an. Versucht, möglichst ausdruckslos zu bleiben. »Lassen Sie mir noch eine Woche Zeit, Briscoe.«

»Sie wollen mich nur hinhalten«, beschuldigt er sie.

»Nein, nein. Lassen Sie mir eine Woche Zeit, um ihn rumzukriegen. Wenn ich es dann nicht geschafft habe, versuchen wir es mit den Ton- und Videobändern.«

»Eine Woche? Also schön, meinetwegen. Sehen Sie, wie leicht man mit mir auskommt? Ein harmloses Kätzchen – ja, das bin ich.«

»Klar.«

Sie hofft, daß das das Ende der Unterhaltung ist. Er hat seinen Kaffee ausgetrunken, den Krapfen gegessen. Sie will, daß er geht. Aber er bleibt sitzen. Starrt auf ihre nackten Beine. Sie zieht den Bademantel zu. Sein Blick wandert zu ihrem Gesicht. Sie hat nie zuvor auf die Farbe seiner Augen geachtet. Wie schmutziges Eis.

»Sie treffen also Dancer heute mittag«, wiederholt er, und seine Stimme klingt tonlos, fast ein wenig gepreßt.

»Stimmt.«

»Dann haben Sie heute abend frei«, fährt er fort. »Ganz allein und einsam.«

»Ich habe einiges zu tun.«

»Mit Angela Bliss? Die können Sie vergessen. Sie ist praktisch auf dem Rückweg. Da ist nix mehr für Sie drin, Baby.«

Sie gibt keine Antwort.

»Ich komme gegen acht«, sagt er und steht auf. »Wir sollten uns besser kennenlernen. Jetzt, da ich Ihr Beauftragter bin.«

Noch immer schweigt sie.

»Acht Uhr«, wiederholt er. »Okay? Denken Sie an den Fitness-Bericht.«

»Klar«, erwidert sie.

Sie schaut durch die Jalousie, bis sie ihn im schwarzen Mercedes davonfahren sieht. Dann beginnt sie zu weinen. Es dauert fünf Minuten, ehe sie sich so weit gefangen hat, daß sie in der Lage ist, Angela Bliss anzurufen.

»Kannst du bitte rüberkommen?« bittet sie. »Jetzt gleich.«

»Darling, was ist?«

»Bitte ...«

»Ich bin sofort da.«

Sie sitzen eng aneinandergekuschelt da. Halten sich die Hände.

Sally berichtet, was Briscoe gesagt hat. Was er andeutete. Die Nuancen. Und wie er sie angeschaut hat.

»Er weiß alles«, sagt sie zu Angela. »Über dich und mich. Alles. Er kommt heute abend vorbei. Um mich zu testen. Und er sagt, daß du morgen abreisen mußt.«

»Vielleicht lügt er.«

»Selbst wenn, ist es nur eine Frage der Zeit, nicht wahr? Ich meine, bis wir getrennt werden. Er will, daß ich Harry erpresse mit den Tonbändern und den Videoaufnahmen, die wir gemacht haben. Angela, das kann ich nicht tun.«

»Natürlich nicht. Sweetheart, wir haben lange genug darüber gesprochen; jetzt müssen wir etwas unternehmen. Überlaufen. Zur Corporation. Es ist unsere einzige Hoffnung.«

»Aber Briscoe kommt *heute abend* hierher«, jammert Sally. »Wir brauchen mehr Zeit, um herauszufinden, an wen wir uns wenden können. Uns zu überlegen, was wir sagen.«

Angela drückt ihre kühle Hand auf die Wange der anderen Frau. Lächelt. »Keine Sorge. Überlaß das ruhig mir. Ich weiß, wie man so etwas bewerkstelligt. Du gehst zu deinem Lunch mit Harry. Wenn du zurück bist, habe ich einen Plan.«

»Und ich brauche nichts mit diesem Ekel anzufangen?«

»Bestimmt nicht. Kein Gedanke. Darling, du traust mir doch?«

»Das weißt du genau. Bis der Tod uns scheidet.«

»Wirst du alles tun, was ich dir sage? Es kann hart werden. Wirklich unangenehm.«

»Heißt das, wir werden beisammensein, wenn es soweit ist?«

»Genau das heißt es.«

»Dann bin ich bereit, alles zu tun«, verspricht Sally Abaddon.

AM NACHMITTAG desselben Tages. Der Direktor schleppt sich durch sein Büro. Das Haar zerwühlt. Der Anzug zerknittert. Einen Zweitagesbart im Gesicht. ›Soll der Kretin doch im eigenen Saft schmoren‹, hatte der Vorsitzende geflucht. Und genau das tut der Kretin. Er erwartet ein Strafgericht, das nicht stattfindet.

Inzwischen versucht er, die Routine seines normalen Arbeitstages weiterlaufen zu lassen. Hat sogar die neue EDV-Kraft zu seiner persönlichen Sekretärin gemacht. Hoffnungslos untüchtig, aber so jung! Und zart. Schade, daß er momentan nicht das Bedürfnis verspürt, ihre Loyalität zu testen. Der Verrat und die Beseitigung von Norma Gravesend haben ihn neutralisiert. Er schwimmt in Verzweiflung.

Als sein Telephon klingelt, wird er fast ohnmächtig. Jetzt ist bestimmt die Vorladung eingetroffen. Er nimmt den Hörer mit zitternder Hand ab. Antwortet mit krächzender Stimme: »Der Direktor am Apparat.«

»Sir, hier ist Martha von der Telephonzentrale. Ich habe einen Mann an der Leitung, der darauf besteht, mit Ihnen persönlich zu sprechen. Er will nicht angeben, worum es sich handelt, und er ist auch nicht bereit, mir seinen Namen zu nennen. Wie soll ich verfahren?«

»Sagen Sie ihm, er soll mit der Abteilung Innere Sicherheit sprechen.«

»Das habe ich bereits vorgeschlagen, Sir. Er sagt, er hängt ein, wenn ich ihn mit irgend jemandem außer Ihnen verbinde. Und er meint, es wäre nur zu Ihrem Nutzen, wenn Sie mit ihm sprechen.«

Sofort hat der Direktor den Haken geschluckt, hängt an der Angel. Er überlegt. Wenn es sich herausstellt, daß der Anrufer ein Verrückter ist, kann er immer noch auflegen. Aber wenn dieser Mann wirklich etwas anzubieten hat ...

»Also gut, Martha«, sagt er. »Stellen Sie ihn durch.«

Die Stimme des Mannes: »Spreche ich mit dem Direktor der Region Südost?«

»Das ist richtig. Mit wem spreche ich?«

Der Anrufer ignoriert die Frage, stellt statt dessen selbst eine. »Überwachen Sie die Aktion Harry Dancer?«

Der Direktor hält den Atem an. Welcher Verrückte könnte darüber Bescheid wissen?«

»Ich weiß nicht, wovon Sie sprechen«, antwortet er.

»Hören Sie auf mit dem albernen Spiel«, lautet die ungeduldige Antwort. »Die Operation Harry Dancer. Ihr Beauftragter ist Briscoe, seitdem Shelby Yama ausgeschaltet wurde. Ihre Außendienst-Agentin ist Sally Abaddon. Wissen Sie jetzt, wovon ich rede?«

Schock. Gibt es denn noch eine Lücke in der Sicherheit?

»Was wollen Sie?« fragt der Direktor.

»Ich will Asyl«, sagt der Mann. »Ich bin ein Spionageabwehr-Agent der Corporation. Bei mir ist der Außendienst-Agent in der Sache Dancer. Wir möchten die Möglichkeit eines Seitenwechsels diskutieren.«

Der Direktor hält sich den Hörer weit vom Ohr weg. Starrt ihn voll freudiger Überraschung an. Eine Flamme der Hoffnung beginnt zu flackern.

»Hallo? Sind Sie noch da?«

»Ja, ich bin noch da«, sagt der Direktor hastig. »Meinen Sie damit, daß Sie eventuell zu uns überlaufen wollen?«

»Richtig.«

»Gut«, sagt der Direktor, jetzt sehr freundlich und entgegenkommend. »Ich glaube, das läßt sich arrangieren. Wir haben ein Programm, das –«

»Den Quatsch können Sie sich sparen«, unterbricht der Anrufer. »Ich sagte, wir wollen die Möglichkeit diskutieren. Kennen Sie die Atlantic Avenue-Brücke über den Intracoastal-Kanal?«

»Ja.«

»Sie wird alle dreißig Minuten hochgezogen. Zu jeder halben und vollen Stunde. In dem Augenblick, wo sie sich nach zwei Uhr heute nachmittag schließt, treffen wir uns in der Mitte, also da, wo die beiden Brückenteile aufeinanderstoßen. Dann können wir sprechen. Und Sie kommen allein.«

»Sie werden zu zweit kommen, nicht wahr?«

»Stimmt.«

»Dann muß ich darauf bestehen, einen Begleiter mitzunehmen.«

Schweigen. Schließlich: »Wen? Ted Charon, Ihren Leiter der Abteilung Innere Sicherheit?«

Wieder erschrickt der Direktor. Der Mann scheint bemerkenswert gut informiert zu sein. Das beweist, daß sein Vorschlag offensichtlich echt ist. »Ja, Charon«, erwidert er. »Zwei zu zwei. Das ist nur fair.«

Wieder Schweigen. Dann ...

»Also gut. Auf der Atlantic Avenue-Brücke. Kurz nach zwei Uhr. Seien Sie da.«

Klick.

Der Direktor lehnt sich zurück, atmet tief ein. Wenn der Anruf kein Scherz ist – was für ein Coup! Zwei bedeutende Agenten der Corporation, die bereit sind, überzulaufen! Und die damit die Dancer-Affäre auf ihrer Seite schwächen, womöglich bis hin zur Kapitulation der Corporation in dieser Angelegenheit.

Noch wichtiger: Ein Coup, der die Haut des Direktors retten kann.

Er und Charon treffen eine halbe Stunde früher als vereinbart auf der Brücke ein.

»Ich habe zwei Wagen«, sagt Charon. »Auf jeder Seite einen. In jedem Wagen sitzen drei Männer. Wenn wir nicht handelseins werden, können wir sie dennoch schnappen. Ich meine, wenn sie es befehlen, Sir«, fügt er hinzu.

»Wir müssen improvisieren«, schlägt der Direktor vor. »Halten Sie die Männer zurück, bis wir wissen, was die beiden wirklich wollen.«

Charon schaut sich nach beiden Seiten um. »Ich sehe keinen anderen besetzten Wagen in der Nähe der Brücke parken. Und keine Leute, die so aussehen wie Schlägertypen. Vielleicht kommen sie allein.«

Sie warten geduldig. Die Brücke teilt sich und klappt hoch –

genau um zwei Uhr. Zwei Ausflugsschiffe und ein Segelboot fahren durch den Kanal. Die Brücke schließt sich, die Sperren gehen hoch.

»Also dann«, sagt Charon, »gehen wir.«

Sie gehen langsam auf die Mitte der Brücke zu. Bleiben stehen, mit dem Rücken zum Geländer. Schauen in beide Richtungen. Nichts.

»Vielleicht kommen sie nicht«, fürchtet der Direktor. Er beginnt zu schwitzen. »Vielleicht haben sie Ihre Wagen gesehen und sind abgehauen.«

Charon weigert sich, die Schuld dafür zu übernehmen. »Sie werden kommen«, sagt er. »Es war ihr eigener Vorschlag, nicht wahr?«

Schließlich sehen sie, wie sich ein Paar von der Westseite der Brücke nähert. Ein Mann und eine Frau, die sich die Hände halten.

»Das könnten sie sein«, sagt Charon, nimmt seine Mütze ab und wischt sich die Brauen mit einem Taschentuch. Das Zeichen für seine Männer.

Die vier treffen sich in der Mitte der Brücke, starren sich an.

»Direktor?« fragt der Mann. Er ist jung, sieht gut aus. Olivfarbene Haut. Die Frau ist fast ebenso dunkel gebräunt. Fester, straffer Körper. Kurzes, sonnengebleichtes Haar. Sie wirkt verängstigt.

»Richtig«, entgegent der Direktor. »Und dieser Gentleman ist Ted Charon, der Leiter der hiesigen Abteilung für Innere Sicherheit.«

»Können wir irgendeine Identifikation sehen, bitte«, verlangt Charon.

Die beiden Fremden schauen sich an. Der Mann nickt, nimmt seine Brieftasche heraus. Die Frau kramt in ihrer Handtasche. Die beiden reichen Charon Plastikkarten. Er prüft sie. Blickt hoch, um Gesichter und Photos zu vergleichen. Gibt die Ausweiskarten zurück.

»Martin Frey und Evelyn Heimdall«, meldet er dem Direktor. »Das paßt zu unseren Erkenntnissen. Die Lady ist Außendienst-Agentin im Fall Dancer. Und Frey arbeitet bei der Spionageabwehr in Washington.«

»Sie wollen also zu uns kommen?« fragt der Direktor.

»Vorausgesetzt, wir bekommen, was wir wollen«, antwortet Frey.

»Und das ist?«

»Den üblichen Schutz. Und außerdem das Versprechen, daß wir beide zusammenbleiben können. Zusammen arbeiten. Wir sind ein Team – davon müssen Sie ausgehen.«

»Und was erhalten wir dafür?« fragt Charon. »Außer einem Team?«

Frey zuckt die Schultern. »Alles, was wir haben, wissen, können. Geheimcodes, Personallisten. Die Anwerbungstechniken. Namen, Daten, Orte. Wir halten nichts zurück. Es ist uns klar, daß wir uns auf Ihren guten Glauben verlassen müssen, aber wir sind bereit, die Chance zu ergreifen. Wir können dem Department sehr wertvoll sein.«

»Und es ist nicht nur das Material, das wir Ihnen liefern«, ergänzt Evelyn Heimdall. Sie spricht zum erstenmal. »Wir können dem Department auch als aktive Agenten nützlich sein. Wir kennen unseren Job, und wir üben ihn mit Begeisterung aus.«

»Ist Ihnen klar, was das umfaßt?« fragt der Direktor. »Beim Department gibt es keine Kündigung. Wissen Sie das?«

Sie nicken beide. Die vier reden weitere fünfzehn Minuten miteinander. Besprechen Details des Übertritts. Wann, wo und wie. Profis, die leidenschaftslos die Bedingungen für den Hochverrat diskutieren. Es gibt Dokumente zu unterzeichnen. Die Verbringung in eine sichere Unterkunft. Neue Identitäten, neue Rollen, neue Aufträge für die Konvertierten.

Schließlich schaut der Direktor Ted Charon an.

»Was meinen Sie?« fragt er.

»Wir sollten sie nehmen«, antwortet Charon. »Wohin sollen sie denn, wenn nicht zu uns?«

DER ABEND desselben Tages. Sally Abaddon und Angela Bliss gehen ihren Plan ein halbes dutzendmal durch. Achten auf alles, was möglicherweise schiefgehen könnte. Überlegen sich, wie sie darauf reagieren sollen. Versuchen, Briscoes Reaktionen vorherzusehen. Haben Angst vor der Kraft und der Brutalität dieses Mannes.

»Wo hast du den Revolver her?« fragt Sally.

»Er gehört mir«, antwortet Angela. »Vom Department. Jeder, der bei der Inneren Sicherheit arbeitet, bekommt einen.«

»Hast du ihn schon mal benützt?«

»Nur auf dem Schießstand. Aber ich bin ein guter Schütze. Sweetheart, bist du sicher, daß du das alles durchstehst?«

»Ich bin sicher«, bekräftigt Sally. »Außerdem haben wir keine andere Wahl, oder?«

»Nein, gar keine.«

Sie denken darüber nach, ob sie einen Wagen mieten sollen. Kommen zu der Erkenntnis, daß das die Dinge unnötig komplizieren würde. Fragen sich, ob sie Strick oder Handfesseln brauchen. Vielleicht auch Injektionsspritzen mit irgendwelchen Betäubungsmitteln? Alles, um ihn außer Gefecht zu setzen.

»Nein«, sagt Angela. »Wir müssen es so einfach wie möglich machen. Je weniger schiefgehen kann, desto besser. O Gott, ich bin nervös. Du?«

Sally streckt ihren Arm aus. Die Hand zittert. »Schau.«

»Ich weiß, Darling. Mir geht es genauso.«

»Was wir da tun – in Kürze tun werden –, ist nicht die hübscheste Art und Weise, ein neues Leben zu beginnen, oder?«

»Aber man wird uns vergeben. Es ist gerechtfertigt. Er ist ein übler, widerwärtiger Kerl. Es macht ihm Spaß, die Menschen zu quälen. Ich kenne seine Akten.«

Sie sind in Sallys Motelsuite. Umgeben von all den billigen

Requisiten, die benützt werden, um Harry Dancer zu verführen. Jetzt sieht es hier so tot und staubig aus wie auf einer schon lange nicht mehr bespielten Bühne. Die beiden Frauen ertragen es nicht, ständig die fleischigen Nackten an den Wänden sehen zu müssen. Die orangegetönten Spiegel. Die kitschigen Möbel.

»Können wir uns lieben?« fragt Sally plötzlich. »Bitte. Es ist wichtig für mich.«

»Ja«, antwortet Angela. »O ja.«

Dann liegen sie einander nackt in den Armen, zittern vor Angst und Lust. Ihr Plan verleiht der Liebe zusätzlichen Reiz. Sie kommen einander noch näher durch die Gefahr. Riskieren alles für den anderen. Ihre Umarmungen sind verzweifelt – und um so süßer.

Sie haben die Körper des anderen kennengelernt, haben sich ihre Bedürfnisse, ihre geheimsten Wünsche gestanden. Ihr Einswerden ist selbstbewußt und gebend zugleich. Es hat noch den Reiz der Neuheit, durchdrungen von Liebe. Ihre kühne, neue Welt wird immer größer: Sie erkennen keine Grenzen mehr.

»Laß mich«, bittet Sally. »Jetzt bin ich dran.«

Angelas magerer, harter Körper ist ihr lieb und teuer geworden. Etwas, das man erst schätzen lernen muß. Knochen und Muskeln, Haut und Adern. Alles warm und bereit. Lippen, die sich suchen. Eine Verschwörung, die nur aus zwei Menschen besteht. Geheime Übereinstimmung. Die Liebe gehört ihnen ganz allein. Sie schützen, sichern und nähren sie.

In ihrer Glut schwinden die Zweifel dahin. Es gibt nichts, was sie nicht dafür tun würden. Die Küsse bannen die Angst. Prüfende Zungen bestätigen die Verwandlung. Gepaart sind sie stärker. Ihre Entscheidung wird bestätigt. Zwei sind eins, ein Körper, ein Wille.

Sie trennen sich, schauen sich in die Augen. Streicheln, Liebkosen. Murmeln. Sie fühlen sich glatt und seidig. Lächeln über infantile Spiele. Glück, das sie durchflutet. Wonne, die noch anschwillt, bis in ihnen nur ein Puls bebt.

»Ganz gleich, was auch geschieht...« sagt Angela.

»Ja«, bestätigt Sally. »Ganz gleich, was...«

Sie strecken sich faul. Stöhnen vor Zufriedenheit. Erheben sich dann, ziehen sich an, treffen letzte Vorbereitungen. Beide tragen schwarze Jeans, schwarze T-Shirts, schwarze Turnschuhe. Die Mitternachtsmörder.

»Wichtig ist«, sagt Sally, »daß er nicht dazu kommt, seine Sondervollmachten einzusetzen.«

»Dazu hat er nicht die Gelegenheit«, antwortet Angela. »Vertrau mir nur.«

Sie trinken ein Glas gemeinsam – einen Liebestrank, bestehend aus Wodka.

»So macht man sich in Holland Mut«, sagt Angela.

»Das haben wir nicht nötig«, antwortet Sally. »Wir haben ja uns.«

»Immer«, schwört Angela.

Briscoe verspätet sich. Es ist fast zwanzig nach acht, als Sally, die durch die Jalousie schaut, den schwarzen Mercedes erblickt, der auf dem Parkplatz zum Stehen kommt.

»Er ist da«, verkündet sie.

Die beiden Frauen umarmen sich. Halten sich fest.

»Ich liebe dich.«

»Ich liebe dich.«

Angela stellt sich hinter die Tür. Sally schaltet die Deckenbeleuchtung ab. Läßt nur die schwache Nachttischlampe brennen.

Er klopft an, wie er ist: scharf, laut, autoritär.

Sally öffnet weit die Tür.

»Hallo!« sagt sie.

Er tritt ein. Lächelt fest. Angela stößt die Tür zu. Tritt hinter ihn und drückt die Mündung des Revolvers neben sein linkes Ohr.

»Das ist eine Schußwaffe«, sagt sie kalt. »Sie ist geladen. Also keine Bewegung.«

Er steht bewegungslos da. Sally tastet ihn ab. Keine Waffen.

Sie nimmt ihm die Schlüssel ab. Angela stößt wieder mit dem Revolver nach. Er sagt nichts. Sein Schweigen macht ihnen Angst. Sie sehen, wie seine glasigen Augen umherschweifen. Er wägt ab, kalkuliert.

»Los, Sally«, sagt Angela.

Sally Abaddon schlüpft zur Tür hinaus. Schließt sie sachte hinter sich. Angela Bliss geht ein paar Schritte zurück, kann so nicht überrascht werden, falls Briscoe sich plötzlich umdrehen sollte. Hält den Revolver ruhig in der Hand.

»Keine der üblichen Tricks«, droht sie. »Es sei denn, Sie wollen auf der Stelle abgeknallt werden.«

»Sie haben nicht den Mut dazu«, sagt er, spricht zum erstenmal. Mit trockener Stimme.

»Sie können es ja darauf ankommen lassen«, erwidert sie.

Dann stehen sie da, ohne zu sprechen. Angela wartet, bis Sally den Mercedes dicht vor die Tür gefahren hat. Sie wollen vermeiden, Briscoe unter Bedrohung über den ganzen Parkplatz treiben zu müssen. Schließlich hört sie, wie draußen kurz eine Hupe ertönt. Das Signal.

»Also gut«, sagt sie. »Wir gehen jetzt hinaus. Sie gehen voraus. Ich bin dicht hinter Ihnen. Setzen Sie sich in den Fond des Wagens. Drücken Sie sich in die gegenüberliegende Ecke des Rücksitzes. Halten Sie die Hände hoch, damit ich Sie sehen kann. Wenn Sie meinen, Sie können mich überrumpeln – bitte sehr. Es wäre mir ein Vergnügen, Sie auf der Stelle abzuknallen.«

Aber er unternimmt keinen derartigen Versuch. Fast demütig folgt er ihren Befehlen. Geht zur Tür hinaus. Steigt in den Wagen, auf den Rücksitz. Drückt sich auf die andere Seite. Angela folgt ihm. Hält den Revolver mit beiden Händen, zielt auf seine Brust.

»Er scheint sich zu benehmen, Sally«, sagt sie. »Fahren wir.«

Sally Abaddon fährt hinaus auf die A 1A. Biegt nach Süden ab.

»Das ist Verrat«, knurrt Briscoe. »Ihr lauft zur Corporation über. Alle beide.«

»Stimmt«, bestätigt Angela. »Wir setzen uns ab.«

»Und?« sagt er und zuckt mit den Schultern. »Was hat das mit mir zu tun? Ihr wollt gehen? Also geht. Ich kann euch nicht aufhalten. Aber warum zieht ihr mich da hinein? Wir beauftragen eben eine neue Außendienst-Agentin, die Sache Harry Dancer in die Hand zu nehmen. Es ist nicht so wichtig, wie ihr denkt.«

»Wenn Sie ein anderer wären«, sagt Angela, »würde ich Ihnen glauben. Aber ich kenne Ihre Akten, Briscoe. Ich weiß, was Sie für ein Teufel sind. Sie würden uns vielleicht gehen lassen, aber Sie würden uns töten. Eine solche Niederlage würden Sie nicht einfach einstecken. Ihre Pläne, Ihr Ehrgeiz – das ist alles den Gully hinunter. Wohin wir auch gehen, Sie würden uns folgen. Und uns vermutlich früher oder später finden. Wir müßten uns für den Rest unseres Lebens vor Ihnen verstecken. Das Department streicht uns von der Liste der Mitarbeiter und läßt uns gehen – Sie nicht. Sie würden weder vergeben noch vergessen. Weil wir Sie zum unfähigen Trottel gestempelt haben. Ist das nicht so?«

Er gibt keine Antwort, blickt geradeaus durch die Windschutzscheibe. Beobachtet, wie Sally nach rechts in den Atlantic Boulevard einbiegt. In Richtung Westen. Sie überqueren die Brücke genau an der Stelle, wo sieben Stunden zuvor Evelyn Heimdall und Martin Frey zum Department übergelaufen sind. Aber das weiß keiner von ihnen.

»Lassen Sie uns doch ins Geschäft kommen«, schlägt Briscoe vor.

»Ausgeschlossen«, fährt Sally mit scharfer Stimme dazwischen.

»Hören Sie mir wenigstens eine Minute lang zu«, sagt Briscoe. »Es ist durchaus vernünftig. Ihr bringt mich zum Flughafen. Ich verspreche, daß ich mich benehme. Ihr setzt mich in die erstbeste Maschine, die Miami verläßt. Wohin ihr wollt. Dann habt ihr Zeit, Kontakt mit der Corporation aufzunehmen. Die wird euch schützen. Und ich bin in der Luft, also stundenlang außer Gefecht.«

»Vergessen Sie's«, sagt Angela. »Sie kommen zurück und suchen uns.«

»Ich gebe euch mein Ehrenwort, daß ich das nicht tue.«

Die beiden Frauen lachen.

Dann fahren sie schweigend.

»Ihr wißt«, versucht Briscoe es erneut, »hier und da denke ich selbst daran, die Seiten zu wechseln. Sagt mir, warum ihr es tut. Es interessiert mich, ehrlich.«

Sie machen sich nicht die Mühe, ihm zu antworten.

»Wir sind gleich da«, sagt Angela zu Sally. »Nur noch ein paar Straßen. Du kannst nicht wenden, mußt um den Block herumfahren.«

Der Verkehr ist schwach, und es nieselt leicht. Sally schaltet die Scheibenwischer ein. Fährt langsam und vorsichtig. Beugt sich nach vorn, um genauer zu sehen. Wendet. Kommt wieder auf den Atlantic Boulevard, Richtung Osten. Briscoe schaut aus dem Fenster, sieht den Schimmer der Straßenlampen auf der dunklen Oberfläche eines Kanals.

»Doch nicht hier?« schreit er, entsetzt über ihr amateurhaftes Vorhaben. »Bei hellem Licht? Bei dem Verkehr? Um diese Tageszeit? Ihr müßt verrückt sein.«

»Wir gehen das Risiko ein«, sagt Angela.

»Wir haben nichts zu verlieren«, bestätigt Sally.

»Zwei Frauen mit einem Mann«, fügt Angela hinzu. »Wer wird schon denken, daß da etwas nicht in Ordnung ist? Wir werden es tun, Briscoe, darauf können Sie sich verlassen.«

Zum erstenmal hören sie Verzweiflung in seiner Stimme.

»Schaut«, sagt er, »wir können doch darüber reden. Glaubt ihr, die Corporation ist glücklich, zwei Mörderinnen bei sich aufzunehmen?«

»Sie werden es nicht erfahren«, erklärt Angela. »Oder?«

»Der Wagen?« brüllt er, wirkt jetzt verwirrt, klammert sich an alberne Details. »Wie wollt ihr meinen Wagen loswerden?«

»Ganz einfach«, sagt Angela. »Wir wischen alle glatten Flächen ab und parken ihn irgendwo. Beim nächsten Block anhalten, Sally. Fahr zum Straßenrand. Laß aber den Motor laufen.«

»Ich weiß«, entgegnet Sally.

Sie bremst, hält an. Springt heraus. Reißt die Tür auf Briscoes Seite auf. Er fällt fast heraus. Angela klettert hinter ihm drein. Drückt ihm den Revolver gegen den Nacken.

»Hinunter zum Kanal«, befiehlt sie. »Schneller.«

Er öffnet den Mund zu einem Schrei. Sie schlägt ihm den Revolverkolben gegen die Schläfe. Betäubt stolpert er vorwärts. Sie schleppen und schubsen ihn zum Kanal. Er murmelt, schüttelt immer wieder den Kopf. Dann hieven sie ihn an den Rand des schaumigen Wassergrabens.

Angela dreht sich um, schaut hinauf zum Boulevard. Wartet, bis sich ein großer Lastwagen mit Anhänger nähert. Dann deutet sie Sally an, sie solle ihn loslassen. Reißt Briscoe herum. Schießt ihm zweimal ins Gesicht. Blut spritzt. Er taumelt rückwärts. Kopf und Schultern klatschen in das schwarze Wasser.

»Gib mir den Revolver«, sagt Sally.

»Was?«

»Gib ihn mir.«

Angela reicht ihn Sally. Sie zielt, schließt die Augen und schießt Briscoe zweimal in Brust und Bauch. Öffnet die Augen wieder, starrt die andere Frau an.

»Wir beide«, sagt sie. »Wir haben es beide getan. Gemeinsam.«

Sie stoßen Briscoes Körper weiter hinein in den Kanal. Der Leichnam geht langsam unter. Sie schauen zu, wie die weißen Blasen weniger werden. Dann drehen sie sich um und laufen zum Wagen.

ANTHONY GLITNER fühlt gegen 2.30 Uhr morgens, wie alles auseinanderfällt. Evelyn Heimdall hat seit vierundzwanzig Stunden nicht angerufen, wie es ihre Pflicht gewesen wäre. Der Beauftragte läßt nach ihr suchen, aber sie ist verschwunden.

Er informiert Washington. Das Hauptquartier der Corporation teilt ihm seinerseits mit, daß es nicht imstande ist, Martin Frey zu finden. Nachrichten fliegen hin und zurück. Sicherheitsstufe A.

Glitner wäre vielleicht in der Lage, damit fertigzuwerden, aber er ist noch immer deprimiert wegen des Todes von Willoughby. Dieser nette, fleißige Mann. So stark im Glauben. Fort. Verschwunden. In einem besseren Leben, wie Tony unerschütterlich glaubt. Dennoch ist es hart, einen guten Kameraden zu verlieren.

Und noch härter, den Verrat eines Angehörigen zu ertragen. Aber genau das ist es, wie der Beauftragte annimmt, was mit Evelyn Heimdall geschehen ist. Und mit Martin Frey. Die Corporation hat einen schweren Verlust erlitten. Glitner bekennt, daß er an dem doppelten Verrat nicht unschuldig ist. Er hätte aufmerksamer, wachsamer sein müssen. Hätte um Ersatz für seine Außendienst-Agentin bitten müssen, als er zum erstenmal die Veränderung in ihrem Wesen feststellte.

Er fragt sich wieder einmal, ob er vielleicht ausgebrannt ist. Erschöpft vom dauernden Konflikt mit dem Department. Eine endlose Reihe von Siegen und Niederlagen. Aber nie ein Gefühl endgültigen Triumphes. Bleibt also nur der Glaube. Ein dünner Strohhalm um halb drei Uhr morgens.

Selbst der gläubigste Mensch hegt manchmal seine Zweifel. Die Corporation selbst mag ihrer Sache sicher sein – aber sie ist ein Glaubensbekenntnis, eine Körperschaft. Ihre Anhänger sind menschliche Individuen. Und die sind allen Unsicherheiten einer irrationalen Welt unterworfen. Schmerzen? Unverdientes Leid? Wie kann man solche Anomalien erklären, in einem Universum, das vom Wort Gottes beherrscht wird?

Gespalten, zerrissen von Unsicherheit, geht Anthony Glitner auf und ab. Betet um Sicherheit, um ein Zeichen. Den unwiderleglichen Beweis, daß das Leben doch einen Sinn hat. Daß sein Leben nicht wertlos, seine Arbeit wichtig ist. Er will Sicherheit. Ein Schulterklopfen zur Beruhigung, wie er sich betrübt gesteht.

Als das Telephon klingelt, springt er darauf zu, reißt den

Hörer von der Gabel. Hofft, daß Evelyn Heimdall endlich anruft. Daß dieses Problem gelöst ist, seine Sorgen grundlos waren. Aber er vernimmt eine unbekannte Frauenstimme.

»Anthony Glitner?«

»Ja. Wer spricht?«

»Das ist momentan unwichtig. Wichtig ist, daß ich eine Agentin des Departments bin, von der Abteilung Innere Sicherheit. Meine Freundin ist die Außendienst-Agentin bei der Aktion Harry Dancer. Wir wollen beide überlaufen, zur Corporation kommen. Können wir uns treffen und alles besprechen?«

Glitner ist verblüfft. Sprachlos.

»Hallo? Mr. Glitner? Sind Sie noch da?«

»Ja, ich bin noch da. Wann sollen wir uns treffen?«

»Sobald wie möglich. Am liebsten jetzt gleich, wenn es Ihnen paßt.«

»Also gut. Und wo?«

»Können Sie zu uns kommen?«

»Ist das klug? Es könnte sein, daß Sie beschattet werden.«

Pause.

»Ja«, sagt die Frau, »vielleicht haben Sie recht. Also schön, wir kommen zu Ihnen. Wir kennen die Adresse. Wir sind in zwanzig Minuten dort.«

Tony legt den Hörer sachte auf. Es kann eine Falle sein, aber er glaubt es nicht. Die Stimme der Frau klang entschieden und sicher. Professionell. Zwei Agenten des Departments, die bereit sind, überzutreten. Der Sieg!

Doch er fühlt keinerlei Triumph. Nur Trauer. Und Müdigkeit. Er muß an die Fehler und Schwächen der Menschen denken, die in seinem Beruf tätig sind. Früher oder später ist man ausgebrannt. Man arbeitet in einer aufs höchste angespannten Atmosphäre, wie im Fieber. Und früher oder später wird man versengt.

Es hängt zusammen mit der Brutalität der Entscheidungen. Leben oder Tod – und nichts dazwischen. Jede Entscheidung ist lebenswichtig, jede Tat entscheidend. Sie sind wie Chirurgen des

Geistes. Wen wundert es, wenn ihre Hände im Lauf der Zeit zittrig werden?

Er wendet seine Gedanken von diesen trüben Themen ab. Beginnt, seine durcheinandergeratene Motelsuite aufzuräumen, um etwas zu tun. Überlegt sich, wie er die beiden zu Bekehrenden behandeln soll. Worum sie ihn bitten werden, was er ihnen anbieten wird.

Ist das nicht die totale Kompensation für den Tod von Willoughby und den Treuebruch der Evelyn Heimdall? Dennoch ist es auch –

Er hält plötzlich inne. Erinnert sich an sein düsteres Brüten vor einer Stunde, als er sich nach einem Zeichen sehnte. Einer Bestätigung, daß sein Glaube der richtige ist, sein Leben einen Sinn hat. Ist das ein Wunder, nach dem er sich sehnte?

Es klingelt an der Tür. Er steht auf, um zu öffnen. Lächelt . . .

EIN WUNDERBARER TAG. Die frühe Morgensonne prachtvoll am gläsernen Himmel. Palmwedel rascheln; die sanfte, nordöstliche Brise trocknet und kühlt. Der Ozean ist ruhig, blättert nur kleine Seiten eines endlosen Buches auf den Strand.

»Deshalb bin ich nach Florida gezogen«, ruft ein Nachbar herüber, und Harry Dancer lächelt und nickt.

Er sitzt dicht am Wasser, hat seine ausgebleichte Khaki-Badehose an. Die Knie hochgezogen und mit den Armen umschlungen. Er sieht Kinder, die über den Strand toben. Jogger, Muschelsucher. Draußen hüpfen ein paar bunte Korken an Angelschnüren. Katamarane kommen kaum von der Stelle. Ein Anfänger fällt vom Surfbrett. Weiße Gischt am Riff. Alles vertraut und geliebt.

Er starrt hinaus und weit hin zum Horizont. Wasser und Himmel verschmelzen zu einem einzigen, riesigen Ball. Es gibt keine scharfen Kanten, nur sanfte Biegungen. Das beruhigt das Auge, das glättet den Geist.

»Schwimmen wir, Syl?« fragt er. »Weit hinaus?«

»Vielleicht«, murmelt sie. »Später.«

Sie liegt neben ihm auf dem Bauch. Auf einem großen Badehandtuch mit einem Porträt von Micky Maus. Ihr bronzebrauner Körper blendet. Er betrachtet sie voller Liebe und Verlangen. Weiß, daß er diese totale Frau nie ganz ergründen wird.

»Die beste Liebe ist die unvollendete«, sagt er.

»Wenn du meinst, Professor.«

Er streckt die Hand aus, berührt ihre Schulter. Nur mit einer Fingerspitze. Ein kurzer Kontakt.

»Was sollte das bedeuten?« fragt sie.

»Nur die Bestätigung, daß du wirklich da bist.«

Sie lacht kurz. »Oh, natürlich bin ich da, Darling. Ich werde immer dasein.«

»Versprichst du es mir?«

»Absolut, positiv, hundertprozentig. Ich lasse dich nie mehr allein.«

»Das ist gut«, sagt er. »Du darfst mich auch nicht alleinlassen. Soll ich dir was zum Trinken bringen? Oder ein Sandwich?«

»Nichts, danke.«

»Kaviar? Champagner? Brillanten? Rubine? Smaragden?«

»Typisch für dich.« Sie stützt den Kopf auf einen Arm, schaut ihn an. »Du bist heute mal wieder besonders großzügig und romantisch.«

»Eine Stimmung. Sie geht vorbei.«

Sie brummt, senkt den Kopf wieder.

»Nein«, sagt er. »Sie geht nicht vorbei. Ich liebe dich so sehr, Syl. Es erschreckt mich. Dich zu verlieren, wäre wie eine Amputation. Mein bester Teil.«

»Du wirst mich nicht verlieren.«

»Sag mir das immer wieder«, bittet er sie. »Es ist das einzige, was mich am Leben hält.«

»Glaubst du nicht, es geht mir genauso? Was wäre ich ohne dich? Ich könnte es nicht ertragen.«

»Manchmal...« beginnt er. Kommt sich albern vor, will es

aber sagen. »Manchmal glaube ich, daß wir nicht nur verheiratet sind, sondern Blutsverwandte.«

»Du meinst, wie Schwester und Bruder?«

»Ja«, erwidert er. »Aber es müssen eineiige Zwillinge sein. Verstehst du?«

»Du meinst, weil wir uns so nahe sind. Ja, ich verstehe. Ein wunderbarer Gedanke.«

»Genauso komme ich mir vor.«

Sie langt hinter sich, hakt ihren BH zu. Setzt sich auf. Beugt sich vor, stützt sich auf ihre hochgestellten Knie. Grinst ihn an.

»Inzest«, sagt sie. »Das haben wir, ja.«

»So ähnlich«, bestätigt er ihr. »Aber es ist wundervoll.«

Sie lächeln, wenden sich dabei dem unsichtbaren Horizont zu. Blinzeln gegen den Glanz der Sonne. Schauen in die Unendlichkeit. In eine Welt ohne Grenzen. Sylvia nimmt seine Hand, hält sie fest.

»Es gehört alles uns, Harry«, sagt sie. »Nicht wahr?«

»Jetzt, ja. Seit ich dich kenne.«

»Und es wird immer so sein«, beteuert sie ihm. »Ich schwöre es bei Gott.«

Sie sitzen da. So nah, so nah. Sehen den hellen, lebendigen Strand. Sind Teil davon und doch weit weg. In ihrer eigenen Welt. Sich selbst genug.

»Ich glaube, ich werde jetzt schwimmen«, sagt er.

»Bist du sicher, daß du willst, Lieber?«

»Ich muß. Dringend. Keine andere Wahl.«

Sie drückt seine Hand fester. »Also gut, Harry. Ich komme mit.«

Er erhebt sich langsam. Streckt sich, beugt die Schultern. Geht dann mit leichten Schritten hinunter an den Rand des Wassers. Bleibt einen Moment im knöcheltiefen Wasser stehen. Schaut hinaus auf die tieferen Stellen. Sein Blick richtet sich ins Leere. Es ist, als könnte er die Ebbe fühlen, die das Wasser in Wellen vom Strand zurückzieht, bis es weit draußen schäumend zusammenbricht. Bereit, ihn zu tragen. Einladend.

Er watet ins Wasser, das wie Wein ist. Taucht nicht unter, wartet, bis er davontreibt. Macht dann mit ruhiger Überlegung seine Züge. Schwimmt stetig. Hinaus ins grenzenlose Meer. Immer weiterschwimmen. Arme hoch, Beine bewegen. Auf sein Ziel zu.

Und weiter. Er atmet ruhig. Lächelt vor Glück über die Kraft, die er in seinen Muskeln fühlt. Ohne Grenzen. Vorbei an den Strandvögeln, an den Badenden. Vorbei an den Flößen und Booten. Hinaus in die Stille, wo das einzige, was er hören kann, das Plätschern seiner eigenen kleinen Wellen ist: Sssylvia, Sssylvia, Sssylvia ...

Wie lang? Er weiß es nicht, es ist ihm egal. Manchmal hebt er den Kopf. Schaut. Um sicher zu gehen, daß er auf die Ewigkeit zuschwimmt. Fühlt den Beginn einer leisen Müdigkeit. Angenehme Wärme. Arme und Beine beginnen heftiger zu schlagen. Mit starken Bewegungen. Der Körper rollt nach beiden Seiten.

Glücklich über seine Schwäche. Das Ende fühlend, hört er noch immer ›Sssylvia, Sssylvia, Sssylvia‹. Braucht nicht ihren Namen zu rufen. Sie ist bei ihm. Ihre Liebe zieht ihn weiter hinaus. Er greift nach ihr mit bleiernen Armen. Begehrend. Fordernd unter Schmerzen.

Dahintreiben ... Der erschöpfte Körper verlangsamt sich. Bis er mit weit aufgerissenem Mund das Meer in sich eindringen läßt. Sich mit Freuden ihm ausliefert. Langsam sinkt. Blasen, die nach oben steigen.

Und dann ist er zu Hause.

DER VORSITZENDE thront in seinem Büro im Hauptquartier in Cleveland und läßt die Fragen des Generalinspekteurs des Departments über sich ergehen. Ein messerscharfer Mann mit dem mitleidigen Lächeln eines Leichenbestatters.

»Wir haben Sally Abaddon und Angela Bliss verloren«, sagt er vorwurfsvoll.

»Und wir haben Evelyn Heimdall und Martin Frey gewonnen«, erinnert ihn der Vorsitzende.

»Briscoe wurde eliminiert.«

»Genau wie Norma Gravesend.«

»Und was ist mit Shelby Yama?«

»Und was ist mit Willoughby?«

Sie funkeln einander an. Dann seufzen sie gleichzeitig.

»Die Operation war ein Desaster«, stellt der Inspekteur fest.

»In diesem Punkt stimme ich mit Ihnen überein«, sagt der Vorsitzende.

»Unter dem Strich kommt heraus, daß wir Harry Dancer verloren haben.«

»Unter dem Strich ergibt sich, daß keine Seite Harry Dancer gewonnen oder verloren hat. Das betrifft das Department und die Corporation in gleichem Maß. Beide haben den Mann unterschätzt. In ihm steckte mehr, als wir gedacht hatten.«

»Sie hätten es wissen müssen.«

Der Vorsitzende zuckt mit seinen breiten Schultern. »Wie ich schon mehrmals bemerkte, Inspekteur, haben wir es nicht mit Packungen von Cornflakes oder Waschpulver zu tun, sondern mit lebendigen, atmenden, menschlichen Wesen – samt all ihren Hoffnungen, Ängsten, Vorurteilen und törichten Träumen. Sie wissen, daß das, was wir betreiben, keine Wissenschaft ist, sondern eine Kunst.«

»Dann sind unsere Künstler anscheinend nicht übermäßig talentiert.«

Der Vorsitzende läßt seine fleischige Hand mit Wucht auf den Schreibtisch fallen. »Ich lasse es nicht zu, daß man meine Fähigkeiten in Frage stellt«, sagt er zornig. »Die Statistiken sind auch Ihnen zugänglich. Sie zeigen deutlich, daß ich hervorragende Erfolge aufzuweisen habe. Ich gewinne mehr, als ich verliere.«

»Mehr vielleicht«, gesteht ihm der Inspekteur mürrisch zu, »aber nicht viel mehr. Vorsitzender, unsere Enttäuschung über das Ergebnis der Affäre Harry Dancer rührt nicht allein daher, daß wir einen zu Bekehrenden verloren haben. Hinzu kommen schwere Bedenken im Hinblick auf den dabei überzogenen Etat.«

»Geld«, knurrt der Vorsitzende. »Zuletzt läßt sich alles auf Dollars und Cents zurückführen.«

»Wir betreiben eine weltweite Organisation«, sagt der Generalinspekteur. »Wir wären höchst pflichtvergessen, wenn wir nicht genau über unser Einkommen, die Ausgaben, die Personalkosten und den Fluß des Bargelds im klaren wären. Gehen wir jetzt Ihr für kommendes Jahr veranschlagtes Budget durch. Ich nehme an, Ihre etwas – sagen wir, optimistischen Schätzungen müssen in einigen Punkten revidiert werden.«

»Ja, Inspekteur«, antwortet der Vorsitzende. Er hat aufgegeben.

Fast zur selben Zeit findet eine ähnliche Leichenschau im Hauptquartier der Corporation in Washington statt. Der Chef der Einsatzleitung und der Beauftragte Anthony Glitner addieren die Bilanz für die Aktion Harry Dancer.

»Ungefähr gleich, Sir«, schließt Glitner. Seine Stimme klingt flach und entmutigt. »Wie gewonnen, so zerronnen.«

»Und keiner hat Harry Dancer auf seine Seite ziehen können«, fügt der Chef hinzu. Er sucht in seinen Hosentaschen nach Magentabletten. »Es war nicht gerade eine von unseren ruhmreichen Kampagnen.«

»Das ist meine Schuld«, bietet sich Tony an. »Ich habe mir die Sache entgleiten lassen.«

»Unsinn«, widerspricht der Chef. »Ihnen kann man keinen Vorwurf machen. Die ganze Geschichte hing an der Persönlichkeit und dem Charakter von Harry Dancer. Unser Fehler bestand in ungenügender Information. Ich habe bereits eine Aktennotiz über dieses Thema verfaßt. Von nun an müssen unsere Analysen der zu Bekehrenden weitaus mehr ins Detail gehen, in die Tiefe loten. Damit wir erst einmal genau wissen, mit wem wir es zu tun haben.«

»Glauben Sie, daß uns das in diesem Fall geholfen hätte, Sir?«

Der Chef starrt ihn unverwandt an. »Was wollen Sie damit sagen?«

»Vielleicht war dieser Mann nicht – erkennbar.«

Der Chef findet eine einzelne, ziemlich verstaubte Magentablette. Steckt sie sich in den Mund. »Tony, es wäre mir lieber, wenn wir uns nicht allzu sehr mit den Geheimnissen des menschlichen Geistes befassen würden. Wichtig ist, daß wir uns auf Bekehrungen konzentrieren. Das ist die einzige Rechtfertigung unseres Daseins.«

Sie sitzen ein paar Augenblicke lang schweigend da, halten die Köpfe gesenkt, denken nach.

»Sir«, sagt Anthony Glitner dann, »wo ist Ihrer Ansicht nach die Seele von Harry Dancer jetzt?«

»Oh ...« antwortet der Chef und macht eine müde Handbewegung. »Irgendwo da draußen treibt sie dahin ...«